Goldmann GELBE
Band 2381
—

Mary Scott · Zum Weißen Elefanten

Zu diesem Buch

Zwei junge Mädchen, Jane und Katherine, die in Neuseeland leben und in verschiedenen Berufen Schiffbruch erlitten haben, erben an der Küste ein Haus. Weil es groß und behäbig ist, einen weißen Anstrich hat und recht plump am Meer liegt, taufen sie es ›Zum Weißen Elefanten‹ und eröffnen darin eine Pension. Obwohl sie hart arbeiten müssen, haben sie mit der Pension viel Erfolg und erwerben sich im Laufe der Zeit zahlreiche Freunde, die sich bald als nützlich erweisen. Eines Tages erscheint sogar Janes ehemaliger Chef in der Pension, der sie einst ihrer schlechten Rechtschreibung wegen entlassen hatte. Aus erbitterten Feinden werden nun gute Freunde und, da Jane beim Kochen und Wirtschaften keine Fehler macht, schließlich sogar Eheleute.

Katherine aber findet durch die Pension ihren totgeglaubten Vater wieder, und so sind am Ende alle glücklich und zufrieden.

Ein amüsanter Roman, der allen Mary-Scott-Anhängern Freude bereiten wird.

Weitere in der Reihe Goldmann GELBE erschienenen Romane von Mary Scott finden Sie auf der Rückseite dieses Buches aufgeführt.

Mary-Scott-Bücher sind auch als gebundene Geschenkausgaben zum Preis von DM 16.50 erhältlich.

MARY SCOTT

Zum Weißen Elefanten

Roman aus einer fröhlichen Pension

WILHELM GOLDMANN VERLAG

MÜNCHEN

7046 · Made in Germany · II · 41170
© 1970 by Wilhelm Goldmann Verlag, München. Titel des englischen Originals: The White Elephant. Ins Deutsche übertragen von Helga Krauss. Umschlagentwurf: Ulrik Schramm. Gesetzt aus der Linotype-Garamond-Antiqua.
Druck: Presse-Druck Augsburg. Verlagsnummer: 2381 · AN/No
ISBN 3-442-02381-5

Zum Weißen Elefanten

JOYCE
in Liebe und Dankbarkeit gewidmet

I

Es war ein unglückliches Zusammentreffen, daß Katherine Lee gerade an dem Tag ihre Verlobung mit Deryk Ross löste, als ihre Kusine Jane ihre Stellung bei Park, Fairbrother and Park kündigte.

Bei Katherine handelte es sich um einen Fall von Unvereinbarkeit der Gemüter, bei Jane jedoch um Rechtschreibung verbunden mit Gereiztheit.

Als sie den so sorgfältig und schön getippten Brief zu Philip Park, dem Juniorpartner der Firma brachte, warf er einen ungeduldigen Blick darauf und strich drei Wörter aus. Jane seufzte und wünschte, sie hätte sich die Zeit genommen, diese drei in dem Wörterbuch, das immer auf ihrem Schreibtisch lag, nachzusehen, aber er hatte es sehr eilig gehabt, und sie war überzeugt, sie richtig geschrieben zu haben. Es waren verflixte Wörter – Annullierung, justiziabel und Kapitaleinkünfte. Typisch juristische Fallen für eine Sekretärin, die mit der Rechtschreibung auf Kriegsfuß stand.

»Miss Lee, in diesem kurzen Brief haben Sie nicht weniger als drei Fehler gemacht. Drei einfache Wörter.«

Jane beging nun den Fehler, das Ganze ins Scherzhafte zu ziehen.

»Ich finde sie nicht einfach. Warum können Juristen nicht wie andere Leute normale Wörter benutzen?«

Das fand nicht den erhofften Anklang. Bei Katherine wäre das angekommen, aber sie war eben hochgewachsen, blond und schön. Nicht so Jane. Philip Park sagte ziemlich mürrisch: »Sie sind hier angestellt, um die englische Sprache in Wort und

Schrift zu beherrschen, und nicht um ihren Gebrauch zu kritisieren. Ich korrigiere ständig Fehler in Ihrer Arbeit. Das ist reine Zeitverschwendung.«

Jane stieg das Blut in den Kopf. Seine Worte versprachen nichts Gutes, und sie dachte: »Wird er mich entlassen? Verdammt...«

Schnell beschloß sie, ihm zuvorzukommen. »Wenn Sie die Sache so sehen, dann ist es wohl besser, daß ich gehe.«

Es erfolgte kein Widerspruch. Im Gegenteil, er sagte: »Vielleicht ist es besser; Sie scheinen für verantwortliche Arbeit noch etwas zu jung zu sein. Wann sind Sie eigentlich aus der Schule gekommen?«

Damit war nun wirklich das Maß voll. Jane war sehr empfindlich, wenn es um ihre jugendliche Erscheinung ging, sie hatte es satt, immer wieder zu hören, daß sie unglaublich jung aussehe. Sie konnte doch nichts dafür, dachte sie, daß sie nur einen Meter fünfundfünfzig groß war, ein rundes Gesicht hatte und ihre Nase eine lustige Biegung nach oben machte. Das war ihr Unglück, ebenso ihre Gereiztheit, die jetzt offen zutage trat, denn diesen klugen und gönnerhaften jungen Mann hatte sie noch nie gemocht.

Sie sagte: »Das geht Sie gar nichts an, und wenn Sie mit meiner Arbeit nicht zufrieden sind, dann gehe ich jetzt, in dieser Minute.«

Das, so dachte sie, würde ihm einen Schock versetzen, denn Sekretärinnen gab es nicht wie Sand am Meer, und abgesehen von ihrer etwas unglücklichen Rechtschreibung konnte sie wirklich etwas. Er ließ sich jedoch gar nicht erschüttern, sondern hatte das letzte Wort.

»Und wohin werden Sie gehen? Zurück in die Schule?«

Jane blieb danach nichts anderes übrig, als die Frage geflissentlich zu überhören, erhobenen Hauptes ganz ruhig hinauszugehen und die Tür besonders leise hinter sich zu schließen. Sobald sie den Schreibsaal erreicht hatte, ließ sie den Deckel mit aller Gewalt auf ihre ausgezeichnete Schreibmaschine knallen und sagte: »So. Wie ich mir wünsche, es wäre der Kopf vom alten Philip.«

»Beides. Wieder die Rechtschreibung. Ich gehe. Er hat die Unverschämtheit besessen, mich zu fragen, wann ich aus der Schule gekommen bin.«

Lorna fragte: »Ist was passiert? Hat er dich ausgelacht?«

»Arme Jane. Aber wenn ich ehrlich bin, du siehst wirklich aus, als hättest du letztes Jahr noch in der Quarta gesessen. Wie alt bist du denn wirklich?«

»Etwas über einundzwanzig. Alt genug, um den ganzen Kram hier hinzuwerfen. Auf Wiedersehen, Lorna. Gib in meinem Auftrag ein bißchen Gift in Philips Tee. Ich werde eine bessere Stelle und einen besseren Chef finden.«

Das war jedoch reine Angeberei, in Wirklichkeit fühlte sie sich am Boden zerstört. Jane haßte Fehlschläge, und ihr sonderbarer wunder Punkt, die Rechtschreibung, kränkte sie insgeheim tief in ihrem Stolz. Außerdem wußte sie, daß eine neue Stelle Schwierigkeiten mit sich bringen würde. Ohne eine Referenz von Park, Fairbrother and Park würde sie Erklärungen abgeben müssen. Und dann außerdem noch diese verdammte Rechtschreibung. Warum hatte sie mit diesem Handicap jemals versucht, Sekretärin zu werden? Aber ihr gefiel die Büroarbeit, und bis zu dieser Katastrophe hatte sie immer Erfolg gehabt, obwohl sie auf ihr Taschenwörterbuch angewiesen war.

Aber es war ein wunderbarer früher Frühlingstag, und sie hatte nicht die geringste Absicht, Trübsal zu blasen. Sie kaufte sich eine Morgenzeitung und begab sich zum Kaffeetrinken in das nächste Lokal. Dabei studierte sie den Stellenmarkt, und ihre Stimmung stieg wieder, denn es gab freie Stellen im Überfluß. Als sie fertig war, legte sie die Zeitung sorgfältig zusammen, für den Fall, daß dreißig Pfennig vielleicht bald ein Vermögen bedeuten würden, und nahm den Bus nach Hause. Hätte sie nur woanders hingehen können, denn die Wohnung würde sie bedrücken, und Kit war bestimmt mit ihrem ziemlich widerlichen Jüngling ausgegangen. Wie konnte sich ihre Kusine mit

Deryk abfinden bei dessen hochtrabendem Gehabe und seiner blasierten Rechthaberei?

Aber die Wohnung war nicht leer. Als sie eintrat, fand sie Katherine auf dem Sofa; mit ihren goldenen Haaren auf dem Hintergrund der dunkelblauen Kissen, die fast von derselben Farbe wie ihre Augen waren, sah sie besonders hinreißend aus.

In demselben Atemzug sagten sie: »Du bist hier? Um diese Zeit?« und dann lachten sie. Es ging ihnen manchmal so, vielleicht, weil sie von frühester Kindheit an zusammen aufgewachsen waren.

»Kit, ich habe meine Stelle gekündigt. War ich nicht wahnsinnig?«

Katherine lachte und warf ihren Kopf zurück, als gäbe es für sie auf der ganzen Welt keine Sorgen, was auch tatsächlich selten der Fall war.

»Und ich habe meine Verlobung gelöst, war ich nicht klug?«

Insgeheim stimmte ihr Jane zu, aber sie hielt es für besser, es nicht auszusprechen, und Katherine fuhr fort: »Zu dumm von mir, Deryk anfangen zu lassen. Aber wie dem auch sei, Gott sei Dank ist alles vorbei. Es war kein leichter Monat.«

Jane nickte. Auch für sie war es kein leichter Monat gewesen: Ständig war sie über Deryk gestolpert, der äußerst hübsch aussah und völlig dumm war. Sie hatte geahnt, daß es nicht gutgehen würde, schon von der ersten Woche an, als er zu Katherine gesagt hatte: »Liebling, versuche doch zu verstehen. Lehn dich nicht einfach zurück und sage, du bist dumm. Streng deinen Verstand an.« Ein paar Tage später war sie ganz sicher gewesen, als er von einem lachenden Gesicht zum anderen blickte und sagte: »Ich persönlich habe an Übertreibungen noch nie etwas sehr lustig finden können. Ich bin eigentlich ziemlich stolz auf meinen Sinn für Humor, aber . . .«

In Janes Augen konnte man bei Leuten, die auf ihren Sinn für Humor stolz waren, jede Hoffnung aufgeben. Und man würde ziemlich viel Sinn für Humor brauchen, wenn man Kit heiratete, auch wenn sie noch so reizend war.

Katherine, die sehr nachdenklich ausgesehen hatte, sagte plötzlich: »Weißt du, ich glaube, er hat sich nur mit mir verlobt, um mich auf die Probe zu stellen und mich zu bessern. Das sind die schlimmsten Lehrer, die es gibt. Hast du das gemerkt, Jane?«

»Natürlich. Das war auf einen Kilometer Entfernung zu sehen. Ich konnte nicht verstehen, wieso du es nicht gemerkt hast.«

»Zunächst fand ich es eigentlich faszinierend. Ungeheuer männlich. Schrecklich dumm von mir. Aber heute morgen sagte Deryk, ich *sei* dumm.«

Jane war sofort in hellster Aufregung. Natürlich konnte Deryk Kits ganz besondere göttliche und liebenswerte Dummheit nicht zu schätzen wissen.

»Er hat gewagt, so etwas zu sagen? Das lag wahrscheinlich nur an seiner Erregung?«

Katherine war zuweilen erschreckend ehrlich, und obwohl sie wußte, daß sie schön war, bildete sie sich nichts darauf ein. »Das glaube ich eigentlich nicht. Natürlich mußte er eine Szene machen, aber ich glaube wirklich, er war erleichtert, daß es zwischen uns aus war. Zum Schluß atmete er auf und sagte, vielleicht wäre es so besser, da wir wohl nicht harmonierten. So ein albernes Wort. Wer spricht denn schon von harmonieren?«

Jane war ganz ihrer Meinung, fügte aber tröstend hinzu, daß Deryk sehr gut aussehe.

»Richtig, schön war er. Daran hat es wohl gelegen. Ist ja auch egal, sprechen wir von etwas anderem. Erzähl mir von dir.«

Jane tat es, und ihre Kusine war empört. »Das ist einfach niederträchtig, nur wegen deiner Rechtschreibung, denn du tippst so gut und kannst die Dinge immer richtig ausdrücken.«

»Das hilft einer Sekretärin alles nichts, wenn sie sie nicht richtig schreiben kann, und ich glaube Kit, das werde ich nie lernen. Du erinnerst dich, wie Miss Reed in meinem Zeugnis schrieb: ›Janes Aufsätze leiden unter ihrer Unfähigkeit, auch nur die einfachsten Wörter richtig zu schreiben.‹ Das stimmt. Ich muß alles nachsehen, und wenn es der Chef einmal eilig hat, bin ich erledigt. Ich versage – und ich sehe zu jung aus.«

»Steigere dich nur nicht hinein, mein Schatz. Wir werden genau die richtige Stellung für dich finden. Und jung auszusehen ist eine prima Sache. Du hast ein liebes kleines Gesicht und hübsche graue Augen, und du bist wirklich klug. Ich wünschte, ich könnte das von mir sagen.«

»Klug! Schade, daß dieser widerliche Philip Park das nicht hören kann.«

»Ist er widerlich? Ich habe ihn nur einmal gesehen, damals, als ich dich im Büro besucht habe, aber ich fand ihn eher faszinierend.«

Jane seufzte. Kit hatte die fatale Neigung, die meisten Männer faszinierend zu finden. Das machte das Leben für sie beide kompliziert.

»An ihm ist überhaupt nichts Faszinierendes. Er sieht nicht einmal gut aus.«

»Nein, aber er sieht interessant aus. Wie der Mann, der seine verrückte Frau im Obergeschoß versteckt hielt und versuchte, die Erzieherin zu heiraten.«

»Wen meinst du um Himmels willen?«

»Das Buch, das wir in der Schule lesen mußten. Sie tanzte mit dem Hochzeitsschleier der Erzieherin auf dem Kopf durch die Gegend.«

»Ach, Rochester. Philip Park ist ganz anders, einfach eingebildet und ekelhaft. Ich weiß, ich bin böse, weil es das erste Mal ist, daß ich gefeuert werde, und man fühlt sich als schrecklicher Versager. Sprechen wir nicht mehr davon. Kit, was machen wir jetzt? Wir sitzen beide in demselben Boot.«

»Arbeit finden, natürlich. Ist massenhaft zu haben.«

»Finden ist kein Problem, aber können wir sie behalten?«

Bei sich dachte Jane, daß eigentlich wohl niemand ein Mädchen wollte, das von Rechtschreibung keine Ahnung hatte, und ein anderes, das zwar aussah wie die heilige Jungfrau, die am Himmelstor lehnte, aber nur die eine zweifelhafte Fähigkeit besaß, wenig vertrauenerweckende Männer anzuziehen. Sie schienen ein hoffnungsloses Paar zu sein.

»Wieviel Geld hast du?« fragte Katherine plötzlich und ging zu dem Taufbecher, in dem sie ihr Haushaltsgeld aufhoben, schüttete den Inhalt auf den Tisch und zählte gespannt.

»Dreißig Pfennig und zwanzig Mark und zwanzig Pfennig. Macht einundzwanzig Mark. Noch mal fünfzig Pfennig macht einundzwanzig Mark und fünfzig.«

»Das Rechnen hast du auch nicht erfunden«, lachte Jane und nahm ihr den Becher weg.

Katherine seufzte. »Wenn ich nur Kleingeld zählen könnte, könnte ich vielleicht eine Stellung in einer Kunsthandlung finden, ich würde so gerne Bilder ansehen und Künstler treffen. Und wenn du was von Rechtschreibung verstündest, könntest du Sekretärin bei einem großen Finanzmann werden, denn du verstehst was von Geld. Aber wie die Dinge liegen ...«

»Einundzwanzig Mark. Das ist alles. Wie die Dinge liegen, sind wir für den Markt eine unverkäufliche Ware. Daß ich was von Geld verstehe, hilft mir nichts, denn wir haben keins, und ich bin ohne meinen Wochenlohn gegangen. Gott sei Dank ist die Miete fällig. Das hilft uns wieder über ein oder zwei Wochen hinweg.«

In eben diesem Augenblick schob der Briefträger ein paar Briefe durch den Schlitz, und die Mädchen entdeckten einen Brief ihres Mieters. Er enthielt den Scheck, aber auch eine Kündigung, die in vierzehn Tagen wirksam werden sollte. Höflich wurde erklärt, daß das Haus zwar sehr schön sei, es ihnen aber nun zu abgelegen erscheine und für ihre Zwecke zu geräumig sei.

Das war ein schwerer Schlag. Jane schluckte und sagte dann: »Fünfzig Mark die Woche den Bach hinunter. Diese Wohnung kostet uns dreißig Mark, und wir müssen leben. Wir müssen uns beeilen und Stellen finden. Es wird nicht leicht sein, das Haus wieder zu vermieten, es ist so groß und so isoliert an der See.«

»Künstler haben eine Vorliebe für so etwas. Laß uns eine Annonce aufgeben und schreiben ›Für einen Künstler wie geschaffen‹.«

»Unsere Reserve haben wir jetzt wohl ziemlich aufgebraucht

Wir sind bald am Ende. Wir könnten versuchen, es zu verkaufen, aber ich glaube, auch das würde schwer sein. Alle wollen moderne Häuser und eine halbe Stunde von der Stadt entfernt sein.«

»Macht nichts, wir haben doch Geld auf der Bank. Denk an meine zwölfhundert Mark. Wir sind nicht pleite.«

»Das Geld werden wir nicht anrühren. Natürlich habe ich auch noch meine Versicherung, die ich bekam, als ich einundzwanzig wurde, aber ich habe Mutter versprochen, sie nur anzubrechen, wenn ich wirklich in der Klemme sitze. Das sind sechstausend Mark.«

»Laß uns doch beide unser Geld brauchen. Wenn wir eine Stelle bekommen, können wir es zurückbringen. Es ist albern, Geld auf der Sparkasse versauern zu lassen. Tante Edith braucht ja nichts davon zu wissen.«

Es war immerhin eine Erleichterung, daß sich Mrs. Lee zu diesem Zeitpunkt auf hoher See befand, außer Reichweite guter oder schlechter Nachrichten. Sie war vor drei Wochen nach England gesegelt, in dem Glauben, ihre Tochter und ihre Nichte seien gut versorgt. Jane schien eine sichere Stellung in der Rechtsanwaltspraxis zu haben, und Katherine würde bald verheiratet sein, was letzten Endes wohl ein Segen war. Edith Lee akzeptierte Deryk; er war vielleicht etwas langweilig, aber er stand sich nicht schlecht, und es war Verlaß auf ihn. Genau das Richtige für Katherine. Endlich schien der Moment gekommen, wo sie ihren einzigen Sohn besuchen konnte, der in England eine gute Position hatte und unverheiratet war. Sie wollte mindestens ein Jahr bleiben.

Das hatte sie gewiß verdient, denn sie liebte Matthew heiß und innig und hatte sich eigentlich nie eine Tochter gewünscht. Es war ihr hoch anzurechnen, daß sie, obwohl ihr zwei Mädchen statt einem aufgehalst worden waren, nie geklagt hatte, sondern ihrer Pflicht gewissenhaft, wenn auch nicht begeistert nachgegangen war.

Es war ein schwerer Schlag für sie gewesen, als Katherines

Mutter starb und das Kind von England in die Obhut ihres Onkels Warren Lee geschickt worden war. Katherine war ein hochgewachsenes, hageres Mädchen, aber es war offensichtlich, daß sie eines Tages sehr hübsch werden würde. Jane, die damals ein kleines pummeliges Mädchen mit rundem Gesicht war und nur durch ihre feinen grauen Augen etwas an Reiz gewann, bewunderte ihre Kusine von diesem ersten Kennenlernen an. Sie hatte sich immer eine Schwester gewünscht, und Katherine war nur ein halbes Jahr älter. Wenn auch die Zuneigung stärker von der einen Seite kam, so nahm sie Katherine herzlich und freundlich entgegen, und dieses Verhältnis hatte nie nachgelassen.

Jane hatte immer verkündet, daß Kusinen, die zusammen erzogen wurden und sich gut verstanden, wie Schwestern seien, vielleicht noch besser. Es bestand keine Verpflichtung, und sie konnten sich trennen, wenn sie es wollten. Tragisch war für sie nur, wenn sie es sich auch nicht eingestehen wollte, daß sie sich niemals von Katherine trennen konnte.

Die Waise war die Tochter von Warren Lees Schwester, die einen Engländer geheiratet hatte. Ihr Bruder hatte immer gesagt, daß Truda wahrscheinlich am Scheitern der Ehe schuld war. »Truda war eine Intellektuelle. Ein brillanter Geist, zugegeben, aber ein selbstgefälliger Pedant. Sie hätte jemanden heiraten sollen, der ebenso klug und engstirnig wie sie selbst war.«

Wilfrid Cunningham war zweifellos außergewöhnlich großzügig gewesen, und das Ergebnis war eine Scheidung nach einigen Jahren. Wilfried war sofort in die Armee eingetreten, und Truda schrieb, daß er als »Vermißt und totgeglaubt« gemeldet worden sei. Sie hatte ihren Mädchennamen wieder angenommen, war in England geblieben und 1944 bei einem Bombenangriff ums Leben gekommen. Die Anwälte, die mit ihrer Angelegenheit betraut waren, hatten das Kind in die Obhut ihres Bruders nach Neuseeland geschickt, und von dem Vater hatte man nie etwas gehört.

Warren hatte die zwei kleinen Mädchen sehr gerne gehabt, aber er starb, als sie zwölf Jahre alt waren, und bald darauf hatte Matthew, sein hochbegabter Sohn, ein Stipendium für Cambridge bekommen. Mrs. Lee war mit den zwei Kusinen zurückgeblieben und hatte nun gewiß endlich diese Ferien verdient.

Als sie abreiste, hatte die gelangweilte, aber gehorsame Katherine eine Halbtagsstellung als Gesellschafterin einer Dame, die auf eine Augenoperation wartete, übernommen. Natürlich gab sie das fast sofort nach der Abreise ihrer Tante auf, weil sie es für besser hielt, Deryk Ross in zwei Monaten zu heiraten. Jane hatte ihre Arbeit bei Park, Fairbrother and Park und nahm sie ernst, wie es ihre Art war.

Mrs. Lee lagerte ihre Möbel ein, fand eine kleine Wohnung für die Mädchen und tröstete sich mit dem Gedanken, daß, wenn irgend etwas schiefginge, Jane noch immer die fünfzig Mark Miete des Hauses haben würde. Sie hoffte, daß ihre Tochter dieses Geld gespart hatte, seit es ihr mit einundzwanzig Jahren übertragen worden war, und Jane hatte sie nicht enttäuscht.

Und nun hatte sie ihre Stellung verloren, Katherine hatte ihre Verlobung gelöst, und die Mieter hatten gekündigt. Sie besaßen zusammen einundzwanzig Mark, plus Miete und ihrem Geld auf der Bank. Nachdem sie all das sorgfältig ausgerechnet hatten, beschlossen sie, in ein Restaurant zu gehen, um gut zu essen. »Gekochte Eier zu Hause sind so deprimierend«, brachte Katherine vor, und Jane stimmte ihr zu, mit der Bemerkung, daß es immer falsch sei, zu glauben, das Schicksal hätte einen untergekriegt.

Der folgende Monat war von Ereignissen, wenn auch nicht von finanziellem Fortschritt, erfüllt. Jane, die ihrer zweifelhaften Rechtschreibung nicht mehr den Kampf anzusagen wagte, nahm eine Stelle in einem Warenhaus an. Aber sie war keine gute Geschäftsfrau, und nachdem die Betriebsleiterin gehört hatte, wie sie einer Kundin riet, diese Strümpfe nicht zu kaufen – »weil ich sie selbst ausprobiert habe, und sofort Maschen laufen« – wurde ihr mit einer Woche Frist und vielen guten Ratschlägen gekündigt.

Inzwischen half Katherine in einem Blumenladen. Sie sah so

entzückend zwischen den frischen Frühlingsblumen aus, daß junge Männer möglichst lange blieben und mehr Blumen, als sie es sich leisten konnten, für weniger hübsche Freundinnen kauften. Obwohl ihr der Hof gemacht wurde, blieb Katherine unnahbar, denn sie litt noch, weil sie Deryk beim Mittagessen mit einer hübschen und intelligent aussehenden Brünette erblickt hatte.

Ihr Arbeitsverhältnis dauerte drei Wochen, hauptsächlich, weil nur der Inhaber mit dem Geld umging, und sie kein Wechselgeld zu zählen brauchte. Es endete sehr geräuschvoll, als er versuchte, sie hinter einer großen Vase rosafarbener Rosen zu küssen. Die Vase zerbrach in Stücke, und Katherine ergriff sofort die Flucht.

»So, hier wären wir wieder, und niemand will das Haus mieten, wenn wir nicht Geld für Anstrich und Tapeten ausgeben – aber Geld haben wir nicht.«

»Wir haben massenhaft Geld auf der Bank. Ich wiederhole mich wie ein Papagei.«

»Und ich wiederhole, daß wir unsere Reserven nicht aufbrauchen dürfen.«

Katherine stöhnte. Sie hatte keinen Finanzverstand, und Zukunftsdenken war ihr fremd.

»Ich wünschte, wir könnten wieder ein bißchen Spaß haben, statt ständig daran zu denken, daß wir Geld sparen müssen.«

»Wir sparen es nicht, aber wir müssen leben.«

»Aber mein Schatz, wir würden doch nicht verhungern. Die Leute würden uns nicht verhungern lassen.«

Jane lachte und gab nach. Niemand hätte Katherine widerstehen können, wenn sie so guckte – ihre blauen Augen flehten, ihr Mund verzog sich etwas –, am wenigsten ihre Kusine, die sie anbetete. Sie erklärte sich damit einverstanden, für ihren Lebensunterhalt ihre sechstausend Mark anzubrechen, wenn es ganz schlimm käme und niemand das Haus wollte.

»Und meine zwölfhundert Mark, die Tante Edith von der Kinderbeihilfe gespart hat. Vergiß das nicht.«

»O nein. Aber ganz gleich, was können wir mit dem verdammten Haus tun? Vielleicht lohnt es gar nicht, Geld hineinzustecken. Mutter hat schon immer gesagt, es wäre ein ›Weißer Elefant‹, ein richtiger Klotz am Bein.«

Aber Edith Lee hatte eben Andrew Best nie gemocht und hatte protestiert, als ihr Mann diesen exzentrischen Freund zum Paten von Jane auserkoren hatte. Er war ein sonderlicher Mensch, der von seinem kleinen Einkommen lebte und sehr schlechte Bilder malte, die sich nie verkauften. Auf Motivsuche hatte er dieses alte Haus ganz am oberen Ende der Halbinsel und fast zwanzig Meilen von der nächsten Ortschaft entfernt gefunden.

Es stand leer; einst war es ein Gehöft mit einer riesigen Schafzucht gewesen, die sich weit über die Hügel erstreckte. Aber für die Frau des Farmers hatte es sich als viel zu groß erwiesen, und die neuen Besitzer hatten mehr in der Mitte des Geländes ein modernes Haus gebaut und das alte vermodern lassen. Da es jedoch aus Fichte gebaut war, hatte es sich diesem Prozeß widersetzt; Andrew verliebte sich darin und kaufte es zu einem billigen Preis.

Er hatte die Wahnsinnsidee, eine Künstlerkolonie zu gründen, und gab sein ganzes noch vorhandenes Geld dafür aus, noch mehr Räume hinzuzufügen und sie harmonisch, aber spartanisch einzurichten. Hier lebte eine Zeitlang eine eigenartige Mischung von Menschen, aber schließlich scheiterte er mit dieser Idee, und Andrew verbrachte dort den Rest seiner Tage allein, glücklich und zufrieden, und malte immer schlechter. Kurz nach seiner Heirat hatte er seine Frau verloren, und Kinder waren nicht da, aber plötzlich wurde ihm nach Warren Lees Tod bewußt, daß er ein Patenkind besaß.

Er lud Jane ein, zwei Wochen in ihren Sommerferien alleine zu ihm zu kommen. Eigentlich war sie ihm lästig, aber er freute sich darüber, daß sie das riesige alte Haus, den nahegelegenen Strand und die bunten Sträucher, die die ganze Küste säumten, liebte. Er lebte von seiner Lebensrente, und als er im Sterben lag, sagte er zu seinem Notar: »Sie soll es haben, mein Patenkind. Es ist alles, was ich besitze, und sie mochte es gerne.«

Das war vor sechs Jahren gewesen, und seitdem war es an verschiedene Künstler und dann an einen Mann, der ein Buch über Spiritismus schreiben wollte, vermietet worden. Es hatte immer einmal eine Zeitlang leergestanden, weil es für den Durchschnittsmieter zu groß und zu abgelegen war, aber die Miete hatte dazu beigetragen, Janes Erziehung und ihre Sekretärinnenausbildung zu finanzieren. Als sie abgeschlossen war, hatte Mrs. Lee Jane das Haus übertragen und ihr geraten, die Miete zur Bank zu bringen und sie für Instandsetzungsarbeiten zu sparen. Mit Katherines Hilfe hatte Jane nun das Geld ausgegeben und sich dabei gut amüsiert.

Jetzt war das vorbei, und das Haus würde sich nun wahrscheinlich als eine finanzielle Belastung erweisen. Wenn Jane an die Steuern dachte, weinte sie den Schecks fast nach, aber nur fast.

Schließlich beschlossen sie, es zu verkaufen, und verbrachten manch herrliche Stunde mit Plänen, was sie mit dem riesigen Ertrag aus dem Verkauf tun würden. Zunächst nahmen sie beide eine neue Stellung an. Katherine verbrachte die herrlichen Frühlingstage mit der Pflege eines unfreundlichen Invaliden und machte keineswegs ein Geheimnis aus ihrer Unzufriedenheit. Jane versuchte es in einem anderen Warenhaus, aber das Arbeitsverhältnis endete, als sie sich mit einer Frau stritt, weil sie ein müdes und quengeliges Kind geohrfeigt hatte.

Der Betriebsleiter sagte: »So können Sie nicht mit Kunden sprechen. Ja, ich bin überzeugt, daß diese Frau eine Hexe ist, aber es steht Ihnen nicht zu, es ihr zu sagen. Alles in allem glaube ich, Sie sind hier nicht ganz am rechten Ort.«

»Schlimm ist nur, daß ich nirgends am rechten Ort bin«, sagte sie traurig zu Katherine, als sie über ihrem Abendessen saßen. Es war alles andere als fröhlich verlaufen, denn Katherine war jetzt so weit gekommen, daß sie über ihren schwierigen Invaliden Tränen vergoß. Jetzt wurde sie plötzlich wieder lustig und bekam ihren »inspirierten Blick«, wie Jane es nannte.

»Mein Schatz, ich habe eine phantastische Idee. Warum kannst du nicht zur Bühne gehen? Du weißt, welchen Erfolg du in der Schule hattest, und wie gut die Kritiken nach dem Theaterspielen im Winter waren. Du würdest das große Geld verdienen, und ich könnte deine Ankleidefrau werden oder sonst etwas.«

Jane lachte. »Zur Bühne gehen? Liebe Kit, sieh mich doch an. Kannst du dir mich als glänzenden Stern vorstellen? Zur Schauspielerin braucht man schon etwas mehr als ein paar Erfolge auf der Schulbühne.«

Katherine seufzte und aß weiter. »Jedenfalls bist du eine himmlische Köchin. Dieses Omelett ist göttlich.«

»O ja, ich weiß, daß ich kochen kann. Vielleicht würde ich besser so eine Arbeit annehmen, aber es würde mir überhaupt keinen Spaß machen.«

»Stimmt natürlich, und außerdem müßtest du mich hier alleine lassen, und das könnte ich einfach nicht aushalten. Sprich erst gar nicht davon.«

»Schon gut, aber irgend etwas müssen wir tun. Heute ist ein Brief von diesem grauenhaften Makler gekommen, er sagt, man brauche gar nicht erst versuchen, das Haus zu verkaufen, bevor nicht neu tapeziert und angestrichen ist. Ich wünschte, wir könnten hingehen und es uns selbst ansehen. Vielleicht will er uns reinlegen.«

»O bitte, laß uns gehen. Dann kann ich Mrs. Green morgen kündigen. Ich hasse die Arbeit und habe schon seit Tagen Kopfschmerzen.«

Jane war gleich sehr besorgt. »Dann mußt du natürlich sofort gehen. Sage es ihr morgen. Ich hatte gerade einen Einfall. Wie wäre es, wenn wir selbst anstreichen und tapezieren würden? Erinnerst du dich, wie wir Mutter geholfen haben, die Zimmer herzurichten? Es würde kaum etwas kosten, wenn wir es täten.«

Katherines Gesicht glühte. »Laß es uns machen. Ich wollte schon immer als Innenarchitektin arbeiten. Du weißt, Kunst war in der Schule mein einziges gutes Fach.«

Jane zuckte zusammen. Sie zog es vor, die kurze Zeit zu vergessen, als Katherine achtzehn war, sonderbare Kittel trug und von ihrer Künstlerseele und der Schöpferfreude sprach. Das war das einzige Mal, daß es zwischen ihnen Meinungsverschiedenheiten gegeben hatte, aber diese Zeit war vorübergegangen und hatte keine schlimmen Wirkungen hinterlassen; Kits einzige schöpferische Betätigung hatte darin bestanden, kleine Weihnachtskarten mit sehr blauem Wasser und sehr roter Tunke zu bemalen. Das war ein äußerst sparsames Verfahren, aber ihre Freunde hatten sich Jahr für Jahr an derselben Szene sattgesehen.

Jane gab jedoch offen zu, daß ihre Kusine einen sehr viel besseren Sinn für Farben hatte als sie und in dem alten Haus gute Arbeit leisten würde. Innerhalb von fünf Minuten war der Plan fertig. »Wir werden uns dort niederlassen und billig leben.«

»Ja, und etwas von unserem Geld für Farbe und Papier brauchen. Es wird uns nicht viel kosten, und wir können jederzeit von Fischen leben. Flundern, weißt du, Jane. Man spießt sie im Fackelschein auf, macht Parties am Strand und grillt sie. Das gibt einen Spaß. O Jane, laß uns sofort hingehen. Ich wollte schon immer einmal die weite freie Natur erleben, wie das Mädchen in dem Buch, das ich gerade gelesen habe.«

Katherine sah sehr gefühlvoll und beunruhigend künstlerisch aus, aber Jane dachte daran, daß ihre Kusine eigentlich gar nichts von der weiten freien Natur wußte und wahrscheinlich entsetzt sein würde, wenn sie nicht ins Kino oder zu einer Party gehen konnte. Aber es mußte ja nicht für lange sein.

An diesem Abend kündigten sie ihrer Wirtin, und vierzehn Tage später, als sie ihre Möbel und die schweren Sachen eingelagert hatten, machten sie sich nach der Halbinsel Tui und dem weißen Haus am Meer auf.

2

Um acht Uhr verließen sie die Stadt, aber erst um drei Uhr nachmittags erreichte ihr Bus das verschlafene Städtchen Condon. Sie hatten gerade noch Zeit für eine Tasse Tee, bevor sie mit einem anderen Bus die Küste hinauffahren konnten. Es war ein herrlicher, aber für den späten September heißer Tag mit einer spiegelglatten glitzernden See.

Jane hatte vergessen, wie schön diese Küstenstraße war, die sich zwischen Hügeln und Meer hindurchschlängelte. Katherine sagte gerade verträumt: »Kein Wunder, daß die Künstler diesen Ort lieben. Ich bin sicher, daß ich nie wieder in die langweilige alte Stadt zurückkehren werde.«

»Wenn wir mit dem alten weißen Elefanten fertig sind, werden wir bestimmt auch froh sein«, sagte Jane pessimistisch, denn sie waren beide müde.

Das Haus befand sich an einer Seitenstraße, die von dem Tui-Laden abbog. Dort setzte sie der Fahrer mit ihren Koffern ab und wartete offensichtlich nur darauf, sich in dieses sonderbare kleine Geschäft zu stürzen, das wohl gleichzeitig Laden und Postamt war, um dort einen Postsack abzugeben und einen anderen mitzunehmen, der auf der Theke für ihn bereitlag. Keine Spur von einem Ladenbesitzer; die Mädchen fühlten sich ziemlich hilflos, aber Katherine setzte sich friedlich auf die Stufen und sagte:

»Ich vermute, wir warten, bis irgend jemand auftaucht und uns sagt, wie wir zu dem Haus kommen.«

Jane war keine sehr geduldige Natur, und sie wußte, daß sie noch zwei Meilen zu Fuß gehen mußten, bevor sie das Haus erreichen würden. Ihr ganzes großes Gepäck hatten sie vorausgeschickt, aber ihre Koffer waren geräumig und schwer. Wie würden sie ans Ziel ihrer Reise gelangen? Nachdem sie mehrmals ohne Erfolg auf die Theke geklopft hatte, beschloß sie, um den Laden herumzugehen. Hier stand ein kleines Haus etwas näher am Meer. Auch hier blieb ihr Klopfen ohne Antwort, und so wanderte sie weiter, um an der Hausecke von einem großen Huhn, das ihr zwischen die Beine lief, und dann von einem Mädchen in wilder Verfolgungsjagd beinahe über den Haufen gerannt zu werden.

»Schnell, fangen Sie es, bevor es zurückläuft«, keuchte sie.

Noch nie in ihrem Leben hatte Jane ein Huhn gefangen, aber es gelang ihr, es am Gartenzaun in die Ecke zu treiben, und dann packte sie es heldenhaft, trotz der nach allen Seiten flatternden Federn und des aufgeregten Gegackers. »Da haben Sie es«, rief sie und warf das Huhn dem Mädchen in die Arme.

»Oh, vielen Dank. Ich jage ihm schon ewig nach. Es versucht zu brüten, aber ich kann sein Nest nicht finden, und ich ersticke schon in Küken.« Diese Stimme war eine Überraschung, hell, bezaubernd und fröhlich. Jane wandte ihren Blick von dem kämpfenden Huhn ab und sah das Mädchen an. Ihre Überraschung wurde noch größer. Konnte das die Ladenbesitzerin sein? Sie schien in ihrem Alter, ein hübsches Mädchen mit lockigem braunen Haar und braunen Augen, einer kurzen geraden Nase, wie sie sich Jane immer sehnsüchtig gewünscht hatte. Was hatte sie wohl an diesem sonderbaren Ort zu suchen?

Sie dachte offensichtlich dasselbe, denn sie klemmte das Huhn unter ihren Arm und sagte entschuldigend: »Oh, das tut mir leid. Ich habe nicht gemerkt, daß Sie eine Fremde sind. Ich dachte, es wäre jemand von den Nachbarn. Wollten Sie etwas im Laden kaufen?«

»Eine ganze Menge, und vor allem von Ihnen wissen, wie wir zu unserem Haus, dem großen, alten, weißen Kasten am anderen Ende der Straße, kommen.« – »Nein, wirklich? Sie sind doch nicht etwa Miss Lee, oder jemand von der Familie? Wir glaubten, Sie wären fünfzig. Hausbesitzerinnen sind immer so alt. Herrlich, daß das bei Ihnen anders ist. Ich bin Nora Stevenson, wir haben dieses Geschäft hier, aber mein Mann ist heute in Condon. Nur einen Augenblick, bis ich die arme alte Agatha wieder eingesperrt habe. Herrlich, daß ich sie nun doch eingefangen habe. Kommen Sie mit ins Haus zu einer Tasse Tee. Ja, wir wußten, daß Sie kommen würden. Vor drei Tagen ist eine ganze Menge Gepäck eingetroffen, und Bert — er ist der Fahrer des Milchwagens — hat es heute morgen zu Ihrem Haus gebracht. Zumindest hoffe ich, daß er es getan hat, aber bei Bert ist man nie ganz sicher.« Inzwischen war das Huhn weggeschafft, und sie gingen um das Haus zum Ladeneingang. Katherine saß noch immer dort, vollauf zufrieden und machte sich wahrscheinlich überhaupt keine Gedanken. Nora erblickte sie und schnappte nach Luft: »Wer ist denn dieses wunderschöne Mädchen? Doch nicht Ihre Schwester? Sie sind so verschieden. Ihre Kusine? Oh, das ist ja herrlich.«

Das alles war sehr aufmunternd. Jane fand es wunderbar, daß es in einem kleinen Laden am Meer ein solches Mädchen gab.

»Sie müssen beide sofort hereinkommen. Stören Sie sich nicht an den Tieren. Sind sie nicht niedlich? Dio, mein Liebling, geh von der Treppe und laß die Damen vorbei. Aber Hektor, spring doch nicht gleich auf, warte wenigstens, bis du sie besser kennst. Du mußt natürlich wieder in dem besten Sessel sitzen, Malcolm. Spring sofort runter und sei freundlich zu den Gästen.«

Jane fühlte sich ziemlich verwirrt. Dio war offensichtlich der große Neufundländer, der auf der Stufe zu der kleinen Küche lag. Als sie Nora fragte, warum er diesen Namen habe, sagte sie etwas unbestimmt, daß er eigentlich Diogenes heiße und lange in einem Faß habe leben müssen, bis ihm Hugh eine Hundehütte gebaut hatte. Hektor war der gutaussehende schwarzweiße Spaniel, der sie alle mit etwas zu stürmischer Begeisterung begrüßt hatte, und Malcolm war wohl, sagte sie zu Nora, passend zu ihm gekauft worden, denn er war ein großer schwarzweißer Kater, der träge aussah und vornehme Manieren hatte. Jane, die nicht daran gewöhnt war, Tiere im Haus zu haben oder selbst welche zu besitzen, sah sich ziemlich bestürzt, aber neiderfüllt um. Es mußte herrlich sein, alle diese Tiere zu haben, aber wie gelang es Nora, dieses Haus so sauber und ordentlich zu halten?

»Ich mußte sie wegen Agatha einsperren«, erklärte sie, und schubste Malcolm ohne viel Aufhebens vom zweitbesten Sessel, in den er sich grollend zurückgezogen hatte. »Hugh versucht mich immer dazu zu bringen, sie draußen zu lassen, aber natürlich ist das Unsinn. Ich bin viel alleine und brauche sie – besonders meinen lieben Dio, weil er so wild aussieht, und es könnte natürlich jemand versuchen, mich umzulegen und die Kasse zu stehlen. Sie wissen ja, wie das heutzutage ist.«

Katherine war über diese Aussichten etwas bestürzt, aber Jane lachte. »Schreckt er die Kunden nicht ab?« fragte sie.

»O nein, er ist sehr klug und weiß ganz genau, ob die Leute sich nur umsehen und vielleicht ein Eis kaufen wollen, oder ob sie gute Kunden sind. Ich erkläre ihm immer alles. Aber jetzt erzählen Sie mir einmal alles von sich und dem Haus, und was Sie tun wollen. Hugh meint immer, ich rede nur über die Tiere und langweile die Leute damit.«

»Das langweilt mich gar nicht. Ich wollte immer einen Hund haben, aber es ist nie möglich gewesen«, antwortete Jane. »Also, unsere Pläne...« und schon nach fünf Minuten saßen sie beim Tee und tauschten Vornamen und Lebensgeschichten aus.

Nora war seit einem Jahr verheiratet. Ihr Mann, Hugh, war älter und war im Krieg bei den Fliegern verwundet worden. Das Leben in der Stadt gefiel ihm nicht, und so hatten sie ihr ganzes Kapital in diesen Laden gesteckt. Das Geschäft ging ganz gut. Im Winter war es ruhig, aber im Sommer gab es genügend Leute, die zelteten und die mageren Monate wieder ausglichen.

»Und wie lange bleibt ihr beiden, und warum habt ihr die ganzen Tapeten und Farben hierher geschickt?«

Als sie hörte, daß sie das Haus verkaufen wollten, seufzte sie, aber sie freute sich, daß sie es selbst herrichten wollten.

»Oh, dann werdet ihr lange hierbleiben. Hugh und ich werden euch an den Wochenenden helfen, und wir werden einen Riesenspaß haben.«

Nora schien alles Spaß zu machen. Sie war die fröhlichste Person, die man sich vorstellen konnte, und sie mochten sie gleich sehr gerne. Trotzdem war das Problem, wie man zu dem Haus kam, noch nicht gelöst. Hugh hatte Nora gesagt, vor acht Uhr sei nicht mit ihm zu rechnen; der Combiwagen war langsam und mußte einen weiten Weg zurücklegen. Würden sie nicht besser auf ihn warten? Sollten sie nicht über Nacht bleiben? Nora hatte noch ein freies Zimmer mit zwei Betten. Der Weg war lang und die Straße einsam. Es bestand wenig Aussicht, per Anhalter mitgenommen zu werden.

»Oh, das wäre herrlich«, murmelte Katherine vor sich hin, aber Jane schüttelte streng den Kopf. Der Gedanke an die ganzen teuren Farben und Tapeten, die an der Straße warteten, beunruhigte sie. Bert schien nicht sehr zuverlässig zu sein. Sie sagte, sie müßten vor Einbruch der Dunkelheit im Haus sein, Katherine gab nach und bemerkte kläglich, sie könnten wohl zu Fuß gehen, wenn sie sich Zeit ließen.

»Mit einem großen Koffer in jeder Hand? Unsinn. Davon will ich nichts hören. Wenn ihr nicht bleiben wollt, müßt ihr Mona mitnehmen.«

»Ist Mona ein Auto?« fragte Jane skeptisch. Sie konnte nicht fahren, und das einzig Positive, was sie über Katherines Fahrkünste sagen konnte, war, daß sie einer äußerst zweifelhaften Liebesaffäre vor zwei Jahren ein Ende gemacht hatten.

»Nein, sie ist ein Pferd – wesentlich sicherer.«

Jane war bestürzt. Sie kannte sich mit Pferden überhaupt nicht aus. Aber Nora fuhr fort: »Sie ist das ruhigste Tier, das man sich denken kann. Sie geht nie vom Weg ab. Kann sie gar nicht. Sie ist ungefähr hundert Jahre alt, und wir haben sie mit dem Laden übernommen. Wir haben noch einen alten Karren, der fast so alt ist wie Mona. Wir haben ihn nur zweimal benutzt, als der Combiwagen nicht anspringen wollte, und natürlich auch nur ein paar Meilen weit. Ihr werdet mit Mona keine Schwierigkeiten haben. Sie ist das reinste Lamm. Sie wird vor sich hintrotten, und ihr braucht gar nichts zu tun.«

»Das ist ein Segen, denn ich glaube, wir könnten auch nichts tun. Ich habe nie ein Pferd geführt, und Kit sicher auch nicht.«

»Einmal in England«, warf Katherine ein, »habe ich die Zügel eine Weile gehalten. Du ziehst bloß in der Richtung, in die du willst. Wie bei einem Auto, nur einfacher.«

»Auf jeden Fall geht es viel langsamer. Wie sie zurückkommt? Oh, das ist egal. Ihr habt dort eine riesige Koppel. Da kann sie genauso gut schlafen wie hier, und ihr könnt sie zurückbringen, wenn ihr Zeit habt. Mach kein so besorgtes Gesicht, Jane. Es ist bestimmt ganz einfach.«

Später merkte Jane, daß Nora mehr als optimistisch war und die Dinge selten so einfach verliefen, wie sie es erwartete. Sie fuhr fröhlich fort: »Oh, natürlich müssen wir sie an dem Karren irgendwie festmachen. Wie wir das anstellen, darüber bin ich mir noch nicht ganz im klaren, weil Hugh das gemacht hat, aber wir können es ja mal versuchen.«

Sie gingen zum Stall hinüber und zogen den sonderbaren kleinen Karren heraus. Sobald er ans Tageslicht kam, jauchzte Nora fröhlich auf. »Sieh mal einer an, da sind Agathas Eier, ganz hinten in einem Nest. Zeigt das nicht, wie gut alles geht? Möchtet ihr die Eier zum Tee?«

Jane lehnte dankend ab, denn das Nest sah verdächtig alt aus. Nora legte die Eier in eine Ecke, wies Dio zurecht, weil er eins probiert hatte und holte Mona, die unter einem Baum schlief. Ihr Anblick beruhigte Jane, denn sie sah wirklich wie neunzig aus. Ihre Unterlippe hing herunter, und ihr Fell war stark mit weißen Haaren durchsetzt. Als Nora ihr das Zaumzeug überstreifte, stöhnte sie leise, aber das Mädchen küßte sie besänftigend auf die Nase. »Das tut sie immer, sogar wenn ich ihr einen Apfel gebe. Sie läßt sich in ihren Gedanken nicht gerne unterbrechen. Da ist das Zaumzeug. Damit kenne ich mich aus, denn ich habe früher einmal geritten, aber mit dem Anschirrer und den Schlaufen wird es schon schwieriger.«

Sie runzelte die Stirn, als sie das ganze Geschirr sah, das sie aus dem Stall zog. »Das armselige kleine Ding muß wohl der Sattel sein, und die Enden der Deichsel steckt man durch diese Schlaufen. Ja, das stimmt. Wir kommen ja prima zurecht, und mein kleiner Liebling Mona ist schon wieder eingeschlafen.«

»Was ist denn dieses schienenartige Ding?« fragte Jane, und Nora warf einen achtlosen Blick darauf.

»Weiß der Himmel. Anhalteriemen, so nannte es Hugh. Darum wollen wir uns nicht kümmern. Mona braucht keine Anhalteriemen.«

Sie machten das Geschirr hier und da wahllos mit kurzen Schnurstückchen fest, denn Mona machte den Eindruck, als könne sie nicht einmal einen Baumwollfaden zerreißen. Jane fragte sich insgeheim, wie sie sich wohl je dazu aufraffen sollte, den Karren zu ziehen. Als sie fertig waren, holte Nora ein langes Seil aus dem Lagerraum, das als Zügel dienen sollte, und riß fröhlich ein altes Brett vom Stall, das als Sitz gedacht war. Dann ging sie einen Schritt zurück und betrachtete stolz das Ergebnis ihrer Arbeit.

»Jetzt ist es geschafft. Mit Mona werdet ihr keine Schwierigkeiten haben. Oh, wartet noch einen Moment«, sie lief zum Lagerraum zurück, um ein Paket Kerzen zu holen, das sie zu den restlichen Materialien legte, die sie gesammelt hatten. »Für den Fall, daß sie den Strom gesperrt haben, als die anderen Leute das Haus verließen«, sagte sie und winkte und lachte, als sie davonfuhren; Jane schwenkte die Zügel und gab schnalzende Geräusche von sich, um Mona in Bewegung zu bringen, der Hund bellte aufmunternd. Der Weg war schmal, aber zur See hin war er durch einen Grasstreifen abgegrenzt. Mona trottete betrübt um die erste Ecke und beschloß dann, daß es wohl Zeit für eine kleine Pause sei. Jane zerrte kräftig, erst an einem Zügel, dann am anderen, aber die alte Stute ließ ihren Kopf hängen, und nichts konnte ihn wieder aufrichten. Schließlich gab Jane Katherine die Zügel und sagte: »So werden wir nicht weiterkommen. Ich laufe und führe das Mistvieh. Ich glaube sowieso, daß das Brett bald durchbrechen wird.«

Mit einiger Mühe zog sie Monas Kopf vom Gras hoch und führte sie auf den Weg zurück. Jetzt beschloß die Stute, sich in das Unvermeidliche zu schicken und trottete weiter, Jane neben ihr, während Katherine auf dem ächzenden Brett saß und verträumt auf das Meer blickte. Der Weg war holprig und staubig, und Jane war müde, so daß sie, als sie endlich um eine Ecke bogen und an eine steile Abwärtsstrecke kamen, wieder dankbar auf den Karren kletterte.

»Hier wird der Karren von alleine runterrollen, und Mona wird mitgezogen, ob sie will oder nicht. Ich hoffe nur, daß das Brett hält.«

Aber der Abhang war länger und steiler als Jane gedacht hatte, und sie wußte nicht, wie sich das Geschirr ohne Anhalteriemen verhalten würde. Im nächsten Moment wurde Mona zum Traben gezwungen, und trotzdem holte sie der Wagen ein, rutschte weiter vor und kam mit ihren Hufen in Kollision. Schleunigst betätigte Jane die Bremse, die abbrach und Jane beinahe auf den Boden des Karrens warf. Katherine klammerte sich an der Seite fest und begann zu lachen, aber Jane war in hellster Aufregung.

»Sieh dir das Ding am Hals an. Es ist ihr schon fast über die Ohren gerutscht. Meinst du, es kann ganz abgehen?«

Katherine schüttelte hilflos den Kopf und lachte weiter. Der Karren hatte Mona jetzt fast überholt. Sie guckte sich verdrießlich um und fiel in einen watschelnden Galopp. Aber es half nichts; der Karren verfolgte sie böswillig. Eine Sekunde lang erhaschten die Mädchen einen mürrischen Blick von ihr nach hinten; sie wollte wohl nachsehen, was eigentlich los war; dann hatte Mona beschlossen, daß die Umstände ihre Kräfte überstiegen. Sie ließ sich mitten auf dem Weg fallen, und der Karren fuhr gefährlich auf ihr Hinterteil auf. Das Brett brach entzwei, und beide Mädchen landeten hinten zwischen Paketen und Koffern.

Jane arbeitete sich schnell wieder nach oben, aber Katherines Kopf war fest zwischen ihrem eigenen Koffer und einer Papiertüte mit Kartoffeln eingekeilt. Außerdem lachte sie so sehr, daß sie sich nicht bewegen konnte.

»Steh doch bitte auf. Was ein Glück, daß sie nicht ausschlägt, und Nora sagte, daß auf dem Weg kein Verkehr ist.«

Kaum hatte sie diese schicksalsschweren Worte ausgesprochen, während Katherine noch mit dem Kopf nach unten und den

Beinen in der Luft dalag, als ein lautes Hupen erklang, Bremsen kreischten und ein Wagen um die Ecke schoß, auf den Grasstreifen auswich und mit den Vorderrädern knappe zehn Zentimeter vor dem steilen Abhang zum Meer hinunter stehenblieb. Ein großer älterer Herr stieg aus, der unter der Wirkung eines natürlichen Schocks zu stehen schien. Er starrte das ungewöhnliche Fahrzeug an, und dann brüllte er ärgerlich: »Was zum Teufel machen Sie mitten auf der Straße?«

Jane wußte, daß jetzt Entschuldigungen und Besänftigungsversuche angebracht waren. Kit hätte ihn sofort versöhnt, aber bis auf ihre Beine war nichts von ihr zu sehen. Außerdem verabscheute sie es zutiefst, wenn irgend jemand sie anbrüllte, ganz egal, welcher Anlaß vorlag. Das klägliche Ergebnis war, daß sie schnippisch erwiderte: »Was glauben Sie denn? Wir haben es uns etwas gemütlich gemacht.«

Der Fremde holte einmal tief Luft, und sein Gesicht verfärbte sich in ein noch tieferes Rot. Dann bemerkte er plötzlich Katherines Beine in der Luft und sah einen Kopf zwischen den Paketen. Er schnaubte: »Abscheulich. Betrunken, und das bei einer Frau.«

Das war einfach zuviel. Ein dumpfes verzweifeltes Gekicher kam von Katherine, und Jane begann zu lachen. Der Kraftfahrer schien zum Glück die Sprache verloren zu haben, schenkte ihnen einen durchbohrenden Blick und kletterte wieder in seinen Wagen. Dann setzte er vorsichtig zurück, zwängte sich ganz knapp an der teilnahmslosen Mona vorbei und überließ die Mädchen ihrem Schicksal.

»So ein Biest!« schrie Jane, der das Lachen plötzlich vergangen war, als sie zusah, wie der Wagen in einer Staubwolke verschwand. »Ein gräßlicher Mensch, uns hier einfach sitzenzulassen.«

Katherine kämpfte sich auf die Knie hoch und lachte hysterisch. »Er dachte, ich wäre betrunken, und du würdest mich nach Hause fahren. Warum hast du es ihm nicht erklärt, mein Schatz?«

»Erklärt – als er zu fluchen anfing?«

»›Zum Teufel‹, ist ja noch kein Kraftausdruck, und außerdem hat er bestimmt einen Schock bekommen.«

»Ich auch. Macht nichts, wir werden ihn ja nicht wiedersehen. Vergessen wir ihn. Fragt sich nur, was jetzt zu tun ist?«

Zunächst mußte man offensichtlich einmal herausklettern. Das brachten sie ganz vorsichtig fertig, den Blick immer auf die träge Mona gerichtet, und dann sahen sie sich den Schaden an. Es war nicht so schlimm. Mona hatte sich nicht bewegt, so daß der Karren noch ganz war. Das morsche Geschirr war hie und da durchgebrochen, machte es aber leichter, sie zu befreien. Nachdem das geschehen war, brütete Mona weiter im Staub vor sich hin, und es bedurfte einigen guten Zuredens, sie wieder auf die Beine zu bringen. Ein markstückgroßes Stück Haut war an ihrem Hinterteil abgeschabt, aber sie trottete nur mürrisch an die Böschung, um ein riesiges Grasbüschel auszureißen.

Die Mädchen waren so erleichtert, weil sie weder verletzt war noch lahmte, daß sie wieder in albernes Gelächter ausbrachen. Das war das Ende eines langen, anstrengenden Tages, und das Leben hatte einige Anforderungen an sie gestellt. Sie saßen am Straßenrand neben dem baufälligen Karren, und Tränen der Erschöpfung fielen in den Staub. Unter ihnen plätscherte das Meer leicht gegen die Felsen, und eine neugierige Möwe beobachtete sie von der Seite. Abgesehen von Mona und dem erbärmlichen Karren wäre es eine Szene idyllischer Schönheit gewesen.

Schließlich erhoben sie sich völlig erschöpft, aber von dem Gedanken getröstet, daß das Haus nicht mehr weit sein konnte. Aber wie sollten sie ihre Fracht dorthin bringen?

»Das ist doch ein Kinderspiel«, sagte Katherine gelassen. »Der Karren wird einfach den Hügel hinunterrollen. Wir müssen nur verhindern, daß er wegrollt.«

Das klang ganz einfach, aber als sie starteten, begriffen sie, wie es Mona zumute gewesen war, denn der Karren gewann an Geschwindigkeit, und sie wurden unversehens in einen Trab und gleich darauf in einen Galopp gezwungen. Wäre ihnen ein anderer Wagen entgegengekommen, hätte es für beide den Tod bedeutet, aber Gott sei Dank war weit und breit nichts zu sehen, und nach der nächsten scharfen Kurve, die sie völlig außer Atem nahmen, erblickten sie nicht weit entfernt ein großes weißes Haus, das alleine und verlassen in einem verkommenen Garten stand. Es war nahe an der Straße gelegen, und nur eine Koppel trennte es von einem herrlichen Strand dahinter.

»Das muß es sein«, sagte Jane, wobei sie behutsam ihre Wade betastete, der der davonsausende Wagen einen harten Stoß versetzt hatte.

»Himmlisch, kein Wunder, daß Tante Edith es den weißen Elefanten nannte. Genauso sieht es aus.«

Aber Jane war gereizt und erklärte, daß ihre Mutter es nie gesehen habe und nur glaubte, es wäre eine Belastung und würde nichts einbringen. »Sieh dir die Größe an. Riesig. Und wie wollen wir diesen verdammten Karren den ganzen Weg hochziehen?«

Plötzlich war er nicht mehr vom Fleck zu bewegen und ungeheuer schwer. Schließlich schnappte sich Jane die zwei schwersten Koffer, und Katherine nahm ein paar der restlichen Sachen. Müde schleppten sie sich mit ihrer Last den staubigen Weg entlang und mußten noch zweimal zurückgehen, bevor alles oben war. Jane war verstummt, und Katherine begann sich nun zu fragen, ob das Abenteuer wirklich soviel Spaß machen würde.

Sie schlossen das Haus nicht auf, sondern ließen alles auf der Veranda, denn erst wollten sie sich um Mona und den Karren kümmern. Das alte Pferd machte keinerlei Schwierigkeiten; sie hatte sich nicht bewegt und schien noch immer an ihrem alten Grasbüschel zu kauen. Sie führten sie hinunter, und sie sah mit zynischer Schadenfreude zu, wie sie sich mit dem Karren abplagten.

»Eins, zwei drei«, keuchte Jane zum drittenmal, und dann rief eine Stimme von der Koppel: »Warum laßt ihr das Pferd nicht ziehen? Dazu ist es doch schließlich da, oder nicht?«

Katherine sprang auf und ließ die Deichsel fallen, die verrutschte und Janes Knöchel erwischte. Wütend blickte sie auf und sah nun einen jungen Mann, der von der anderen Seite des Zaunes zu ihnen herunterlächelte. Aber natürlich sah er nicht sie an. Er hatte seine Augen weitergleiten lassen und riß sie interessiert auf, als sie bei Katherine ankamen. Jane kannte diesen Blick und atmete erleichtert auf. Der Rest würde einfach sein. Sie humpelte dankbar zum Wegrand und setzte sich, während der Fremde über den Zaun sprang und die Böschung hinunterlief.

»Überlassen Sie das mir mal. Was wollen Sie denn mit dem alten Wrack?« Im nächsten Augenblick rollte er den Karren geschickt zum Haus und ging dann Mona holen. Jane saß nur da und trat gar nicht in Erscheinung. Es machte ihr nichts, daß der Junge Katherine wie die Inhaberin des Hauses behandelte und sie offensichtlich als ihre Untergebene betrachtete. Sie wollte nur ruhig dasitzen und ihre blauen Flecken zählen.

Er war noch sehr jung, ungefähr in ihrem Alter, aber sehr stark, und das war das einzige, worauf es ankam. Bald hatte er alles unter Kontrolle, Mona war in der Koppel und schnupperte verächtlich an einer wilden Zehrwurzlilie, die an einem kleinen Bach wuchs. Die ganze Zeit über plauderten er und Katherine fröhlich miteinander, und seine Verwirrung wurde offensichtlich immer größer. Er hieß Tony Carr und wohnte weiter unten an der Küste; sein Vater betrieb die große Farm, zu der Janes Haus einmal gehört hatte.

»Nein, wir haben nie dort gewohnt. Der Mann, von dem wir das Grundstück kauften, hatte ein paar Meilen weiter ein anderes Haus gebaut. Ist zwar ein ganz hübscher alter Bau, aber doch etwas verkommen. Habt ihr die Schlüssel? Gut. Ich war nur einmal drinnen. Meistens wohnten eigenartige Leute hier. Künstler und so. Sie waren wohl nicht sehr scharf darauf, ihre Nachbarn kennenzulernen.«

Als Jane die Schlüssel herausholte, schien Tony sie zum erstenmal zu bemerken. Da ihr eine derartige Behandlung absolut nicht fremd war, nahm sie sie auch nicht übel. In jedem Fall betrachtete sie ihre Kusine als Mitinhaberin des Hauses. Sie hatten immer alles geteilt. Was den jungen Mann anging, so war er sehr nützlich, und Kit verhielt sich lediglich wie immer, wenn sie etwas wollte. Jane war so müde, daß sie froh darüber war. Trotzdem hatte sie plötzlich den Wunsch, Erinnerungen an ihren Paten und sein Haus aufzufrischen, und deshalb ließ sie die beiden allein, um wieder nach draußen zu gehen. Ja, es war wirklich wie ein Elefant, oder vielleicht eher wie ein Kamel, mit seinen zwei langen einstöckigen Enden und dem mittleren Teil, der sich wie ein riesiger Höcker erhob, in dem sich sechs Flügelfenster befanden, worauf Andrew Best, immer von ausgefallenen Ideen besessen, noch einen weiteren Stock aufgesetzt hatte. Nein, wirklich, eher wie ein Kamel. Aber dafür war es wieder zu breit und zu stabil, es sah einfach großzügig und städtisch aus. Katherine hatte recht, wenn sie sagte, es sei wie ein weißer Elefant. Jane hoffte nur, daß er sich nicht als wirkliche Belastung herausstellen würde.

»Jane, wo bist du? Komm zurück. Es ist schrecklich aufregend, aber wir wollen nicht auf Entdeckungsreise gehen, bevor du nicht auch hier bist«, rief Katherine, und Jane lief schnell die vier Betonstufen zu der weiträumigen Veranda hinauf, die um drei Seiten des Hauses führte.

Plötzlich war sie ganz aufgeregt. Wie sah es wohl aus? Sie konnte sich nur an unzählige riesige Zimmer erinnern, die möbliert und doch leer waren. Jetzt hatten sie eine normale Größe, bis auf die zwei wichtigsten Wohnräume, wo Andrew offensichtlich aus zwei oder sogar drei der ursprünglichen Zimmer einen einzigen Raum gemacht hatte. Sie lagen zu beiden Seiten der zentralen Eingangshalle, an deren Ende sich eine geräumige, aber erstaunlich moderne Küche und ein Durchgang nach beiden Seiten befand. Auf diesen führten zwei Doppelschlafzimmer hinaus, und an einem Ende lag das Badezimmer.

»Jetzt gehen wir nach oben«, rief Tony, der sich schon als Familienmitglied fühlte, und sie rasten die steilen Stufen hinauf, die in einen schmalen Treppenabsatz und einen weiteren Korridor mündeten. »Noch sechs Zimmer und noch ein Badezimmer. Unglaublich, kein Wunder, daß die Leute den Mann, der daran noch etwas anbaute, für verrückt hielten. Man sagt, daß der erste Kerl ein Farmer mit mehreren Dutzend Kindern und unzähligen Zimmern war, dann kam einer, noch verrückter als der erste, kaufte den ganzen Kram und wollte es in ein Erholungsheim für Künstler oder so was ähnliches verwandeln. Mit der Erholung ist es hier nicht weit her; eine Menge Künstler und keine Dienstboten. Was wollt ihr um Himmels willen damit anfangen?«

»Es renovieren und dann verkaufen«, sagte Jane, wodurch sie seine ganzen Hoffnungen mit einem Satz zerstörte.

»Dann werdet Ihr nicht lange bleiben?« Er sah sehr jung und niedergeschlagen aus, und Jane bekam Mitleid mit ihm. Den Erfolg erzielte Katherine, wie immer. Freundlich sagte sie: »Fast den ganzen Sommer, denke ich. Es wird Ewigkeiten dauern, alles richtig in Ordnung zu bringen.«

»Ein Monat voller Sonntage. An vielen Stellen ist der Anstrich schrecklich schmutzig, und ihr werdet die Wohnzimmer völlig neu tapezieren müssen. Wenn ich kann, werde ich euch helfen. Ist keine Arbeit für Mädchen«, schloß er, wieder sehr erwachsen und selbstbewußt.

Jane dachte, daß es an Hilfe wohl nicht fehlen würde, wenn es viele Junggesellen in der näheren Umgebung gäbe. Herrlich, so wie Kit zu sein. Aber bei diesen Gedanken bemitleidete sie sich nicht selbst; sie war daran gewöhnt, eben »nur Jane« zu sein. Ihr Blick schweifte zur Aussicht, die man aus dem Fenster hatte. Man sah direkt aufs Meer bis zu den Hügeln in blauer Ferne. Kein Wunder, daß Künstlern dieser Ort gefallen hatte. Plötzlich überkam Jane ein sonderbares unerklärliches Gefühl. Das war der wichtigste Augenblick ihres Lebens. Plötzlich wußte sie es mit absoluter Sicherheit. Dieses Haus gehörte ihr, ihr alleine.

Erst viel später wurde sie sich bewußt, daß hier etwas begann, was fast zu einer fixen Idee wurde. Im Augenblick wußte sie nur, daß sie sehr aufgeregt, ja eigenartig bewegt war. Sie begriff nicht, daß dies das erste Erwachen ihrer Liebe zu dem alten Haus bedeutete.

Sie kehrte in die Wirklichkeit zurück und hörte, daß Katherine Tony verabschiedete, wie sie es erwartet hatte. Sie war freundlich und reizend, voller Versprechungen späterer Wiedersehen, denn sie hatte nicht die Absicht, einen Helfer zu verlieren, der sich schon als wertvoll erwiesen hatte.

»Ich weiß nicht, was wir ohne Sie gemacht hätten«, murmelte sie, und Tony strahlte vor Glück, als er an Jane vorbeiging und gerade noch daran dachte, ihr höflich ›Gute Nacht‹ zu sagen.

Erst als er schon außer Hörweite war, merkten sie, daß Bert weder ihr Farbenmaterial noch ihr Bettzeug gebracht hatte, und daß der Strom wirklich gesperrt war.

3

Um sieben wurde Jane von der Sonne, die ihr durch das Fenster ohne Vorhänge direkt ins Gesicht schien, geweckt; sie fühlte sich schmutzig und unbehaglich. Verwirrt sah sie sich in dem großen nackten Zimmer um, mit den zwei Betten, den schäbigen Kommoden und zwei ausgeleierten Sesseln. Der Boden war mit Linoleum ausgelegt, und die beiden großen Fenster gingen direkt auf das ruhige blaue Meer hinaus. Es war eines der Schlafzimmer im Untergeschoß, und in dem anderen Bett schlief Katherine ganz friedlich.

Und sie sah aus wie ein Engel, obwohl sie mit den eigenartigsten Lumpen zugedeckt war: mit einem alten Vorhang, der über der Wohnzimmertür gehangen hatte, mit einem Kaminvorleger aus demselben Zimmer und schließlich, noch unglaublicher, mit einem großen quadratischen Teppich. Aus diesem schäbigen und häßlichen Bettzeug guckte ihr Kopf hervor, auf einem unbeschreiblichen, mit vier Taschentüchern bedeckten Kopfkissen; er lag dort wie eine liebliche Blume, die Augen geschlossen, dunkle Wimpern auf blassen Wangen und goldenes Haar.

Jane hatte borstiges, widerspenstiges Haar, und obwohl sie sich nicht mit alten Vorhängen und Teppichen hatte zudecken wollen, sah sie äußerst schmutzig aus und fühlte sich auch so. Noch immer trug sie die Kleider, in denen sie über die staubigen Straßen gereist war, und darüber alle anderen Kleidungsstücke, die sich in ihrem Koffer befunden hatten. Der Abend war nicht leicht gewesen. Noras Kerzen waren zwar ein Segen, aber wären ein noch größerer gewesen, wenn sie etwas zu ihrer Befestigung hätten finden können. Auf Untertassen wackelten sie hin und her und fielen um; in kaputten, von den Vormietern zurückgelassenen Tassen legten sie sich elegant zur Seite, und das Wachs tropfte überall hin. Schließlich kramte Jane im Halbdunkel in der alten Mülltonne und fand eine Ansammlung von Bierflaschen, in die sie das ganze Paket steckte, war aber enttäuscht, wie wenig Licht die Kerzen gaben.

Zum Essen hatten sie eine Dose Ölsardinen und frisches Brot, aber kein Besteck. Nora hatte ihnen einen Büchsenöffner mitgegeben, und mit seiner Hilfe bohrten sie Stücke aus dem Brotlaib; dann nahmen sie die Sardinen am Schwanz und aßen sie, während das Öl über ihre Finger tropfte. Sie spülten einen Kessel und kochten auf der offenen Feuerstelle Wasser, warfen eine Handvoll Tee hinein und tranken dankbar die blasse bernsteinfarbene Flüssigkeit. Danach holte Jane alle Kleider, die sie finden konnte zusammen, während Katherine mit einer triefenden Kerze in der Hand einen Rundgang durch die Zimmer machte und das Wrackgut zurückbrachte, mit dem sie sich dann befriedigt zudeckte.

Die Nacht war kühl, und Jane warf sich unruhig hin und her, während Katherine gegenüber in sanften Schlummer fiel. Sie drehte sich nicht um und bewegte sich nicht, sie akzeptierte die gegenwärtige Lage, ohne weiter an die Zukunft zu denken. Das war Kits Art, dachte Jane, und sie beneidete sie.

Katherine wurde wach, als ihre Kusine aus dem Bett stieg, räkelte sich verschlafen und sagte: »Komm, wir gehen schwimmen. Gut, daß unsere Badeanzüge im Koffer sind – aber sonst würde ich auch ohne gehen. Nach diesem Teppich muß ich mich erst mal waschen. Ob ich geschlafen habe? O ja, herrlich. Warum denn nicht?«

Der Strand war die reinste Freude; leicht abfallender weißer Sand, selbst Kinder konnten dort kaum ertrinken, nur wenn sie ganz weit hinauswateten. Die Mädchen schwammen gerne, und das Wasser war so frisch, daß sie sich nach der Nacht in dem schmutzigen Haus, das – dessen waren sie leider nur allzu sicher – nötigst geputzt werden mußte, wieder menschlich fühlten. Das Frühstück, eine Wiederholung des Menus vom Abend zuvor, war heute morgen köstlich, und Jane sagte: »Zuallererst müssen wir diesen gräßlichen Bert erwischen.«

Aber wie? Das Telefon war, wie sie schon entdeckt hatten, zwar noch da, aber abgestellt. Es blieb ihnen nichts anderes übrig, als zu warten, bis Tony auftauchte. Er kam um neun Uhr auf seinem Rundgang durch einen Teil der Farm und lachte schallend über die schmutzigen Betten. Sobald er die Schafweiden hinter sich hätte, würde er nach Hause gehen, Bert anrufen und »Himmel und Hölle in Bewegung setzen«.

Aber er war kaum gegangen, da fuhr ein Lieferwagen vor, und ein großer, dunkler, dünner Mann stieg aus. Es war Hugh, der das verlorene Gepäck brachte. Nora hatte Bert abgefangen, sagte er, das vergessene Gepäck in der hintersten Ecke seines Lastwagens gefunden und es an sich genommen. »Es schien mir am besten, es gleich hierher zu bringen. Wie seid Ihr gestern abend zurechtgekommen?«

Auch er lächelte über ihre Schlafstatt, aber er lächelte mitleidig. »Um Strom und Telefon haben wir uns auch gekümmert. An beiden Stellen haben wir angerufen, und die Leute vom Elektrizitätswerk kommen zufällig vorbei und werden den Strom heute noch in Ordnung bringen. Mit dem Telefon wird es wahrscheinlich etwas länger dauern. Vielleicht zeigt ihr mir jetzt, wo ich die Kisten hinstellen soll.«

Er war hilfsbereit und interessiert, ganz wie sie sich Noras Mann vorgestellt hatten, obwohl er ein nicht sehr starker, ernsthafter Mensch zu sein schien. Er half, alle Kisten zu öffnen, sie an ihren Platz zu stellen und verabschiedete sich dann, um seine Fahrt fortzusetzen. Als Tony ankam und merkte, daß ihm die Schau gestohlen war, war er etwas verärgert, aber er zündete das Feuer an und sah nun, daß sie mit ihrer aussichtslosen Reinigungsaktion schon begonnen hatten.

»Übrigens«, sagte Jane, die aus den Tiefen eines riesigen Schrankes auftauchte, aus dem sie eine sonderbare Ansammlung von kaputten Golfschlägern, alten Hüten, ausgetretenen Stiefeln und leeren Flaschen geholt hatte, »erzählen Sie uns doch mal, wer hier einen großen neuen Wagen besitzt. Blauweiß, ein Riesending.« Sie berichtete Tony von ihrer Begegnung am Vorabend.

»Onkel George«, sagte er sofort. »Er hat uns besucht, und ihr hättet ihn beinahe getroffen. Himmel, das Gesicht des Alten hätte ich gerne sehen wollen. Er ist ein nervöser Autofahrer, und es ist erstaunlich, daß er keinen Herzschlag bekommen hat. ›Wir machen's uns gemütlich...‹, das hat ihn bestimmt aus der Fassung gebracht. Warum haben Sie das gesagt?« Er lächelte Jane an, auf seinem Gesicht zeigte sich zum erstenmal Interesse.

»Ich war nur verärgert. Es war abscheulich von ihm, mich erst anzuschreien, dann wegzufahren und uns unserem Schicksal zu überlassen.«

»Kann ich nicht verstehen. Er muß wirklich außer sich gewesen sein, denn normalerweise ist er ein guter Kamerad und kommt sich wichtig vor mit Mädchen. Hat noch was von der alten Galanterie. Ich hätte doch gedacht...« und Tonys Blick wanderte zu Katherine, die gerade versuchte, wochenalten Staub vom Treppengeländer zu entfernen.

Jane verstand diesen Blick sehr gut, und sie nahm ihn nicht übel.

»Er hat nur mich gesehen. Kit lag ganz unten im Karren.«

»Aha...« Die Betonung war vielsagend, und Tony, ein sehr zuvorkommender junger Mann, der jetzt gemerkt hatte, daß »die Kleine eine ganze Menge Grips hat«, bedauerte es und fuhr hastig fort: »Ich meinte nur, George ist sonst nicht so. Er ist ein prima Kerl, und Ihr werdet ihn bestimmt mögen. Hier ist er eine wichtige Person – und hinter seinem Rücken wird er ›der Fürst‹ genannt. Hat viel Geld mit Öl oder so was im Mittleren Osten gemacht und unterhält ein Herrschaftshaus auf der anderen Seite von Condon.«

»Kein Wunder, daß er eingebildet ist. Und er ist Ihr Onkel?«

»Mutters Bruder, George Enderby. Er wird bestimmt mit tausend Entschuldigungen in den nächsten Tagen vorbeikommen, wenn er von euch hört. Er ist ziemlich oft hier, wenn er sich nicht gerade in der Stadt aufhält.«

Ein paar Tage später begann Jane mit den Matratzen. Im ganzen waren es zwölf, alle schmutzig. »Mußt du das tun, mein Schatz?« fragte Katherine mitleidig, aber ohne Hilfe anzubieten.

»Wenn wir das Haus möbliert verkaufen wollen – was unsere beste Chance ist, wie die Leute sagen – dann werden die Käufer von schmutzigem Bettzeug sofort abgeschreckt. Ich habe jemand nach Condon geschickt, um neue Überzüge zu besorgen, und ich will damit anfangen, das Kapokhaar vorsichtig in dem alten Stall umzufüllen.«

Katherine schüttelte sich und zog nach oben, um ein paar Fensterbänke zu putzen. Jane hatte verstanden. Das war eine Arbeit, die Kit haßte; sie wartete ungeduldig auf das Anstreichen, das ihrem künstlerischen Talent freie Hand lassen würde. Jane, nicht künstlerisch veranlagt, würde natürlich die schmutzige Arbeit tun.

Und sie fand sie sehr schmutzig. Bald war sie mit Kapokstaub bedeckt; bei dieser Arbeit konnte man nur einen Badeanzug tragen. Schnell ging sie ins Haus, um sich umzuziehen; sie lachte, als sie Katherines ziemlich unmusikalisches Gesinge bei der Arbeit hörte. Als sie umgezogen war, kehrte sie in den Stall zurück, der schon bis oben von Kapokhaar erfüllt zu sein schien, und begann, in eine Staubwolke gehüllt und unter wahnsinnigem Geniese, mit der dritten Matratze. Sie war viel zu beschäftigt und zu ärgerlich, um das Geräusch eines heranfahrenden Wagens zu hören. Auch Katherine hörte es nicht. Sie polierte langsam und verträumt an einer Fensterbank herum und malte sich aus, wie sie mit dem neuen Anstrich aussehen würde. Plötzlich dröhnte eine Stimme unter ihr: »Meine liebe junge Dame, das ist aber ein nicht ganz ungefährlicher Platz.«

Jane hätte sicher erwidert: »Und wegen Ihnen wäre ich beinahe runtergefallen«, denn Katherine klammerte sich schnell an der Fensterbank fest und blickte sich erschreckt um. Aber sie lächelte nur zauberhaft und fröhlich und antwortete: »Das ist so eine langweilige Arbeit. Finden Sie nicht auch, daß dieses Haus viel zu viele Fenster hat?«

Das mußte Onkel George sein. Es war der Wagen, den Jane beschrieben hatte, und die Stimme klang ziemlich vertraut. Sofort war sie zum Angriff entschlossen. Ein Mann, noch dazu einer, der widerspenstig zu sein schien. Der mußte gewonnen werden. Wahrscheinlich würde er sehr hilfreich sein, wie alle Männer. Und welche Abwechslung mitten im Hausputz! Mit einer geschickten, anmutigen Bewegung ihrer langen Beine schwang sie sich nach innen, lehnte sich dann heraus und sagte: »Kommen Sie doch herein. Sie sind bestimmt Mr. Enderby, Tonys Onkel. Wir haben schon auf Ihren Besuch gewartet, um uns zu entschuldigen.« Hier machte sie eine Pause, denn ihr fiel ein, daß Jane absolut nicht diesen Wunsch hatte, und fuhr hastig fort: »Ich würde Ihnen so gerne zeigen, was wir hier vorhaben.«

Erfüllt von eifriger Gastfreundschaft lief sie die Treppen hinunter. Noch nie hatte er ein hübscheres oder natürlicheres Mädchen gesehen. Schrecklich, wenn er dachte, wie falsch er diese schönen Beine beurteilt hatte. Er konnte sich nicht genug entschuldigen.

Katherine lachte nur. »Es war doch unsere Schuld. Und warum hätten Sie nicht denken sollen, daß ich betrunken oder verrückt sein mußte, wo der Karren so mitten auf der Straße stand. Jane tut es auch leid – zumindest wird es ihr leid tun, wenn sie Ihre Bekanntschaft gemacht hat. Kommen Sie, gehen wir zu ihr. Sie hat gesagt, sie wollte heute morgen Matratzen umfüllen oder so was ähnliches.«

Sie schlenderten den Pfad hinunter; Onkel George war völlig verzaubert, und Katherine fand ihn herrlich, wie die meisten Männer. Jane hörte in ihrem Stall nicht, wie sie näher kamen, denn sie hielt den Atem an und starrte in eine entfernte Ecke.

Das Kapokhaar war ja schon schlimm genug, aber sie hatte das Gefühl, daß ihr dort noch etwas viel Schlimmeres auflauerte. Unter ein paar alten Säcken hörte sie ein Rascheln. Konnte es eine Ratte sein? Katherine, die solchen Greueln mit derselben Gelassenheit begegnete wie dem ganzen Leben überhaupt, hatte nebenbei erwähnt, daß eine dicke Ratte vor ein paar Tagen den Pfad hinuntergelaufen war. Jane konnte Ratten nicht ausstehen. Ihr Verstand sagte ihr, daß sie normalerweise harmlos waren, aber ihr Instinkt trieb sie schon beim leisesten Verdacht eines Annäherungsversuches auf einen Stuhl oder auf einen Tisch.

Sie unterbrach ihre Arbeit und horchte angespannt. Wieder hörte sie das Rascheln, und aus einem Sackzipfel tauchten ein listiger Kopf und zwei scharfe blanke Augen auf. Jane starrte sie voller Entsetzen an und wagte nicht, sich zu bewegen. Ganz langsam wurde eine dicke, zerzauste Ratte sichtbar, die sich offenbar völlig zu Hause fühlte und keine Angst hatte.

Jane stieß einen Angstschrei aus, ließ die Matratze, die sie gerade füllte, fallen und war nun in einen wahren Kapoksturm eingehüllt. Einen Meter war sie von der halbgeschlossenen Tür entfernt, aber sie erreichte sie in einem Satz und warf sich und mehrere Pfund Kapokhaar George Enderby an die Brust.

»Eine Ratte«, keuchte sie und klammerte sich verzweifelt an ihn. »Eine große, dicke, graue Ratte.«

Onkel George bewältigte die ganze Angelegenheit galant. Einen Augenblick hatte er fast das Gleichgewicht verloren. Er wußte, daß sein tadelloser Anzug mit Staub überzogen war; undeutlich sah er, daß dieses eigenartige Mädchen nur spärlich bekleidet war, aber er behielt einen kühlen Kopf. Während er sie mit einer Hand so weit wie möglich von sich fernhielt, klopfte er ihr mit der anderen auf den nackten Rücken. »Ist ja nichts passiert«, sagte er wie zu einer Dreijährigen. »Jetzt wird sie bestimmt weg sein. Sie tut Ihnen nichts.«

Aber Jane war nicht zu beruhigen. Sie sah sich nach Katherine um, aber ihre Kusine, die sich von der Situation überfordert fühlte, hatte sich hinter einen breiten Rosenbusch zurückgezogen und brach nun in schallendes Gelächter aus. »Jetzt ist sie sicher in der Matratze«, kreischte Jane. »Sie versteckt sich im Kapokhaar. Und ich muß doch weitermachen. Oh, ich kann Ratten nicht ausstehen.«

Für einen älteren Gentleman gab es natürlich keine andere Möglichkeit, als zu sagen: »Ich werde nachsehen«, und George zögerte keinen Augenblick. Das war die Strafe für seine Rücksichtslosigkeit. Es war sogar eine Wiedergutmachung. Er sagte: »Seien Sie beruhigt. Ich werde dafür sorgen, daß sie nicht mehr da ist«, und mit diesen Worten begab er sich zum Stall.

Jane begleitete ihn nicht. Sie ging bis zur Tür, dann floh sie. Jetzt sah sie, wie Katherine aus ihrem Versteck auftauchte, sich die Tränen aus den Augen wischte und keuchte: »Schade, daß du das nicht sehen konntest. Als wärst du mit einer Flinte oder so einer amerikanischen Rakete angeschossen worden. O Jane, du hast ihn umarmt, und er ist von oben bis unten voll Kapokhaar.«

»Ist mir egal. Es war die dickste Ratte, die ich je gesehen habe. Komm jetzt. Du hast ja keine Angst vor ihnen. Geh hin und hilf ihm, die Matratze zu durchwühlen.«

»Das ist aber so dreckig – und ich habe nichts für meine Haare.«

Aber diesmal waren Jane die schönen Haare gleichgültig. Sie packte ihre Kusine fest am Arm. »Komm schon. Die Haare kannst du wieder waschen, und ich gehe nicht zurück, bevor nicht einer jeden Zentimeter der Matratze abgetastet hat. Ich konnte an ihrem Gesicht sehen, daß sie dort ein Nest bauen wollte.«

Katherine stöhnte, gab aber dann wie gewöhnlich nach.

»Dieses himmlische Geschöpf«, sagte Mr. Enderby später unter Niesanfällen zu seiner Schwester, »hatte nicht die geringste Angst. Sie kam wirklich und half mir und sagte nur: ›Ich habe keine Angst, wenn Sie hier sind. Sie werden nicht zulassen, daß sie mich beißt – und außerdem ist sie wahrscheinlich weggelaufen. Sie hat sich bestimmt mehr erschrocken als Jane.‹ So vernünftig. So ruhig. So ausgeglichen.«

Und natürlich war die Ratte verschwunden. Bis Jane davon überzeugt war, hielt sie sich in sicherer Entfernung auf, nieste und hustete und versuchte, Kapokhaar von ihren Augenwimpern, ihrem Haar und ihrem Badeanzug zu entfernen. Der gute Ton verlangte, daß sie dabeistand und sich nicht inzwischen etwas konventioneller anzog; als die beiden Helden schließlich herauskamen und aussahen, als wären sie in einen schrecklichen Schneesturm geraten, guckte sie so reumütig, daß sogar Katherine zufrieden war.

»Nichts zu danken«, keuchte Mr. Enderby heiser. »Überhaupt nichts zu danken. Freue mich, daß ich diesmal helfen konnte. Ich hoffe, daß ich damit wiedergutmachen kann, . . .« Hier hinderten ihn mehrere Niesanfälle, die Vergangenheit wieder erstehen zu lassen, und Jane unterbrach ihn schnell.

»Ich muß mich auch dafür entschuldigen. Ich bin manchmal schrecklich gereizt. Lieber Himmel, was sollen Sie von mir denken – entweder sitze ich auf einem alten Pferd oder ich springe Sie aus einer Tür an. Ich bin nicht immer so verrückt.«

»Ein nettes kleines Mädchen«, erzählte George später Mrs. Carr. »Sehr gerade und offen. Natürlich ist sie mit der anderen nicht zu vergleichen, aber immerhin . . .«

Zu Jane sagte er mit erzwungenem und gesuchtem Humor: »Nicht immer so verrückt? Auf diese Bemerkung kann ich nur schwer antworten, meine liebe junge Dame. Wenn ich sage, ich glaube Ihnen, dann heißt das, ich halte Ihr bisheriges Benehmen für, hm, exzentrisch. Geben wir uns lieber die Hand und lassen Vergangenes vergangen sein, was meinen Sie?«

Später sollten sie noch merken, daß ›der Fürst‹ sehr in kleinen Klischees verhaftet war und sie immer mit überraschender Originalität anbrachte. Aber Jane war entwaffnet und kam zu dem Schluß, daß sie den Alten gerne mochte, auch wenn er etwas hochtrabend war. Sie hätte ihre Laune nicht verlieren dürfen; immer geschah ihr das. So legte sie ihre verschmierte kleine Hand in die seine und sagte: »Einverstanden. Und außerdem haben Sie uns diesmal das Leben gerettet. Kit ist ein hoffnungsloser Fall. Sie kichert immer, wenn irgend etwas passiert.«

Die letzten Worte mißbilligte George. Völlig unmöglich, so etwas Gewöhnliches wie Gekicher mit diesem herrlichen Geschöpf in Verbindung zu bringen. Er dachte noch immer an ihre Reize, als er sehr spät bei seiner Schwester zum Mittagessen eintraf und noch immer nieste und hustete.

»Ja, ich werde bestimmt sofort hinfahren. Tony ist natürlich hingerissen. Nicht, daß es mir etwas ausmachte. Jede ist besser als dieses gräßliche Mädchen aus Condon.«

»Besser? Aber meine Liebe, dieses Mädchen ist völlig anders. Eine Dame. Schön und edel. Außerdem noch mutig.«

»Ja, ja, ich weiß. Ein wahres Wunder an Tugend und Schönheit. Man braucht nicht lange zu fragen, wo Tony seine Schwärmereien her hat.«

Beide wußten, daß das nicht stimmte, denn obwohl ›der Fürst‹ ein Auge auf das hübsche Mädchen geworfen hatte, ging es darüber nicht hinaus. Er hatte seine Frau mit dreißig verloren und war dem Andenken an das Mädchen, das gestorben war, weil es ihm ein Kind schenken wollte, treu geblieben.

»Blödsinn. Wie du wieder übertreibst, Mollie. Sie sind doch noch halbe Kinder. Noch dazu mutige Kinder, wenn sie eine solche Arbeit wagen. Man muß tun, was man kann, um ihnen zu helfen«, und dabei wurde sein Blick nachdenklich. Wieviel Hilfe würden sie annehmen?

Eine Woche später, als er Katherine gefährlich oben auf einer wackeligen Leiter balancieren sah, brachte er das Thema aufs Tapet: »Ihr braucht Hilfe, meine Liebe.« (Eine Woche hatte es gedauert, bis sie »meine Liebe« geworden war.) »Ich habe da gerade einen Mann an der Hand, einen Maori, einen sehr anständigen Jungen, der untätig rumsitzt und darauf wartet, eine Halbtagsarbeit zu finden.«

Jane schaltete sich schnell ein: »Mr. Enderby, wir können uns keine Arbeitskräfte leisten.«

Er sah sie vorwurfsvoll an. Sie war eine gute Seele, aber die andere hätte es nicht so plump herausgesagt.

»Meine liebe junge Dame« (Jane brauchte einen Monat, bis sie weiter aufrückte), »um den Lohn geht es überhaupt nicht. Der Mann ist ständig bei mir beschäftigt, er ist so etwas wie ein jahrelanger Lehnsmann. Er lebt schon ewig auf meinem Gut, kurz gesagt, seit ich hierher kam, und er ist mir ein sehr guter Freund. Er übernimmt die Verwaltung, wenn ich abwesend bin, aber ich kann nicht immer genügend Arbeit für ihn finden.«

Katherine hörte mit leuchtenden Augen zu, und Jane sagte mit einem Unterton entschlossener Selbständigkeit: »Ja, aber...«

Mr. Enderby seufzte und fuhr unbeirrt fort: »Wie viele Maoris ist er unberechenbar. Ich kann ihm nicht befehlen, zu kommen, aber ich bin sicher, er wird es tun, wenn er Sie gerne mag. Wenn Sie ihn kränken, wird er einfach aufhören, aber ich glaube kaum, daß das der Fall sein wird.«

Janes Mund öffnete sich wieder zum Protest, aber Katherine hatte es gesehen und sagte schnell mit dankbar leuchtenden Augen: »O lieber Mr. Enderby, das wäre ja himmlisch. Glauben Sie, er würde es tun? Manchmal ist es so schwierig, und man wird wirklich müde.«

Wenn Kit nur nicht so sprechen würde, dachte Jane unglücklich. Aber vielleicht war sie unfair. Wahrscheinlich strengte sie sich sehr an. Jane war natürlich viel kräftiger. Und ›der Fürst‹ würde ihr mit Freuden helfen. Immer wollten alle Kit helfen, besonders, wenn sie so dreinschaute. ›Der Fürst‹ wollte es von ganzem Herzen. Lebhaft sagte er: »Ja, ich bin sicher, viel zu müde. Es wird bestimmt jemand helfen, und ich will Hua andeuten, daß Sie sich über starke Männerarme sehr freuen würden. Das starke Geschlecht wissen Sie«, strahlte er, und Jane lächelte heldenhaft über die witzige Bemerkung.

»Aber wir müssen etwas dafür tun«, fing sie wieder in ihrer unglücklichen Art an, aber George Enderby sah Katherines vorwurfsvollen Blick und sagte: »Bieten Sie ihm keine Bezahlung an. Damit würden Sie ihn als Untergebenen behandeln, und er würde einfach von der Bildfläche verschwinden. Ich glaube jedoch, ich kann mich auf Sie verlassen«, dabei drehte er sich natürlich zu Katherine um. Bei einem solchen Mädchen konnte man sich immer darauf verlassen, daß sie das Richtige tat. Gar nicht modern oder selbstbewußt. Nichts von dieser reizlosen Selbständigkeit, mit der die Mädchen von heute sich brüsteten. Eben ein weibliches, anlehnungsbedürftiges, liebes junges Ding.

Nachdem sie ihn zu seinem Auto gebracht hatte, hüpfte das liebe junge Ding fröhlich zum Haus. »Herrlich. Einer seiner Dienstboten. Guck nicht so böse, mein Schatz. Der Alte spurt.

Warum sollte er uns nicht ein bißchen Hilfe verschaffen? Siehst du nicht, wie gerne er es tut?«

Jane seufzte. Herrlich, wie Kit zu sein, nicht nur so auszusehen, sondern so liebenswürdig, so unkompliziert, so bereit zum Annehmen zu sein, in der Gewißheit, daß sie dem allein dadurch etwas entgegensetzen konnte, daß sie einfach Katherine war. Sie sagte unglücklich: »Ich kann mit diesen ländlichen Lords nicht umgehen. Na ja, ich hoffe, daß wir Glück mit Hua haben, brauchen können wir ihn bestimmt. Diese Arbeit scheint sich über Monate hinzuziehen.«

Mrs. Carr schaute bei ihnen kurz nach dem ersten Besuch ihres Bruders herein. Sie glich Tony, war dunkel, sah gut aus und hatte eine angenehme, freundliche Art. Niemand wäre auf die Idee gekommen, daß sie mit ängstlicher Spannung wartete, bis sie den neuesten Schwarm ihres einzigen Sohnes zu Gesicht bekam. Sie war sofort beruhigt, als Katherine in malerisch unordentlichem Aufzug mit einer großen Schürze und blauer Farbe auf der Stirn zu ihrer Begrüßung kam. Dieses Mädchen würde sehr viel vornehmer aussehen als ein ganz junger Farmer. Und wie war wohl die andere?

In diesem Augenblick stieg Jane von einer Leiter, von der aus sie einen Schrank, der völlig außer ihrer normalen Reichweite war, erforschte. Sie sah noch unordentlicher und schmutziger aus als Katherine und gar nicht malerisch, aber trotzdem mochte Mrs. Carr sie lieber. »Hat viel zuviel gesunden Menschenverstand, um sich mit einem Jungen abzugeben. Eigentlich schade, wenn ich an die Mädchen denke, für die er geschwärmt hat...«

Sie zeigte lebhaftes Interesse für alle ihre Pläne. »Sie verändern dieses alte Haus. Es war immer sehr romantisch, aber so riesengroß. Der Farmer, der es gebaut hat, hatte die Entschuldigung, daß er so viele Kinder besaß – obwohl er dafür keine Entschuldigung hat –, aber der irrsinnige alte Mann, der es noch vergrößerte, machte es zu einem völlig hoffnungslosen Fall. Heute ist es ein wirkliches Problem mit den vielen Räumen und Treppen.«

Dann sah sie, daß Jane sie ängstlich anschaute. »Meinen Sie, daß es niemand kaufen wird? Auch nicht, wenn es ganz sauber und neu hergerichtet ist?«

Sie zögerte, denn sie wollte ihre Hoffnungen nicht zerstören; sie war aber zu erfahren, als daß sie ihnen übermäßig Mut gemacht hätte. »Ja, man muß eben darauf warten, daß der Richtige im richtigen Augenblick kommt, wie es, glaube ich, bei fast jedem Verkauf ist. Jemand, der das Meer liebt, eine große Familie hat, gerne Gäste aufnimmt und keine Arbeit scheut. In diese ganzen Schlafzimmer geht einiges rein. Aber es gibt bestimmt Leute, die gerne Wochenendparties geben, und das Meer ist immer eine Attraktion. O ja, der Richtige sollte schon zu finden sein, wenn Sie gut annoncieren und es guten Maklern anvertrauen. Aber Sie müssen geduldig warten.«

»Warten«, stammelte Jane. »Aber wir können doch nicht einfach so hierbleiben. Ich meine, es wäre eine Frage des...«

»Machen Sie sich darüber noch keine Sorgen. Erst gibt es einmal viel Arbeit, halten Sie sich möglichst an Tony und seine Eltern. Mein Mann hat mich nicht begleitet. Sie wissen ja, wie Farmer sind – immer haben sie eine wichtige Arbeit, wenn man etwas von ihnen will. Aber er bittet Sie, uns zu besuchen, wann immer Sie Lust dazu haben. Tony kann Sie jederzeit im Auto abholen. Und haben Sie keine Hemmungen, um Hilfe zu bitten. Wir sind alle daran interessiert – und wir bewundern Ihren Mut.«

Sie war eine freundliche, vernünftige Frau, die über ihre neuen Nachbarn ganz beruhigt war, aber etwas Mitleid mit ihnen hatte. Sie mochten sie gerne, aber Jane hegte den Verdacht, daß sie letztlich doch an ihrem Erfolg zweifelte. Und Jane sagte sich, daß sie diesmal Erfolg haben mußte. Ihre Entlassung bei Park, Fairbrother and Park konnte sie noch nicht verwinden. Es war selbstverständlich harte Arbeit, und Jane übernahm natürlich die schwersten Aufgaben. Schwimmen war immer ihre letzte Rettung, und jedesmal, wenn sie übermüdet war, ließ sie sich in die Fluten gleiten. Katherine verrichtete die lohnenderen

Arbeiten, und als das Haus sauber war, überließ Jane es ihr, die Entwürfe für Farben und Anstrich anzufertigen.

Zum Glück hatten das nicht alle Räume nötig. Aber die Einrichtung war langweilig und phantasielos, und Katherine machte sich mit großer Begeisterung an die Arbeit, malte wirklich gut und kombinierte und kontrastierte ihre Pastelltöne geschickt und wirkungsvoll. Jane traf sie meistens mit dem Pinsel in der Hand, verträumten Auges in ihr Werk versunken, und dann murmelte sie: »Grün und gelb, siehst du nicht auch überall Narzissen?«

Etwas beunruhigend, dachte Jane, aber dieser Zustand ging glücklicherweise vorüber. Kit würde keine Gelegenheit haben, zum künstlerischen Stadium ihrer Jugend zurückzukehren, denn wenn das Haus erst einmal fertig und verkauft war, würden sie in die Stadt zurückgehen. Bei diesem Gedanken merkte sie plötzlich erstaunt, wie ihr das Herz sank, aber sie ignorierte dieses Gefühl und sagte sich, daß sie von vornherein die Absicht gehabt hatten, das Haus zu verkaufen und loszuwerden. Es nützte nichts, sentimental zu werden. Einer mußte praktisch denken.

Katherines sorgfältige Arbeit unterschied sich sehr von der ihrer Kusine, die ungeduldig und ziemlich ungestüm war. So ließ Jane ihr ihre Freude und begann selbst damit, tote Fliegen von den Decken zu schrubben. Es war eine harte Arbeit für jemand, der einen Meter fünfundfünfzig groß war und nur eine alte wackelige Leiter zur Verfügung hatte. Eines Tages sagte sie zu Nora, die hereingeschaut hatte, um die Fortschritte zu begutachten: »Ich wünschte, wir hätten eine Stufenleiter. Es ist so anstrengend, sich immer zu recken und sich noch mit einer Hand festhalten zu müssen.«

»Wenn wir euch nur eine leihen könnten, aber unsere Leiter ist auch nicht besser. Aber wartet mal ... Ich bin sicher, daß eine für die morgige Versteigerung ausgezeichnet war. In Condon gibt es zwei Auktionen, und es müßte euch gelingen, für wenig Geld eine Stufenleiter zu bekommen. Zu Hause werde ich die Zeitung finden und euch dann anrufen.«

Das tat sie dann auch. »Es findet eine riesige Versteigerung von allem möglichen Zeug statt, und Hugh muß sowieso hinfahren, dann kann er euch mitnehmen. Er wird in absehbarer Zeit vorbeikommen.«

Unglücklicherweise mußte Jane noch einiges erledigen, so daß sie Katherine zuerst in die Halle gehen ließ, wo die Versteigerung im Gange war. Keine von beiden war je auf einer Versteigerung gewesen, und als Jane ankam, sah sie sofort, daß sich etwas Unglückliches ereignet hatte. Katherine stand traurig und müde neben einem kleinen Haufen seltsamer Gegenstände in einer Ecke. Drei uralte ziemlich verrostete Bügeleisen, ein dickes Bündel abscheulicher Spitzenvorhänge und ein seltsamer, unbeschreiblicher Gegenstand, der Jane an einige der hypermodernen Exemplare der modernen Plastik erinnerte, die sie in Ausstellungen gesehen hatte.

»Was hast du um Himmels willen mit diesem gräßlichen Zeug vor?« fragte sie beunruhigt.

»Liebling, es tut mir ja so leid. Die Leute sind wirklich dumm. Als ich hereinkam, hatte die Versteigerung begonnen, und der Mann auf dem kleinen Podest da lächelte mir zu, und ich lächelte natürlich zurück und nickte, um ihm ›Guten Morgen‹ zu sagen.«

Natürlich lächelte Kit zurück. Das tat sie immer; Jane verlor den Mut. »Und dann dachte er wohl, ich würde bieten. So ein Unsinn. Ich versuchte ihm klarzumachen, daß ich eine Stufenleiter suchte, aber er schien nicht zu verstehen und ging einfach blitzschnell zum nächsten über. Und das Zeug ist so schrecklich. Guck dir bloß diese Vorhänge an. Jemand sagte, das hier wären Bügeleisen, aber ich kann es nicht glauben. Meinst du nicht, sie würden ganz gute Feststeller für die Türen werden, wenn wir sie in Pastelltönen anmalten?« Sie sah Jane erwartungsvoll an, und sie konnte sie einfach nicht enttäuschen.

»Vielleicht«, sagte sie vorsichtig, und zeigte dann auf den dritten Gegenstand. »Aber was soll das denn sein?«

»Sie haben gesagt, man könnte Schuhe damit reparieren. Als

ob das irgend jemand tun würde.« Dann fügte sie in fröhlicherem Ton hinzu: »Aber natürlich ist es schrecklich teuer, Schuhe reparieren zu lassen; meinst du, daß wir es vielleicht doch lernen könnten?«

»Ich bin sicher, daß wir das nicht können«, sagte Jane diesmal ganz hart. »Ich finde es am besten, Kit, wenn wir den ganzen Kram mit nach Hause nehmen und dann zur nächsten Versteigerung geben. Ich glaube nicht, daß wir dabei viel verlieren«, setzte sie heroisch hinzu, aber in Wirklichkeit dachte sie, »wen können wir nur dazu kriegen, solch scheußliches Zeug zu kaufen?«

Noch in demselben Augenblick wurde ihre Frage beantwortet, denn die freundliche Stimme eines Maori ertönte neben ihr: »Gehört das Ihnen, meine Dame? Haben Sie das alles gekauft?«

Jane drehte sich schnell um und entdeckte einen dünnen Mann mit einem gutmütigen dunklen Gesicht, der sie fragend ansah. Irgendeine Regung des Selbstschutzes verleitete sie zu der Antwort: »Nein. Es war ein Mißverständnis. Meine Kusine wollte gar nicht bieten. Was – was meinen Sie, was wir damit machen könnten?«

»Das o. k. Völlig o. k. Ich nehme alles, meine Mutter wollen das.«

Mit einer freundlichen Bewegung der sehr braunen Hand zeigte er auf eine Gestalt hinter sich und fügte hinzu: »Sie wollen Vorhänge und Bügeleisen. Sie nicht mögen elektrisch Eisen. Sie wollen diese.«

In diesem Moment hörte ihn die alte Frau im Hintergrund und kam nach vorne gewatschelt. Anders oder höflicher, dachte Jane, konnte man diese Art der Fortbewegung nicht beschreiben, denn sie war ungefähr einen Meter dreißig groß und wog bestimmt hundertachtzig Pfund. Jane, die nur an die zivilisierten Maoris, die sie gelegentlich in der Stadt gesehen hatte, gewöhnt war, wunderte sich.

»Das«, sagte der Mann, »ist meine Mutter. Sie mögen diese Dinge.«

Auch die hartnäckigste Wiederholung dieser erstaunlichen Aussage hätte Jane nicht überzeugt – denn gewiß konnte niemand diesen abscheulichen Kram mögen – wenn die Frau nicht plötzlich gelächelt und ihre schwielige Hand ausgestreckt hätte. Dieses Lächeln entzückte Jane, denn in ihm lag die ganze Freundlichkeit und gute Laune der Welt und dazu eine rührende Kindlichkeit. Als sie sich die Hand gaben, sagte sie: »Aber wollen Sie das wirklich? Ich meine, können Sie etwas damit anfangen?«

Die Frau strahlte und nickte. »Sehr gut. Sehr schön. Sehr o.k. Ich von Ihnen kaufen.«

»Aber sind Sie sicher? Wofür brauchen Sie das denn?«

»Aus dem Vorhang ich machen Netze für Fischen. Die Eisen ich brauchen so«, und dann folgte eine ausdrucksstarke Pantomime einer geschäftigen Bügelei. »Mit Schuhapparat, mein Junge meine Schuhe flicken – Sie verstehen?« und sie streckte einen plumpen Fuß mit einem Schuh in die Gegend, der bestimmt eine Reparatur nötig hatte. Jane atmete ganz erleichtert auf, und alle drei strahlten sich wieder gegenseitig an. Katherine war losgezogen, um sich einige eindeutig nachgemachte Antiquitäten anzusehen. Jane war gar nicht überrascht, daß ihre Kusine, obwohl sie ihr die Suppe eingebrockt hatte, sich nun nicht mehr dafür interessierte. Sie hatte immer gesagt, daß sie sich nichts aus Maoris mache.

Unter vergnügtem Gekicher und Lächeln wurde der Handel abgeschlossen, und das Geld, das Katherine ausgegeben hatte, kehrte zu Jane zurück. »Herzlichen Dank. Ich wußte wirklich nichts damit anzufangen. Sie sind so freundlich«, sagte sie, und der Mann erwiderte: »Ganz o. k. Sehr o. k. Vielleicht Sie besser sollen die schöne Dame beobachten. Sie kaufen noch mehr verrückte Sachen, oder?«

Das war sehr wahrscheinlich, dachte Jane und hastete hinter Katherine her, die gerade einen alten Sessel mit gefährlichem Interesse prüfte. »Die netten Maoris haben mir das Zeug abgenommen, aber mach das nicht noch einmal«, flüsterte sie, und die immer gehorsame und liebenswürdige Katherine gab betrübt nach und sah zu, wie sich Jane für einen kleinen Betrag die Stufenleiter sicherte.

»Zu dumm, mein Schatz«, murmelte sie im Hinausgehen. »Aber du bist so schrecklich praktisch veranlagt. Diese Stühle hatten eine so herrliche Maserung.«

»Wahrscheinlich nachgemacht, und dann wären sie viel zu teuer. Außerdem brauchen wir keine Stühle«, sagte Jane fröhlich und beschloß bei sich, daß sie Katherine nie wieder erlauben würde, alleine durch eine Versteigerung zu ziehen.

Zwei Tage später rief George Enderby vormittags an, und Jane nahm ab. Er sagte freudig: »Ah, da seid ihr. Wahrscheinlich arbeitet ihr. Ihr dürft es nicht übertreiben, wißt ihr. Nur Arbeit und kein Vergnügen ist eine traurige Sache. Ha, ha. Übrigens, mein Mann Hua kommt heute morgen vorbei. Er wird euch streng prüfen, wirklich. Er ist ein anständiger Kerl, ich hoffe, ihr könnt ihn brauchen.«

»Oh, vielen Dank, aber ...«

»Ich dulde keine Widerrede, junge Frau.‹ Shakespeare, hm? Oder war es dieser Shaw? Lassen Sie ihn helfen. Viele Hände erleichtern die Arbeit, wissen Sie.«

Das duldete keinen Widerspruch, und Jane sagte zu Katherine: »Das war dein Freund, ›der Fürst‹. Immer mit kleinen albernen Zitaten und Gelächter bei der Hand, aber unheimlich nett. Der Maori in seinen Diensten ist schon unterwegs, um uns zu begutachten.«

»Ist ja herrlich. Ich kann's eigentlich mit jedem – aber etwas anderes als ein Maori wäre mir lieber.«

»Unsinn. Du weißt überhaupt nichts von den Maoris, und ich auch nicht, aber wenn er nur in etwa so ist, wie diese reizenden Menschen auf der Versteigerung, dann bin ich zufrieden.«

Zehn Minuten später hielt ein klappriger Wagen vor dem Gartentor, und Jane rief: »Kit, das ist ein Wunder. Es ist der reizende Mensch selbst.«

Hua war nicht weniger überrascht. Er strahlte, als er Jane erkannte; Katherine, die ausnahmsweise im Hintergrund blieb, schien er kaum zu bemerken.

»Sie die kleine Frau mit den Bügeleisen, hm? Gut. Sehr gut. Mr. Enderby haben gesagt: ›Gehen Sie meine guten Freunde besuchen und helfen Sie ihnen, wenn Sie Lust haben.‹ Ich habe Lust. Sehr o. k. Ich mögen anstreichen und machen es nicht schlecht. Also wir beginnen jetzt.«

Wunderbar, dachte Jane, und zum ersten Mal pries sie die verwünschte Versteigerung. Von diesem Moment an wurde Hua ihr guter Freund und Verbündeter, der regelmäßig zwei- oder dreimal in der Woche kam, immer, wenn er Lust dazu verspürte. George Enderby war zufrieden und sagte Jane, sie solle sich ihren kleinen unabhängigen Kopf nicht darüber zerbrechen. »Es macht ihm Spaß. Er scheint euch akzeptiert zu haben, vor allem diejenige, die er als ›die kleine *picanini*‹ bezeichnet.«

Diesmal nahm Jane die Anspielung auf ihr jugendliches Aussehen nicht übel. Es war ein schönes Gefühl, von jemandem bevorzugt zu werden, und sie mochte Hua sehr gerne. Sein Aufzug fesselte sie jedes Mal von neuem. Wenn er in seinem wunderlichen alten Auto aufkreuzte, das aus einer Maschine und einem ungepolsterten Sitz zu bestehen schien, sah er immer aus, als hätte er angezogen, was ihm gerade unter die Finger gekommen war. Da er nicht verheiratet war und seine Mutter zweimal kleiner und zweimal dicker war als er, erregte es ziemliches Aufsehen, wenn er ihre Strickjacken anzog. An heißen Vormittagen trug er ein sauberes, aber sehr zerfetztes eigenes Unterhemd und an kalten einen sehr gut geschnittenen, aber uralten Jagdrock des ›Fürsten‹. In der Regel kam er barfuß, obwohl er angeblich Schuhe so gut reparieren konnte, und außerdem schien er eine besondere Vorliebe für ausgefallene Damenhüte zu haben, die er wahrscheinlich von einer Kusine erbte. Jane sah dieses dunkle, hagere, lächelnde Gesicht gerne unter einem Strohhut, an dem ein paar welke Mohnblumen oder ein Bündel verblichener Bänder baumelten.

Er war ein unermüdlicher und gewissenhafter Arbeiter, und

auf sein Zureden sah sie ein, daß sie, wenn auch ungerne, nicht umhinkönnen würde, den äußeren Anstrich des weißen Elefanten in Angriff zu nehmen. Nachdem er bei den schwierigen Innenarbeiten geholfen hatte, überließ er ihnen die letzten Feinheiten und sagte: »Innen sehr gut. Aber außen, hm? Sehr scheußlich, hm. Käufer werden weglaufen. Glauben Sie nicht?«

Das glaubte sie schon, schreckte jedoch vor dem Umfang und den Unkosten dieser Arbeit zurück. Die Zeit verging, und ihr Geld schwand. Trotzdem mußte sie zugeben, daß der erste Anblick einen schlechten Eindruck machen würde; aber was würde geschehen, wenn man nun das ganze Geld ausgab und doch keinen Käufer finden konnte?

Katherine war da ganz kühn und zuversichtlich. »Geld? Wird schon irgendwoher kommen. Ist doch immer so. Sei nicht kleinlich, mein Schatz. Wegen fünf Pfennig darfst du nicht alles verderben. Ich weiß zwar nicht, wieviel wir brauchen, aber Mr. Enderby ganz bestimmt. Und vergiß nicht, daß ich noch meine zwölfhundert Mark habe.«

In jeder schwierigen Situation erinnerte sie daran, so stolz, als wäre es ein Vermögen und nicht die letzte Reserve, die sie noch von den schweren Zeiten trennte; die Jane schon fürchtete. Jetzt fuhr sie fort: »Wir müssen es tun. Hua wird die schlechten Stellen ausbessern, und dann wird es wie neu aussehen. Natürlich in Weiß, denn es ist ein so lieber weißer Elefant. Ein grünes Dach? O nein, Jane. Es ist doch ganz klar, blau, damit es zum Meer paßt. Das wird herrlich aussehen, die Käufer werden bestimmt Schlange stehen – soll sie doch der Teufel holen.«

Sogar auf Katherine war ein Funke von Janes sorgsam kontrollierter Begeisterung für das alte weiße Haus übergesprungen.

Hua übernahm die schwere Arbeit, Tony half unregelmäßig, aber hingebungsvoll, wenn er freie Zeit hatte, Nora befaßte sich mit den »dummen Kleinigkeiten«, wie sie es nannte, Hugh half Hua bei allem an den Wochenenden – und so war es schließlich vollbracht, und der weiße Elefant stand glitzernd und schön an einem Meer, das nicht blauer war als sein Dach. Jane dachte gar nicht gerne an ihr Bankkonto, aber sie wußte, daß das Ergebnis gut war, daß es echte Verkaufschancen gab und das Leben eitel Freude sein würde.

Das war es auch, bis zu dem Tag, an dem sie das Haus den Maklern an die Hand gaben, nachdem nun auch die letzten Feinheiten ausgeführt waren. Sobald es die Käufer übernahmen, sagte Jane ganz offen, wäre Schluß mit dem Vergnügen, und das Leben würde die reine Hölle werden.

4

Zunächst hatten sie große Pläne; die Maklergebühren würden ungeheuer hoch sein; warum sollten sie das Haus eigentlich nicht selbst verkaufen? Hugh und Mrs. Carr äußerten beide Bedenken gegen diese Sparmaßnahmen. George Enderby befand sich auf einer seiner zahlreichen Reisen in die Stadt und konnte nicht befragt werden. Sie beschlossen, einen Versuch zu starten und setzten teure Anzeigen in mehrere Nordinsel-Zeitungen; dann zogen sie sich zurück, um auf den Ansturm der Käufer zu warten. Ihre Anzeigen hatten es so reizvoll geschildert, daß sie ständig auf das Telefon lauschten, in der festen Überzeugung, es würde gar nicht mehr zu klingeln aufhören.

Es kamen sieben Anrufe. Fünf davon verliefen ungefähr folgendermaßen:

»Haben Sie Strom?«

»Natürlich.«

»Wie nahe an Condon?«

»Ungefähr sechzehn Meilen« – das war leicht untertrieben, aber wohl doch noch so viel, daß zwei der Bewerber sofort absprangen. Die anderen waren hartnäckiger, obwohl ihre Stimmen etwas entmutigt klangen.

»Ist es ein neues und modernes Haus mit allen Annehmlichkeiten?«

»Nicht neu, aber sehr gutes Bauholz und eine sehr praktische Küche. Alles ist renoviert.« (So Jane, aber Katherine protestierte leise: »Nicht renoviert, mein Schatz. Klingt so nach altmodisch«, und Jane nahm ihre Aussage hastig zurück.– »Nicht ganz neu, aber aus Fichte gebaut und daher viel stabiler als die meisten modernen Häuser.«

Aber sie waren von den modernen Annehmlichkeiten nicht abzubringen.

»Natürlich keine Treppen?«

»Das schon, aber im Untergeschoß sind auch Schlafzimmer, so daß Sie sie nicht zu benutzen brauchen.«

»Wie viele Schlafzimmer?«

»Tja, im ganzen wohl zehn, aber ...«

»Zehn? Du meine Güte. War es eine Pension?«

Sie hatten beschlossen, den Mißerfolg des Künstlerheims für sich zu behalten. »Nein, aber der Farmer hatte viele Kinder.«

Eine lachte und meinte, den hätte man wohl besser ins Gefängnis gesteckt, aber eine andere sagte, das klinge alles sehr nach einem Irrenhaus, und hängte einfach ein. Zwei gaben nicht auf, aber ihr Interesse hatte nachgelassen, nur die Hoffnung auf einen Gelegenheitskauf hielt sie noch bei der Stange, denn 48 000 Mark war billig für ein großes Haus am Meer. Jeder fragte: »Haben Sie heißes und kaltes Wasser in den Schlafzimmern?« Jane begann, ungehalten zu werden, so nahm Katherine den Hörer, dem sich ihr Ohr schon so weit wie irgend möglich genähert hatte, und sagte mit gleichbleibender Freundlichkeit: »O nein. Wissen Sie, der Reiz dieses Hauses liegt gerade darin, daß es ..., daß es anders ist. Nicht wie ein Hotel. Ein richtiges Heim.«

»Aber nicht leicht zu unterhalten. Haben Sie ein Einkaufszentrum in der Nähe?«

Katherine war einen Augenblick ratlos, aber Jane zischte: »Der Laden«, und sie fuhr in aller Seelenruhe fort: »Nur zwei Meilen entfernt bekommen Sie alles, was Sie nur benötigen, und die Waren werden ins Haus geliefert.«

Das versöhnte sie und eine sagte: »Natürlich kommt täglich die Post und die Zeitung?«

Katherine mußte zugeben, daß auch das Postamt und der Zeitungsstand zwei Meilen entfernt waren, und das gab ihr den Rest.

Am nächsten Tag mußte Jane mit der anderen ringen, die noch ausgefallenere Wünsche hatte. »Wie sieht es mit Vergnügungen für junge Leute aus? O ja, schwimmen? Natürlich, und ich vermute auch Segel- und Motorsport, wie das am Meer üblich ist? Wie steht es mit Tennisplätzen? Und gewiß befindet sich in der Nähe ein Golfplatz?«

»Ein Golfplatz, da bin ich nicht ganz sicher, aber es gibt hier genügend Flachland für Tennisplätze.«

Von der anderen Seite kam ein Brummen, und die Stimme fuhr unbarmherzig fort: »Meine Familie reitet leidenschaftlich gerne. Ich hoffe, es gibt dort einen Grasboden? Haben Sie vielleicht ein paar Reitpferde, die Sie mit dem Haus verkaufen könnten?«

Jane blickte zum Fenster hinaus, wo Mona, die noch immer bei ihnen war, weil keiner sie zurückbringen wollte, im Schatten saß und ihre Unterlippe fast auf den Boden hängen ließ. Sie unterdrückte ein Lachen und sagte dann ernst: »Ich fürchte, wir können uns nicht von unserem Reitstall trennen.«

Das war ihr Unglück. Jane hätte nicht versuchen sollen, witzig zu sein, denn hier hakte die unsichtbare Käuferin ein: »Reitstall? Das klingt schon besser. Viele lose Boxen, oder?«

Diese Frage verstand Jane nicht. Natürlich konnte man überall boxen, wenn man wollte, aber sie hatte das dunkle Gefühl, daß die Frau etwas anderes meinte, so begnügte sie sich mit dem Vorschlag, die Dame möge vielleicht besser kommen und sich alles selbst ansehen, wobei sie schon bei sich beschloß, Tony für diese Gelegenheit um ein paar Ackergäule zu bitten. Vielleicht war es ein Glück, daß die nächste Frage der Unterhaltung ein Ende setzte.

»Natürlich gute Möglichkeiten zum Fischen? Ich vermute, Sie haben eine Mole?«

Verzweifelt hatte sich Jane die ganze Zeit bemüht, ihre gute Laune zu behalten; aber jetzt platzte ihr der Kragen. »Nein, es gibt keine Mole, und auch keine Motorbootflotte. Es gibt hier nur ein nettes altes Haus und eine herrliche Aussicht und alles, um normale Menschen glücklich zu machen.«

Ihre Gesprächspartnerin sagte in scharfem Ton, daß die Sprecherin wahrscheinlich wenig von normalen Menschen wisse, und hing ein. Sie meldete sich nicht wieder.

Die beiden anderen riefen nicht an, sondern kamen im Auto vorgefahren. Der erste war ein Mann, und dafür war Jane sehr dankbar. Männer waren im allgemeinen weniger kleinlich, und hier konnte sie sich auf Kit verlassen. Aber diesmal hatte sie sich getäuscht; es handelte sich offensichtlich um einen tüchtigen Geschäftsmann, der einen günstigen Kauf tätigen wollte. Nicht für sich selbst, sagte er, aber er war beauftragt, für einen Mann mit Geld, der gerne ein kleines Häuschen haben wollte, wohin er seine Freunde zu strahlenden Wochenenden einladen konnte, das Entsprechende zu finden. Katherine stimmte der Gedanke traurig, daß sich das alte Haus »Mitternachtsorgien«, wie sie es später nannte, gefallen lassen mußte, aber es kam nicht zum Abschluß, denn der Fremde sah sich schnell um und schüttelte den Kopf. »Das ist nicht das Richtige. Zu groß. Außerdem abgelegen. Und dann möchte mein Freund ein bißchen Luxus. Einen hübschen Garten. Einen Teich mit Wasserlilien. Ein Glashaus.«

Hier guckte Katherine etwas verwirrt, sagte aber hilfreich, daß an Glas kein Mangel sei; das wisse sie, denn sie habe ja alle Fenster geputzt. Aber er lächelte und sagte mitleidig: »Ein Gewächshaus, irgendwo, für Trauben und Tomaten.«

An diesem Punkt griff Jane, die bis dahin im Hintergrund gekocht hatte, mit blitzenden Augen in die Unterhaltung ein. »Und er glaubte wirklich, das alles für 48 000 zu bekommen? Was sind heutzutage 48 000 Mark?« (Letzteres war ein Zitat des ›Fürsten‹; für Jane waren 48 000 Mark ein sagenhafter Reichtum, aber das würde sie besser verheimlichen). Der Mann sah erstaunt und belustigt aus. »Nicht wenige würden ihre Seele für 48 000 verkaufen, meine Kleine, da täuschen Sie sich mal nicht«, sagte er. Jane, die über »die Kleine« wütend war, sagte, sie würden das jedenfalls nicht tun; der Mann grinste zu ihr herunter, riet ihr, die Ruhe zu bewahren, stieg in seinen Wagen und verschwand.

»O je«, sagte Katherine traurig, »und er sagte, der Mann hätte Geld.«

»Ich konnte ihn nicht ausstehen«, antwortete Jane, um sich zu verteidigen. »Und außerdem hätte er es ohnehin nicht genommen. Was für gräßliche Leute diese Käufer doch sind.«

Nummer sieben war wirklich unangenehm. Sie kam am nächsten Tag an, schön, gut zurechtgemacht, überheblich, und vom ersten Wort an entschlossen, alles schlechtzumachen. Nicht, was sie sich vorgestellt hatte. Wirklich Zeit- und Benzinverschwendung. Natürlich dachte sie an ein Ferienhaus, aber was sollte sie mit einem solchen Kasten anfangen? Keine gesellschaftlichen Ereignisse. Kein Tennis, kein Golf. Und was diesen Laden da betraf – tja, so könne man da vielleicht Brot und Seife und Butter kaufen, aber wirklich... Sie hoffe jedenfalls, daß sie einen Käufer für ihr Haus fänden und es loswürden. Ob sie im Preis nicht besser heruntergehen sollten? Sie habe den Eindruck, dieser weiße Elefant werde sich als reine Belastung erweisen.

Jane, die immer ärgerlicher geworden war, sagte honigsüß: »Ja, ein weißer Elefant. Wunderbare Geschöpfe sind das. Wir lieben sie. Guten Tag.«

Die Dame, die gerade zum Handeln ansetzen wollte, guckte überrascht, aber Jane drehte ihr ganz entschieden den Rücken, und es blieb ihr nichts anderes übrig, als zu gehen.

Katherine sah sie vorwurfsvoll an. »Mein Schatz, warum fährst du sie so an?«

»Anfahren? Ich habe sie nicht angefahren. Ich habe dabei gelächelt, ganz freundlich.«

»O nein, meine Liebe. Gar kein freundliches Lächeln war das, sondern ziemlich das Gegenteil davon.«

Dann kamen noch zwei Nachzüglerbriefe an. Der eine fragte hoffnungsvoll, ob sie das Haus nicht vielleicht gegen eine Molkerei mit zwanzig Milchkühen eintauschen wollten, und der andere lenkte ihre Aufmerksamkeit sehr stark auf eine kleine Milchbar in einem der weniger gut beleumdeten Großstadtvororte, und bot diese an Stelle von Bargeld für das Haus an, vorausgesetzt, sie würden noch zwölftausend Mark dazulegen.

Das war das Ende ihrer eigenen Bemühungen. Ihre kostspieligen Anzeigen hatten sich als Fehlschlag erwiesen, und zwei Wochen waren verloren. Nun müßten sie es wohl mit Maklern versuchen. Sie gaben es drei Männern in Condon an die Hand und schrieben noch an andere, die weiter entfernt waren. Nach fünf Tagen der Ruhe wurden sie umzingelt; sie kamen, wie Katherine sagte – die nur einmal einen Schulpreis erhalten hatte, und das in Bibelkunde –, nicht als einzelne Späher, sondern in hellen Heerscharen.

Sie sahen gar nicht aus wie Bodenmakler, sie fanden sie sehr interessant, beinahe wie Nora sie beschrieben hatte, eine ganz besondere Rasse. Wenn man verallgemeinerte, so gab es zwei Sorten; die einen versuchten, sie zu ermutigen, sagten, es wäre ein so hübsches altes Haus, die beiden hätten es ganz entzückend gestaltet und natürlich erhöhe das Meer seinen Reiz noch, und die anderen besahen sich alles kritisch, stöhnten dann, offensichtlich entschlossen, aus einer aussichtslosen Aufgabe das beste herauszuholen. Diese erhoben Einwände gegen den Preis; Geld sei heutzutage knapp und große Häuser altmodisch. Sie rieten, einige tausend runterzugehen und den Rest als Hypothek stehenzulassen. Sowohl Hugh als auch Mrs. Carr sagten den Mädchen, sie sollten diesen Rat nicht in Erwägung ziehen. Als sie das hörten, sagten die Makler finster, daß so ein Haus nicht jedem gefalle, und daß es sich bei dem weiten Weg überhaupt nur lohne, wenn man gleich den richtigen Käufer hierher bringe.

Und dann brachten sie die falschen Käufer – dutzendweise.

Die Mädchen fragten sich nachher bei den meisten Leuten, warum sie überhaupt gekommen waren, aber dann kamen sie zu dem Schluß, daß sie sicher nur einen netten Tagesausflug an die See machen wollten. Einige hatten sogar in weiser Voraussicht einen Badeanzug mitgebracht. Wie bei den Maklern, so gab es auch bei den Käufern zwei Sorten. Die netten lobten das Haus, fanden die Lage herrlich, meinten, es sei geradezu unbeschreiblich romantisch, dankten ihnen herzlich für ihre Gastfreundschaft und verschwanden für immer.

Die andere Sorte war ganz abscheulich. Sie hatten offensichtlich nur eins im Sinn – sich unbeliebt zu machen; und das gelang ihnen bestens, indem sie alles schlechtmachten und durchblicken ließen, daß sie gewohnt seien, in Marmorhallen zu wohnen. Ab und zu erklärten sie sich herablassend bereit, es vielleicht zu einem weitaus niedrigeren Preis in Erwägung zu ziehen, oder es gegen eine Jacht oder einen neuen Wagen einzutauschen. Aber in der Regel machten sie ein verdrießliches Gesicht und murmelten einander zu: »Wir gehen wohl besser weiter«, und zu dem Makler sagten sie: »Haben Sie uns nichts Besseres anzubieten?«

Aber zwei Dinge hatten sie alle gemeinsam: Sie wollten reichlich bewirtet werden, verschwanden dann am Horizont und wurden nicht mehr gesehen. Das ging drei Wochen so, und es gab kaum einen Tag, an dem nicht jemand auf der Schwelle stand. Jane verbrachte ihre Zeit damit, Kuchen zu backen und improvisierte Mahlzeiten zu servieren; beides wurde nicht gewürdigt, und beides konnten sie sich nicht leisten. Katherine lächelte geduldig und steckte ohne Widerrede abwertende Bemerkungen über alles ein, besonders über die Farbzusammenstellung, die ihr so am Herzen lag. In gegenseitigem Einvernehmen beschlossen sie, daß sie Sprecher oder besser Zuhörer für beide sein sollte; Jane wollte sich mit ihrer inneren Erregung im Hintergrund halten und kochen.

Zunächst stiegen ihre Hoffnungen immer, wenn ein Käufer ihr Haus nicht offen kritisierte. Sie glaubten ihnen sogar, wenn sie sagten: »Wir werden es uns überlegen und Sie dann anrufen«; und dann warteten sie mit sinkender Hoffnung auf den Anruf, der nie kam. Aber schließlich gelangten sie traurig zu dem Schluß, daß sie alle gleich waren; sie mochten den weißen Elefanten nicht und wollten ihn nicht kaufen, aber sie hatten nicht die Absicht, den Mädchen ihren Entschluß mitzuteilen.

Sie begannen, mit den Maklern Mitleid zu haben, die ihr Bestes taten und nichts daran zu verdienen schienen. Sie freundeten sich mit einem aus Condon an, der ihnen anvertraute, daß es nichts Aussichtsloseres als seine Arbeit gebe. Man glaubte, man habe ein Haus verkauft; man war sicher, daß die Leute nur noch zu unterschreiben brauchten. Dann ließen sie es ohne Bescheid fallen und hatten etwas anderes von der Konkurrenz gekauft. Er rief sie abends nach einem Besuch von Condon aus an, um ihnen zu sagen: »Tut mir leid, wieder ein Fehlschlag. Der hatte nicht einmal genug Geld, um einen Hühnerstall zu kaufen. Aber gebt euch nicht geschlagen. Wir werden es trotzdem verkaufen.«

Aber sie verkauften es nicht. Es war eine aufreibende Angelegenheit und irgendwie demütigend.

Bei Jane hatte das eine eigenartige Wirkung. Sie begann, das Haus wirklich zu lieben, weil sie Mitleid dafür empfand und sich als seine Beschützerin fühlte; Katherine sagte, es sei wie bei einem ungeliebten und schwierigen Kind, das die Lehrer nicht mochten. Sie fuhr empört hoch, wenn sie hörte, es sei »hoffnungslos altmodisch«, »unmöglich groß« und »modernen Anforderungen nicht im geringsten gewachsen«.

Dann kam das, was George Enderby als den letzten Strohhalm bezeichnet hätte; absolut kein Strohhalm, erklärte Jane, denn sie wog mindestens zwei Zentner, eine harte, herrische, protzige Frau mit schlechten Manieren, entschlossen, an ihrem Haus Kritik zu üben, aber innerlich bereit, es zu kaufen, wenn sie es weit herunterhandeln konnte. Ihr Freund, der Makler aus Condon, hatte sie am Abend zuvor angerufen und ihnen konkrete Hoffnungen gemacht. »Sie hat genug Geld, und sie möchte ein Haus am Meer, aber sie ist sehr unangenehm. Es wäre vielleicht besser, Miss Jane, wenn Sie die Verhandlung Ihrer Kusine überließen.« Zu diesem Zeitpunkt sprach er schon ganz offen über die Wirkung von Janes schlechter Laune auf »unangenehme« Käufer und wußte, daß Katherine immer liebenswürdig blieb, und daß versteckte Beleidigungen einfach an ihr abzulaufen schienen. Jane erklärte sich eilends mit dieser Bedingung einverstanden, und er machte einen Termin für den nächsten Tag fest.

Und dann geschah das Unvorhergesehene. Katherine, die mit ihren schönen Zähnen nie Schwierigkeiten gehabt hatte, bekam über Nacht heftige Zahnschmerzen; sie schlief kaum und stand am Morgen mit einem geschwollenen Gesicht auf, heroisch entschlossen, das Interview durchzustehen. Aber davon wollte Jane nichts hören. Sie war von Mitleid mit Kit und Bewunderung für ihren Heldenmut erfüllt, aber sie rief Nora an, die wie gewöhnlich Hilfe brachte. Gerade an diesem Tag fuhr Hugh nach Condon, und er würde vorbeikommen, um Katherine mitzunehmen. Es mache gar nichts. Glücklicherweise seien sie mit einem der Zahnärzte befreundet, und sie würde ihn bitten, Katherine noch an demselben Vormittag zu behandeln. Natürlich würde Jane mit dem voraussichtlichen Käufer wunderbar fertigwerden, sagte die unverbesserliche Optimistin, und Katherine widersprach schon gar nicht mehr, sondern »dankte dem Himmel für die Stevensons«; dann fuhr sie mit Hugh ab. Ihre letzten Worte zu Jane waren: »Sei bitte geduldig, mein Schatz. Beiß dir auf die Zunge, aber sage nichts.«

Jane hatte vor, geduldig zu sein; sie hatte wirklich die Absicht, mit der Frau geschickt umzugehen und lammfromm zu sein. Aber von Anfang an war alles falsch – die Lage, der weite Weg nach Condon, die gefährliche Straße, der fehlende Garten, sogar der Strand – und besonders »der Anstrich, den Sie so ungekonnt aufgekleckst haben«.

Die letzten Worte waren schwer zu ertragen, und der Makler wurde nervös, scharrte unruhig mit seinen Füßen und versuchte, Janes Blick zu treffen. Schließlich sagte die Frau: »Ich könnte vielleicht bis 40 000 gehen. Unnötig zu sagen, daß ich so ein Haus nicht für mich selbst haben möchte. Ich würde es einfach an jemand vermieten, der es in der Saison als Pension betreiben könnte. Eine ganz zweitklassige Angelegenheit natürlich.«

Der Makler sah Jane verstohlen an, und merkte, daß das Schlimmste bevorstand. Sie sprach mit der tödlichen Höflichkeit, die er zu fürchten gelernt hatte. »Wir können weder einen Preis von 40 000 Mark akzeptieren, noch wollen wir, daß dieses Haus zu einer zweitklassigen Pension gemacht wird. Nicht, daß ich mich damit genau auskennen würde, aber für einen Nachmittag habe ich genügend zweitklassiges Benehmen gesehen – Guten Tag.«

Der Makler wurde puterrot und gab einen würgenden Laut

von sich, in dem guten Glauben, damit sein Lachen vertuscht zu haben. Seine Kundin schnaubte und stürzte sich dann auf ihn: »Sie haben meine Zeit vergeudet. Ich glaubte, mit einer verantwortungsvollen Persönlichkeit zu verhandeln, nicht mit einem unverschämten Schulmädchen, das den Wert des Geldes nicht kennt. Bringen Sie mich sofort nach Hause.«

Der Rest des Nachmittags war für Jane sehr traurig. Sie war verärgert über sich selbst und haßte es, ihre Fehlleistung Katherine zu beichten. Sie wußte, daß sie verrückt war, 40 000 auszuschlagen, denn ihre Lage sah verzweifelt aus, und sie hätte dem Angebot mit Freuden zustimmen sollen. Natürlich war das Haus viel mehr wert, aber sie konnten sich diese Erwägungen nicht länger leisten. Arme Kit, die beim Zahnarzt gelitten hatte, und nun nach Hause kam, um diese Neuigkeit zu erfahren.

Aber in derartigen Situationen bewies Katherine immer ihre wahre Stärke. Sie lachte und sagte: »Ich bin froh, daß du die alte Hexe zum Teufel gejagt hast.« Dann sagte sie, sie hätte gerne eine Tasse Kaffee, denn ihr Zahn sei jetzt wieder in Ordnung, und ermunterte Jane, sich zu trösten, denn es würde natürlich jemand kommen, der das Haus einfach himmlisch finden würde.

»Bis jetzt haben wir niemanden gefunden. So ein freches Weib, von einer zweitklassigen Pension zu sprechen. Es könnte eine ganz herrliche werden.«

Als sie das sagte, trafen sich ihre Blicke. Blitzartig war ihnen derselbe Gedanke gekommen. Warum sollten sie es nicht selbst machen? Warum sollten sie nicht versuchen, zumindest im Sommer Pensionsgäste zu bekommen? Einen Moment war es still, dann sagte Katherine: »Wenn wir das machen, können wir hier bleiben. Immer hier leben. Nicht mehr in die Stadt zurückgehen und irgendeiner langweiligen alten Frau Gesellschaft leisten müssen. Niemand wird mehr über deine Rechtschreibung schimpfen und dich entlassen. Richtig leben, Jane.«

»Ich weiß. Richtig leben. Es muß ein großer Erfolg werden, und dann können wir auf die anderen pfeifen. Aber sollen wir es wirklich tun? Würden wir damit nicht noch mehr gutes Geld in eine verlorene Sache stecken?«

»Aber warum denn nicht? Wozu ist das Geld da? Nein, ganz im Ernst, mein Schatz, das ist ein herrlicher Einfall. Der beste, den wir je gehabt haben. Die exklusive Pension der Damen Lee. Zum Teufel mit dieser Frau und ihrem zweitklassigen Schuppen.«

Und so faßten sie zumindest einmal für sich den Entschluß.

Natürlich wurden alle Freunde ausführlich um Rat gefragt. George Enderby, der wieder zurückgekehrt war und es äußerst bedauerte, daß er sich bei den Maklern nicht hatte einschalten können (»Mit diesen Kerlen muß ein Mann verhandeln, meine Liebe«), machte ein ernstes Gesicht. Ebenso Mrs. Carr.

Sie sagte: »Aber es wird schrecklich viel Arbeit machen. Natürlich nur saisonbedingt, aber in der Zeit wird es fürchterlich sein. Außerdem versteht ihr beide nichts davon.«

George murmelte: »Ihr müßt euch mit komischen Leuten rumschlagen. Nicht alle sind feine Herren. Versuchen bestimmt, zwei nette Mädchen auszunutzen. Werden mit allen möglichen Ansinnen kommen. Sie werden unverschämt werden. Ich würde es nicht gerne sehen, wenn meine Tochter so etwas in Angriff nähme.«

Nora hingegen war mehr als zuversichtlich, als sie davon hörte. »Ihr werdet bestimmt massenhaft Geld scheffeln. Mag sein, daß es viel Arbeit ist, aber es lohnt sich gewiß. Ihr werdet so viel verdienen, daß ihr im Winter eine von diesen Inselkreuzfahrten mitmachen könnt. Eine phantastische Idee.«

Hugh versuchte, sie zu bremsen. »Es ist riskant. So eine Pension muß erst einmal bekannt werden. Könnt ihr ein oder zwei Jahre warten, bevor ihr Geld verdient?«

Jane sagte verzagt, bis dahin würden sie wohl halb verhungert sein, und er fuhr unbarmherzig fort: »Außerdem habt ihr beide keine Erfahrung darin, wie man ein Gasthaus betreibt.« Und er hätte beinahe hinzugefügt: »Und Katherine arbeitet nicht so gerne wie du, Jane«, aber das behielt er besser für sich.

Katherine warf plötzlich ein: »Müssen wir den lieben weißen Elefanten Gasthaus nennen? Das ist so ein albernes Wort. Warum nicht Pension?« »Das geht auf keinen Fall«, sagte Nora bestimmt. »Es muß ein Gasthaus sein, und ihr müßt einen Aufenthaltsraum haben und euren Gästen Mahlzeiten servieren. Man muß hier schon etwas für sein Geld tun.«

Katherine guckte völlig verständnislos, aber Jane lachte und sagte, sie würden den Laden schon schmeißen, aber ob wohl das Geld reichen würde, bis ihr Gasthaus bekannt war?

»Außerdem nehme ich an, ihr wißt, daß ihr eine Konzession braucht?« fuhr Hugh unbarmherzig fort. »Dann kommt jemand, um eine amtliche Prüfung vorzunehmen, und so weiter. Er wird euch für ziemlich jung halten, um so ein Unternehmen zu starten.«

»Ach, ich werde meine Haare ganz straff zurückkämmen und mein schwarzes Kleid anziehen«, sagte Kit, »und Jane muß eine große Schürze tragen und eine Brille, wenn wir irgendwo eine leihen können. Mit so einem alten Prüfer werden wir allemal fertig. Was will er denn eigentlich prüfen? Die Waschräume sind völlig in Ordnung, die Rohrleitungen auch.«

»Um ehrlich zu sein, die Prüfung ist ziemlich oberflächlich, wenn die wichtigsten Sachen stimmen. Er wird die Küche sehen wollen, die Kochvorrichtungen, den Eisschrank und solche Sachen. Ihr werdet sofort einen Eisschrank kaufen müssen. Zum Glück ist die Küche der modernste Teil des Hauses.«

»Ist eine Konzession teuer?«

»Nein, da braucht ihr euch keine Sorgen zu machen – um zehn Mark 'rum. Aber trotzdem müßt ihr eine haben. Und wie willst du immer schön freundlich sein, Jane, wenn eure Pensionsgäste launisch und dumm sind? Wie wirst du da reagieren?« schloß er und sah sie streng an.

»Muß ich mir wohl Mühe geben, und außerdem kann Kit sich um die Leute kümmern, während ich koche. Das kann ich wirklich.« (»Und das wird Katherine sehr gut passen«, sagte Nora etwas gehässig zu Hugh, als sie nach Hause fuhren.)

»Um nochmal von der Erfahrung zu reden«, fuhr Jane fort. »Ist doch eigentlich wie ein Haushalt, nur im großen, oder? Und wir brauchen auch nicht viele Möbel zu kaufen, dank der verrückten Idee mit dem Künstlerheim.«

»Nur ein paar nette Kleinigkeiten und einige gute Sachen für den Aufenthaltsraum«, sagte Nora großzügig, und Hugh meinte, sie solle sich nicht dazu hinreißen lassen, die beiden zu überreden, nur weil sie wollte, daß sie auf Tui blieben.

In diesem Augenblick klingelte das Telefon, und Katherine nahm ab. Es war ihr Freund, der Makler. »Die Kundin, die ich neulich zu Ihnen gebracht habe, wissen Sie, Miss Lee, die, mit der Ihre Kusine – hm, eine kleine Auseinandersetzung gehabt hat, rief mich noch einmal an, um mir zu sagen, daß sie 43 000 für das Haus zahlen würde, und bereit wäre, über die Unverschämtheit des unfreundlichen Schulmädchens, wie sie es genannt hatte, hinwegzusehen, vorausgesetzt, daß sie das Geschäft mit einer verantwortungsvollen Person abschließen kann«; beide lachten. Katherine sagte, sie würden erst darüber reden und ihn dann wieder anrufen; langsam ging sie wieder hinein, um es den anderen mitzuteilen.

Was sollten sie tun? Ihr gesunder Menschenverstand sagte ihnen, daß man das Angebot annehmen sollte. Das Haus war für sie eine Belastung, und alles, was ihre Ausgaben deckte, war zu ihrem Besten. Aber innerlich waren sie mehr geneigt, es auszuschlagen. Es war ein schäbiges Angebot. Die Frau wußte, daß das Haus viel mehr wert war, ahnte aber, daß sie dringend Geld brauchten. Jane hörte das alte Haus sagen: »Eine zweitklassige Pension. Bin ich euch wirklich nicht mehr wert?«

O doch. Sie hatte zwei Monate darin gelebt und sehr hart gearbeitet, um es zu verbessern. Sie hatte es lieben gelernt und gute Freunde gewonnen, die ihr viel bedeuteten; mehr Freunde, als sie in einem ganzen Jahr in der Stadt kennengelernt hätte. Sie sah Katherine an und sagte: »Was meinst du?« Aber ihre Kusine schüttelte den Kopf, obwohl ihre Augen sie anflehten. »Es ist dein Haus«, sagte sie.

»Es ist genauso dein Leben wie meines.«

»Sei doch nicht so pessimistisch, mein Schatz, als würden wir hier sterben und begraben werden. Denken wir erst mal an ein oder zwei Jahre, an viele Leute und viel Spaß.«

»Und viel harte Arbeit für dich wie für Jane, Katherine«, sagte Hugh einschüchternd.

Das erschreckte sie ein wenig, aber sie ließ sich nicht davon abbringen. »Tun wir, was wir wirklich möchten, Jane, und nicht nur, was vernünftig ist; das ist so langweilig.«

Jane sagte langsam: »Gut, ich möchte hierbleiben und die Pension – nein, ich meine das Gasthaus – starten und einmal Erfolg haben.«

Katherine sprang von dem Stuhl auf, wo sie schon den Kopf hatte hängen lassen wie eine vergessene Lilie. Jane fand, daß sie noch nie so hübsch ausgesehen hatte. »Gut. Wunderbar. Genau das wünsche ich mir auch so sehr; Jane, wir werden es tun. Wir werden eine herrliche Zeit haben.«

»Es ist ein Glücksspiel«, sagte Hugh langsam. »Ein großes Risiko.«

Katherine lachte. »Herrlich. Ich habe schon immer spielen wollen, aber bis jetzt habe ich nur einmal eine halbe Theaterkarte mit Jane zusammen gewonnen. Tante Edith wollte uns nicht zu den Pferderennen gehen lassen. Jetzt werden wir auf den weißen Elefanten setzen.«

Hugh runzelte die Stirn. »So könnt ihr es wirklich nicht nennen. Ein ungünstiger Name würde die meisten Leute sofort abschrecken.«

»Ja, aber wir können gar nicht anders«, bettelte Katherine. »Das ist es immer für uns gewesen, ein anderer Name würde alles verderben.«

»Viel besser als ›Glitzerndes Meer‹ oder ›Goldener Strand‹ oder andere alberne Bezeichnungen«, stimmte Nora ihr zu. »Der Name fällt auf. Die Leute werden sagen: ›Das müssen ganz ausgefallene Menschen sein, die so einen Namen wählen.‹«

»Und damit haben sie sogar recht«, sagte Hugh gehässig.

»Sollten wir darüber nicht mal mit den Carrs oder dem alten Enderby sprechen? Ich möchte hier nicht allein verantwortlich sein.«

Katherine flog zum Telefon, und Tonys Begeisterung brachte den Draht zum Vibrieren. »Dann bleibt ihr hier? Hurra! Ob es gelingt? Aber klar, das wird prima einschlagen. Gäste zum Übernachten? Die werden sich die Klinke in die Hand geben. Meilenweit gibt es hier kein Motel, und die Leute müssen zelten, wenn sie nicht gerade eine Hütte irgendwo besitzen. Aber natürlich steigen sie viel lieber in einem guten Haus ab. Das war eine richtige Eingebung. Riskant? Blödsinn. Ich komme sofort mit einer Flasche vorbei, um die Sache zu begießen.«

Mr. Enderby gab sich übertrieben onkelhaft, brachte mehrere Ahs und Ohs an, versprach aber, zur Party zu kommen, und sagte: »Sag dem Jungen, er soll seine Flasche für sich behalten. Wahrscheinlich Gin, order irgend so ein scheußliches Zeug. Ich habe Sherry, das schmeckt dem weiblichen Gaumen besser.«

Es war eine herrliche Party, und als sie auf den Erfolg des ›Weißen Elefanten‹ – jetzt in Großbuchstaben, denn dies war eine Art Taufe – getrunken hatten, schienen ihre Chancen immer besser zu werden. Es gab nur einen Augenblick der Verlegenheit, als der ›Fürst‹ auf die Idee kam, eine, wie er es nannte, »Gesellschaft daraus zu machen, oder?« Wobei er schnellstens hinzufügte, daß man auf diese Weise Bargeldüberschüsse gut anlegen und der verdammten Regierung eins auswischen könnte. Jane rümpfte sofort die Nase, und Katherine, deren Augen bei diesen Gedanken zu leuchten begannen, sah, daß es hoffnungslos war und rettete die Situation, indem sie lieblich säuselte: »Lieber Mr. Enderby, Sie meinen es ja so gut, aber wir mögen Sie viel zu gerne, als daß wir unsere Freundschaft durch Geschäftsverbindungen verderben wollten. Aber Sie werden uns doch gewiß immer mit Rat und Tat zur Seite stehen?«

Hier lenkte Hugh ab, indem er sagte, er hoffe, daß sie ihn nicht zu gerne hätten, um Geschäftsverbindungen mit seinem Laden zu unterhalten, und sofort tranken sie alle auf die Geldmengen, die die Stevensons verdienen würden, wenn der ›Weiße Elefant‹ erst einmal ein großer Erfolg wäre.

Mrs. Carr dachte schrecklich praktisch, und alle begannen aufzuschreiben, was gekauft werden mußte. Die schlimmste Anschaffung war der Eisschrank, aber Katherine tat das mit einer großzügigen Handbewegung ab; zum Teil war daran der Sherry schuld, zum Teil ihre Unbekümmertheit in Geldsachen. »Ratenzahlung«, sagte sie und strahlte alle an. »Nichts einfacher als das. Erst eine kleine Anzahlung und dann die Raten auf Lebenszeit verteilen. Möbel? Gar kein Problem. Wir klappern diese Versteigerungen ab und machen Gelegenheitskäufe.« Sie würde alte Stühle beziehen und Tische anstreichen, und alles würde bestens gehen.

George Enderby war hinsichtlich der Konzession auch ganz zuversichtlich. Mit der größten Selbstverständlichkeit sagte er, daß es da keine Schwierigkeiten geben würde. Der Mann, der sich damit beschäftigte, war sein Freund, ein feiner Kerl, wenn er auch eine rauhe Schale hatte. Er wollte mit Ford reden, und dann wäre alles in Ordnung. Niemand brauche das genaue Alter der Mädchen anzugeben. Er könnte ihnen garantieren, daß niemand danach fragen werde.

Sie sprachen alles bis in alle Einzelheiten durch und legten ihre Karten auf den Tisch. Bis auf eine. Jane sagte nichts Genaues über ihr Bankkonto.

Im nüchternen Morgenlicht bestand sie darauf, daß man eine genaue Prüfung der Finanzen vornehmen sollte. »Nein, Kit, ich werde addieren, denn du gehst so leichtsinnig mit den Nullen um, und gerade auf sie kommt es an.«

Ja, der Kühlschrank mußte in Raten abgezahlt werden, was ihr gar nicht lag; sie konnte gebrauchte Möbel kaufen und eine kleinere Summe für Reklame ausgeben. Dann müßten sie erst auf Strandgutjagd gehen, bis die ersten Pensionsgäste auftauchten. Jane machte ein ernstes Gesicht, aber Katherine sagte, wenn man ins Wasser springe, würde man entweder schwimmen oder untergehen, und das sei gerade das Aufregende an der Sache.

5

Der November war gekommen, und alle sagten Jane, Mitte Dezember müsse alles zur Eröffnung fertig sein, wenn sie die Ferienzeit ausnutzen wollten. Das ließ ihnen gerade einen knappen Monat, um die zusätzlichen Möbel zu beschaffen, die sogar Nora für notwendig hielt. Immer wenn sich eine Gelegenheit bot, mit Hugh nach Condon zu fahren, besuchte Jane die Versteigerungen, obwohl sie bei diesen Anlässen Katherine vorsorglich in ihrer Nähe behielt.

Bei einem dieser Besuche sah sie Huas Mutter wieder. Die alte Frau prüfte gerade ein paar getragene Kleider, die für ihre Figur bestimmt nicht ausgereicht hätten, als Jane neben sie trat und ihr die Hand hinstreckte. »Sie sind Huas Mutter. Wie nett, Sie wiederzusehen. Sie waren so freundlich zu uns, als wir uns das letzte Mal hier getroffen haben. Und Hua war seitdem immer mehr als freundlich. Ohne ihn wäre aus dem Haus nie etwas geworden.«

Die alte Frau lächelte ihr breites, unwiderstehliches Lächeln, das Jane so liebte.

»Er es gerne machen. Gerne Ihnen helfen. Er sagen, Sie sehr mutig. Sehr mutige kleine Dame.«

»Danke. Ich freue mich, daß er so denkt. Aber er hat uns so viel Zeit geopfert.«

»Das? Pah!« Nichts konnte ihre Geringschätzung besser ausdrücken. »Das sein nichts. Gar nichts. Hua nicht hart arbeiten. Wenn Chef weg, er auf alles aufpassen. Wenn Chef da, er gehen oft ganzen Tag fischen.«

»Tut er das wirklich? Meinen Sie, er würde uns Fisch verkaufen?« und sie begann, der alten Frau von ihren Plänen zu erzählen. »Und deshalb brauchen wir guten, frischen Fisch, hm? (Das ›hm‹ war wirklich fast so ansteckend wie die Klischees des ›Fürsten‹.)

Die Frau nickte heftig, wobei ihre verschiedenen Doppelkinne weise mitschaukelten. »Er Fisch bringen. Nicht verkaufen. Der große Chef ihn nicht lassen. Aber er geben Ihnen Fisch, Sie ihm geben etwas Geld, hm?«

Jane lachte. »Das klingt ja wunderbar, Frau... Frau... Ich weiß Huas Nachnamen nicht.«

»Nachname? Nichts Nachname. Hua heißen Hua, und ich heißen Miriam für meine Freunde. Sie sagen Miriam, hm?« Und das war der Beginn einer Freundschaft, die Jane sehr wertvoll war.

Unglücklicherweise hatte sie ihre Aufmerksamkeit in der Zwischenzeit von Katherine abgewandt, und nun kam ihre Kusine mit unheilvoll leuchtenden Augen auf sie zu.

»Komm schnell, mein Schatz. Unheimlich aufregend. Diesmal habe ich wirklich klug gehandelt. Ich habe zwei alte Sessel für zehn Mark das Stück gekauft. Ein phantastischer Fang. Komm und sieh es dir an. Hugh hat sie für mich nach draußen gebracht, um dich zu überraschen.«

Überrascht war sie in der Tat, denn Jane hatte noch nie etwas Ähnliches gesehen.

Sie waren schon auf dem Lieferwagen, aber sie konnte sehen, daß die Federn kaputt waren, und die Füllung guckte an allen Ecken und Enden 'raus. Die scheußlichen rosa Bezüge waren verschlissen, und einem fehlte ein Bein. Jane betrachtete sie schweigend und brach plötzlich in Gelächter aus. Katherine sah sie dankbar an. »Ich dachte einen Moment lang, du würdest wie Hugh reagieren. Als ich sie ihm zeigte, sagte er kein Wort, band sie nur auf dem Dach des Lieferwagens fest und knurrte: ›Du gehst besser nach Hause, bevor du noch was Schlimmeres anstellst – wenn es überhaupt noch was Schlimmeres gibt.‹ Ach, mein Schatz, ich weiß, daß ich sie reparieren kann. Das ist genau die Arbeit, die ich liebe – so schöpferisch. Du wirst sehen. Ich werde sie mit dieser hoffnungslosen alten Matratze füllen und sie mit einem unheimlich freundlichen und lustigen Stoff überziehen. Ich sehe sie schon vor mir.«

Ihre Augen strahlten und bekamen wieder den Ausdruck ihrer künstlerischen Phase. Aber sie hielt Wort, und die Sessel machten ihr alle Ehre. Unglücklicherweise stieg ihr dieser Erfolg zu Kopf, und Jane sah sich gezwungen, sie zu einer weiteren Versteigerung zu begleiten. Inzwischen gelang es ihr, einen reellen Glückskauf zu tätigen, als der Männerklub seine Kartentische 'rauswarf, um sie durch neue, mit Flanell überzogene, zu ersetzen. Sie kaufte vier davon zu einem Spottpreis, und Katherine stürzte sich darauf. Jane ließ ihr freie Hand und gab zu, daß sie, in verschiedenen Pastelltönen bemalt, sehr reizvoll aussahen und allen zukünftigen Pensionsgästen des ›Weißen Elefanten‹ gefallen würden. Damit und mit dem langen Büfett, das schon immer dagewesen war, sowie mit dem großen Tisch, der, unter die Durchreiche zur Küche geschoben, als Anrichte dienen konnte, war zumindest das Eßzimmer möbliert.

»Aber der Aufenthaltsraum«, sagte Jane traurig. »Ja, ich weiß, daß du dir mit den Sesseln und dem alten Sofa unheimlich Mühe gegeben hast, aber es sieht so nackt und armselig aus.«

»Könnten wir das nicht als den letzten Schrei der modernen Kunst ausgeben?«

»Die Gäste einer Pension wollen keine Kunst. Sie wollen Gemütlichkeit.«

»Tja, findest du es nicht vielleicht besser, wenn wir es Halle nennen? Hallen sind immer sehr geräumig, und wenn es leer ist, wird es geräumig aussehen.«

Jane lachte. Sie fand Kits Argumentationskraft zu schön.

Und dann hatten sie eine erstaunliche Glückssträhne. Ihr Gewissen hatte Jane gezwungen, ihrer Mutter per Luftpost sofort zu schreiben, nachdem sie beschlossen hatten, den ›Weißen Elefanten‹ zu behalten. Jetzt war ein Antwortbrief per Luftpost gekommen: »Natürlich halte ich es für reinen Wahnsinn. Stell Dir nur vor, daß Du den ganzen Tag kochen mußt, wenn Katherine sich wirklich dazu aufrafft, Betten zu machen und Zimmer zu putzen. Aber wie immer habe ich erst etwas erfahren, als es schon zu spät war, um irgend etwas zu unternehmen, und außerdem hätte ich Euch doch nicht davon abhalten können. Du bist so eigensinnig, und Katherine ist mit allem einverstanden. Matthew sagt daher, ich müßte mich in die ganze Sache schicken und mir keine Sorgen machen. Er schlägt vor, ich solle Euch meine Möbel für die Zeit meines Aufenthalts leihen, wie er sich ausdrückt. Das Einlagern ist sehr teuer, und bei Euch werden sie besser aufgehoben sein, denn es hat den Anschein, daß ich, solange bei Euch alles relativ gut geht, auf unbestimmte Zeit hierbleiben werde. Ich liebe Cambridge, und Matthew sagt, er möchte, daß ich bleibe. Deshalb habe ich die Gesellschaft angewiesen, die Möbel zu Euch zu transportieren, und Matthew besteht darauf, die Frachtkosten zu übernehmen, als seinen Beitrag zu einem Unternehmen, das er anscheinend ganz lustig findet. Ihr tätet gut daran, die Lieferanten anzuweisen, auch Eure Möbel mitzunehmen, damit Ihr Geld spart. Ich bitte Euch nur inständig, dafür zu sorgen, daß meine Möbel rechtzeitig weggebracht werden, wenn Ihr bankrott macht, denn so wird es ganz bestimmt enden.«

Vielleicht nicht gerade ein ermutigender Brief, aber die Mädchen brachen in Freudenschreie aus, als sie ihn lasen. Mrs. Lee hatte sehr gute Möbel und vor allem sehr viele.

Damit konnten ihr Aufenthaltsraum und mehrere Schlafzimmer möbliert werden. Ein Kühlschrank war auch dabei, zwar nicht groß genug für die Erfordernisse einer Pension in einem heißen Klima, aber ein wertvoller Behelf. All das war Jane so zu Kopf gestiegen, daß sie nicht protestierte, als Katherine ihre Absicht ankündigte, mit Hugh auf seiner nächsten Fahrt nach Condon mitzufahren. An diesem Tag fand glücklicherweise keine Versteigerung statt, und Kit sagte unbestimmt, daß sie nur ein paar Kleinigkeiten suche, wie Schürzen und Hausschuhe.

Selbstverständlich kam sie auch damit zurück, aber auch mit einer so gewichtigen und geheimnisvollen Miene, daß ihre Kusine ziemlich beunruhigt war. Des Rätsels Lösung traf später in Form eines riesigen Kühlschranks ein, der bestimmt den Ansprüchen jedes amtlichen Prüfers genügen würde.

»Oh, Kit, warum hast du nicht gewartet, bis ich mitkomme? Er muß irrsinnig teuer gewesen sein.«

»Aber gar nicht, mein Schatz, denn ich habe schon tausend Mark angezahlt.«

»Du hast tausend Mark gezahlt?«

»Ich habe dir doch immer wieder gesagt, du mußt an meine zwölfhundert Mark denken, und du hast dich immer so angestellt, daß es am besten schien, sofort zu handeln. Und die Raten werden dadurch soviel kleiner. Außerdem war der Mann so freundlich, er hat sie auf eine Ewigkeit verteilt.«

»Aber Kit, das ist doch dein ganzes Geld.«

»Nein, ist es nicht. Als ich diese Schuhe gekauft hatte – sind sie nicht wonnig? – hatte ich noch immer achtzig Mark – und die Schürzen sind so billig. Jane, mein Liebling, freust du dich? Ich dachte mir schon, daß du unheimlich überrascht sein würdest.«

Was blieb ihr anderes übrig, als sich zu freuen? Der Kühlschrank war zwar viel größer, als sie ihn gekauft hätte, und die Vorstellung, daß Kit ohne einen Pfennig war, beunruhigte sie; aber sie umarmte ihre Kusine schnell und sagte: »Du warst viel, viel zu gut und selbstlos«; Katherine lachte und sagte: »Wenn dich nur Tante Edith hören könnte. Sie hat immer gesagt, ich wäre die egoistischste Person, die sie kennt – und du siehst, sie hatte unrecht. Du mußt es ihr erzählen, wenn du schreibst, nicht wahr? Ich möchte gerne, daß Matthew davon erfährt.«

»Natürlich werde ich es ihr erzählen – und jetzt kann ich dem Besuch des Prüfers ohne ein schlechtes Gewissen entgegensehen.«

»Oh, der Prüfer? Über ihn habe ich mir noch überhaupt keine Sorgen gemacht«.

Das war auch nicht nötig. Mr. Ford kam mit der Absicht an, mit allem zufrieden zu sein, da der ›Fürst‹ ihn über die Vorzüge der »beiden Damen« und die Notwendigkeit eines »Erstklassigen Hauses« auf der Halbinsel genau informiert hatte. Zum Glück machte er einen Besuch im Laden, und Nora rief sie an. »Er ist unterwegs. Hol' schnell die Brille, Jane.«

Sie setzte sie sofort auf und band sich eine große, unförmige

Schürze um, die ihre hübsche und sehr jugendliche Figur verbarg. Katherine, die ganz bei der Sache war, kämmte ihr Haar straff zurück, so daß keine Locke entkommen konnte; dann zog sie ihr einfaches schwarzes Kleid an, das sie für ihre Arbeit in dem Blumenladen gekauft hatte. Der Prüfer war beeindruckt. Er hatte nicht erwartet, daß zwei so junge Damen so ernsthaft und zuverlässig sein konnten.

Außerdem waren sie ganz reizend. Die Kleine sagte nicht viel, aber die ältere – die trotz ihrer unglücklichen Frisur sehr gut aussah – war freundlich und verantwortungsbewußt. Das Haus war völlig in Ordnung, eigentlich besser, als er erwartet hatte, und die Kücheneinrichtung würde jedes Gesundheitsamt zufriedenstellen. Natürlich sagte er: »Sie scheinen beide für dieses Unternehmen etwas jung zu sein«, aber Katherine riß ihre blauen Augen weit auf und sagte: »Jung? Ist fünfundzwanzig jung, Inspektor? Natürlich *fühle* ich mich alt. Das Leben in der Stadt geht nicht spurlos an einem vorüber.«

Jane wandte sich etwas erschrocken ab, aber Kit erklärte hinterher, sie hätte eigentlich nicht richtig gelogen. Sie hatte nicht gesagt, daß sie fünfundzwanzig sei, und außerdem fühle sie sich manchmal alt, wenn auch nicht allzuoft.

Damit wurde die Konzession zu einer niedrigen Gebühr gewährt, und der Prüfer verabschiedete sich mit den besten Wünschen für die Zukunft und dem Versprechen, sie zu empfehlen, wenn sich eine Gelegenheit bot. Dann zündete Mrs. Carr eine kleine Bombe mit der Frage: »Was werden eure Pensionsgäste den ganzen Tag über mit sich anfangen?«

Jane hatte sich darüber schon ein bißchen Sorgen gemacht, denn man konnte von den Leuten nicht erwarten, daß sie von morgens bis abends schwammen und Strandwanderungen machten. Wäre doch nur ein Tennisplatz oder ein Tanzlokal in der Nähe, oder ein Reitstall. Aber selbst Mona war unter dem größten persönlichen Einsatz von Jane und mit Noras Hilfestellung zurückgebracht worden.

Jetzt saßen sie bei den Carrs auf der Veranda, genehmigten

sich einen freien Nachmittag, und auch George Enderby war da, hörte sich ihre Pläne an und streute lustige, kleine, erheiternde Klischees ein. Mr. Carr, ein schweigsamer, humorvoller Mensch, den Jane seinem charmanten, aber oberflächlichen Sohn vorzog, sprang plötzlich auf, legte seine Pfeife hin und sagte: »Was haltet ihr von Pferden? Wir würden euch zwei oder drei leihen. Wir haben viel zu viele, die mehr fressen, als sie wert sind. Ihr könntet sie zeitweise in eurer Koppel und zeitweise in unserer kleinen auf der anderen Straßenseite lassen. Sättel sind auch genügend da. Ihr könnt sie für den ganzen Sommer haben. Ich bin froh, wenn sie weg sind. Ich weiß auch nicht, wieso es so viele geworden sind.«

»Aber ich«, sagte seine Frau scharf. »Wie alle Schaffarmer liebst du die Tiere und kannst bei einem ›günstigen Reitpferd‹, wie du es nennst, nicht nein sagen. Jane, das ist eine gute Idee. Jetzt halte es nicht wieder für unter deiner Würde und sage, du kannst dir nichts schenken lassen und so weiter. Die Pferde werden nicht gebraucht, und ihr könnt sie an eure unternehmungslustigeren Pensionsgäste vermieten.«

»Nur, wenn ihr das Geld nehmt. Sie gehören uns nicht.«

»Mein liebes Kind, sei nicht albern. Ich mag Menschen gerne, die etwas von ihren Freunden annehmen. Das ist ein schwacher Punkt bei dir. Natürlich wird John nicht seinen Hut aufhalten, um Mietgeld für die Pferde einzusammeln, die er nicht braucht. Setz es auf die Rechnung und betrachte es als unseren kleinen und völlig egoistischen Beitrag zu dem Gelingen des ›Weißen Elefanten‹.«

So dargestellt, konnte man unmöglich ablehnen. Pferde, sagte Jane fröhlich, würden den letzten Pfiff geben. Herrlich, jetzt konnte man noch »Reitpferde stehen bereit« auf die Anzeigen schreiben.

Inzwischen rutschte der ›Fürst‹ unruhig auf seinem Stuhl hin und her. Daran hätte er auch selbst denken können. Aber er wollte sich trotzdem nicht von John Carr in den Schatten stellen lassen. Seine Stimme klang rauh. »Wie wär's mit einem Boot? Ihr müßt ein Boot haben. Die Leute wollen einfach damit herumfahren, der liebe Himmel weiß warum.«

»Ich weiß es«, sagte Katherine mit diesem unwiderstehlichen sehnsüchtigen Unterton in der Stimme, der Jane immer leicht verärgerte, »wir sollten wirklich eins haben. Wenn wir es uns nur leisten könnten...«

»Braucht ihr nicht zu kaufen. Ich will euch was sagen. Ich habe so ein Boot zu Hause, ziemlich groß, schwer und narrensicher. Ich kann nichts damit anfangen. Es sind noch zwei bessere Boote da, es versperrt nur den Strand und ist zu nichts nütze. Ich werde Hua sagen, er soll es anstreichen und auf den Anhänger laden. Dann könnt ihr auf eure Anzeige schreiben: ›Reitpferde und Boote stehen bereit‹.«

»Aber...«, setzte Jane an, und Katherine fiel ihr schnell ins Wort. »Oh, wie reizend von Ihnen. Das wird wunderbar. Wirklich das Tüpfelchen auf dem i. Wie gut ihr alle zu uns seid«, und sie schenkte ihnen einen liebevollen Blick, so daß es völlig sinnlos war, daß Jane ihren Satz zu Ende sprach. Schließlich wurde die Anzeige aufgesetzt, mit dem Zusatz »Schwimmen, Fischen, Reiten, Bootfahren und Sonnenbaden«. Es sah unwiderstehlich aus.

An demselben Abend kamen Hugh und Nora mit einem großen flachen Paket an. »Das ist unser Geschenk. Nur eine Kleinigkeit. Wir haben keine Boote und Pferde«, und er zeigte ihnen ein großes und wunderschön gestaltetes Schild mit der Aufschrift »Zum Weißen Elefanten«. Darunter stand »Exklusives Gasthaus«, und dann ganz unten in kleinen Buchstaben »Inhaber: Die Damen Lee.«

Er machte es an einem dicken Pfahl neben dem Tor fest, so daß es jedem Passanten ins Auge springen mußte, und die Mädchen saßen da und staunten es mit so großer Befriedigung an, daß Hugh restlos glücklich war. »*Das* ist das Tüpfelchen auf dem i«, sagte Jane, ohne zu protestieren. Diese Art von Geschenken konnte sie dankbar annehmen.

»Ja«, stimmte Nora ihr zu. »Ich habe es mit hängender Zunge bepinselt, und Hugh hat die ganze Zeit gemeckert, ich solle vorsichtig sein. Ich bin so froh, daß es dir gefällt, Jane. Es soll euch Glück bringen.« Vielleicht brachte es wirklich Glück, denn bald darauf erhielten sie ihre erste Zimmerbestellung mit einem beigefügten Scheck. Das hatten sie Hugh zu verdanken, denn er hatte darauf bestanden, daß sie bei jeder Bestellung eine Woche Bezahlung im voraus verlangten.

»Aber das sieht doch so geldgierig aus und wird die Leute abschrecken«, wandte Jane ein.

»Könnte ihnen das nicht das unbeschwerte glückliche Gefühl des Wohlbehagens nehmen?« fragte Katherine.

Er sah sie mit belustigter Verärgerung an. »Seid ihr zwei hier um Geld zu verdienen, oder nur um die kleinen Sonnenscheinchen zu spielen? Ihr kennt das Publikum nicht, ich aber ganz genau. Es wird euch ausnutzen, wo es kann. Die Leute werden Zimmer bestellen, dann woanders hingehen, und ihr habt das Nachsehen. Ihr müßt euch absichern.«

Widerwillig erklärten sie sich einverstanden, und nun war der erste Scheck eingetroffen. Es war ungeheuer aufregend, und Jane konnte die ganze Nacht kaum schlafen.

Jetzt gingen noch mehr Antworten auf ihre Anzeige ein. Vielleicht nicht gerade eine Flut, wie Katherine sagte, aber ein stetes Tröpfeln, ein Brief nach dem anderen, bis sie schließlich sicher waren, daß das Haus bis Ende Januar besetzt sein würde. Das sollte genügen, um sie durch die Sommermonate zu bringen, denn für die Hochsaison hatten sie einen ganz anständigen Preis verlangt, wobei sie sich nach dem Rat des Inspektors gerichtet hatten.

»Ja, scheint ziemlich hoch«, hatte er zugegeben, »aber wenn Sie sich umhören, werden Sie entdecken, daß das noch ganz bescheiden ist. Ich würde es für gut halten, wenn Sie damit anfingen. Sie sind nicht sehr erfahren, und deshalb . . .«

»Sie meinen, man sollte sich nicht mehr zumuten, als man leisten kann«, sagte Jane fröhlich, wenn auch nicht sehr elegant, und Mr. Ford blickte sie zustimmend an. Die Kleine schien eine ganze Menge gesunden Menschenverstand zu besitzen.

Als sie den Bewerbern ihre Bedingungen mitteilten, bekamen sie nur ganz wenige Absagen. In Wirklichkeit waren Ferienunterkünfte am Meer dieses Jahr sehr gesucht. Die Schecks trafen jetzt regelmäßig ein, und alle paar Tage rief Jane Nora an, um den neuen Stand ihrer Finanzen bekanntzugeben. »Aber so wird es natürlich nicht weitergehen«, sagte sie. »Denk nur an die ganzen Wintermonate, in denen nichts los sein wird.«

»Aber meine Liebe, sei doch nicht so pessimistisch. Dein zweiter Vorname wäre am besten Jeremia«, antwortete Nora. »Jane Jeremia Lee – klingt genau richtig. Aber ganz im Ernst, mach dir keine Sorgen.«

»Einer muß es ja tun. Siehst du, Kit . . .«

»Wenn du die Kleine reden hörst«, sagte Nora später zu Hugh, »könntest du meinen, sie wäre Katherines Gouvernante.«

»Ist sie ja auch. Natürlich selbst ernannt – und ich hoffe nur, daß Jane sie nicht immer am Hals haben wird«, sagte er so finster wie Jane in ihren schlimmsten Augenblicken.

Dann kamen Briefe von Leuten, die wegen einer Unterkunft »zu herabgesetzten Preisen« für die zwei Wochen vor Weihnachten anfragten. Katherine sah nicht sehr überzeugt aus. Es war so herrlich, alleine zu sein; sollten sie sich nicht besser für den richtigen Ansturm ausruhen? Aber Jane sagte, es wäre eine gute Übung und sie dürften nichts ausschlagen, was Geld brachte.

»Liebling, wirst du nicht ein bißchen geldgierig?« fragte Kit traurig, und Jane lachte. »Wie der ›Fürst‹ sagen würde: ›Achte den Pfennig‹, usw. usw.«, sagte sie.

Hugh wies sie vorsichtig darauf hin, daß sie wohl nicht vorhätten, selbst zu schlafen, da sie an zehn Personen vermietet hatten und damit alle Schlafzimmer ausgebucht waren. Zwei Doppelzimmer und sechs Einzelzimmer; wo wollten sie bleiben?

Wie hatte ihnen dieser Fehler unterlaufen können? Janes ganze Berechnungen, ihr ganzer Haushalt ging von zehn Pensionsgästen aus. Das schien eine so sichere Zahl zu sein.

»Und so leicht zu multiplizieren, man hängt nur eine Null an«, jammerte Katherine. »Aber irgendwo müssen wir wohl schlafen, mein Schatz.«

Da kam George Enderby als rettender Engel und bot ihnen ein großes Zelt an. »Hab' es für so ein paar Burschen gekauft, die für mich gearbeitet haben, aber dann haben sie mich sitzenlassen, und ich blieb mit dem fast neuen Ding zurück.«

Als Mrs. Carr nachher mit ihm alleine war, sagte sie: »So eine Schwindelei. Wieviel Zeit hast du gebraucht, um den Dreck 'reinzureiben und das verdächtig Neue 'runterzukriegen?« Aber George sagte nur: »Die armen Kinder, müssen um jeden Pfennig kämpfen. Nur schade, daß die Kleine sich nicht helfen lassen will. Katherine dagegen . . .«

»Katherine ist reizend, aber unvernünftig«, sagte Mrs. Carr, ohne es böse zu meinen. »Sie verläßt sich nur auf andere und übernimmt keine Verantwortung. Sie ist nämlich eine ganz schöne Belastung, und Jane weiß es. Natürlich würde sie für ihre Kusine durchs Feuer gehen, aber sie ist sich bewußt, daß Katherine eine Arbeit finden muß, wenn das hier schiefgeht, und ich kann mir beim besten Willen nicht vorstellen, was sie, außer schön auszusehen und leichte Hausarbeit zu verrichten, noch leisten könnte.«

Ihr Bruder brummte nur und sagte, daß Frauen immer Vorurteile gegen Mädchen wie Katherine hätten, und daß es ihr an Hilfe und Unterstützung bestimmt nie fehlen werde.

»Das ist ja genau das, was ich meine – Janes Hilfe und Unterstützung«, schloß Mollie Carr triumphierend.

Hua brachte natürlich das Zelt und baute es auf, und sie möblierten es schäbig und spärlich mit den Kleinigkeiten, die sogar Katherine abgeschrieben hatte. »Aber das macht nichts«, sagte Jane tapfer. »Abends werden wir so müde sein, daß wir überall schlafen, und wir merken bestimmt nicht, ob die Kommode nur drei Beine hat und eine Schublade, oder ob die Stühle wackeln.«

Ihre ersten Gäste kamen am 8. Dezember an, um bis zum Beginn des Hauptansturms und der höheren Preise zu bleiben. Mrs. Simpson war von Anfang an eine unangenehme Nörglerin; als sie später zurückblickten, kamen sie zu dem Schluß, daß sie so ziemlich ihr schlimmster Pensionsgast gewesen war. Sie war eine hysterische, nie zufriedene Frau mit einer sanftmütigen Tochter in den späten Dreißigern, die sie bediente und alle ihre Launen mit erstaunlicher Geduld ertrug. Die beiden anderen hatten sich als »Sekretärinnen« bezeichnet, die in einem Büro arbeiteten, dessen Personal seinen Urlaub im Turnus nehmen mußte. Sie waren sehr vernünftige junge Damen um dreißig, die überhaupt keine Schwierigkeiten machten. Kurz gesagt, meinte Jane traurig, sie verkörperten genau das, was ihr und Katherine nicht gelungen war.

Später wurde ihnen klar, daß sie bei Mrs. Simpson Fehler gemacht hatten. Falsch war zunächst Katherines Art, ihre Gäste zu empfangen. Jane hatte darauf bestanden. »Aber, mein Schatz, sie werden mich für die Chefin statt für das Hausmädchen halten«, sagte Kit. »Und warum nicht? Du siehst nicht aus wie ein Hausmädchen, und ich sehe nicht aus wie die Chefin«, war die sehr vernünftige Antwort.

So war Katherine zur Begrüßung in einem ärmellosen blauen Leinenkleidchen nach draußen geschwebt, wie eine Prinzessin, die Freunde in ihrem Schloß willkommen heißt. Als sie erfahrener wurden, war es Jane, die ohne Make-up, mit einer großen Schürze, die Pensionsgäste empfing. Aber auch dann bestand sie noch darauf, daß Katherine sich mit dem, was Hugh die GBG (»die Große Britische Gesellschaft, oder was ihr da aufnehmt«, erklärte er) nannte, befassen sollte. Kit hatte auch Spaß daran und behielt immer ihre gute Laune. Jane kochte, durfte aber nicht als der Seniorpartner erscheinen. »Kurz gesagt«, bemerkte Nora zu Hugh, »Jane macht die ganze grobe Arbeit, und Kit sieht hübsch aus. Nein, das ist vielleicht doch nicht ganz fair. Es würde bestimmt für Jane das Ende bedeuten, wenn gerade in dem Augenblick, in dem sie das Essen für zehn Personen aufträgt, jemand hereinkommen würde, um sich zu beschweren, daß die Toilette nicht funktioniert.« Aber sie hatten ganz sicher bei Mrs. Simpson danebengegriffen, die zunächst einen erstaunten Blick auf Katherines Kleid, einen weiteren auf ihr Gesicht warf, dann eine beleidigte Miene aufsetzte und nach den schwachen Punkten in diesem höchst eigenartigen Haus zu suchen begann. Jane sah das sofort und eilte mit einem zusätzlichen Tablett zu Hilfe; das war der zweite Fehler, denn bald sollte sie erfahren, daß die GBG (zumindest Mrs. Simpsons Sorte) immer mehr erwartete, je mehr man ihr gab.

Der dritte Fehler wurde offenbar, als Katherine außergewöhnlich verwirrt das Tablett hinaustrug und Jane etwas zuflüsterte.

»Schrecklich unangenehm. Natürlich haben wir keinen. Ich dachte, die Dinger wären mit Königin Viktoria untergegangen. Aber sie sagte, in allen erstklassigen Hotels wäre einer im Nachttisch, und sie müsse einfach einen haben. Warum kann sie ihn nicht mitbringen? In einer Hutschachtel würde es kein Mensch merken. Was soll ich denn tun?«

Jane sah beunruhigt aus. »Ich werde Nora anrufen und herausfinden, ob sie vielleicht einen in ihrem Laden haben.«

Als Antwort kam ein schallendes Gelächter. »Verdammt, ich hätte euch warnen sollen. Manche Leute fragen wirklich danach, und Ihr solltet für so alte Schachteln immer ein paar in Reserve haben. Warte mal einen Moment. Ich glaube, wir haben mit Mona und dem Laden einen übernommen. Ja, zwei sogar, beide ziemlich groß, einer mit blauen und einer mit rosa Rosen. Sehr hübsch. Welcher würde dir besser gefallen?«

»Gar keiner, aber wir nehmen wohl besser beide, falls wir mal zwei so komische Leute auf einmal erwischen sollten. Aber wie bekommen wir sie? Kit hat natürlich gesagt, wir würden sofort einen besorgen. Könnte Hugh vielleicht...?«

»Das würde er selbstverständlich tun, aber du hast vergessen, daß er heute seinen Tag in Condon hat. Ich bin alleine, und im Moment habe ich schrecklich viel Arbeit, aber später könnte ich den Laden schließen und ihn euch entgegenbringen, und schließlich braucht man das Ding ja hauptsächlich nachts. Nein, warte mal. Ich habe eine prima Idee. Bleib dran«, und sie stürzte vom Telefon, um in wenigen Sekunden zurückzukommen. »Alles bestens. Ich habe die Lösung gefunden. Da ist ein Junge, der bei den Carrs vorbeigeht. Er nimmt ihn mit. Nur reitet er, und er hat eine ziemliche Ladung dabei, deshalb schicke ich euch jetzt erst mal einen. Die Sekretärinnen werden den anderen bestimmt nicht wollen. Welch ein Segen, daß der Junge vorbeigekommen ist.«

Wie schon so oft, waren sie dankbar, daß es Nora gab, aber Jane sagte nachdenklich, sie hoffe nur, daß der junge Mann nicht schüchtern sei, denn es sei doch ein etwas heikles Gut, um offen am Sattel getragen zu werden. »Ach, aber Nora wird ihn doch in einen hübschen kleinen Karton packen«, sagte Katherine optimistisch.

Aber es kam anders als erwartet. Sie wollten versuchen, nach dem Jungen Ausschau zu halten, aber er ritt schneller als sie gedacht hatten, und als nächstes ertönte Mrs. Simpsons eiskalte Stimme aus der Halle: »Da ist ein Junge am Tor, der Sie offensichtlich sucht.«

Das war nicht zu leugnen, aber es war nicht der schüchterne Schafhirte, den sie erwartet hatten, sondern ein lustiger kleiner Maorijunge, der einen höchst eigenartigen und erstaunlichen Kopfputz trug. Katherine stieß einen Schrei aus und eilte nach draußen, als er ihn mit einem strahlenden Lächeln absetzte.

»Da ist er. Mrs. Stevenson ihn haben eingepackt, aber Papier abgegangen, und ich große Ladung Pakete haben, ich ihn tragen so. Gut, hm?«

»Oh, danke schön, vielen, vielen Dank. Ja, ja. Sehr gut«, stammelte Katherine, die vergeblich versuchte, den Gegenstand unter einer kleinen Schürze zu verstecken. Als sie sicher in der Küche ankam, war es mit ihrer Fassung vorbei, und Jane stimmte in ihr mit großer Mühe verhaltenes Lachen ein. Daß sie es unterdrücken mußten, machte ihnen zum erstenmal richtig klar, daß das Haus nicht länger ihnen gehörte.

Aber all das verschlechterte nur das Verhältnis zu Mrs. Simpson, und wenn die Sekretärinnen auch noch so nett waren und alle ihre Bemühungen würdigten, war Jane doch gar nicht erstaunt, daß sie von dieser Dame nach einem erstklassigen Abendessen die Mitteilung erhielt, daß sie »das Roastbeef viel dünner geschnitten haben wolle und nie tiefgefrorene Erbsen esse – nur frisches Gemüse aus dem Garten.«

6

Katherine und Jane sahen später ein, daß es klug gewesen war, als Experiment diese Pensionsgäste vor dem richtigen Weihnachtsandrang zu nehmen. Wie Jane sagte, bekamen sie dadurch Übung, und wenn es ihnen gelang, Mrs. Simpson zu überstehen, dann waren sie zäh genug, alle und alles zu ertragen. Es muß jedoch gesagt werden, daß sie nie wieder einen so schwierigen Gast hatten, und sie waren sehr dankbar, als sie abreiste. »Aber hier ist ihr Scheck«, sagte Jane und schwenkte ihn triumphierend. »Davon hat sie sich auch nicht gerne getrennt. Der liebe Himmel weiß, daß wir uns den redlich verdient haben.«

Um Mrs. Simpsons Fehler auszugleichen, waren Miss Martin und Miss Menzies Mustergäste gewesen. Sie hatten geschlafen, Sonnenbäder genommen, waren ein bißchen Boot gefahren, hatten sich herzlich und freundlich verhalten und gefragt, ob sie für nächstes Jahr um dieselbe Zeit »buchen« könnten.

»Sie bestanden sogar darauf, ihre Betten selbst für ihre Nachfolger herzurichten«, verkündete Katherine. »So ein Glück. Ich muß noch acht machen, und hier sind die Blumen, die Mrs. Carr für das Eßzimmer geschickt hat.«

Jane schaute kaum auf. »Tut mir leid, aber ich stecke bis über beide Ohren in der Arbeit. Acht zum Mittagessen und zehn zum Abendessen, mehr verkrafte ich nicht.«

Aber innerlich gab sie zu, daß sie Katherines Arbeit nicht gerne übernommen hätte. Niemals hätte sie so heiter und gastfreundlich erscheinen oder gleichmäßig zuvorkommend sagen können: »Ich hoffe, Ihr Zimmer wird Ihnen gefallen.«

»Um ehrlich zu sein«, sagte sie zu Nora, »mir fehlt der persönliche Kontakt. Bedienen mit einem Lächeln, und so weiter. Außer in der Küche bin ich nicht zu gebrauchen.«

»Na ja, schließlich ist die Küche der wichtigste Teil. Katherines Lächeln würde bei einem leeren Magen seine Wirkung verfehlen«, erklärte Nora. Die sechs folgenden Wochen waren für Jane in der Rückschau ziemlich verschwommen. Von den Gästen sah sie praktisch nichts. Ihr Tag bestand aus Kochen, Spülen und Waschen, unterbrochen vom Aufstellen des Speisezettels für den nächsten Tag, von Bestellungen und Aufräumen in der Küche. Hugh und Nora halfen wie immer auf ihre fröhliche und sehr wirkungsvolle Art. Da Hugh zuviel zu tun hatte, um den Laden häufig zu verlassen, beauftragte er einen zuverlässigen Jungen, Milch und Sahne von einer nahen Molkerei, Kolonialwaren aus seinem eigenen Geschäft und Hammel von einer eine Meile entfernten Schaffarm anzuliefern. Rindfleisch und das, was der Metzger »kleine Bestellungen« nannte, kamen mit dem Milchwagen vom Metzger aus Condon, und Jane freundete sich so herzlich mit dem unzuverlässigen Bert an, daß er zwar unregelmäßig, aber mit Begeisterung kleinere Käufe tätigte und ihnen frisches Gemüse aus der Stadt mitbrachte.

»Alle sind so unheimlich hilfsbereit, aber der ›Weiße Elefant‹ könnte ohne dich und Hugh nicht eine Woche weiterbestehen«, sagte Jane zu Nora.

»Aber denk doch nur an das Geld, das wir durch diesen lieben alten Kerl einnehmen.«

»Und dann Hua. Für ihn muß ich dem ›Fürsten‹ danken.«

»Nicht nur. Hua hat Hugh neulich alles über die Versteigerung und die alten Bügeleisen erzählt. Er schloß folgendermaßen: ›Die Kleine, die haben Mut. Sehr viel Mut. Jeden Tag meine Mutter sagen, geh und gib den *picanini* Fisch. Sie wollen Spinat, hm? Nimm ihn mit. Meine Mutter sie sehr mögen, die Kleine.‹ Du siehst also, Jane, du hast genauso viel dazu getan wie der ›Fürst‹.«

Ganz gleich, wem es zu verdanken war, Jane wußte Hua sehr zu schätzen. Er brachte nicht nur Fisch, wobei er ohne Kommentar und offensichtlich in einem Moment der Geistesabwesenheit das Geld nahm, das Jane ihm gab, sondern er brachte Freude in ihren Alltag. Miriam begleitete ihn normalerweise, höchst unbequem auf dem ungepolsterten Sitz kauernd, aber überglücklich, weil sie in einem Auto war, noch dazu in einem, das erstaunlicherweise fuhr. Sie stieg schwerfällig aus und watschelte in die Küche, wo Jane, obwohl sie beschäftigt war, Zeit fand, um ihr den heißgeliebten starken Tee aufzugießen, ihr die kleinste Verbesserung zu zeigen und ein bißchen über die Pensionsgäste zu klatschen. Miriam, deren Kommentare gleichbleibend scharfsinnig waren, interessierte das brennend.

»Sie Hexe. Besser lassen weggehen. Niemand nutzen, besser wenn Schluß«, sagte sie über Mrs. Simpson. Von ihrer Tochter dachte sie nicht viel besser. »Armes Ding. Keinen Grips.« (Grips, vermutete Jane, war eine Neuentdeckung von Miriam, die sie mit Vorliebe verwendete.) Die Sekretärinnen fanden ihre Billigung: »Gute Kerle. Nett, viel nett, aber sie keine Mädchen. Keine Küken. Sie Jungfrauen.«

Alles in allem heiterte Miriam Jane immer auf, und selbst wenn sie völlig erschöpft war, fühlte sie sich in ihrer Gesellschaft besser. Inzwischen machte Hua einen »Rundgang«, wie er es nannte, und verrichtete alle möglichen kleinen Arbeiten, die sich anboten. Der Garten war natürlich eine Wildnis, aber ihm gelang es, die Gegend, die einmal Rasen gewesen war, unter Kontrolle zu bekommen und kurz geschnitten zu halten. Hier fehlte ein Nagel, dort mußte ein Türschloß repariert werden. Auf so vielerlei Weise war er genauso erquickend wie seine Mutter, und Jane war für seine Freundschaft dankbar, denn sie wurde immer erschöpfter.

Ihre einzige Erholung war, daß sie zweimal am Tag schnell zum Strand ging; häufig war sie zu müde zum Schwimmen, aber sie legte sich in das lauwarme Wasser, bis sie sich wieder frisch fühlte. Es machte ihr überhaupt nichts aus, daß alle Katherine für die Besitzerin hielten und sie selbst meistens als »das nette kleine Küchenmädchen« beschrieben wurde oder als »die phantastische Köchin, mit der Sie einen guten Fang gemacht haben«. Aber so hatte sie ihre Ruhe.

Zuerst hatte Katherine sich wehren wollen, dann aber gemerkt, daß es keinen Zweck hatte. Es war besser, Jane in der Küche zu lassen. Sie selbst war beschäftigt, aber die Arbeit gefiel ihr. Im großen und ganzen waren die Leute rücksichtsvoll; viele machten ihre Betten selbst, und die meisten verließen ihre Zimmer relativ ordentlich. Katherine lief anmutig mit Mrs. Lees leistungsfähigem Staubsauger umher, und ohne daß sie sich zu beeilen schien, war ihre Arbeit im Laufe des Vormittags erledigt, und sie war dann bereit, um beim Servieren des Mittagessens zu helfen, sich um die Pensionsgäste zu kümmern und in ihrem bedruckten Leinenkleidchen und der Spitzenschürze immer herrlich erfrischend und ruhig auszusehen. Sehr oft hatte sie nachmittags frei und konnte schwimmen oder mit den Gästen spazierengehen, und das erhöhte in den Augen der verschiedenen jungen Männer sicherlich die Anziehungskraft des ›Weißen Elefanten‹.

Sie leistete jedoch erstaunlich gute Arbeit. Das begann mit der obligaten ersten Tasse Tee am Morgen, die Jane vorbereitet hatte und Katherine um sieben Uhr herumtrug. Nie schwappte der Tee in die Untertasse, nie platzte Katherine unangekündigt in ein Schlafzimmer, nie vergaß sie zu lächeln und einen nervösen Gast zu fragen, wie er geschlafen habe. Sie war die ideale Serviererin, die Teller wurden beim Mittagessen schnell herumgereicht, und nie irrte sie sich in der Sitzordnung. Aber natürlich hatte sie die weitaus leichtere Aufgabe.

Der Nebelschleier, der diese Wochen umgab, wurde von einigen Episoden zerrissen. Zum Beispiel war da der eine Abend, fünf Tage vor Weihnachten, an dem Hugh ihnen sieben frisch geschlachtete Hühner lieferte, »mit Federn, Innereien und allem Drum und Dran«, wie Jane sagte. Sie sollten als »Hähnchen« für das Weihnachtsessen ausgegeben werden, aber die Köchin hatte noch nie zuvor Geflügel gerupft oder ausgenommen. Katherine lief es beim Anblick der warmen Leichen kalt über den Rücken, und zunächst weigerte sie sich, sie anzufassen. Aber Jane blieb dieses Mal unbarmherzig.

»Komm schon. Sie müssen heute abend fertig sein. Wir schließen die Küche zu und decken den Boden mit Zeitungen ab. Wie das gemacht wird? Natürlich kannst du es. Es hilft dir gar nichts, wenn du die Augen schließt und meinst, es müßte dir schlecht werden. Du brauchst nur die Federn auszurupfen.«

Eine halbe Stunde später rief sie Nora an. »Diese gräßlichen Hühner. Die Federn haben wir jetzt bei zwei Stück 'runter, aber was macht man um Himmels willen danach?«

Nora gab kurze aber klare Anweisungen, wenig später erfolgte jedoch ein zweiter, noch aufgeregterer Anruf. »Nora, irgend etwas ist schiefgegangen. Es ist völlig auseinandergefallen. Einfach schrecklich. Wie kannst du nur darüber lachen?«

»Du nimmst es zu tragisch. Macht doch nichts, das eine Huhn. Ihr habt ja sieben. Du kannst es hinterher noch immer schmoren oder sonst was. Wir kommen gleich vorbei, und Hugh wird euch zeigen, wie man es macht. Die Hunde freuen sich, wenn sie Auto fahren dürfen, aber ich werde sie im Wagen lassen, denn die Federn machen sie ganz wild.«

Sie traten in ein Federmeer ein, und sogar Hugh lachte belustigt. Katherine nahm ihre Chance wahr und floh vom Schauplatz des Geschehens, aber Jane ließ sich belehren, denn sie sagte, Geflügel ungewissen Alters von dieser Farm sei billig und würde im Sommer häufig auf ihrem Speisezettel stehen.

»Du mußt sie lange genug dämpfen und dann leicht rösten, dann kannst du sie von ihren eigenen Enkeln nicht mehr unterscheiden«, sagte sie fröhlich. »Jetzt habe ich's begriffen, Hugh. Guck mal zu, wenn ich das nächste fertigmache. Ich hoffe nur, daß die Pensionsgäste noch etwas heißes Wasser übriggelassen haben. Ich rieche nicht gerade nach Veilchen.«

Aber noch Schlimmeres stand bevor. Am nächsten Morgen erschien Tony strahlend mit einem großen Karton an der Tür. »Ein Geschenk für ein hübsches Mädchen«, sagte er mit einem verlegenen Lachen, drückte Katherine das Paket in die Arme und zog sich stillschweigend zurück, bevor Katherine dazu kam, es zu öffnen.

Tief bewegt trug sie es triumphierend in die Küche. »Natürlich Blumen. Der liebe Tony. Das ist ja himmlisch für Weihnachten.« Dann öffnete sie den Deckel und stieß einen kurzen Schrei aus. Die Schachtel enthielt einen dicken Truthahn mit Federn und noch ganz warm.

»Das Scheusal«, sagte Katherine, indem sie sich abwandte. »Wie kommt er dazu, uns so einen Streich zu spielen?«

»Das ist kein Streich. Das ist äußerst praktisch. Ein Truthahn für Weihnachten. Er hat mir neulich erzählt, sie hätten ein paar wilde Truthähne hinter dem Haus. Damit wird unser Festessen wirklich großartig.«

»Das bedeutet aber, daß wir die ganze Abscheulichkeit noch einmal durchstehen müssen.«

»Ist doch eine Kleinigkeit. Ich weiß jetzt, wie man es macht, aber du mußt beim Rupfen helfen. Schließlich ist es dein Geschenk – und ich muß es kochen.«

Es gelang ihr hervorragend, und sogar die etwas älteren Hühner erhielten durch ihre Bearbeitung die Zartheit der Jugend zurück. Das Weihnachtsessen war ein großer Erfolg. Hugh und Nora kamen zu diesem Anlaß und blieben auch, denn Hugh war der Meinung, daß die Anwesenheit eines Mannes eine dämpfende Wirkung auf die ziemlich laut werdende Party haben könnte. »Das stärkere Geschlecht, wie der ›Fürst‹ sagen würde«, spottete Nora, aber die Mädchen waren ihm dankbar, als er die lebhafteren jungen Leute überredete, ihr Bier am Strand zu trinken und dort ihre Party abzuhalten.

»Was würde ich ohne euch machen?« fragte die völlig erschöpfte Jane, als es schließlich ungefährlich schien, »das stärkere Geschlecht« gehen zu lassen. »Ich sage es immer, aber ich meine es auch so.«

»Ich freue mich, wenn ich euch einen Gefallen tun kann«, antwortete Hugh ruhig, »und vielen Dank für das großartige Festessen.« Dann sagte er zu Nora, als sie den ›Weißen Elefanten‹ hinter sich ließen: »Du bist hundemüde, Liebling. Das ist nicht gut für den Nachkömmling.«

»Ach, er oder sie wird schon auf sich aufpassen. Hoffentlich brauchen wir nicht den Plural zu nehmen«, murmelte Nora schläfrig und unzusammenhängend. »Ich bin nicht halb so müde wie Jane. Ihr fielen fast die Augen aus dem Kopf. Hoffentlich übersteht sie die ganze Saison.«

»Jane wird nicht aufgeben. Das paßt nicht zu ihr, aber ich frage mich, ob Katherine durchhält.«

»Wahrscheinlich nicht, wenn es um richtige Arbeit geht, aber sie tut, was sie kann. Sie scheint die Leute fröhlich zu stimmen und die Räder zu ölen –, und von so einem Mädchen kann man nicht auch noch schmutzige Arbeit erwarten«, sagte Nora, vorsichtig urteilend.

Hugh brummte und meinte, er würde auf Jane setzen. Er hätte keine Zeit für professionelle Liebenswürdigkeit, und das ganze freundliche Gewäsch würde den ›Weißen Elefanten‹ nicht weiterbringen, wenn Jane die ganze Sache nicht so gut in der Hand hätte.

»Und schlau ist sie auch«, schloß er. »Komisch, daß sie unseren Nachkömmling noch nicht entdeckt hat.«

»Ich hoffe, daß er oder sie oder auch beide noch einen Monat unsichtbar bleiben werden. Ich möchte nicht, daß Jane es erfährt. Sie würde sich jedesmal aufregen, wenn wir ihr helfen wollten.«

»Ja, so ist es. Katherine würde es ohne weiteres annehmen«, sagte er, als sie in ihre Einfahrt einbogen.

Und dann hatten sie noch lebhaft diesen einen Januarmorgen vor Augen, als Jane um fünf Uhr schon vom Geräusch eines Autos wach wurde, das ganz in der Nähe ratterte. Im Nebenbett schlief Katherine ganz fest. Nur ein Wagen war so nahe an ihrem Zelt geparkt; warum fuhr er um diese Zeit weg? Jane ließ sich nicht die Zeit, weiter darüber nachzudenken. Blitzartig kam es ihr, daß sie bei den zwei jungen Männern, die vor zehn Tagen in einem besonders eleganten Wagen aufgekreuzt waren, immer ein etwas ungutes Gefühl gehabt hatte. Sie hatten im voraus bestellt, aber wie sie sagten, mußte sich wohl irgendein Mißgeschick mit der Weihnachtspost ereignet haben, so daß ihr Anzahlungsscheck nicht angekommen war.

»Ich muß mich entschuldigen«, hatte der ältere mit seinem ganzen verfügbaren Charme gesagt. »Können wir die gesamte Rechnung bezahlen, wenn wir abreisen, oder ist es Ihnen lieber, wenn wir etwas anzahlen?«

Wie hätte Katherine es fertiggebracht, an diesen freundlichen jungen Männern zu zweifeln? Natürlich war sie einverstanden und guckte ganz vorwurfsvoll, als Jane später Bedenken äußerte. Warum machten sie sich jetzt so geheimnisvoll und zu dieser ungewöhnlichen Zeit davon? Jane sprang aus dem Bett, machte sich nicht einmal die Mühe, in dem Haufen Kleider nach einem Morgenrock zu wühlen, sondern lief zur Zelttür, um einen Blick nach draußen zu werfen.

Ja, der elegante Wagen ratterte leise; der jüngere Mann saß auf dem Fahrersitz, und gerade als sie zusah, kam der andere leise mit einem Koffer die Treppe herunter. Ohne an ihre nackten Füße und ihren Jungenschlafanzug zu denken, raste sie den Weg hinunter und erreichte das Auto eine Nasenlänge vor ihm.

Um die Türe zu öffnen, reichte die Zeit nicht, und eine innere Stimme sagte Jane, daß der Fahrer es bestimmt erschwert hätte. Mit einem behenden Satz landete sie auf der Haube, setzte sich entschlossen rittlings darauf und klammerte sich an der Kühlerfigur fest.

»Was machen Sie da?« fragte der zweite Mann, dessen ganzer Charme plötzlich verflogen war. Er sah schuldbewußt und unerfreulich aus.

»Was wollen Sie mit dem Koffer? Sie versuchen wohl abzuhauen, ohne die Rechnung zu bezahlen?«

»Quatsch! Können wir was dafür, daß Sie nicht auf waren?«

»Wieso sollte ich um fünf Uhr auf sein? Und warum haben Sie nicht angekündigt, daß Sie um diese Zeit abreisen wollten? Ist ja auch gleich, jedenfalls bin ich jetzt auf«, und damit suchte sie festeren Halt auf ihrem rutschigen Sitz.

»Kommen Sie jetzt vielleicht 'runter, oder wollen Sie lieber von mir auf die Erde befördert werden?«

Als Antwort darauf rief sie »Kit! Kit! Komm schnell her«, und sagte dann: »Wenn Sie das tun, werde ich Sie wegen Körperverletzung verklagen.«

»Wo ist Ihr Zeuge? Ich habe meinen.«

»Und hier kommt meiner«, denn in diesem Augenblick erschien Katherine verschlafen und verstört in der Zelttür. »Kit komm her. Die Biester hauen ab, ohne zu zahlen. Aber wenn sie das tun, werden sie mich mitnehmen müssen.«

Katherine starrte sie einen Moment an, griff dann schnell hinter sich nach einem Mantel. Sogar in ihrer mißlichen Lage war Jane froh darüber, denn ihre Kusine trug keine dicken Schlafanzüge, sondern Nylonnachthemden. Eine Sekunde später eilte sie heraus und humpelte über die spitzen Kieselsteine, die Jane ohne jede Rücksicht auf ihre armen Füße im Laufschritt genommen hatte.

»Jane, mein Schatz, so kannst du doch nicht 'rumlaufen. Ich meine...«

Sie wußte offensichtlich nicht, was sie meinte, aber als sie von einem zum anderen guckte, dämmerte es ihr langsam. Diese reizenden jungen Männer, die so aufmerksam gewesen waren.

»Du irrst dich bestimmt. Es ist ausgeschlossen, daß sie nicht zahlen wollten. Das stimmt doch, oder?« fragte sie flehentlich und ließ ihre erstaunten blauen Augen von einem Gesicht zum anderen gleiten. Ohne Erbitterung stellte Jane fest, daß sie zum erstenmal etwas beschämt aussahen.

»Tja... hm...« begann der eine, aber der ältere fiel ihm ins Wort. »Natürlich nicht. Wenn Sie Ihre Köchin dazu bringen, von unserem Auto zu steigen, kommen wir herein und werden dann alles sofort in Ordnung bringen. Ich weiß nicht, was in sie gefahren ist. Wir ließen nur den Motor warmlaufen.«

Zu Janes Bestürzung begann Katherine nun freundlich und hilflos zu blicken. Sie redete verzweifelt. »Glaub ihnen kein Wort, Kit. Wenn ich 'runterkomme, hauen sie ab. Warum sollten sie um fünf Uhr morgens ihren Motor warmlaufen lassen? Außerdem ist das kein Motor, bei dem das nötig ist. Sie wollten sich einfach davonschleichen. Sie sind Schwindler. Dazu noch so aalglatt. Ich bleibe jedenfalls hier sitzen, bis wir unser Geld haben. Wenn's sein muß, den ganzen Tag lang.«

»Aber Jane, du kannst doch nicht in diesem schrecklichen Schlafanzug hier sitzen bis alle Leute aufstehen«, sagte Katherine. »Sei vernünftig, mein Schatz. Ich bin sicher, sie werden sofort zahlen, wenn du 'runterkommst.«

»Das werden sie nicht tun. Wenn sie so etwas geplant haben, dann sind sie zu allem fähig. Mein Schlafanzug ist übrigens sehr anständig, und ich bin sicher, daß die Pensionsgäste sehr viel Verständnis für die Situation haben werden, denn niemand, der selbst gezahlt hat, sieht es gerne, wenn andere sich davor drücken. Und nimm bitte keinen Scheck an.«

Sie gaben schließlich nach, zahlten mürrisch Zehnmarkscheine aus und versicherten bis zum Schluß ihre ehrlichen Absichten. Erst als die letzte Mark übergeben war, sprang Jane herunter. Sie hielt das kleine Bündel fest in einer Hand und winkte den beiden sehr mürrischen jungen Männern mit der anderen fröhlich zum Abschied zu.

»Bitte geh hinein«, drängte Katherine kläglich. »Ich fände es schrecklich, wenn dich irgendjemand so sehen würde. Du solltest in dem Aufzug wirklich nicht herumlaufen.«

»Es hat sich gelohnt«, sagte Jane gelassen. »Und jetzt haben wir wieder etwas dazugelernt. Vertraue niemandem.«

Und dann war da noch die Sache mit Mr. und Mrs. Noles. Die Mädchen hatten die hübsche blonde Frau schon gerne gemocht, als das Paar angekommen war. Sie war zu jedermann zuvorkommend und eine Mustergattin. »Sie macht ihre Betten jeden Tag. Und sie hat sogar die Kehrmaschine genommen, als ich ans Telefon mußte, und hat das ganze Zimmer gemacht. Und er ist so nett.«

»Ein ideales Paar«, murmelte eine sentimentale unverheiratete Dame. »Aber wie schade, daß sie keine Kinder haben. Sie hat mir erzählt, was für ein großer Kummer es für sie ist, daß sie ihm keinen Sohn schenken kann.«

Ronald Noles war ein gutaussehender Mann mit einem Gesicht, dem, wie Katherine sagte – die das heimtückische Verhalten der beiden charmanten jungen Männer zutiefst erschüttert hatte –, jedermann ohne weiteres trauen konnte. Sie waren bald das beliebteste Paar in dem ›Weißen Elefanten‹, und sogar

Jane sagte etwas vorschnell, sie wünschte, daß sie für immer bleiben könnten. Sie waren noch wie aus der guten alten Zeit, und so ruhig. »Dabei kommt einem wirklich der Gedanke, daß letzten Endes doch vieles für die Ehe spricht.«

Am nächsten Tag kam sie besorgt zu dem Schluß, daß wenig für die Ehe sprach und gar nichts für Mr. und Mrs. Noles. Es war ein Sonntag, und das Mittagsmahl befand sich soeben im Gange, als sich eine abrupte Unterbrechung ereignete. Mrs. Noles war mitten in einer lustigen kleinen Geschichte über die hoffnungslosen Kochversuche ihres Mannes während der ersten Ehejahre, als ein Wagen vorfuhr, der Unheil verkündend mit kreischenden Bremsen und quietschenden Reifen vorfuhr. Eine Minute später stürzte ein sehr wütender Mann, ohne vorher anzuklopfen, in das Zimmer.

Er war kein sehr sympathischer Mensch und bebte vor aufgestauter Wut. Katherine ging ihm zögernd entgegen, aber er schob sie zur Seite, ohne sie eines Blickes zu würdigen, und begab sich durch das Zimmer an den Tisch, wo das Musterehepaar saß.

»Jetzt habe ich dich endlich«, schrie er, »dich und deinen lieben Freund auch gleich. Ich schwöre dir, daß ich dir den Schädel einhaue«, und bei diesen Worten bekam der hübsche und korrekte Ronald eine schallende Ohrfeige.

Jane, die völlig entsetzt durch die Durchreiche guckte, rief Katherine dummerweise zu: »Halte ihn fest. Halte ihn sofort fest, Kit«, und im nächsten Augenblick ging es drunter und drüber. Zwei junge Männer packten den Eindringling und hielten ihn gewaltsam zurück.

»Seien Sie doch nicht wahnsinnig«, rief einer, als er sich wehrte. »Sie können hier nicht kämpfen.«

Das Ungewöhnliche war, daß Mr. Noles völlig einverstanden schien. Ganz offensichtlich hatte er nicht die geringste Lust, irgendwo zu kämpfen. Anstatt sich in seiner ganzen beachtlichen Höhe aufzurichten und den Eindringling – einen kleineren und weniger stabil gebauten Mann – an den Haaren herauszuziehen, war er blaß geworden, sah gehetzt um sich und suchte offensichtlich nach einer Fluchtmöglichkeit. Es herrschte lautlose Stille in dem Raum, alle betrachteten das Schauspiel mit offenem Mund.

»Lassen Sie mich los«, brüllte der Eindringling. »Nehmen Sie ihre Hände weg und lassen Sie mich mit ihm abrechnen. Der Schweinehund ist mit meiner Frau durchgebrannt. Und was ist mit dir?« sagte er, in dem er sich angriffslustig der sanften Mrs. Noles zuwandte. »Was bist du?« Die Antwort auf diese Frage gab er selbst, und zwar mit Worten, die nur selten in der besseren Gesellschaft gebraucht werden. »Und die Kinder? Fünf kleine Kinder«, verkündete er dramatisch vor versammelter Mannschaft, »und da brennt sie einfach mit dieser Niete hier durch.«

»Fünf Kinder«, stöhnte die unverheiratete Dame. »Fünf, und sie hat doch gesagt, wie sehr sie sich nach einem Kind sehnt.«

»Kann's nicht mehr aushalten vor Sehnsucht«, sagte der kleine Mann, der, wie die Pensionsgäste später beschlossen, alles andere als ein feiner Herr war. »Hat sie vor einer Woche verlassen, und seitdem bin ich ständig hinter ihr her gewesen. Und jetzt habe ich sie, und sie wird mit mir nach Hause kommen. O nein, keine sensationelle Scheidung für dich, mein Kind, mit deinem Foto in allen Zeitungen. Du wirst in dein eigenes Heim zurückkehren, dich darum kümmern und deine Kinder versorgen.«

Jane hatte es aufgegeben, so zu tun, als wolle sie Teller durch die Durchreiche geben. Sie stand da und sah sich das erstaunliche Geschehen ganz unverhohlen an. Jetzt würde doch sicher der schlechte, aber gutaussehende Mr. Noles aufstehen und die von ihm gestohlene Frau verteidigen? Jetzt würde er bestimmt den betrogenen Ehemann hinauswerfen und ihm sagen, er solle doch die Scheidung einreichen? Weit gefehlt. Er war erschreckend gelb geworden und murmelte verwirrt vor sich hin: »Fünf Kinder... Wie schrecklich«, dann stieß er seinen Stuhl zurück, drehte sich auf dem Absatz um und floh.

Der Abgang der falschen Mrs. Noles war etwas dramatischer.

»Sie wurde praktisch an den Haaren herausgezerrt«, sagte einer der vergnügten Zuschauer später sehr anschaulich, aber nicht wahrheitsgetreu. Er hatte sie selbstverständlich fest am Arm gepackt, als er sie aus dem Raum führte, und ohne irgend jemanden anzusehen, ging sie folgsam mit. Das brachte Jane zum Handeln. Sie ließ ihre Pflichten im Stich und eilte nach draußen, mit dem dunklen Gefühl, daß sie das ein Leben lang tun würde. »Und was ist mit der Rechnung?« fragte sie ohne Umschweife. »Wird sie dieser andere gräßliche Mann zahlen?«

Der Ehemann tat etwas Erstaunliches. Er angelte in seiner Tasche nach seiner Geldbörse. »Niemand anders zahlt für meine Frau. Sie hat sich zwar wie eine Dirne benommen, aber sie ist meine Frau. Was kostet ihre Pension, Fräulein? Natürlich nicht seine, verstehen Sie mich recht. Aber ich zahle für meine Frau.«

Am erstaunlichsten war, wie ruhig und widerspruchslos diese Abreise vonstatten ging. »Man hätte meinen können, sie sei ein Kind, das in der Schule ausgerissen war und wußte, daß es zurück mußte«, sagte Jane später, »und ob du es glaubst oder nicht, als er nach seiner Geldbörse suchte, lächelte sie mir zu und sagte: ›Vielen Dank für den herrlichen Urlaub. Ich hatte ihn nötig. Schade, daß er uns so schnell gefunden hat‹.«

Gegen ihr besseres Wissen hörte Jane sich selbst murmeln: »Sie waren uns liebe Gäste. Sind Sie sicher, daß er Sie anständig behandeln wird?« »Oh, machen Sie sich um mich keine Sorgen. Er schlägt gerne Krach, aber ich weiß ihn zu nehmen«, das waren ihre Abschiedsworte.

Ronald Noles reiste später ab. Er blieb in seinem Zimmer, bis er sicher war, daß sich die anderen Pensionsgäste zurückgezogen hatten. Als Jane ihm erzählte, daß die Rechnung der Dame bezahlt sei, freute er sich ganz offen und wurde vertrauensselig. »Sehr anständig von ihm. Wissen Sie, wir haben uns nur zum Tanzen und im Kino getroffen. Ich hatte keine Ahnung, daß Kinder da waren. Fünf. Denken Sie nur, was für einen Schaden man da anrichtet. Das beweist doch, daß ein Mann nicht vorsichtig genug sein kann, oder nicht?«

Jane stimmte ihm von ganzem Herzen zu. Zu Katherine sagte sie noch: »Und auch Leute, die Pensionen führen, können nicht vorsichtig genug sein.« Als sie die Geschichte am nächsten Tag Miriam erzählte, hörte die alte Frau mit gespitztem Mund und gluckernden Lauten der Mißbilligung zu. Nachdem Jane geschlossen hatte, sagte sie: »Sie haben mitgenommen? Gezahlt und mitgenommen? Gut. Werden sie gut in sein *kainga* einsperren.«

»O nein, Miriam, ich bin sicher, daß er das nicht tun wird. Das war nicht der Typ dazu.«

Miriam verdaute das einen Augenblick mit enttäuschtem Schweigen und sagte dann: »Die Maoris machen anders. Gute Frau, Maori geben viel Geld, viel Kleider, viel *picanini*. Schlechte Frau«, hier zuckte sie zusammen, um dramatisch das Schicksal einer schlechten Frau zu zeigen, und Jane, die ein Lächeln unterdrückte, sagte: »Schlechte Frau kein Geld, keine Kleider, keine *picanini*, ist es so, Miriam?«

Aber die alte Frau schüttelte entschieden den Kopf. »Schlechte Frau kein Geld, kein *kai*, aber viele *picanini*«, verbesserte sie.

Das schien Jane eine einfache, wenn auch primitive Lösung ehelicher Probleme zu sein.

7

Endlich war es überstanden; der lange heiße Januar, von dem Jane geglaubt hatte, er würde nie vorübergehen, war unter glühender Sonne und flimmernder Hitze zu Ende gegangen und ließ sie völlig erschöpft zurück. In vier Tagen begann die Schule wieder, und der letzte Schub Pensionsgäste hatte gepackt, die Rechnung bezahlt und reiste ab. Jane verabschiedete sich freundlich aber kurz und kehrte zu einer Menge schmutzigen Frühstückgeschirrs zurück. Katharine stand auf der Treppe zur Veranda und winkte anmutig und liebevoll allen einen Abschiedsgruß nach.

Ihr letzter Eindruck von dem ›Weißen Elefanten‹ war ein hingestrecktes weißes Haus mit einer freundlichen Fassade, das sich von dem ruhigen blauen Meer abhob, und eine schlanke Gestalt mit goldenem Haar und Augen, die in Tränen zu schwimmen schienen. »So ein nettes Mädchen«, sagte eine Hausfrau, als sie es sich auf ihrem Sitz bequem machte. »Sie ist wirklich ziemlich traurig, daß wir abfahren. Hast du für das nächste Jahr vorbestellt, John? Sie sind zwar etwas unerfahren, aber im großen und ganzen hätten wir es nicht besser haben können.«

»Ein himmlisches Geschöpf«, sagte ein sentimentaler alter Herr, »und so ein gutes Herz. Gar nicht der moderne Mädchentyp. Ich werde bestimmt wiederkommen.«

»Alles in allem eine feine Sache«, sagte eine burschikose junge Frau zu ihrer Freundin. »Das hübsche Mädchen hat mir gut gefallen, obwohl sie manchmal nicht sehr geistreich war, und dann kochte die Kleine, die in der Küche zu leben schien, wirklich gut. Trotzdem, ein komisches kleines Ding. Sie schien nie etwas zu sagen zu haben.«

»Es kam ja schließlich auf ihre Mahlzeiten an«, erwiderte die praktische Freundin. »Aber natürlich ist die Blonde die eigentliche Besitzerin. Ich muß sagen, ich war ganz gerührt, als sie sich verabschiedete. Es tat ihr richtig leid, daß wir gingen.«

Als der letzte Wagen verschwand, drehte sich Katherine

schnell um und ging in die Küche, wo Jane schon mit Spülen begonnen hatte.

»Gott sei Dank, das waren die letzten. Ich habe gewinkt und meine Augen gewischt wie in einem bösen Traum. Ich habe eine scheußliche Erkältung, mein Schatz. Wahrscheinlich ist es Übermüdung. Ich weiß, ich sollte dir beim Aufräumen helfen, aber ich glaube, ich muß ins Bett gehen.«

»Dann geh schon. Ich komme zurecht. Herrlich, unbegrenzt Zeit zu haben. Es besteht keine Gefahr, daß irgend jemand ankommt; ich werde mich also nicht hetzen.«

»Bist du sicher, daß du mit der ganzen Wäsche fertig wirst?«

»Ganz sicher. Bettwäsche und Handtücher haben mir noch nie was ausgemacht. Sie werden im Nu auf der Leine hängen. Ist schon ein anderes Gefühl, wenn nicht das ganze Haus vor Leuten wimmelt, zu denen man nett sein muß, egal, in welcher Stimmung man ist.«

»Ich werde sie auch nicht vermissen, obwohl es Spaß gemacht hat.«

»Ich wüßte, was mir mehr Spaß macht. Natürlich werde ich das Geld vermissen, aber zumindest können wir unsere Rechnungen bezahlen, und darum geht es mir. Geh ins Bett, Kit, in einem der kleinen Zimmer oben. Zieh noch nicht mit deinen Sachen um. Ich werde das Zelt später aufräumen. Nimm dir ein gutes Buch und vergiß die gute alte Pension. Endlich ist die Saison vorbei.«

Katherine zog ohne Widerrede ab und ließ Jane in einem Chaos von schmutzigem Geschirr und Wäsche zurück. Aber schließlich, überlegte sie, war Jane stark, so wie die stämmigen Ponys, auf denen man die Kinder manchmal am Strand reiten sah. Und man brauchte nicht zu fürchten, daß jetzt jemand ankommen könnte.

Jane arbeitete mit verbissener Energie, aber es war zwölf Uhr, bis die Wäsche fertig und das Haus in Ordnung war. Jane sehnte sich danach, zu schwimmen und holte ihre Badesachen hoffnungsvoll hervor, beschloß aber dann, daß sie zuerst ihr Hab und Gut aus dem Zelt befördern wollte. Als sie hin und her lief, guckte sie sich im Spiegel an und dachte, daß sie dazu in den letzten vier Wochen kaum Zeit gehabt hatte. »Und das ist auch gut so,« murmelte sie und schnitt ihrem eigenen Spiegelbild eine Grimasse. Wie dünn sie geworden war! Sie hatte in der heißen Küche bestimmt eine ganze Menge abgenommen. Ihr Gesicht war jetzt nicht mehr so rund, und im Gegensatz zu der gesunden Farbe, die Katherine und die Urlauber bekommen hatten, zeigte ihr Gesicht eine nicht gerade reizvolle Blässe. »Wie etwas, das aus seiner Höhle kriecht«, sagte sie. »Na ja, von jetzt ab kann ich in der Sonne liegen und zunehmen.« Dann packte sie beide Matratzen, bemüht möglichst schnell fertig zu werden und im kühlen Meer zu schwimmen.

Sie waren schwer und groß, versperrten ihr völlig die Sicht, so daß sie die Stufe zur Veranda verfehlte, stolperte und beinahe fiel und, um sich zu retten, die Matratzen hinwarf. Sie schnellten nach vorne und trafen einen Mann, der eine Stufe höher stand, knapp unter den Kniekehlen.

»Zum Teufel«, rief er, taumelte nach hinten, stolperte über Jane, und dann lagen sie beide der Länge nach im Kies. Als sie sich mühsam auf alle Viere hochgearbeitet hatte, sagte Jane völlig ungerechtfertigt: »Sie sollten besser aufpassen. Sie hätten sich verletzen können.«

»Wer ist denn daran schuld?« gab er zurück; inzwischen war er auch auf allen Vieren und drehte sich zu ihr um. Einen Augenblick lang starrten sie sich aus nächster Nähe an, und dann rief er: »Sie! Ich hätte mir denken können, daß Sie irgendwo auftauchen würden. Sie sind also doch nicht zurück in die Schule gegangen?«

Jane sprang auf und stotterte fast vor Ärger. Sie hatte diesen Mann immer gehaßt, und jetzt stand er da, verspottete sie wieder und bemerkte wahrscheinlich, daß ihr Gesicht schmutzig war und wie eine Speckschwarte glänzte. Und natürlich hatte sie sich ins Unrecht gesetzt, weil sie ihn über den Haufen gerannt hatte. Nur mit Mühe kontrollierte sie ihre Stimme und sagte kühl:

»Guten Morgen, Mr. Park. Suchten Sie jemanden? Leider sind alle Pensionsgäste abgereist.«

»Gut. Dann wird man mich ja aufnehmen können. Jetzt können sie schon nicht mit dem Vorwand kommen, daß kein Zimmer mehr frei ist, oder versuchen, mich zur Umkehr zu bewegen, nur weil Sie mein Büro schlechtgelaunt verlassen und dann noch versucht haben, mich umzubringen, als wir uns wiedersahen.«

Sie ärgerte sich selbst, daß sie jetzt lachen mußte. »Es muß komisch ausgesehen haben, wie wir uns beide anstarrten. Aber jedenfalls haben Sie mich zu Fall gebracht.«

»Natürlich schieben Sie mir die Schuld zu. Aber, mein liebes Kind, holen Sie jetzt Ihre ... Ihre ... die Inhaberin, und bitten Sie sie um ein Zimmer für mich.«

Jane war beleidigt. Sie merkte, daß er beinahe »Ihre Chefin« gesagt hätte, und außerdem *hatte* er »mein liebes Kind« gesagt, als wäre sie ein Zimmermädchen. Schrecklich, dieser herrische Mensch. Aber jetzt kam der Zeitpunkt ihres Triumphs. Indem sie sich möglichst groß machte, sagte sie ganz von oben herab: »Ich bin die Inhaberin«, und wartete auf einen Ausruf des Erstaunens.

Aber er blieb aus. Statt dessen sah sie zu ihrem Ärger, daß er ein Lächeln unterdrückte. Aber er sagte mit höflichem Interesse: »Sie? Betreiben Sie dieses Unternehmen?«

»Warum denn nicht?« fragte sie scharf, aber er machte nur eine unbestimmte Handbewegung zu dem großen leeren Haus und sagte mit einem freundlichen Lächeln: »Nur daß Sie noch ziemlich jung erscheinen – und vielleicht, – wenn ich so sagen darf – ein bißchen klein – um etwas so Eindrucksvolles zu leiten. Aber ich gratuliere Ihnen. Das ist ein ganz entzückendes altes Haus. Ich wollte weiter an der Küste entlangreisen, aber dann hat mir jemand gesagt, ich würde besser hierher fahren. Sie müssen hier ein Vermögen verdienen. Besser als Büroarbeit – und keine Rechtschreibung erforderlich.«

Seine neckende Stimme war freundlich, und Jane kam zu dem

Schluß, daß es einen besseren Einruck machen würde, liebenswürdig zu sein. Sich mit ihm zu streiten, das würde ihn ja nur belustigen, so war er eben. Wäre er doch nur gestern gekommen, dann hätte sie sagen können: »Tut mir leid, ich habe kein Zimmer mehr frei«, aber das Haus stand ganz offensichtlich leer, und sie hatte es schon bereitwillig zugegeben. Sie begnügte sich damit, widerwillig zu fragen: »Wie lange wollen Sie bleiben? Ich habe schon eine Menge Vorstellungen«, dann wurde sie rot, weil sie sicher war, daß er die Lüge erkannt hatte.

»Ich habe mich eine Woche davongestohlen, weil wir im Büro gerade eine tote Zeit haben und ich bisher völlig um meine Ferien gekommen bin. Können Sie mich sieben Tage lang ertragen?«

Jane seufzte. Wenn sie daran dachte, wie dieser Mann sie tyrannisiert hatte, wenn sie an die letzte Szene in seinem Büro dachte und nun merkte, wie er sie auch jetzt noch auslachte, hätte sie gerne nein gesagt. Aber sie wußte, daß sie sich das nicht leisten konnte. Es wäre Wahnsinn gewesen, Geld zurückzuweisen, und seine Rechnung für eine Woche Pension wäre eine große Hilfe. So nahm sie eine ihrer Meinung nach gelassene und selbstbewußte Haltung ein und sagte mit einem leichten Achselzucken: »Das ist ein Gasthaus, wir sind dazu da, jeden Gast zu beherbergen. Ich zeige Ihnen Ihr Zimmer.«

Er schien völlig unbeeindruckt, hob die Matratzen auf und sagte: »Die trage ich zuerst mal nach oben. Nur keine Widerrede. Sie sind zu groß für Sie. Übrigens, Sie betreiben diese Pension doch wohl nicht alleine?«

Jane, die ungehalten hinter ihm die Treppen hinauftrippelte und sich klein und unbedeutend fühlte, sagte: »Nein, meine Kusine hilft mir. Ja, bitte in dieses Zimmer. Und hier ist Ihres.« Dann tat es ihr wie so oft plötzlich leid: »Entschuldigen Sie, daß ich so gereizt bin, aber ich wollte im Augenblick wirklich niemanden mehr aufnehmen. Wir haben so viele Gäste gehabt, und wir wollten uns ausruhen. Kit ist erkältet, und ich dachte, wir würden von kaltem Fleisch und Salaten leben.«

Er sah freundlich zu ihr herunter. Trotz ihrer Launenhaftigkeit war sie eigentlich ein ganz nettes kleines Persönchen. Aber wie dünn sie geworden war und was für ein kleines Gesicht sie bekommen hatte. Er sagte: »Kaltes Fleisch und Salate, genauso stelle ich mir bei diesem Wetter gutes Essen vor.«

»Wirklich? Möchten Sie damit sagen, daß Sie keine Suppe und Fleisch und Pudding zu jedem Mittagessen und Abendessen haben wollen?«

»Ich wäre sofort verschwunden, wenn man mir das vorsetzen würde. Ich mag im Sommer keine Suppe, und Pudding esse ich nie. Ruhen Sie sich aus, soviel Sie wollen, und stören Sie sich nicht an mir.«

Außerhalb der Dienstzeit war er ganz anders, dachte Jane. Zumindest teilweise. Aber er war ein Pensionsgast und mußte verpflegt werden. Mit einem kleinen Seufzer sagte sie: »Ich werde Ihnen etwas zu essen machen.« Ihr Schwimmen konnte sie abschreiben. Traurig nahm sie ihren Badeanzug vom Geländer, der dort hoffnungsvoll gehangen hatte. Aber ihm entging nichts, genau wie im Büro.

»Sie wollten gerade schwimmen gehen. Lassen Sie sich nicht aufhalten. Ich habe Zeit mit dem Mittagessen. Sie sehen ganz so aus, als könnte Ihnen ein bißchen schwimmen nicht schaden.«

Das war ungeschickt. Dann mußte ihr Gesicht wirklich schmutzig sein. Mit einem kühlen würdevollen Ton in der Stimme erwiderte sie: »Das Schwimmen hat noch Zeit. Das ist eine Pension, und wir halten uns an geregelte Zeiten.«

»Alle gut geführten Pensionen setzen ihr Mittagessen zwischen zwölf und eins an. Ich möchte um eins essen,« und siegesgewiß lächelte er ihr hämisch triumphierend zu und begab sich zu seinem Auto, um seinen Koffer zu holen.

»Der Teufel soll ihn holen – immer hat er das letzte Wort,« murmelte Jane kindisch und ging zum Strand. Im ruhigen Wasser ließ sie sich einfach treiben und merkte nun, wie müde sie war. Sogar *ein* Pensionsgast würde eine Belastung sein, insbesondere, wenn es sich ausgerechnet um Philip Park handelte. Aber die Mittagessensfrage hatte er in seiner überlegenen Art elegant gelöst. Wahrscheinlich hatte ihn nur die Büroarbeit zu einem so unangenehmen Menschen gemacht. »Magengeschwüre, nehme ich an«, mutmaßte Jane versonnen und mußte zugeben, daß ihre Laune auch nicht gerade gestiegen war, wenn sie den ganzen Tag in der Küche eingesperrt verbracht hatte. Sie beschloß, während seines einwöchigen Aufenthalts kühl aber freundlich und zuvorkommend zu sein. »Auf Abstand halten, das ist meine Parole«, sagte sie, als sie widerwillig aus dem Wasser hochkam. Katherine war wach, als Jane in ihr Zimmer sah. »Mein Schatz, es ist jemand angekommen, wenn es kein Einbrecher war.«

»Soviel Glück haben wir nicht. Es ist ein Pensionsgast, kein Einbrecher, und du würdest nie erraten, wer es ist. Dieser abscheuliche Philip Park, ausgerechnet er. Wenn ich nur vorher etwas gewußt hätte, wenn er mich angerufen hätte, oder ich ihn hätte ankommen sehen. Ich hätte gesagt, daß wir kein Zimmer frei haben. Das wäre der größte Augenblick meines Lebens gewesen.«

»Ist das nicht der ziemlich häßliche faszinierende Mann, der sagte, du könntest keine Rechtschreibung, und der dich dann entlassen hat? Wie aufregend! Ich wünschte wirklich, ich würde nicht wie so ein Schreckgespenst aussehen. Wie gerne würde ich aufstehen, um ihn mir anzusehen.«

»Würde ich auch«, sagte Jane ungehalten. »Aber wie die Dinge liegen, muß ich ihn verpflegen und bedienen, sein Bett machen und freundlich zu ihm sein. Auf jeden Fall werde ich ihn bluten lassen. Er kann es sich leisten. Ich hätte gerne eine kleine Pause gehabt, aber man kann die Leute nicht einfach wegschicken, weil man sie nicht mag.«

»Nein, weil du immer sagst, daß das Geschäft vorgeht. Ich bin bald wieder auf dem Damm, und dann werde ich mich mit ihm befassen – aber mit einer roten Nase und triefenden Augen hat es ja keinen Zweck, oder? Der erste Eindruck ist so wichtig, und der würde ihn noch mehr abschrecken als deine Rechtschreibung.«

»Ich verstehe nicht ganz, was meine Rechtschreibung damit zu tun hat«, sagte Jane verschnupft. »Ich bin nicht mehr seine Sekretärin, und ich habe nicht vor, mich von ihm ärgern zu lassen.«

Das war leichter gesagt als getan, denn Katherine blieb mit der größten Selbstverständlichkeit drei Tage im Bett, und sie mußte ziemlich häufig Philip Parks Gegenwart ertragen. Die erste Auseinandersetzung begann schon während des Abendessens an eben diesem Tage. Es war völlig sinnlos, ihm zu versichern, daß sie soeben gegessen hatte; er war in die Küche gegangen und konnte selbst sehen, daß es nicht stimmte. Als sie behauptete, sie habe keinen Hunger, lächelte er nur und sagte: »Ich langweile mich, wenn ich alleine esse. Muß ich Ihre Gesellschaft ausdrücklich erbitten?«

»Pensionsinhaber essen nicht mit den Gästen, sie bedienen sie.«

»Wenn aber nur ein unglücklicher Gast da ist, der sich nach Unterhaltung sehnt?«

»Wir sorgen für Unterkunft und Verpflegung, nicht für Unterhaltung«; darüber mußten sie beide lachen.

Danach blieb ihr nichts anderes übrig als nachzugeben, und sie aßen einsam und verlassen in dem leeren Speisesaal. Jane war noch nie ein guter Unterhalter gewesen, und es fiel ihr um alles in der Welt nichts ein, was sie hätte sagen können. Sie fand es unmöglich, die Szene im Büro dieses Mannes zu vergessen, unmöglich, es ihm nicht nachzutragen, daß sie dort eigentlich den ersten Fehlschlag ihres Lebens erlitten hatte. Sie ertappte sich, wie sie auf eine scherzhafte Bemerkung mürrisch antwortete und schämte sich. Er würde merken, wie sehr er sie gedemütigt hatte.

»Ich weiß nicht, warum ich so schlecht aufgelegt bin,« sagte sie entschuldigend.«

»Aber ich. Erstens sind Sie sehr müde.«

»Da haben Sie wahrscheinlich recht. Die letzten sechs Wochen waren ziemlich hart. Aber das ist albern; wir wollten Pensionsgäste, wir haben sie gehabt, worüber sollte man sich also beklagen?«

»Stimmt schon, aber Sie müßten mehr Hilfe haben. Sie sind mit dem frechen kleinen Mädchen, das mir in meinem eigenen Büro Widerworte gab, überhaupt nicht mehr zu vergleichen.«

Kleines freches Mädchen. Wie konnte man die Dinge so beleidigend darstellen? Und in Wirklichkeit meinte er, daß sie jetzt älter und gewöhnlicher aussah. Ausnahmsweise hatte sie keine Antwort bereit; er hatte recht. Sie war müde. Zu müde, um sich weiter zu streiten.

»Sie haben nicht nach dem zweiten Grund gefragt«, bemerkte er herausfordernd.

»Was meinen Sie denn? Nicht, daß es mich wirklich interessieren würde.«

»Nett gesagt. Der zweite Grund ist, daß Sie mir noch immer etwas nachtragen. Sie können unsere letzte Auseinandersetzung nicht vergessen. Sie brauchen gar nicht zu widersprechen; Sie wissen ganz genau, daß Sie mich statt mit mehreren Matratzen und gereizten Worten mit offenen Armen empfangen hätten, wenn ich Ihnen ein völlig Unbekannter gewesen wäre.«

Sie blickte mit ihren ehrlichen Augen zu ihm auf und sagte nach einer kleinen Pause: »Ich glaube, das stimmt. Ich habe Ihnen sehr übelgenommen, wie Sie mich an diesem Tag angebrüllt haben, und was meine Rechtschreibung angeht, bin ich schrecklich empfindlich, das war ich schon immer. Ich wollte diese Stelle behalten, und niemand hat mich jemals zuvor 'rausgeworfen.«

»Genaugenommen haben Sie sich selbst 'rausgeworfen. Trotzdem, ich muß wohl zugeben, daß ich an dem Tag eine scheußliche Laune hatte und kein Mädchen mehr sehen konnte. Wir haben eine nach der anderen gehabt, und Sie waren die fünfte. Bei Ihnen störte mich nur die Rechtschreibung – und natürlich Ihre Launen – aber bei den meisten war es reine Dummheit.«

»Dummen Leuten hilft es nicht weiter, wenn man sie verspottet.« »Einverstanden. Gut, wir sind beide schuld. Sie haben Feuer gespieen und ich, ich habe ...«

»Sie haben alles tyrannisiert«, beide lachten und waren

Freunde. Als Pensionsgast, und natürlich nur als Pensionsgast, dachte Jane, war Philip Park nett. Er machte ihr überhaupt keine Schwierigkeiten, versuchte sogar unbeholfen aber sorgfältig sein Bett selbst zu machen. Er war mit einfachen Mahlzeiten vollauf zufrieden, und mit seiner Art, eine Vorliebe für gekochte Eier zum Frühstück und kaltes Fleisch zum Mittagessen an den Tag zu legen, wäre er jeder Köchin ans Herz gewachsen. Sie nahm seine Hilfe beim Spülen an und begleitete ihn dafür morgens zum Schwimmen. Inzwischen blieb Katherine fest im Bett. Sie war müde und hatte ein paar gute Bücher. Jane kam herrlich zurecht, und schließlich war es ja wirklich nicht schwierig, einen Mann zu versorgen. Ihre Erkältung ließ nach, aber niemand konnte erwarten, daß sie sich zeigte, solange sie wie ein Schreckgespenst aussah. Philip Park schien jedoch anderer Meinung zu sein. »Was ist mit Ihrer Kusine los? Will sie den Rest ihres Lebens im Bett verbringen?« fragte er am dritten Morgen.

»Natürlich nicht, aber sie ist erkältet und sehr müde. Sie hat hart gearbeitet und muß sich erholen.«

»Und Sie nicht?«

»Ach, ich bin sehr stark. Außerdem hat Kit alle anstrengenden Aufgaben übernommen, zu den Leuten nett zu sein, die Gäste zu besänftigen und sie fröhlich zu stimmen.«

»Scheint mir nicht so anstrengend zu sein wie das Kochen.«

»Ich koche lieber den ganzen Tag, als daß ich immer süß lächle, wenn die Leute unangenehm werden.«

»Das kann ich mir auch nicht vorstellen. Und sie kann das?«

»Kit wird nie böse. Sie ist das freundlichste Geschöpf, das Sie sich vorstellen können. Warten Sie nur, bis Sie sie sehen.«

Am nächsten Morgen sah er sie, als Katherine beschlossen hatte, daß ihre Erkältung vorüber, ihre Nase nicht länger rot und ihre Augen klar und leuchtend seien. Sie kam die Treppe herunter, um ihm auf der Veranda, wo er sich mit seiner Angel abmühte, Gesellschaft zu leisten. Er drehte sich um, sah sie im hellen Sonnenlicht, und einen Augenblick lang war selbst der überlegene Philip verwirrt.

»Guten Morgen. Ich hoffe, Sie langweilen sich ganz alleine nicht allzu sehr. Haben Sie schon viel gefischt?«

»Es geht, danke. Ich bin kein leidenschaftlicher Fischer, und ich bin eigentlich ganz gern alleine.«

Katherine dachte, daß die meisten jungen Männer sich etwas glücklicher ausgedrückt hätten, aber sie lächelte nur und sagte: »Ich bin Katherine, wissen Sie. Ich hatte eine scheußliche Erkältung. Wir haben wochenlang wie die Sklaven gearbeitet, aber jetzt geht es mir wieder gut.«

»Ich nehme an, daß sich dann Ihre Kusine jetzt erholen darf?«

Zweifellos ein ausgesprochen taktloser Mensch. Jane hatte recht gehabt. Philip Park war nicht im geringsten faszinierend. Sie sagte vielleicht etwas zu gleichgültig: »Oh, Jane braucht keine Erholung. Sie ist sehr stark. Drahtig, wie ein Pony, wissen Sie«, denn diesen Vergleich, auf den sie nun einmal gekommen war, wollte sie noch einmal anbringen.

»Auch Ponys müssen sich manchmal erholen.«

In diesem Augenblick erschien Jane auf der Veranda, und Katherine wandte sich ihr mit einer anmutigen liebevollen Bewegung zu und sagte: »Mein Schatz, Mr. Park sagt, du müßtest dich erholen.«

Jane wurde rot und begann: »Mir wäre es lieber, Mr. Park...«, dann erinnerte sie sich an ihren Vorsatz, freundlich zu sein, unterbrach sich und beließ es dabei.

Er beendete den Satz fröhlich für sie: »... würde sich um seine eigenen Angelegenheiten kümmern. Herzlichen Glückwunsch, daß Sie es sich verbissen haben. Es gibt schon deutliche Anzeichen dafür, daß Sie Ihre Laune unter Kontrolle bekommen. Sie wären unter Umständen geeignet, in den flauen Monaten die Stellung einer Sekretärin zu übernehmen. Würden Sie in mein Büro zurückkommen, Jane? Ich feure das gegenwärtige Mädchen, sobald ich ins Büro komme. Unvorstellbar dumm, und von Rechtschreibung hat sie auch keine Ahnung.«

»Danke. Ich werde auf das Angebot zurückkommen und mit meinem Wörterbuch anreisen.«

»Und ich werde mich mit der größten Liebenswürdigkeit wappnen, und alles wird gut werden.«

Katherines Augen hatten sich geweitet. Wie gut sich die beiden zu verstehen schienen; sie fühlte sich eigentlich etwas ausgeschlossen. Aber nur einen Moment lang, denn Jane sagte schnell: »Kit, geht es dir wirklich schon so gut, daß du aufstehen kannst? Es war so gähnend langweilig ohne dich, aber du darfst nicht unvorsichtig sein.«

Katherine sah Philip an und war verärgert, daß er seine Augenbrauen spöttisch hochzog. Sie mochte diesen jungen Mann nicht, und was noch erstaunlicher war, sie hatte den Verdacht, daß er sie nicht mochte. War es möglich, daß sie die unerwünschte Dritte war?

In Janes Augen gewiß nicht. Bei ihr würde sie immer erwünscht sein, das wußte sie. Trotzdem war es ungewohnt, nicht im Mittelpunkt zu stehen, ungewohnt und etwas ärgerlich.

Das Schicksal war jedoch in der Regel Katherine gut gesonnen, und bevor der Tag vorüber war, hatte sich das Trio in ein Quartett verwandelt; und sie hatte keinen Grund, sich über die Gleichgültigkeit des Neuankömmlings zu beklagen. Sie kam ihm an der Haustür entgegen, lächelte ihn an, erzählte ihm, daß genügend Zimmer frei seien, und er lag ihr sofort zu Füßen.

Kenneth Rosman war ein Künstler. »Das habe ich sofort gemerkt, als ich Sie sah«, erzählte sie ihm an demselben Abend, und er schenkte ihr einen anhimmelnden Blick wie ein dankbarer Hund.

»Guckten meine Pinsel aus meiner Reisetasche?«

»O nein. Nicht deshalb. Sie sehen künstlerisch aus. Ganz anders als ein Geschäftsmann«, sagte sie etwas unbestimmt.

In der Tat hätte niemand Rosman für einen Geschäftsmann gehalten. Er war sehr hochgewachsen und schlank, hatte dunkle Augen, die zugleich gefühlvoll und sehnsüchtig blickten, und einen sehr schönen Bart. Er legte Zerstreutheit und Verträumtheit an den Tag. »Ein Künstler, und dazu ein schlechter«, sagte Philip schonungslos zu Jane. »Wenn sie reumütig und gefühlvoll aussehen, kann man sicher sein, daß sich ihre Bilder nicht verkaufen.«

»Wie Sie doch alles am materiellen Erfolg messen.«

»Das kommt daher, weil meine Seele eigennützig und nicht künstlerisch ist. Trotzdem bin ich froh, daß er gekommen ist. Das heißt, wenn er Ihnen nicht zuviel Arbeit macht.«

Er saß im Augenblick an einer Ecke des Küchentisches, und Jane sah von ihrer Arbeit überrascht auf, seine Worte mißbilligend. Wollte er damit sagen, daß er Katherines Aufmerksamkeit stärker abgelenkt wissen wollte? Wenn ja, sagte Jane ernst zu sich selbst, dann wollte er mit ihr flirten, und so etwas würde sie keinem Pensionsgast gestatten, am wenigsten Philip Park.

8

Philip Park kam nach einem Ferngespräch vom Telefon zurück.
»Das Büro kommt noch eine Woche ohne mich aus. Können Sie mich noch sieben weitere Tage ertragen?«

Irgend etwas ärgerte Jane an diesem selbstbewußten Ton. Wenn dieser eingebildete Mensch dachte, er könnte nebenbei einen kleinen Flirt mit der Köchin anfangen, dann hatte er sich schwer getäuscht. Sie sagte von oben herab: »Sie wissen ganz genau, daß wir gutes Geld nicht ausschlagen. Ihr Zimmer wird nicht gebraucht, und wir freuen uns, daß es Ihnen gefällt.«

Er lachte über die kleine formelle Rede und sagte: »Es gefällt mir ausgezeichnet. Ihre Kochkünste sind unendlich besser als Ihre Rechtschreibung. Jetzt werden Sie nicht böse. Auf lange Sicht gesehen ist es bestimmt besser, ein gutes Essen zustande zu bringen, als einen korrekt geschriebenen Brief, oder nicht?«

»Ich glaube schon, wenn man davon ausgeht, daß die Küche die geistige Heimstatt eines Menschen ist.«

»Erniedrigen Sie sich doch nicht selbst. Das paßt nicht zu Ihnen. Sie wissen ganz genau, daß Sie diesem Haus zum Erfolg verholfen haben. Es ist herrlich.«

Sie strahlte ihn an, aller Ärger war vergessen. Für sie ging nichts über ein Lob des ›Weißen Elefanten‹. In den folgenden Tagen brachte er sie dazu, von ihrer Arbeit zu sprechen, von der Hilfe, die sie bekommen hatten, und auch ein bißchen von ihren Hoffnungen und Befürchtungen. Zu ihrer Überraschung zeigte er Interesse und Mitgefühl. Sie kam zu dem Schluß, daß es dumm von ihr gewesen war anzunehmen, er wolle einen Flirt anfangen; ganz im Gegenteil, er entpuppte sich als eine freundliche und erstaunlich menschliche Person, und sie freute sich, als er beim Abschied hinzufügte: »Ich werde wiederkommen. Ich mag den ›Weißen Elefanten‹ gerne.« Jane sah besonders zufrieden aus, als sie seinen Scheck einsteckte und in die Küche zurückkehrte. Sie bildete sich ein, daß sie den arroganten Mr. Park ziemlich überrascht hatte.

Jetzt hatte sie Zeit zu überlegen, das Meer und den Strand zu genießen und endlich die ersehnte Bräune zu erreichen, denn für den Rest des Februars war Kenneth Rosman ihr einziger Pensionsgast. Am Ende des Monats sagte er ziemlich traurig: »Ich fürchte, ich muß mich auf den Weg machen.«

»Ja? Und wohin gehen Sie jetzt?« fragte Jane höflich.

»Ich habe kein bestimmtes Ziel. Mir geht es nur darum zu malen und mich umzusehen – zu stehen und zu staunen.«

Jane dachte: »Ich hätte wetten können, daß er das früher oder später anbringen würde«, zu ihm sagte sie jedoch: »Sie sind ein glücklicher Mensch, daß Sie tun können, was Ihnen gefällt.«

Er zögerte einen Moment, dann platzte er heraus: »Wenn ich das täte, würde ich hier bleiben.«

»Und warum tun Sie es nicht? Wir haben weiß Gott genügend Platz.«

»Ehrlich gesagt, ich habe nicht viel Geld. Gerade genug zum Leben.«

»Sie meinen, Sie können sich keine Hotelpreise leisten? Das macht nichts. Zahlen Sie, soviel Sie können.«

»Du Idiot«, dachte sie am nächsten Morgen, »du kannst dir nicht erlauben, großzügig zu sein, auch nicht zu bärtigen Männern mit traurigen Augen, die sich nach Kit sehnen.« Das Angebot jedoch, das Kenneth schüchtern machte, war besser, als sie erwartet hatte und würde ihnen etwas Geld bringen, um ihre eigenen Ausgaben zu decken. Er war der anspruchsloseste aller Pensionsgäste, schien kaum zu merken, was er aß und war vollauf mit belegten Brötchen zum Mittagessen zufrieden, die er auf seine Malexpeditionen mitnahm. Wenn er Katherine dazu bringen konnte, ihn zu begleiten, war er selig.

Ein netter, harmloser Mensch, folgerte Jane, voller Ideen und Ideale, der in abgedroschenen Zitaten schwelgen und von seiner Seele sprechen konnte und offensichtlich in Kit verliebt war. Aber ein kläglicher Maler, davon war sie überzeugt, denn obwohl sie wenig von Kunst verstand, hatte sie in den Stadtgalerien genügend gesehen, um festzustellen, daß seine sorgfältigen, peinlich genauen, fotografischen Bemühungen eher Zeitverschwendung waren. Aber er freute sich so, daß er bleiben durfte und war unbeschreiblich dankbar für eine verhältnismäßig billige Unterkunft, außerdem half er, wo er konnte. Noch dazu, dachte Jane, war er sehr nützlich, weil er Kit glücklich und zufrieden machte. Sie freute sich an seiner harmlosen Bewunderung, die sich sogar auf ihre Zeichenversuche ausdehnte, und jetzt sprach sie wieder von ihrer Kunst und produzierte hübsche kleine Ansichten von der Küste, die sich beinahe für eine der billigeren Weihnachtskarten geeignet hätten. Dies und Kenneths ihr zugewandte Aufmerksamkeit stimmten sie fröhlich, denn sonst hätte ihr Leben um diese Zeit langweilig ausgesehen.

»Als wir mit dem Haus fertig waren, begann ich zu spüren, daß ich meinen künstlerischen Neigungen hier keinen freien Lauf lassen konnte«, erzählte sie Jane ernsthaft.

»Arme Kit, Bettenmachen und Böden ausfegen bietet nur wenig schöpferische Freude, nicht wahr?«

»Das hat mir nichts ausgemacht. Es war ganz lustig, als noch viele Leute hier waren, aber natürlich hat jeder den Drang, sich schöpferisch zu betätigen.«

Jane lachte und wechselte das Thema. »Da wir gerade von Schöpfung sprechen, ich glaube, Nora gibt diesem Drang soeben nach. Sie neigt nicht zum Dickwerden.«

»Meinst du, sie erwartet ein Baby? Wie schrecklich. Warum heiraten die Leute nur und binden sich selbst an? Und Nora ist ziemlich hübsch.«

»Es wäre ja möglich, daß sie Hugh eben liebt.«

»Natürlich, er ist schon in Ordnung, aber es muß doch schrecklich langweilig sein in dem kleinen Haus. Und wenn sie das Baby hat, wird sie dort ganz angebunden sein.«

»Wenn sich jemand wirklich ein Baby wünscht, macht ihm das nichts aus. Auf jeden Fall werde ich sie darauf ansprechen, wenn sie es uns nicht bald sagt.«

»Ich glaube, du hütest ein Geheimnis in deiner Brust«, sagte sie zu Nora, als sie sich wieder trafen.

»Erstens hüte ich nicht, und zweitens nicht in meiner *Brust*. Aber du hast recht. Habe ich das nicht klug angestellt? Nur noch gute zwei Monate, dann ist es soweit.«

»Hast du prima gemacht – den ganzen heißen Sommer über hast du so hart gearbeitet, und Hugh hat soviel für uns getan. Hast du dich nicht krank gefühlt? Übelkeit beim Aufstehen und so?«

Nora lachte. »Ich muß dich enttäuschen. Sogar Hugh fühlt sich betrogen, weil es mir so unverschämt gut geht. Ein oder zwei Male ist es mir etwas schlecht geworden, als ich zu viel Eis oder fetten Speck verkaufen mußte, aber nichts Weltbewegendes. Findest du mich nicht gut?«

»Und wie. Freust du dich denn?«

»Ja. Erst dachte ich, es würde schon eine Belastung werden, weil Hugh so hart arbeiten muß und doch nicht sehr kräftig ist. Dann habe ich mir überlegt, daß es wahrscheinlich genauso gut gehen wird, wenn das Baby da ist, wie jetzt, wo es unterwegs ist. Offensichtlich weiß es, wo es hinkommt und hat nicht vor, lästig zu sein, Gott sei Dank. Neufundländer geben herrliche Kinderschwestern ab, und Dio wird es einfach vergöttern.«

Jane sah sie nachdenklich an. Sie kam zu dem Schluß, daß Nora der normalste Mensch war, den sie kannte, noch normaler als Kit, weil Kit gerne der harten Wirklichkeit aus dem Weg ging. Der Gedanke an die Ehe war ihr unangenehm, aber sie ließ sich gerne hemmungslos bewundern, so wie es Kenneth Rosman tat. Hier hielt sie inne und merkte überrascht, daß sie vielleicht zum ersten Male Kritik an Katherine übte. Wo war ihre treue Freundschaft? Und wie konnte sie die schöne und zauberhafte Kit mit einem netten freundlichen und lustigen Mädchen wie Nora vergleichen?

Trotzdem begann sie, sich mehr dem netten freundlichen und lustigen Mädchen zuzuwenden. Kit war jetzt wie besessen von Gesprächen über Kunst und Seele, und Jane konnte ihr dabei nicht folgen. So überließ sie sie der geistesverwandten Gesellschaft ihres brüderlichen Künstlers und beschloß, ihre freie Zeit damit auszufüllen, Nora im Geschäft zu helfen. Damit konnte sie sich für die ganze ihr entgegengebrachte Freundlichkeit ein bißchen erkenntlich zeigen.

Aber sie mußte eine Möglichkeit finden, um hinzukommen, und so entschloß sie sich jetzt mutig, Tonys sanftestes Pony zu satteln und langsam an den Strand hinunterzureiten. Als es weder mit ihr durchging noch sie abwarf, faßte sie Mut und probierte einen leichten Galopp; schon bald konnte sie die Straße hinaufreiten und Nora helfen, wenn Hugh wegfahren mußte.

Das eröffnete ganz neue Gesichtspunkte. Plötzlich merkte Jane, daß sie es satt hatte, immer in den vier Wänden der Küche eingesperrt zu sein. Abgesehen davon, daß sie in jeder freien Minute gebadet hatte, war sie seit Beginn der Hochsaison kaum vor die Türe gekommen. Sie fand es spannend, die zwei Meilen bis zum Laden zu reiten, ihr Pony in Noras Koppel zu führen und dann ihren Platz hinter der Theke einzunehmen. George Enderby war überrascht und etwas schockiert, sie dort zu sehen, als er eines Morgens hereinschaute. Die letzten zwei Monate hatte er woanders verbracht, denn er litt unter der Hitze und haßte die Küste, wenn sie, wie er es ausdrückte, »von billigem Ferienvolk« belagert war. Jetzt war er auf dem Weg zu seiner Schwester und hatte vor, dem ›Weißen Elefanten‹ einen kurzen Besuch abzustatten. Jane war alleine im Laden, begrüßte ihn herzlich und fügte hinzu: »Womit kann ich Ihnen heute dienen, mein Herr?«

»Aber meine Liebe, ist das nötig? Geht das Geschäft so schlecht?«

»Natürlich hat es nachgelassen, wie immer in der toten Zeit. Aber ich mache das aus Spaß. Ist mal was anderes als kochen.«

»Aber ist das nicht ein bißchen anspruchslos – ich meine, unter Ihrer Würde? Ich habe nie viel davon gehalten, eine meiner beiden jungen Freundinnen hinter einem Ladentisch zu sehen. Noblesse oblige, wissen Sie.«

»Weiß ich nicht«, dachte Jane. »Ich verstehe nicht, was seine ganzen dummen Klischees bedeuten.« Laut sagte sie fröhlich:

»Wenn Sie von Würde sprechen, Mr. Enderby, muß ich gestehen, daß ich keine besitze. Auch nicht viel Noblesse. Mir macht das Spaß, und ich habe Nora gerne.«

George sah leicht schockiert aus und murmelte: »Eigenartig«, und versuchte dann, den Rest in Husten untergehen zu lassen. »Eigenartig, daß man eine Verkäuferin gerne haben kann«, erklärte Nora vergnügt, als Jane ihr später davon erzählte. Um ihn aufzuheitern, sagte Jane: »Auch Katherine arbeitet, aber sie ist viel damenhafter. Sie hat wieder zu zeichnen begonnen.«

Das »Ah-h« des ›Fürsten‹ drückte tiefe Befriedigung aus. Das war die richtige Ablenkung für junge Damen. Jane erzählte ihm nicht, daß sich das Malen in Gesellschaft eines jungen Mannes mit Bart vollzog. Sie hatte das Gefühl, daß er den Bart noch schwerer schlucken würde, als Noras Ladentisch. Sie war glücklich, berichten zu können, daß Kit an diesem Tag zu Hause war und sich freuen würde, Mr. Enderby zu sehen, wenn er vorbeikam; sie hoffte nur, daß Kenneth nicht erscheinen würde.

Aber hier hätte sich Jane mehr auf Katherine verlassen sollen, die trotz ihrer augenscheinlichen Einfältigkeit ein gewisses Maß an scharfem gesunden Menschenverstand besaß. Das durfte Jane jedoch unter keinen Umständen zugeben, denn wäre Kit nicht ein so liebenswertes einfältiges Geschöpf gewesen, das sie mitgeformt hatte, dann hätte man sie für egoistisch und sogar selbstsüchtig halten müssen, und das war einfach undenkbar.

Katherine erkannte den blauen Wagen, als er am Tor hielt. Sie war gerade ernsthaft in die Betrachtung einer besonders blauen See, die Kenneth porträtiert hatte, versunken, aber sie behielt einen kühlen Kopf. »Du bleibst besser im Eßzimmer«, sagte sie schnell. »Das ist Mr. Enderby, und seine Einstellung zu Kunst und Bärten ist etwas seltsam.« Dann stürzte sie dem ›Fürsten‹ mit mädchenhafter Begeisterung entgegen.

»Aber es ist ja wirklich Ewigkeiten her, daß ich Sie zum letztenmal gesehen habe, und es gibt ganze Romane über den ›Weißen Elefanten‹ und uns zu berichten«; und sie begann in ihrer naiven, kindlichen Art, die George so gerne mochte, zu erzählen.

»Schade um Jane«, sagte er, als sie geschlossen hatte. »Hat doch keinen Zweck, sich mit einem Laden abzugeben. Ja, ich weiß, die Stevensons sind nette Leute, und sie haben viel geholfen – aber das liegt alles auf Handelsebene. Hinter einem Ladentisch zu bedienen ist unter der Würde, wie ich ihr sagte. Manchmal eigenartig, dieses Mädchen. Sagte, es würde ihr Spaß machen.«

»O ja. Jane kann gut mit Geld umgehen, wissen Sie. Darum kümmert sie sich auch hier, und ich glaube, sie ist Nora eine große Hilfe, weil sie immer das Wechselgeld zählen kann. Außerdem verspürt sie keinen schöpferischen Drang. Ich bin so froh, daß ich ihm nachgeben kann. Eine gute Sache, denn in Geldsachen bin ich nicht sehr geschickt, und in einem Laden würde ich nicht sehr nützlich sein.«

»In einem Laden? Das will ich auch nicht hoffen. Wohin ist die Welt gekommen? Die Leute wissen nicht mehr, wo sie hingehören. Man stellt sich mit seinem Kolonialwarenhändler auf eine Stufe und schüttelt seinem Bäcker die Hand. Das gibt nichts Gutes. Und Jane hat mir erzählt, daß Sie wieder zeichnen. Das ist das richtige Vergnügen für ein junges Mädchen.«

»Ich habe Kenneth nicht erwähnt, vielleicht hätte er das für das falsche Vergnügen gehalten«, erklärte sie Jane später. »Aber ich habe ihm meine Skizzen gezeigt, und er bewunderte sie.«

»Davon bin ich überzeugt«, sagte Jane aufrichtig.

»Und er wird mit einigen Geschäften in Condon sprechen und sie dazu bewegen, sie in ihrem Schaufenster mit einem Schild ›Zu verkaufen‹ auszustellen. Jane, vielleicht kann ich unser Vermögen mit dem Pinsel retten.«

Der ›Fürst‹ hielt Wort, und so verkaufte Katherine zwei kleine Skizzen für je zwanzig Mark. Beide wurden von George Enderby gekauft, was der Künstlerin immer verheimlicht blieb.

Eine Woche vor Ostern tauchte Philip Park plötzlich am späten Freitagabend auf. »Hielt es für besser, nicht anzurufen, um ein Zimmer zu reservieren, für den Fall, daß ich ›Hotel belegt‹ zur Antwort bekommen hätte.«

»Das Haus ist bis auf Kenneth leer«, antwortete Jane gelassen.

»Gehen Sie also in Ihr Zimmer hinauf, und ich bin dankbar für den Wochenendverdienst.«

»Ein langes Wochenende. Ich habe mir den Montag freigenommen und werde nachts nach Hause fahren.«

»Scheint nicht viel los zu sein im Büro. Die Praxis läßt wohl nach. Als ich noch da war, wurde ständig gehetzt, den ganzen Tag lang. ›Mr. Philip klingelt. Lassen Sie ihn nicht warten. Laufen Sie schnell. Er fängt schon an zu brüllen.‹ Die Zeiten haben sich geändert.«

»Schreiben Sie das Ihrem plötzlichen Weggehen zu. Wie Sie schon sagten, seitdem läßt die Praxis nach.«

Sie wollte sich nicht aufregen lassen und sagte nur: »Um diese Zeit wird in keiner gutgeführten Pension etwas serviert. Das Personal hat seine Arbeit für heute getan, aber vielleicht kann die Inhaberin versuchen, ob sich noch was machen läßt.«

»Darum wird sie gar nicht gebeten. Da ich weiß, daß sich die Köchin an genaue Zeiten hält, habe ich schon in Condon zu Abend gegessen.«

Es war ein fröhliches, unbeschwertes Wochenende. Katherine, die Philip Park nicht mochte, gab sich in Gesellschaft von Kenneth der Malerei hin, und Jane war zwangsläufig viel mit Philip zusammen. Als sie am Samstagmorgen beschloß, am Strand entlangzureiten, war sie erstaunt, als er fragte: »Wenn Sie noch ein Pferd hier haben, würde ich Sie gerne begleiten.«

»Tony hat uns bis nach Ostern drei Pferde überlassen, aber die anderen beiden sind nicht sehr ruhig.«

»Ich will versuchen, nicht 'runterzufallen.«

Danach war sie fast enttäuscht, feststellen zu müssen, daß er viel besser ritt als sie, wo sie ihn doch gerade mit ihren eigenen Reitkünsten beeindrucken wollte. »Ich hatte früher ein Pony, als ich klein war und habe ab und zu gejagt, als ich aus dem Krieg zurückkam.«

Der Krieg. Davon hatte er nie zuvor gesprochen. Sie erinnerte sich daran, wie Lorna, das andere Mädchen im Büro, gereizt gesagt hatte: »Kann schon sein, daß er tapfer ist – er besitzt das Militärkreuz – trotzdem ist er ein eingebildeter Affe.« Plötzlich fragte sie sich, wie alt er sein mochte. Als er ihr Chef war, schien er sehr alt, aber jetzt, wo er mit Leichtigkeit am Strand entlanggaloppierte, sah er jung und glücklich aus. »Das ist ein ziemlich lahmer Gaul. Hatte der gute Tony nichts Feurigeres?«

»Glaube ich schon, wollten wir aber nicht. Wir sind nicht für gebrochene Knochen. Hugh fand ohnehin, daß wir ein Risiko eingehen.«

»Hugh? Wer ist Hugh? Noch so ein glühender Verehrer des ›Weißen Elefanten‹?«

»Hugh? Von Hugh habe ich Ihnen doch sicher schon erzählt. Er ist ein reizender Mensch, und Sie müssen ihn unbedingt kennenlernen. Aber kommen Sie, wir machen ein Wettrennen über diese Strecke. Wetten, daß ich gewinne.«

Als das Rennen vorüber war, griff er das Thema wieder auf. »Ja, ich würde gerne noch mehrere ihrer Freunde kennenlernen. Zum Beispiel diesen Hugh. Vielleicht beim nächsten Mal?«

Sie nickte unbestimmt mit dem Kopf, in Gedanken ganz mit den Worten »beim nächsten Mal« beschäftigt. Er hatte also vor, wiederzukommen. Sie war froh, und sagte schnell zu sich selbst, daß das wieder Wasser auf ihre Mühle wäre, wie George Enderby es ausdrücken würde. In diesem Fall war Jane nicht ganz so ehrlich wie sonst.

Am Sonntagnachmittag erschienen Hua und Miriam, wie sie es häufig taten, und als Jane den Tee ins Eßzimmer brachte, sagte sie: »Ihr müßt euren Tee ohne mich trinken. Ich habe Freunde hier, die lieber in der Küche bleiben, und ich möchte ihnen Gesellschaft leisten.«

»Jane ist von den Maoris begeistert«, sagte Katherine obenhin. »Und sie verehren sie.«

»Eine herrliche primitive Kultur«, bemerkte Kenneth gewaltig, »aber leider jeden Tag dem Verfall näher. Ich finde sie heute nicht mehr interessant.« »Ich schon«, gab Jane ziemlich ärgerlich zurück. »Und wenn sie dem Verfall nahegekommen sind, was bei Miriam und Hua bestimmt nicht zutrifft, wessen Schuld ist das denn?« Mit diesen Worten verließ sie den Raum und schloß die Türe etwas laut hinter sich.

Erstaunlicherweise kam zwei Minuten später Philip mit seiner Tasse Tee in der Hand in die Küche. Er sagte ganz beiläufig: »Künstler sind so seltsame Geschöpfe«, und setzte sich zu den anderen an den Tisch. Jane wurde einen Moment lang unsicher; er war ein so hochnäsiger Mensch, und nie hatte sie in seinem Büro einen Maori gesehen. Wie würde er sich verhalten? Dann stellte sie ihn vor, etwas beschämt über ihre Bedenken.

Von da an wurde es eine sehr lustige Teerunde, und herzliches Gelächter schallte bis in das Eßzimmer. Kenneth Rosman zog seine Augenbrauen scharf hoch. »Jane ist, wie man so sagt, wohl ein sehr geselliger Mensch. Soviel leichter für Leute, die sich nicht ihrer Kunst verschrieben haben«, sagte er, und Katherine stimmte ihm leidenschaftlich zu.

Später sagte Miriam vertrauensvoll zu Jane: »Das eine sehr gute Kerl. Kein Getue. Kein eingebildet. Nicht wie anderer mit struppiges Kinn. Guter Junge.«

Zu Jane sagte der gute Junge: »Ich freue mich, daß Sie diese Freunde haben. Hua ist ein feiner Kerl. Und Miriam ist noch eine Maori der alten Schule. Eine, die wir nicht haben ändern können. Ich würde mich lieber einen ganzen Nachmittag mit ihr unterhalten, als mit allen selbstgebackenen Künstlern, die durch die Landschaft streifen.«

Tja, dachte Jane, das Leben war voller Überraschungen. Automatisch hörte sie sich selbst, so wie der ›Fürst‹ es getan hätte, bemerken: »Lebe, um zu lernen. Lebe, um zu lernen.«

Vor seiner Abreise am Montagabend sagte Park so nebenbei: »Ich scheine hier ein Außenseiter zu sein. Ihr seid Kenneth und Jane und Katherine, aber ich bleibe Mr. Park. Was meint ihr, wenn wir das ändern würden?«

»Natürlich«, antwortete Katherine in ihrer gewohnten Freundlichkeit.

»Philip ist ein netter Name und paßt zu Ihnen. Ich finde Nachnamen sowieso albern und ziemlich unnütz. Wäre viel besser, wenn jeder nur einen Namen besäße.«

»Aber viel komplizierter. Danke, Katherine. Ich glaube, ich kann mich darauf verlassen, Kenneth, daß Sie sich einen Schubs geben. Aber wie steht's mit Jane?«

Jane sah verlegen aus. »Ich weiß nicht. Es klingt so eigenartig, weil Sie doch mein Chef waren.«

»Aber Jane, zu Hause hast du ihn ziemlich oft den ›alten Philip‹ genannt, wenn du eine Wut auf ihn hattest, und du hast gesagt, daß diese Lorna . . .«

»O Kit«, unterbrach Jane sie verzweifelt, und alle lachten.

»Mit dem alten Philip bin ich nicht so ganz einverstanden. Damit reiten wir immer wieder auf damals herum. Aber tun Sie sich keinen Zwang an. Eines Tages wird es schon gelingen.«

Eines Tages. Wieviele Tage würde es geben? Dieses Wochenende vermittelte Jane das Gefühl eines herrlichen Spätsommers, die sanften goldenen Tage des Frühherbstes im Norden, und eine segensreiche Pause zwischen dem Weihnachtsrummel, der sich an Ostern bald wiederholen sollte. Den Gedanken, daß Philips Gegenwart etwas mit ihrer Fröhlichkeit zu tun haben könnte, wies sie als abwegig zurück. Sie hatte ihn als einen freundlichen Menschen akzeptiert und weiter nichts.

Das einzige, was ihr wirklich Sorgen machte, war das Geld. Sie kamen nur mühsam über die Runden und konnten die Ausgaben für das tägliche Leben trotz Rosmans Pensionsgeld und Philips hoher Wochenendrechnungen kaum bestreiten. An Ostern würden sie wieder viel verdienen, denn sie waren ausgebucht, aber die Zeit war kurz, auch wenn man einige Familien ohne schulpflichtige Kinder hinzurechnete, die vorhatten, volle vierzehn Tage zu bleiben. Damit könnten sie gerade eben ihre Finanzen wieder in Ordnung bringen und etwas von ihrem schrecklich riesigen Kühlschrank abzahlen. Der Winter stand vor der Tür. Vielleicht würde sie eine Arbeit annehmen müssen, wenn auch nicht im Büro von Park, Fairbrother and Park.

Eines Morgens sagte Rosman: »Ich habe mir ein kleines Zelt gekauft, in das ich ziehen werde, wenn ihr an Ostern ausgebucht seid. Ich möchte gerne helfen, wenn ihr soviel zu tun habt. Dann fühle ich mich zur Familie gehörig und nicht wie jemand, der eure Großzügigkeit ausnutzt. Ich kann Geschirr abwaschen und Teller angeben, vielleicht nicht gerade sehr perfekt, aber immerhin.« Er sah tapfer, aber ausgesprochen hilflos aus. Jane nahm ihn ohne Hemmungen beim Wort. Sie hatte sich so sehr vor einer Wiederholung der Hetze an Weihnachten gefürchtet, und sie wußte, daß sie von Hugh nicht viel Hilfe erwarten konnte, denn trotz aller gegenteiligen Behauptungen brauchte Nora ihn jetzt wirklich, wenn viel zu tun war. Kenneth hatte ein altes Auto und bot sich an, die verschiedenen Lebensmittel, Fleisch, Gemüse, Milch und Kleinigkeiten des täglichen Gebrauchs anzuliefern.

»Vielleicht kannst du Katherine manchmal freigeben, um mit mir zu kommen. Ein bißchen frische Luft reinigt die Seele eines Künstlers.«

Jane war natürlich damit einverstanden, sagte aber leise zu Tony, daß in diesem alten Auto genügend frische Luft sei, um jede Seele gründlich durchzufegen, und sie hoffte, daß dies geschehen würde.

Tony ließ sich in diesen Tagen nicht oft blicken. Er sah Kenneth mürrisch an, sagte zu Jane, daß er diesen Typ – »nur Bart und Gebabbel« – nicht ausstehen könne und bemerkte, daß Katherine, da sie eine Künstlerseele gefunden hatte, nur wenig Zeit für einen gewöhnlichen Farmer erübrigen würde. Deshalb tröstete er sich – wie sich sein Onkel mürrisch ausdrückte – mit »einer gewöhnlichen kleinen Nutte« aus Condon. Eines Abends, als die Mädchen mit Rosman in einen Film gingen, sah ihn Jane dort mit dem Mädchen. Sie war vielleicht gewöhnlich, aber unbestreitbar hübsch, und Jane konnte Tony verstehen. Im Augenblick war sie auch nicht allzusehr an Künstlern interessiert.

»Ich glaube, das ist Tonys Typ«, bemerkte Katherine. »Er ist ein Engel, aber ich habe nie angenommen, daß er viel Geist hat.«

»Wenn er nur ein bißchen Verstand hätte«, sagte Mrs. Carr gereizt zu ihrem Bruder, »dann würde er seine Aufmerksamkeit Jane zuwenden. Sie ist vielleicht keine Schönheit, aber sie ist zweimal so viel wert wie ihre Kusine und bestimmt ein Dutzend mal so viel wie dieses alberne kleine Geschöpf, das er jetzt mitgenommen hat.«

Ihr Bruder stimmte ihr besorgt zu. Inzwischen hatte er von Kenneth Rosmans Existenz erfahren und Mollie anvertraut, daß Frauen doch seltsame Geschöpfe seien und daß die Schönheit nicht unter die Haut gehe. Mit seiner originellen Bemerkung sehr zufrieden, fügte er hinzu, daß Jane ein sehr nettes Mädchen sei und offensichtlich keine höheren Ambitionen habe. Bei ihr gab es keine künstlerische Schwärmerei, sagte er, und dachte traurig an die zwei kindlichen Skizzen, die in den Tiefen eines dunklen Schrankes vergraben waren.

Katherine amüsierte sich und machte sich nicht die geringsten Sorgen um ihre Zukunft. »Mein Schatz, alles wird gutgehen. Es ist völlig falsch, immer an Geld zu denken«, meinte sie zu Jane. Obwohl das nur so dahingesagt war, war ihre Kusine von dieser Einstellung weniger begeistert und erklärte, daß auf Ostern mindestens acht dürre Monate folgen würden, in denen der ›Weiße Elefant‹ in den Winterschlaf versank, und sie von ihren geistigen Fähigkeiten leben mußten.

»Wie aufregend das klingt. Das würde ich gerne versuchen. Ist es nicht ein Segen, daß ich meine Skizzen verkaufen kann? Vielleicht ist der Condoner Markt erschöpft. Ken meint, ich sollte noch mehr Skizzen zeichnen und sie in die Stadt schicken.«

Jane sah sie verzweifelt an. Bei den zwei Skizzen hatte sie schon immer ihre Bedenken gehabt; schließlich besaß George Enderby eine ganze Menge Geld. Aber daß Katherine glaubte, sie könne von dem leben, was sie Kunst nannte, war heller Wahnsinn. Sie sagte: »Ach Kit, darüber würde ich mir jetzt noch nicht den Kopf zerbrechen. In den Großstädten gibt es so viele Künstler, und man muß sich erst einen Namen machen. Wir haben noch den ganzen Winter vor uns, und dann kannst du malen, soviel du willst. Bis dahin müssen wir aber unser Bestes tun, um diese alte Pension in Gang zu halten. An Ostern wird Hochbetrieb herrschen, und dann mußt du deine Pinsel einmal weglegen. Wenn es dann überstanden ist, müssen wir versuchen, ein paar freundliche alte Leute einzufangen, die weiter in einem milden Klima bleiben möchten – natürlich zu herabgesetzten Preisen – und sich bei kaltem Wetter gerne verwöhnen lassen. Das ist unsere beste Chance.« »O mein Schatz, wie scheußlich langweilig. Ich verwöhne nicht gerne alte Leute. Sie sind oft so schwierig und unangenehm. Müssen wir das tun, Jane? Können wir denn nicht einfach dableiben und abwarten?«

»Nur wenn wir uns von Muscheln und anderem Seegetier, von lebendem, wohlgemerkt, ernähren. Komm jetzt, Kit, hole die Wäsche heraus und mach die Betten. Deine Kunst muß bis nach Ostern warten. Putzen und Servieren wird deine ganze Zeit in Anspruch nehmen.«

Ein tiefer Seufzer entfuhr Katherine. »Weißt du, Jane, dir liegt dieses Leben viel besser als mir. Ich habe überhaupt nichts für Hausarbeit übrig, und manchmal habe ich die Leute einfach satt, wenn sie nicht jung und fröhlich sind. Ich habe in den letzten vier Wochen meine Seele gefunden.«

»Dann verlierst du sie besser wieder, wenn sie nicht gerne arbeitet.«

»Wie hart du bist, mein Schatz; du weißt nicht, was es für mich bedeutet, dazusitzen, einen schönen Baum stundenlang zu betrachten und nur zu träumen. Vielleicht werde ich das eines Tages tun können.«

»Darüber würde ich mir keine Sorgen machen. Du wirst es schon überwinden. Auf jeden Fall kannst du es nicht heute tun«, sagte Jane ohne Mitgefühl.

9

Ostern war eine Zeit harter Arbeit, aber Jane tröstete sich mit dem Gedanken, daß es einträglich war. Die fünf Tage der eigentlichen Ferienzeit waren wirklich hektisch, und danach blieben dann noch ein halbes Dutzend Gäste für weitere vierzehn Tage.

»Wenn wir es geschickt anstellen, müßten wir für einige Monate abgesichert sein«, sagte sie zu Katherine.

»Wie klug du alles vorausplanst. Weißt du, Jane, du kannst zwar über Ken und seinen Bart lachen, aber er ist eine Hilfe.«

»Stimmt, und er kommt sogar mit seinem Bart zurecht, wenn er beim Auftragen des Abendessens hilft. Wir sollten ihm diese Zeit bezahlen.«

»O nein. Er ist ganz überwältigt, weil du ihm nichts für seine Ferien berechnet hast. Er ist ein sehr sensibler Mensch, weißt du.«

»Stimmt«, sagte Jane etwas mürrisch und sah ihre Kusine nachdenklich an. Was hatte Kit im Sinn? Diese neue Freundschaft war anders als alle vorangegangenen. Da Jane realistisch dachte, glaubte sie nicht an platonische Freundschaften, die ihrer Ansicht nach nur zustande kamen, wenn man hoffnungslos häßlich war. Aber hier schien es sich doch um ein derartiges Verhältnis zu handeln, oder zumindest hoffte sie es. Katherine würde sich bestimmt nicht mit einem mittellosen jungen Mann einlassen, und obwohl Jane nicht viel für Kenneth übrig hatte, wollte sie nicht, daß ihm das Herz brach, wenn Kit eines Tages Kunst und Seele leid wurde.

Obwohl es an Ostern viel Arbeit gab, war es eine erfreuliche Zeit. Natürlich waren auch weniger angenehme Augenblicke dabei, aber die gehörten, wie Jane jetzt feststellte, zum Alltag jeder Pension. Da gab es zum Beispiel Miss Merton. Als sie ihr Zimmer schriftlich bestellte, versäumte sie, darauf hinzuweisen, daß sie ein Gesundheitsfanatiker war, und so fühlte sich Jane sehr getroffen, als ihr großartig zubereitetes Essen kaum angerührt wurde, und sie sich später noch einen langen Vortrag darüber anhören mußte, wie notwendig es sei, Gemüse roh auf den Tisch zu bringen und nur »echtes Vollkornbrot, nicht dieses unmögliche nachgemachte braune Zeug« zum Frühstück und Mittagessen zu servieren. Einen Augenblick lang fühlte sich Jane in die Enge getrieben, aber am nächsten Tag sagte sie bestimmt: »Miss Merton, Sie hätten mir das alles in Ihrer Vorbestellung schreiben sollen, und dann hätte ich . . .« ». . . nahrhafte Kost statt dieses wertlosen Zeugs besorgt?« führte Miss Merton unhöflich, aber mit fanatischer Befriedigung den Satz zu Ende.

». . . hätte ich Ihren Scheck zurückgeschickt und Sie gebeten, woandershin zu gehen«, sagte Jane, die langsam ärgerlich wurde. Da sie sah, daß ihr Gegenüber momentan verstummt war, fuhr sie fort: »Wie die Dinge liegen, werde ich ihre Anzahlung einbehalten, denn Sie haben ein Zimmer besetzt, das ich an andere Gäste hätte vermieten können, aber ich werde ihnen den Rest erlassen und Sie bitten, sich eine andere Unterkunft zu suchen.«

Hier quiekte Katherine, die heimlich zugehört hatte, leise auf und verließ das Zimmer. Miss Merton kapitulierte fast sofort. Wie sie sagte, hatte sie nicht die geringste Absicht abzureisen. Das Hotel gefiel ihr, aber . . .

»Bleiben Sie, wenn Sie wollen, aber Sie müssen mit dem zufrieden sein, was andere vernünftige Leute essen. Ich kann mich unmöglich nach den Marotten einer Person richten, wenn ich das Haus voll habe.«

»Marotten . . .« keuchte die Dame, »aber Sie wissen doch sicher, was hervorragende Ärzte sagen?«

»Hervorragende Ärzte sagen immer etwas, aber ich weiß nur, was andere Pensionen anbieten, und mehr kann ich, fürchte ich, nicht tun.«

»O Kit«, jammerte Jane später, »es wird immer schlimmer mit mir. Ich entwickle mich zu einem richtigen Hotelschreck.«

»Mein Schatz, du bist wundervoll. Wie ist es nur möglich, daß dir immer so kluge Antworten einfallen? Und Miss Merton hat ihren Teller völlig leergegessen und sogar die Soße mit einem Stück Brot aufgesaugt.«

Dann war da noch Vincent Norton, ein Student auf Urlaub. »Du solltest ihn nur sehen«, klagte Katherine. »Kein bißchen lustig. Trägt eine Brille und scheint von den anderen überhaupt keine Notiz zu nehmen. Ein richtiger Blaustrumpf.«

Jane lachte. »Du mußt es ja wissen. Du scheinst ausgefallene Typen zu lieben«, sagte sie.

Vincent sammelte verschiedenes Seegetier zwischen den Felsen und im Sand und deponierte es überall im Haus verstreut, zum großen Entsetzen von Miss Merton, die einer Masse offensichtlich verwesender Quallen im Badezimmer begegnet war; Jane wurde gebeten, einzuschreiten, was sie auch freundlich, aber bestimmt tat, und danach mußte sie wohl oder übel geheimnisvolle, ordnungsgemäß beschriftete Gegenstände in Empfang nehmen, die ihrer Obhut mit einem flehenden Blick anvertraut wurden. »Vielleicht in den Eisschrank?« fragte Vincent, und Jane hatte plötzlich ein kleines Sonderfach, das für wissenschaftliche Zwecke bestimmt war.

Katherine und sie lachten vergnügt über diese Episoden, aber dann passierte etwas, was nicht mehr zum Lachen war. Ein Mädchen meldete den Verlust einer Brosche, die sie offen auf dem Tisch hatte liegenlassen, als sie weggegangen war. »Sie ist nicht wertvoll, aber ich hielt es für besser, Sie davon zu unterrichten«, sagte sie, und Jane stimmte ihr von ganzem Herzen zu. »Wir müssen einen Anschlag machen, daß wir Wertgegenstände aufbewahren, das machen alle Hotels«, sagte sie zu Hugh, »aber wie sollen wir in einem Zelt darauf aufpassen?«

»Das stimmt natürlich. In dem Schuppen, den uns unsere Vorgänger überlassen haben, befindet sich ein altes Safe. Ich werde einen Schlüssel dafür anfertigen, und ihr könnt ihn unter euer Bett stellen. Natürlich müßt ihr einen Anschlag machen; das entlastet euch. Der Dieb? Irgend jemand, vielleicht einer von den ständig herumlungernden Ausflüglern, vielleicht jemand im Haus.«

»Das ist doch ausgeschlossen.«

»Wirklich? Da wäre ich nicht so sicher. Aber wie dem auch sei, ihr könnt es nicht herausbringen, deshalb hat es keinen Zweck, sich den Kopf zu zerbrechen.«

Der Anschlag wurde in der Halle angebracht, und das Safe in ihr Zelt gestellt. Ein paar Gäste brachten ihnen Brieftaschen und Ringe, aber die meisten waren der Auffassung, daß das allgemein als äußerst nachlässig bekannte Mädchen ihre Brosche wahrscheinlich am Strand verloren hatte, oder irgend jemand sich eingeschlichen hatte, als im Haus Ruhe herrschte. Der Vorfall würde sich nicht wiederholen.

Aber er wiederholte sich. Diesmal war es eine silberne Spange, die auf dem Toilettentisch lag, während die Besitzerin ein Bad nahm. »Machen Sie sich keine Sorgen, Miss Lee. Es ist meine eigene Schuld, aber wir waren eben so sicher, daß es nur ein Fremder gewesen sein konnte. Sie hat nur zehn Mark gekostet, und ich werde ihr nicht nachweinen.«

Aber Katherine und Jane konnten es nicht so leicht verwinden. Es war eine so nette Gesellschaft, meistens junge Leute aus Geschäften oder Büros, und zwei alleinstehende Damen, Miss Wheeler, mittleren Alters und weiter nichts besonderes, die selbst am Steuer eines schäbigen Wagens vorgefahren war, und Miss Newman, eine nette alte Dame, die offensichtlich Geld hatte und mit einem Taxi angekommen war.

Jane fühlte sich ganz erleichtert, als die beiden fragten, ob sie nach der Abreise der anderen noch bleiben könnten. »Das macht für uns so viel aus«, erklärte sie Katherine. »Bei Miss Wheeler bin ich zwar nicht ganz begeistert, aber Miss Newman hat so eine liebe und freundliche Art.« Als die fünf Tage der eigentlichen Osterferien vorüber waren, verabschiedete sich Jane fast traurig von den Pensionsgästen. »Diesmal war es eine kurze und harte Zeit, und ich glaube, ich laufe jetzt auf Hochtouren, aber es tut mir richtig leid, daß sie gehen.«

»Mir auch, nur habe ich so ein eigenartiges Gefühl wegen der Sachen, die einfach verschwinden. Ich wollte nicht noch mehr

Unruhe stiften, aber gestern habe ich meine Türkisohringe, die meiner Mutter gehörten, verloren. Ich trage sie nicht oft, weil sie nicht zu meinem Stil passen, aber ich wünschte, sie wären nicht weg.«

»O Kit, doch nicht noch ein Diebstahl? Hast du sie nicht vielleicht einfach verlegt? Alles gerät durcheinander, wenn man in einem Zelt lebt.«

»Aber sie sind nicht im Zelt verschwunden. Ich habe sie mit ins Haus genommen, um sie einem der Mädchen zu zeigen, und ich habe sie zwei Minuten lang auf dem Eßzimmertisch liegenlassen, und dann waren sie einfach weg.« »Das ist abscheulich. Ich finde es schrecklich, zu wissen, daß einer von diesen netten Leutchen ein gemeiner Dieb war. Wenn das so ist, dann ist es ein Segen, daß sie abgereist sind. Wenn ich an die Noles denke, wird mir klar, daß man bei niemandem sicher sein kann. Na ja, jetzt ist alles vorbei.«

Die sechs Zurückgebliebenen waren schon älter. Außer Miss Newman, dem Liebling aller und der wenig anziehenden Miss Wheeler, die immer für sich blieb, waren noch zwei Ehepaare da, die die Mädchen gerne mochten. Zumindest auf die sechs konnte man sich verlassen.

»Hugh, jetzt kannst du deinen Safe zurückbekommen.«

»Behalte ihn. Nächsten Sommer wirst du ihn brauchen – wenn nicht schon vorher.«

»Ach, jetzt ist doch alles in Ordnung. Du bist wirklich mißtrauisch.«

»Wenn du einen Laden führen würdest, wärst du genauso mißtrauisch. Kleine Dinge verschwinden immer auf seltsame Weise.«

»Aber das ist Gelegenheitskundschaft, niemand, den du kennst, und wir kennen alle diese Leute.«

»Mag sein. Alles, was ich wirklich über den Diebstahl weiß, ist, daß man denjenigen nie kennt.«

Diese Worte fielen Jane wieder ein, als die junge Mrs. Gray zwei Tage später kam, um zu sagen, sie vermisse zwei Paar neue Nylonstrümpfe. Katherine sah sie verwirrt an, und Jane sagte:

»Jetzt sind es Strümpfe. Was kommt als nächstes? Natürlich konnte jeder schnell in das Parterrezimmer schlüpfen.« »Das muß wohl jemand getan haben. Letzten Endes sind wir hier nur zu sechst. Aber da fallen mir diese Maoris ein. Sie waren doch gestern hier, oder?« Jane errötete und sagte verärgert: »Miriam oder Hua würden ebensowenig stehlen wie ich. Sie sind meine Freunde, und wenn Sie so über sie denken, dann würde ich es vorziehen, wenn Sie nicht blieben und mich die Strümpfe bezahlen ließen.«

Mrs. Gray hatte ein sehr nettes Wesen und entschuldigte sich sofort. »Natürlich werden Sie das besser wissen. Ich verstehe die Maoris eben nicht, und die hier sind ganz anders als alle, die ich in der Stadt gesehen habe. Aber es ist doch seltsam. Von den Gästen kann es niemand sein. Gewiß, diese Miss Wheeler ...«

»Ach, es kann unmöglich jemand vom Haus sein«, unterbrach Jane sie hastig.

»Es ist jemand, der von der Straße kommt. Ich fürchte, Sie dürfen Ihre Sachen nicht offen herumliegen lassen.«

Mrs. Gray stimmte ihr zu, aber es war offensichtlich, daß sie Verdacht zu schöpfen begann, und als sie später Miss Wheeler auf der Treppe begegnete, fand Jane ihren Gesichtsausdruck beunruhigend. Auch Katherine bemerkte es.

»Ich habe gesehen, wie sie ihrem Mann etwas zugeflüstert und diese Frau beim Abendessen schief angesehen hat. Wie schrecklich, wenn sie es wäre. Sie ist nicht sehr nett, findest du nicht? Und sie badet so selten.«

»Deshalb ist sie noch lange keine Diebin, Kit. Laß uns um Himmels willen nicht anfangen, die Leute zu verdächtigen, sonst machen wir uns alle verrückt.«

In diese gespannte und unerfreuliche Atmosphäre kam Philip Park am nächsten Freitagabend, wie gewöhnlich unangekündigt. »Ich wollte einmal nachsehen, wie der ›Weiße Elefant‹ Ostern überstanden hat und ein bißchen fischen gehen, bevor der Winter beginnt«, sagte er gelassen.

Jane war erstaunt, daß sie sich so freute, ihn wiederzusehen.

»Aber erzähle ihm nichts von den Diebstählen«, warnte sie Katherine. »Das klingt alles so häßlich, und vielleicht will er dann nicht mehr kommen – zumindest nicht zum vollen Preis.«

Bei sieben Gästen blieb Jane nicht viel Zeit, Philip zu sehen, aber er kam jetzt häufig ganz selbstverständlich in die Küche, und zum erstenmal spürte Jane mit glücklicher Gewißheit, daß er ihr Freund war. Trotzdem erzählte sie ihm nichts von ihren Sorgen über die Diebstähle; das schien einen Fehlschlag zu beweisen, und sie wollte um alles in der Welt vor diesem Mann erfolgreich dastehen.

Sie bereute es, als er kurz vor seiner Abreise am Sonntagabend zu ihnen beiden sagte: »Übrigens, wenn ihr zufällig einen kleinen goldenen Schlüssel beim Putzen meines Zimmers findet, dann hebt ihn bitte für mich auf.«

»Einen kleinen goldenen Schlüssel?« stammelte Katherine. »Was für ein Schlüssel?«

»Nichts Besonderes. Meine Mutter schenkte ihn mir, als ich einundzwanzig wurde. Sie war etwas abergläubisch und sagte mir, ich solle ihn immer in meiner Tasche tragen. Das habe ich getan. Nicht daß ich abergläubisch wäre, aber vielleicht bin ich ein wenig sentimental.«

An seiner gedämpften Stimme merkten sie, daß seine Mutter tot war und er sie sehr geliebt hatte. Jane bekam schreckliche Gewissensbisse. »Hätten wir es Ihnen doch nur erzählt, aber ich habe Kit davon abgehalten – und jetzt haben Sie etwas verloren. Oh, das tut mir so leid.« Dann kam die ganze Geschichte heraus, mit all ihren Aufregungen und Verdächtigungen. Er hörte mit ernster Miene zu. »Macht euch keine Sorgen um den Schlüssel. Ich habe den Anschlag in der Halle gesehen, deshalb ist es meine eigene Schuld. Es tut mir nur sehr leid, daß ihr solche Schwierigkeiten hattet.«

»Natürlich konnte es nur eine Person sein«, sagte Katherine. »Diese gräßliche Miss Wheeler.«

»Wieso Miss Wheeler?«

»Na, überlegen Sie doch mal selbst. Wer könnte es sonst sein?«

»Jeder von den Sechsen. Möglicherweise ein Fremder, aber das wären zu viele Zufälle. Ist auch gleich. Wahrscheinlich wird es jetzt aufhören. Ich wünschte, ich könnte euch helfen, aber ich muß gehen. Die Praxis erholt sich wieder von Janes Weggang.«

Aber sie lächelte nicht. »Ich verabscheue diese ganze Geschichte. Hugh sagt, daß man mit so etwas immer rechnen muß, und er ist so klug.«

»Wieder dieser Hugh. Wer ist dieser moderne Salomon?«

»Hugh? Aber das habe ich Ihnen doch bestimmt schon gesagt. Er ist unser Rettungsanker. Ich werde Ihnen alles über ihn erzählen, aber nicht jetzt. Ich kann im Augenblick an nichts anderes denken. Ich mag Miss Wheeler nicht, und sie scheint nicht sehr sauber zu sein, aber ...«

»Häufiges Baden bedeutet nicht zwangsläufig Ehrlichkeit«, bemerkte er.

»Machen Sie sich keine Sorgen wegen meines Schlüssels. Wahrscheinlich taucht er wieder auf. Niemand kann etwas damit anfangen. Aber noch ein guter Rat – ein sehr ernsthafter. Sie dürfen niemanden anklagen, nicht einmal jemanden für schuldig halten. Es könnte gerade die Person sein, die Sie am wenigsten verdächtigen. Und jetzt muß ich wirklich gehen. Ich komme wieder und hoffe, daß die ganze Sache schnell bereinigt ist.«

Jane war traurig, als das Motorengeräusch seines Wagens langsam leiser wurde. Was sollte sie tun? Wenn sie sich an die Polizei wandten, würde es einen Skandal geben. Katherine war über diesen Vorschlag entsetzt.

»Natürlich nicht. Das würde den ›Weißen Elefanten‹ ruinieren. Sag diesem gräßlichen Weib einfach, daß wir ihr Zimmer benötigen.«

»Das kann ich nicht tun. Denk daran, was Mr. Park gesagt hat.«

»Mr. Park ... Wie formell du plötzlich wirst. Aber unternimm nichts. Grays und Thomas' reisen am Montag ab, und dann werden wir es wissen.«

An diesem Abend nahmen die Ereignisse mit dem Verschwinden von Mr. Thomas Schuhen eine spaßhafte Wendung. Seine Frau versuchte, es ins Lächerliche zu ziehen. Wahrscheinlich hatte er sie am Strand vergessen, und die Flut hatte sie weggeschwemmt. Wer sollte auf ein Paar Männerschuhe aussein, auch wenn Jim sich brüstete, daß er nur Größe 39 trägt?

Aber alle wußten, daß Jim am Strand bestimmt keine Schuhe getragen hätte. Ohne es zu wollen, spürte Jane, wie ihr Blick zu Miss Wheelers Füßen wanderte. Sie waren sehr groß. Sie war ganz sicher, daß sie Größe 39 tragen konnte.

Am nächsten Morgen reisten die beiden Ehepaare ab. »Jetzt hoffe ich nur, daß wir etwas Ruhe haben werden«, sagte Jane, aber im Innersten fürchtete sie, daß die Diebstähle weitergehen würden. Miss Wheeler war eine Frau, die ihr einfach nicht sympathischer werden konnte.

Und an eben diesem Morgen stürzte Katherine voller Empörung ins Zimmer.

»Jane, dieses abscheuliche Weib hat Kens Armbanduhr gestohlen. Er ließ sie beim Baden auf dem Tisch liegen, nur zehn Minuten, und sie war verschwunden. Kein Wunder, daß sie nie ein Bad nimmt. Sie schleicht herum und bestiehlt die Leute, wenn sie baden.«

Jane fühlte, daß etwas getan werden mußte. Aber was? Die Polizei anrufen, so daß alles an die Öffentlichkeit kam? Irgendeine Ausrede finden, um Agatha Wheelers Zimmer zu durchsuchen? Sie erwog sogar, ein Ferngespräch mit Philip anzumelden, und ihn um Rat zu fragen. Dann beschloß sie, schnell das Frühstücksgeschirr zu spülen, dann zu Hugh zu gehen und ihn um seine Meinung zu bitten.

Als sie gerade hinausging, um ihr Pony zu holen, wurde ein Auto sichtbar, hielt vor ihrer Türe, und ein junger Mann stieg mit sehr unruhiger und besorgter Miene aus.

»Guten Morgen. Suchen Sie mich oder einen der Pensionsgäste?«

Er zögerte und fragte dann etwas unbeholfen: »Wohnt bei Ihnen eine ältere Dame? Eine Miss Olds? Sie ist meine Tante.«

»Nein, niemand mit diesem Namen. Wir haben nur zwei Gäste, Miss Wheeler und Miss Newman.«

Dann kam sie plötzlich darauf. Miss Wheeler benutzte einen falschen Namen. Das war des Rätsels Lösung. Jetzt würde dieser freundliche junge Mann seine Tante mitnehmen, und alle ihre Sorgen wären wie weggeblasen. Aber er zögerte.

»Meine Tante – meine Tante findet es manchmal lustig, ihren Namen zu ändern.«

»Ja? Miss Wheeler ist groß und dunkel und sehr stark.«

»Meine Tante, Miss Olds, ist klein und weißhaarig und hat eine sehr sanfte Stimme.«

In diesem Augenblick ertönte eine wohlklingende Stimme aus einem der Fenster im oberen Stock. Miss Newman guckte vorsichtig hinaus, ihre weißen Löckchen wippten vergnügt. »Henry, mein Liebling, wie schön, dich wiederzusehen. Komm nur herauf. Hast mich also doch gefunden, du kluger Junge. Aber ich habe dich schön an der Nase herumgeführt, oder?«

Jane griff sich an den Kopf. Miss Newman. Miss Olds. War es möglich, daß diese aufrichtige alte Dame einen falschen Namen benutzt hatte? Und warum? Aber sie nickte glücklich. »Olds. Newman. Guter Einfall, nicht wahr, Henry?«

Jane sagte sich: »Ich fand sie manchmal etwas zerstreut – aber nicht unzurechnungsfähig. Aber nein, das konnte nicht sein. Sie ist sehr alt und etwas kindisch, weiter nichts.« Laut sagte sie: »Kommen Sie doch bitte herein. Möchten Sie zu Ihrer Tante hinaufgehen?«

»Ich fürchte, ich muß Ihnen erst eine unangenehme Mitteilung machen«, sagte er, als er ihr in das leere Eßzimmer folgte, und sie wartete, sein unglückliches Gesicht mitleidig beobachtend.

»Tja, um Ihnen die Wahrheit zu sagen... Es tut mir leid, daß ich über die alte Dame sprechen muß. Sie ist die Tante meiner Frau, nicht meine eigene, aber ich habe sie sehr gerne, und sie lebt seit Jahren bei uns. Aber in letzter Zeit hat sie eine seltsame Angewohnheit entwickelt. Sie wird natürlich älter, aber bis auf diese eine Sache ist sie völlig normal. Um die Wahrheit zu sagen«, wiederholte er und nahm nun verzweifelt den letzten Anlauf, »sie läßt Sachen mitgehen. Sie will natürlich nicht stehlen. Sie macht gerne kleine Geschenke. Man kann sie mit einer Elster vergleichen.«

Jane fragte sich verwirrt, ob Elstern Geschenke machten. Dann ließ sie sich auf den nächsten Stuhl fallen, als ihr die volle Wahrheit bewußt wurde. Das war einfach nicht möglich. All diese lächerlichen Diebstähle und die freundliche alte Dame. Sie sagte: »Wir mögen sie sehr gerne. Wir hätten nie gedacht, daß sie es sein könnte. Wir – ich fürchte, die andere Dame war uns weniger sympathisch.«

Er lächelte traurig. »Ich weiß. Jeder mag meine Tante Anne. Und sie will wirklich nichts Böses tun. Aber bitte sagen Sie mir – haben Sie Schwierigkeiten gehabt?«

»Und wie. Merkwürdige Gegenstände sind verschwunden. Sachen, die sie überhaupt nicht brauchen kann«, und sie dachte an die Herrenschuhe und die kleinen zierlichen Füße und mußte fast lächeln.

»Es tut mir sehr leid. Seit das angefangen hat, haben wir sie nie alleine weggehen lassen, aber es ist ihr gelungen, uns zu entwischen. Meine Frau ist fast wahnsinnig geworden, und ich habe tagelang nach ihr gefahndet. Wir hatten solche Angst, jemand würde die Polizei holen, und sie könnte dann vielleicht – vielleicht weggebracht werden. Sehen Sie, wir versorgen sie, und sie geht nicht selbst einkaufen, und wenn irgend etwas verschwindet, geben wir es sofort zurück. Alle kennen sie und haben sie gern. Wenn es Ihnen nichts ausmacht, werde ich sie jetzt herunterholen und mich in ihrem Zimmer umsehen. Sie versteckt die Sachen, aber ich weiß, wo ich suchen muß.«

Es war wie ein wahnsinniger Traum. Jane flüsterte es Katherine zu, die keuchte: »Ich kann es nicht glauben. Das ist einfach unmöglich, diese liebe alte Dame...«

Sie lockten die liebe alte Dame nach unten und boten ihr Kaffee an, wobei sie sich als schreckliche Verräter fühlten. Zehn Minuten später legte ihr Neffe eine erstaunliche Sammlung auf den

Küchentisch. Alles war wieder da – die Brosche, die zuerst verschwunden war, Kenneths Armbanduhr, Katherines Ohrringe, die Silberspange, die Nylonstrümpfe und sogar die Herrenschuhe, die lustigerweise in Weihnachtspapier gewickelt waren. Jane stürzte sich erfreut auf einen kleinen goldenen Schlüssel und stieß dann beim Anblick eines Kartons mit Fischmessern einen Freudenschrei aus. Sie gehörten ihrer Mutter, und sie hatte sie nicht vermißt. »Darüber wäre Tante Edith nicht sehr begeistert gewesen«, bemerkte Katherine weise.

»Und jetzt vermute ich, daß wir wohl kein Geld für ihre Pension bekommen werden«, sagte sie plötzlich traurig zu Katherine. »Ich kann diesen unglücklichen jungen Mann einfach nicht danach fragen. Er hat schon so eine schreckliche Zeit durchgemacht und hat sich so anständig benommen. Das müssen wir abschreiben.«

Aber hier schätzte sie Miss Olds völlig falsch ein. Die alte Dame erschien in Reisekleidung und war offensichtlich sehr mit sich zufrieden, wenn sie an ihre kluge List, an die lange Autofahrt und an das Wiedersehen mit ihrer Nichte dachte. Sie bestand darauf, den vollen Pensionspreis für die ganze Zeit zu zahlen. »Aber doch keine Ferienpreise«, protestierte Jane und überlegte mit einem unguten Gefühl, ob das Geld Miss Olds oder jemand anders gehörte.

Ihr Neffe, der wirklich ein sehr verständnisvoller Mensch war, sah, wie sie zögerte und murmelte: »Das ist schon in Ordnung. Geld rührt sie nicht an, und sie ist wirklich nicht arm.«

»Meine Liebe«, sagte Miss Olds. »Ich zahle immer den vollen Preis, und ich habe Ihnen viele Schwierigkeiten gemacht.«

Jane stutzte. Hatte sie das doch gemerkt? Aber sie fuhr vergnügt fort: »Nachts eine Tasse Milch aufs Zimmer. Kleine Aufmerksamkeiten. Mit jedem geringeren Betrag wären Sie betrogen, und Unehrlichkeit kann ich nicht ausstehen.«

Als sie sich dann umsah, um sicher zu sein, daß ihr Neffe zum Auto hinausgegangen war, flüsterete sie: »Das ist eine schlechte Welt. Ich hatte ein kleines Geschenk für Sie beide. Einen goldenen Schlüssel für Miss Jane und eine kleine Brosche für Katherine. Ich hatte sie sicher versteckt, wegen Ihres Anschlags in der Halle. Aber sie sind verschwunden. Manchmal fürchte ich, daß mein lieber Neffe – er ist eigentlich nicht mit mir verwandt, aber ein netter Junge – eine kleine Schwäche hat«, sie nickte bedeutungsvoll und fügte hinzu: »Sie halten mich für eine einfache alte Frau, meine Liebe, aber ich habe Augen im Kopf«, und dann, wie Jane später sagte, »tat sie das, worüber man in Büchern der Viktorianischen Zeit liest – sie warf sich stolz in die Brust.«

Sie reiste mit aufrichtigem Bedauern ab und versicherte, sie würde wiederkommen, eine Androhung, die für Jane fast zuviel war. Am nächsten Morgen schickte sie die verschiedenen Gegenstände an ihre Besitzer zurück und erhielt dankbare Antwortbriefe. Philip Park schrieb: »Ich danke Ihnen für Ihren Brief und dafür, daß Sie meinen kleinen Schlüssel zurückgeschickt haben. Ich bin so froh, daß sich alles aufgeklärt hat, und kann mir vorstellen, daß Sie Miss Wheeler mit kleinen Aufmerksamkeiten des schlechten Gewissens überschütten. Ich werde dem ›Weißen Elefanten‹ bald einen Besuch abstatten. Mit vielen Grüßen Ihr Philip Park. P. S. Meine neue Sekretärin hat eine ungeheure Selbständigkeit entwickelt und kennt sich mit der Rechtschreibung aus, aber im großen und ganzen ist mir die lieber, die sich nicht damit auskannte.«

Jane lächelte über den letzten Satz. Jetzt, da er ihr Freund war, konnte sie sogar Scherze über ihre Rechtschreibung vertragen. Und er hatte recht. Sie konnten bis zum Ende der vierzehn Tage nicht genug für Miss Wheeler tun. Es gelang ihnen jedoch nicht, sie liebzugewinnen.

»Trotzdem«, sagte Jane, nachdem sie sich von ihr verabschiedet hatten, »ich werde keinen Menschen mehr nach der Zahl seiner Bäder oder der Größe seiner Füße beurteilen.«

»Ich weiß«, stimmte ihr Katherine nachdenklich zu, »aber ist es nicht schrecklich, daß man einen Menschen gerne haben kann, der stiehlt, aber keinen, der schmuddelig ist?«

10

An einem stürmischen Aprilabend rief Nora an. »Jane, reg dich nicht auf, aber ich habe so das Gefühl, das Kleine will nicht mehr warten. Jedenfalls glaube ich, daß es losgeht, deshalb fährt mich Hugh jetzt sofort nach Condon. Wahrscheinlich werde ich morgen schon wieder zurück sein, wütend, weil es falscher Alarm war, denn es hätte natürlich noch vierzehn Tage warten sollen.«

»O Nora, hoffentlich bringst du alles sofort hinter dich.«

»Hoffe ich auch, nur muß ich dann Hugh und die lieben Tiere alleine lassen. Der Junge kann ihm erst Mitte Mai helfen, da wäre der kleine Quälgeist ja auch erst fällig gewesen.«

»Kann ich nicht kommen? Laß mich aushelfen. Ihr tut immer soviel für uns. Seit ich einmal eingesprungen bin, kenne ich mich mit dem Laden aus, und ich komme schon zurecht, wenn ich keine schwierigen Telegramme schreiben muß. Die Tiere hätten es gut bei mir. Sie kennen mich jetzt, und Dio mag mich gerne. Natürlich ist Malcom ein bißchen unnahbar, aber . . .«

»Der mag dich auch. Sonst hätte er dich schon längst gekratzt. Du bist ein Engel, Jane. Ich wollte Dich gerade bitten, zu helfen, wenigstens an den Tagen, wenn Hugh nach Condon gehen muß. Aber wenn du es wirklich tun willst, wann immer du Zeit hast, brauche ich mir keine Sorgen um Hugh oder die Tiere zu machen. Moment mal . . .«

»Was ist passiert? Hast du eingehängt, Nora?«

»Nein. Ist schon wieder gut. Der kleine Quälgeist hat sich nur eben unangenehm bemerkbar gemacht. Ich bin sicher, er wird ein gräßliches Temperament haben. Keine Angst, Jane. Ist völlig normal, hat man mir zumindest erzählt, obwohl ich wette, daß das ein Mann gesagt hat.«

»Nora, hör auf zu lachen und den starken Mann zu spielen, geh jetzt lieber. Nur noch einen Augenblick. Ich werde nicht bei euch wohnen. Ich komme jeden Tag. Es ist vielleicht falsch, wenn ich einfach da oben bleibe und Kit und Kenneth alleine hier sind. Du weißt ja, wie das so geht.«

»Die einzige Antwort darauf ist ein viktorianisches ›Wehe, wehe‹. In Ordnung, meine Beste. Hugh wird dich abends und morgens hin- und herbefördern und dankbar sein, daß er es tun kann. Du wirst ein Auge auf Hektor haben, nicht wahr? Du weißt ja, seine Ohren. Schon gut, Hugh, sei nicht so nervös. Er hält seine Uhr in der Hand und stellt fest, wie oft die kleinen Unpäßlichkeiten auftreten, als wäre ich ein Rennpferd oder sonst was. Ich komme ja schon, Liebling. Hol inzwischen mal die Koffer. Jetzt ist er außer Hörweite. Da kann ich ja zugeben, daß ich mir eigentlich um Hugh Sorgen mache, nicht um die Tiere, obwohl natürlich... Aber ich hasse es, Hugh alleine zu lassen. Du wirst doch gut auf ihn aufpassen?«

Noras Sohn kam in den frühen Morgenstunden des nächsten Tages auf die Welt, und ein triumphierender Hugh holte Jane aus dem Bett, um mit ihm anzugeben. »Herrlich. Ich gratuliere dir, Hugh. Bilde dir nur nicht soviel ein. Warum tut ihr Männer immer so, als wäre es nur euer Verdienst, vor allem, wenn es ein Junge ist? Aber ehrlich, mein Guter, ich bin wahnsinnig gespannt. Natürlich werde ich die Stellung halten. Sobald du willst.«

Nach dem nächtlichen Sturm war die Erde am nächsten Tag frisch gewaschen und schön, die See ganz ruhig und der Himmel seidig blau. Das Gras, das eine trostlose braune Winterfarbe angenommen hatte, war wieder ergrünt, und als Jane und Hugh von dem ›Weißen Elefanten‹ abfuhren, schien es ihnen, als juble die ganze Welt über die Ankunft von John Stevenson.

»Nora sagt, es ist ein netter einfacher Name, und sie findet, daß alle Johns Größen sind. Was meinst du? Er ist wirklich ungeheuer stark, Jane. Er wird alles tun, was ich vor dem Krieg so gerne getan habe. Natürlich wollte ich ein kleines Mädchen haben, das wie Nora ausgesehen hätte, aber...«

»Dafür habt ihr noch genügend Zeit.«

»Sag das nicht. Ich möchte die letzte Nacht nicht noch einmal durchmachen. Du hast gut lachen, aber es war schrecklich. Alles ging schief. Der Wagen wollte nicht anspringen, und auf dem

Weg ist er zweimal abgestorben. Stell dir vor, auf der einsamen Straße... Und dann habe ich mich wie ein Verrückter aufgeführt.«

»Du Ärmster, hast du gezittert?«

»Und ob. Nora sagte mir, ich sollte die Koffer holen, und ich hatte eine solche Panik, daß ich nur ihren genommen habe. Nichts für das Baby. Ich habe einfach die Nerven verloren, Jane.«

»Ich wette, sie hat nur gelacht.«

»Genau das, und dann hat sie doch wahrhaftig gesagt, das Schlimme wäre nur, daß die Hunde unruhig würden, wenn ich ins Haus zurückginge und wieder herauskäme, und vielleicht würde ich die Sachen besser nachbringen. Sie schien sich überhaupt keine Sorgen darüber zu machen, sagte nur, vielleicht würde das dem kleinen Quälgeist Geduld beibringen. Ich habe gar nicht gerne, daß sie ihn so nennt, Jane. Und dann hat sie mich fast zum Wahnsinn gebracht. Als ich zur Tür gehen wollte, rief sie mich zurück, um mir zu sagen, daß sie auf dem Weg ein paar gute Stücke Holz gesehen hätte, die bestimmt von einem Lastwagen gefallen wären, und ich sollte sie auch ganz sicher aufheben, weil wir kaum noch Brennholz hätten.«

Jane lachte, aber Hughs Stimme zitterte. »Hast du es getan?«

»Wo denkst du hin. Ich bin schneller zurückgerast, als die alte Karre je gefahren ist und habe den anderen Koffer sofort zurückgebracht. Aber morgens, als dann alles vorbei war, habe ich das verdammte Holz aufgesammelt – aber ich glaube, ich werde es nie verbrennen.«

»Willst du damit eine kleine Gedenkstätte zu diesem Anlaß errichten? Nora wird dich schon davon abhalten. Sie wird es am ersten Abend, wenn sie nach Hause kommt, zur Feier des Tages ins Feuer werfen.«

Und genau das versprach Nora zu tun, als Hugh Jane am folgenden Sonntag zu ihr fuhr.

Inzwischen hatten sich die neuen Gepflogenheiten eingespielt. Jane hatte mit dem Laden umzugehen gelernt, als sie Nora an einigen Tagen ausgeholfen hatte. Jeden Morgen um acht Uhr holte Hugh sie ab; sie hielt ihm das Haus sauber und kochte für sie beide zu Mittag. Die »lieben Tiere« fanden sich wohl oder übel mit ihr ab, und zu Katherine sagte sie streng: »Du und Kenneth, ihr müßt euch selbst verpflegen. Ihr habt genug Zeit dazu, und er kommt mit dem Ofen ganz gut zurecht.«

Katherine sah etwas kläglich drein, sagte jedoch, sie wollten es versuchen, aber eines Abends kam Jane nach Hause und fand Kenneth mit grimmiger Miene schrubbend auf dem Küchenboden und spürte sofort eine ziemlich gespannte Atmosphäre zwischen den »verwandten Seelen«.

»Was ist passiert?«

»Eigentlich nichts Besonderes, und eigentlich ist es doch schön für dich, daß der Boden mal gut geschrubbt wird«, sagte Katherine unbesorgt. »Weißt du, wir sind weggegangen, und ich habe vergessen, daß ich den albernen alten Herd auf ›stark‹ gestellt hatte, und als wir zurückkamen, kam Qualm heraus, und das ganze Haus sah aus, als würde es gleich in Flammen aufgehen. Ken ist zum Herd gestürzt und hat die Tür aufgemacht, was meiner Meinung nach bestimmt nicht das Richtige war. Ich sah gleich, daß ich sofort handeln mußte, und da gerade kein Wasser da war, habe ich den großen Topf mit Suppe, den du gekocht hast, in den Ofen geschüttet.«

»Nur habe ich das meiste auf den Kopf bekommen«, sagte Kenneth kühl. »Als ich dann gebadet und versucht hatte, die Gerstensuppe aus den Haaren zu kriegen, habe ich mich an den Ofen und den Boden gemacht.«

Zum erstenmal entdeckte Jane Enttäuschung in seiner Stimme, und er lächelte nicht, als Katherine sagte: »Ach mein Schatz, du hättest wirklich dabeisein müssen. Ken sah zum Totlachen aus, als die ganze Suppe an ihm 'runterlief. Aber die Hauptsache ist doch, daß ich den Ofen gelöscht habe, und ich finde, das beweist Geistesgegenwart, oder nicht?«

Jane lachte und sah dann Kenneth reumütig an. »Na ja, es beweist schon etwas, aber vielleicht etwas anderes,« sagte sie ausweichend, und in Gedanken fügte sie hinzu: »Das ist der Anfang vom Ende. Jetzt finden sie beide, daß es nicht nur auf die Seelen ankommt; auch bei Künstlern kann es nicht schaden, wenn sie ein bißchen gesunden Menschenverstand besitzen.«

Ihr persönlich gefiel die neue Lebensweise. Die Hunde wurden rührend anhänglich, und sogar Malcom fügte sich in sein Schicksal. Nur die Telegramme machten ihr Schwierigkeiten, aber damit hatte sie nur zu tun, wenn Hugh weg mußte. Zweimal in der Woche war er den ganzen Tag unterwegs, und dann mußte sie sowohl das Postamt als auch den Laden übernehmen. Nicht daß Hochbetrieb geherrscht hätte, denn außerhalb der Saison war wenig los, und die über die Halbinsel verstreuten Bewohner leisteten sich nur selten Telegramme. Wenn sie es taten, war Jane leicht gereizt.

»So alberne Wörter. Fast so schlimm wie die Juristen. Sie versuchen, soviel wie möglich in ein Telegramm zu pressen und verbinden Wörter, nur damit sie schwierig werden, wie die Deutschen.«

Hugh lachte nur; in diesen Tagen war er sehr glücklich.

»Macht nichts. Das Postamt von Condon ist sehr hilfsbereit. Das ist das Gute an diesen kleinen Landstädtchen. Man ist dort so verständnisvoll. In Condon weiß man alles über Nora und das Baby. Der Inspektor rief mich an, um mir zu gratulieren, nachdem ich ihrer Mutter ein Telegramm geschickt hatte. Sie wissen, daß du aushilfst, und sie haben gesagt, sie würden es dir so leicht wie möglich machen. Du brauchst alles nur über den Draht zu diktieren, und ich mache Kopien von allen schwierigen Telegrammen, wenn ich nach Hause komme.«

Das war eine kluge Idee, denn auch in den Telegrammen von Tui gab es Fallen wie ›Entgegennahme‹ (was Jane lieber ›Entgegenname‹ schrieb, ›verspätet‹ (verspetet) und Beweis (Beweiß). Im Condoner Postamt lächelte man jedoch und half gerne, so daß Jane mit dem Beamten schon bald lustig plauderte.

»Haben Sie Ihr Lexikon bei der Hand? Da kommt wieder so ein Ding.«

»Sie buchstabieren. Jetzt, ganz langsam. Ich wiederhole dann.«

»Wird gemacht. Wir haben alle unsere Fehler, und Ihrer Stimme nach können Sie noch nicht sehr alt sein. Wann sind Sie aus der Schule gekommen?«

»Was für eine dumme Frage. Wissen Sie nicht, wer ich bin?«

»Ich möchte wetten, ein sehr nettes kleines Mädchen.«

»Völlig falsch. – Ich bin die Inhaberin des ›Weißen Elefanten‹, der neuen Pension da unten.«

»Glaub' ich nicht. Sie sind ihre Tochter. Ich habe sie zwar noch nie gesehen, aber die Leute sagen, sie sei eine hervorragende Köchin und eine ziemlich gute Geschäftsfrau.«

»Ja, das bin ich. Wollen Sie mich jetzt bitte weiterarbeiten lassen?« Mit väterlicher Nachsicht ließen sie ihr ihre Fehler durchgehen. Eines Morgens, als Hugh weggefahren war, rief der unsichtbare schäkernde Beamte (»wahrscheinlich fünfzig mit fünf Kindern und einer nörgelnden Frau«, sagte Jane später zu Katherine) schwatzhaft an. »Zufällig spät geworden gestern abend? Kleiner Kater, wie?«

»Seien Sie doch nicht albern. So was mache ich nicht.« Dann in leichter Panik: »Warum, was habe ich angestellt?«

»Gucken Sie sich mal den Datumsstempel an, meine Kleine. Ein bißchen der Zeit voraus. Hatte ziemliche Mühe, es auszuradieren. Gott sei Dank waren es nur sieben Briefe.«

Der vorsintflutliche und schwer zu handhabende Datumsstempel war aus einem unerfindlichen Grund auf den 1. April 1985 eingestellt. Bis dahin war noch etwas Zeit.

An diesem Abend kam Hugh triumphierend aus Condon zurück und lachte vergnügt über die Geschichte mit dem Datumsstempel. »Er ist ein guter Kerl. Hat es natürlich in Ordnung gebracht. Ich hätte ihn einstellen sollen, bevor ich weggefahren bin. Jane, Nora sieht phantastisch aus. Ist sie nicht schön?«

Jane mußte einen kleinen Kampf mit sich selbst ausfechten. Nora war ein hübsches kleines Ding, aber nicht schön wie Kit. »Sehr hübsch, Hugh«, aber er gab sich nicht zufrieden. »Schön. Aber natürlich blüht sie auch auf, wenn ich hereinkomme.«

»Was ihr Männer euch doch einbildet.«

Er sah erstaunt und betroffen aus, dann lachte er. »So habe ich es nicht gemeint. Ein gutmütiger alter Trottel wie ich. Ich habe so ein Glück, daß Nora keinen anderen anguckt. Aber wenn du jetzt mal still wärst, dann wollte ich dir eigentlich sagen, daß sie in drei Tagen 'rauskommt.«

»Aber das Baby ist dann doch erst zehn Tage alt. Ist das nicht schrecklich früh?«

»O nein. Anscheinend stehen sie Schlange, um aufgenommen zu werden, deshalb müssen sie die Gesunden vor die Tür setzen, und Nora geht es sehr gut.«

»Aber nicht so gut, daß sie hier ohne Hilfe fertig wird. Ich komme noch eine Woche lang, Hugh, und dann kannst du das nette Maorimädchen bekommen, von dem Mrs. Carr gesprochen hat. Die Maoris sind so kinderlieb.«

»Du bist phantastisch, Jane. Ich werde heute zu dem Mädchen gehen, aber ich weiß, daß sie nächste Woche noch nicht kommen kann. Es wird uns sehr helfen, wenn du noch etwas bleibst. Nora ist bestimmt am Anfang ein bißchen erschöpft, aber natürlich ist sie außergewöhnlich stark.«

Dabei war er ganz stolz auf sich, wie alle Männer, wenn es um die gute Gesundheit ihrer Frauen geht. »Ganz, als wäre es nur sein Verdienst«, sagte Jane an diesem Abend zu Katherine. »Obwohl ich glaube, er würde genauso stolz sein, wenn sie nur noch ein Nervenbündel wäre. Erinnerst du dich an diesen Mann mit der zarten Frau, der im Sommer hier war? Er ergötzte sich geradezu an ihren Symptomen und tat sich schrecklich wichtig, weil sie keine Möhren vertragen konnte.«

An dem Tag, bevor Nora zurückkommen sollte, zauberte Jane eine riesige glasierte Torte hervor, die sie während ihrer Nachtwache gebacken hatte. »Das ist ein Festkuchen«, sagte sie zu Hugh, »und er wird sich halten. Nein, du kannst ihn heute nicht anschneiden, aber ich lasse ihn dir auf dem Ladentisch stehen, dann kannst du ihn bewundern, während du Kekse zum Kaffee ißt.«

Er sah wirklich großartig aus, wie Katherine sagte, eher wie ein Hochzeits- als wie ein Babykuchen. Hugh und Jane waren an diesem Tag bester Laune, und als sie rechts und links von einem Hund flankiert den Kaffee auf einem Tablett mit ihren zwei Tassen vom Haus herüberbrachten, rief sie fröhlich: »Tea for two, Hugh – nur ist es Kaffee«, und dann hielt sie plötzlich inne, als sie einen Fremden im gedämpften Licht des Ladens erblickte.

Auch Philip Park hielt in seinem Zigarettenkauf inne und starrte sie verwirrt an. »Sie! Was machen Sie denn hier?« Dann wanderten seine Augen zu den zwei Tassen und dem herrlichen Kuchen, und er fragte kurz: »Haben Sie eine neue Stelle angenommen?«

»Nein, nicht direkt eine Stelle«, begann Jane und tauschte einen belustigten vertraulichen Blick mit Hugh. »Sehen Sie, das ist nun der Hugh, von dem ich Ihnen erzählt habe – zumindest wollte ich Ihnen immer von ihm erzählen, aber es wollte mir nie gelingen.«

Philips Gesicht veränderte sich; es schien sich zu verschließen, und sein Mund bekam den alten harten Zug, an den sich Jane noch so gut erinnerte.

»Dann will ich Sie nicht aufhalten«, sagte er kurz, nahm seine Zigaretten und wollte sich gerade auf dem Absatz umdrehen, als Jane etwas hastig sagte: »Sind Sie gerade auf dem Weg zu dem ›Weißen Elefanten‹? Kit ist da und wird für Sie sorgen.« Er drehte sich um, sagte kühl: »Danke, ich will sie nicht stören. Ich glaube, etwas weiter gibt es ein ganz gutes Hotel, das ich ausprobieren will«, nickte kurz zum Abschied und war verschwunden. Im nächsten Augenblick hörten sie, wie sein Wagen die Straße hinunterfuhr, aber nicht zu dem ›Weißen Elefanten‹.

»So was!« keuchte Jane und starrte Hugh an. »Was ist um Himmels willen in ihn gefahren? Ein gutes Hotel etwas weiter ... Zum Teufel mit ihm und seinem guten Hotel.«

Hugh fragte vorsichtig: »Ist das Philip Park, bei dem du früher gearbeitet hast? Du bist so einseitig bei deinen Vorstellungen, Jane. Jetzt wundert es mich nicht mehr, daß du ihn verlassen hast. Der ist ja ziemlich unfreundlich.«

»Das war er früher, aber in letzter Zeit nicht mehr«, sagte Jane mit Tränen in den Augen. Das war das Schlimmste, was einem passieren konnte; man glaubte, ein Mensch habe sich geändert, sei ein Freund geworden – und dabei hatte er einen die ganze Zeit tyrannisiert und sich einen Spaß daraus gemacht, einen am Schluß doch noch zu ducken. Aber sie wollte nicht darüber reden und erzählte Katherine nichts, als sie nach Hause kam. Die Mißachtung des ›Weißen Elefanten‹ war ihr fast unerträglich.

Sie dachte, sie könne diese Mißachtung vor sich selbst mit einem Achselzucken abtun, aber plötzlich wurde sie sehr traurig, äußerst empfindlich gegen jede auch unbeabsichtigte verletzende Bemerkung, sie nahm jetzt Äußerungen übel, über die sie früher gelacht hätte. Das kam nur daher, daß sie einsam gewesen war und immer mehr von Menschen abhängig wurde, die ihr sympathisch schienen; na ja, Kits Begeisterung für Kenneth hatte nachgelassen. Sie war schwer erschüttert worden, als er ihr die Sache mit dem Suppentopf übelgenommen hatte. Sie würde ihn wahrscheinlich sehr bald wegschicken. Bis dahin hatte sie Nora und das Baby.

Jane hatte immer gesagt, daß sie sich nichts aus Babies mache; sie machten Arbeit, waren nie zufrieden, und man hatte mit ihnen bei weitem nicht so viel Spaß wie mit einem jungen Hund. Aber John Stevenson war das erste Baby, das sie aus der Nähe erlebte, und sie interessierte sich plötzlich für ihn und seine Entwicklung, wenn auch nicht mit sehr viel Gefühl. Sie vergötterte ihn nicht, und es fiel ihr nicht im Traum ein, sich in der Babysprache zu ergehen, aber sie betrachtete ihn gerne, wenn Nora beschäftigt war, obwohl sie offen zugab, daß sie jederzeit lieber ein Ladengehilfe als ein Babysitter wäre.

»Aber du bist gut für John. Du läßt ihn in Ruhe und nimmst ihn nur hoch, wenn er aufstoßen muß, und dann legst du ihn zurück in sein Bettchen. Ganz anders als die anderen Frauen, die verrückt werden, wenn sie ein Baby sehen und einen Hund überhaupt nicht angucken.«

Nora selbst war eine äußerst normale Mutter und machte sich am meisten Sorgen darum, daß die »lieben Tiere« sich nicht zurückgesetzt fühlten. Sie beschuldigte Hugh, das beste Beispiel für einen kindischen Vater zu sein. »Aber du bist ausgesprochen kaltblütig«, widersprach er. »Kein Mensch kann glauben, daß es dein Kind ist. Dieser ganze Zauber mit den Tieren – und dabei sagt man, daß die Iren eine warmherzige und liebevolle Veranlagung haben.«

»Es wird viel Blödsinn über die irische Veranlagung geredet, und außerdem ist meine Mutter Schottin, und genau diese Seite zeigt sich in meiner Einstellung zu John. Ich bin nur irisch mit den Tieren, weil es ihnen nicht schadet. Jane hält mich für eine sehr gute Mutter, nicht wahr, Jane?«

»Diese weibliche Verschwörung ist verteufelt. Natürlich halten Jane und du immer zusammen.«

Diese Worte versetzten Jane einen Schlag. Nora und sie. Ihr ganzes Leben lang war es doch immer Kit und sie gewesen. Sie hatte es sich nicht einmal erlaubt, einen festen Freund zu haben. Kit war ihr ein und alles gewesen. Aber in der letzten Zeit hatte sich etwas geändert. Kenneth Rosman konnte daran nicht schuld sein. Kit hatte in der Stadt immer junge Männer gehabt. War es möglich, daß irgendwie unbewußt der ›Weiße Elefant‹ zwischen sie getreten war? Diesen Gedanken wies sie als unsinnig zurück.

Dann erschien völlig unerwartet Tony wieder auf der Bildfläche. Eine ganze Zeitlang hatte er ihnen nur sehr oberflächliche Besuche abgestattet, aber eines Morgens, als Jane alleine war, kam er in die Küche und sah betrübt aus.

»Guten Morgen. Fein dich anzutreffen, Jane.«

»Warum eigentlich? Ich bin doch immer anzutreffen.«

»Sei nicht so bissig. Das meine ich ja gerade. Man kann immer sicher sein, dich zu finden, und du bist immer dieselbe.«

»Klingt schrecklich. Wie der Küchenherd – aber sogar der hat ab und zu seine Mucken. Du siehst auch nicht gerade lustig aus, Tony. Was ist passiert?« Mehr war gar nicht erforderlich, und schon kam die ganze Geschichte heraus. Es war dieses verflixte Mädchen in Condon. Sie waren alle gleich – nahmen alles an, erwarteten, daß man ihnen zu Füßen lag, und wenn man dann nicht mit einem Verlobungsring zur Sache kam – und wer wollte sich mit dreiundzwanzig schon binden? –, dann brannten sie mit dem erstbesten durch, der ihnen einen Antrag machte. Wie konnte Marilyn nur auf diesen Kerl 'reinfallen, dem das Kino gehörte? Natürlich hatte er Geld, und sie war eine von denen, die sich eine Freikarte für jeden Film wünschten, aber er war mindestens vierzig und hatte schon eine Frau gehabt.

»Ist sie gestorben? Manche Mädchen finden Witwer besonders anziehend?«

»Absolut nicht. Sie hat sich aus dem Staub gemacht und ihn verlassen – wahrscheinlich zu Tode gelangweilt. Deshalb hat er sich scheiden lassen – das wär's.«

Jane lachte. »Armer alter Tony. Ich glaube, du bist noch einmal gut davongekommen. Komm, wir machen uns eine Tasse Kaffee, und du kannst deiner Tante Jane alles erzählen.«

»Blödsinn, Tante; du bist keine Tante. Du bist jünger als ich.«

»Auf jeden Fall werde ich Patentante, und das macht älter.«

»Von Stevensons Baby vermutlich? Ist ein ganz netter Bengel, aber ich finde, die Patentante paßt nicht zu dir. Weißt du Jane, irgend etwas ist in den letzten Monaten mit dir geschehen. Natürlich wirst du nie wie Katherine aussehen, aber du bist hübsch. Lach nicht. Ich habe schon immer gefunden, daß du zu laut lachst, wenn dich irgend etwas plötzlich verwirrt.«

»Du solltest eben nicht so alberne Dinge sagen – und außerdem ist es meine Lache. Du mußt schon sehr traurig sein wegen Marilyn, wenn du mich sogar annehmbar findest. Sie war wirklich hübsch.«

»Das Aussehen geht nicht unter die Haut«, sagte Tony tiefsinnig und war dann verärgert, weil Jane fragte, ob ihm Onkel George diese Redeweise beigebracht habe.

»Du denkst nur so, weil du immer mit Katherine zusammengewesen bist. Du hast Minderwertigkeitskomplexe.«

»Ach du lieber Himmel, Minderwertigkeitskomplexe. Komplexe habe ich wirklich nicht. Es macht mir überhaupt nichts aus, nicht hübsch zu sein. Ich bin völlig zufrieden, die einfache Jane zu sein.«

Aber stimmte das? Hatte in letzter Zeit nicht irgend etwas an ihr genagt? Fühlte sie sich nicht verletzt, weil man sie wegen eines »guten Hotels etwas weiter« hatte sitzenlassen? Sie wies den Gedanken von sich und machte Kaffee. Tony ließ sich besänftigen und erzählte ihr die ganze Geschichte seines Lebens, wobei er die Enttäuschungen, die es im Augenblick zu erfüllen schienen, breit ausmalte.

Damit fing es an. Kein Mann, der Liebeskummer hat, kann einer guten Zuhörerin widerstehen. Jane begriff sehr gut, daß sie Tony damit anzog. Was war mit ihr los? Verletzter Stolz, gestand sie sich schließlich ein, Einsamkeit und die Freude, zu spüren, daß jemand sie vorzog. Was auch immer die Gründe waren, es entspann sich eine Freundschaft zwischen ihnen, die dazu beitrug, ihren Tag auszufüllen. Katherine merkte es und sagte etwas neidisch: »Tony scheint dich jetzt gern zu haben. Natürlich hat er keine Künstlerseele, aber er ist ein ganz guter Kamerad. Manchmal denke ich, daß man die Kunst auch übertreiben kann.«

Kein Zweifel, daß Kenneth' Stern im Sinken war.

Inzwischen hatte Nora Tony gebeten, einer von Johns Paten zu werden, und das machte die Freundschaft noch enger. »Ich habe dich im Verdacht, daß du dabei Hintergedanken hast«, sagte Hugh, als sie das vorschlug, aber sie schüttelte den Kopf. »O nein. Natürlich fände ich es herrlich, wenn Jane hierbliebe, aber sie würde Tony letzten Endes nicht nehmen. Trotzdem, sie hat ihren Spaß.« »Kaum ein Grund, einen unzuverlässigen jungen Mann zu bitten, Pate unseres Kindes zu werden.« »Aber er ist ja nur ein Pate, mein Schatz, und du kannst noch einen ernsthafteren Freund als zweiten aussuchen. Und da ich außerdem vier Kinder haben will, werden wir Patenknappheit haben, bevor alle versorgt sind.«

Tony gewöhnte es sich an, mit Jane zum Laden zu reiten, ihre Reitkünste zu verbessern und das Wachstum »ihres gemeinsamen Patenkindes« – wie Nora es nannte – zu beobachten. Im Winter gab es auf der Farm nicht viel zu tun, und auch im ›Weißen Elefanten‹ ging es beklagenswert still zu. Ab und zu tauchte jemand auf und blieb ein paar Nächte. Einmal hatte ein Auto ziemlich in der Nähe eine Panne, und das Ehepaar blieb fast eine Woche. Das genügte kaum, um den ›Weißen Elefanten‹ so gerade eben über Wasser zu halten. Wenn sich die Lage nicht bald besserte, mußte Kenneth gehen, und sie und Katherine waren gezwungen, irgendeine Arbeit in Condon anzunehmen.

11

Im Juni tat sich rein gar nichts, was die Finanzen des ›Weißen Elefanten‹ hätte aufbessern können, und Ende Juni sagte Jane: »Kit, es geht nicht mehr. Wenn niemand kommt, und niemand scheint etwas für Seeluft mitten im Winter übrig zu haben, können wir so nicht weitermachen. Wir müssen uns eine Stelle suchen und nur an den Wochenenden nach Hause fahren.«

»Oh, mein Schatz, müssen wir das tun? Können wir denn nicht ein bißchen Geld schuldig bleiben? Ich meine, wenn der Sommer kommt, können wir alles zurückzahlen, und die Leute würden bestimmt gerne warten.«

»Was für Leute? Nora und Hugh? Natürlich würden sie nie danach fragen, und sie würden auch warten, aber inzwischen müssen sie sich auch durchschlagen, und im Winter fällt es ihnen schwer genug – und jetzt ist auch noch das Baby da. Außerdem würde uns das für den Sommer nur weiter zurückwerfen, und der Kühlschrank muß auch noch abgezahlt werden. Nein Kit, es hilft alles nichts – und wir haben noch immer die Wochenenden, auf die wir uns freuen können.«

»Stimmt schon, aber es ist schrecklich. Als wir anfingen, haben wir nie gedacht, daß es so weit kommen würde. Jane, vielleicht sollten wir doch...« Aber Jane unterbrach sie unbarmherzig. Sie weigerte sich, über einen Fehlschlag nachzudenken oder sogar darüber zu sprechen. »Nun zu Kenneth. Wenn er will, kann er hierbleiben. Wäre eigentlich gar nicht schlecht.«

»Ja, er hätte sich um alles kümmern können, aber seine Frau wird bald zurückkommen; er muß also sowieso gehen.«

»Seine Frau?« Sicherlich hatte sie diese erstaunliche Bemerkung mißverstanden.

Katherine sah so heiter wie immer aus. »Ja, mein Schatz, Ken hat eine sehr gute Frau. Nicht hübsch, zumindest vom Foto her, aber einen Haufen Geld, und sie verstehen sich wirklich gut. Natürlich ist es für jemand mit einer künstlerischen Veranlagung nicht leicht, mit einem rein praktischen Menschen wie Vera zusammenzuleben, aber vielleicht tut es Ken ganz gut, denn er ist wirklich ein bißchen verträumt.«

Jane ließ diese interessante Diagnose von Kenneth' Charakter außer acht und sagte verwirrt: »Du willst mir doch nicht erzählen, daß Kenneth verheiratet ist? Warum hast du das um Himmels willen nicht früher gesagt, Kit? Warum hast du es mir verheimlicht?«

»Liebling, ich wollte es ja nicht, aber er hat mich gebeten, es keiner Menschenseele zu sagen, auch dir nicht. Er meinte, du hättest vielleicht etwas dagegen gehabt, und dann wäre alles aus gewesen.«

»Das hätte ich auch bestimmt. Eine Frau hat er und folgt dir wie ein Schoßhund. Ich finde das gräßlich von ihm.«

»Aber warum denn, Liebling? Ich meine, auch Schoßhunde müssen jemandem folgen, und Vera ist in Übersee.«

»Das ist ja noch schlimmer.«

»Aber was hat er denn getan? Er ist mir natürlich nie zu nahe gekommen. Du solltest mich gut genug kennen, um zu wissen, daß ich das nicht dulde.«

»Kenne ich dich wirklich so gut?« dachte Jane traurig. »Kenne ich dich in letzter Zeit überhaupt noch? Früher hatten wir keine Geheimnisse voreinander.« Dann fiel ihr ein, daß sie ja Kit auch nichts von Philips Wegbleiben erzählt hatte; vielleicht mußten auch Geschwister manchmal Geheimnisse haben.

»Weißt du«, fuhr Katherine ruhig fort, »Kenneth hat wirklich vieles mit mir gemeinsam. Ich schaue gerne schöne Dinge an, nur um mich daran zu freuen, und er auch.«

»Wobei du das schöne Ding bist?« erwiderte Jane scharf. »Tja, ich fürchte, ich begreife diese rein künstlerischen Geschöpfe nicht.«

»Er sagt, Schönheit weitet die Seele«, sagte Katherine stolz.

»Solange es bei der Seele bleibt«, sagte Jane ziemlich bösartig. »Aber ich kann es nicht fassen. Wo ist denn seine Frau?«

»Sie ist Engländerin und ist nach Hause zu ihrer Familie gereist. Sie hat massenhaft Geld, aber sie haben nicht dieselben

Interessen. Er wollte nicht alleine in ihrem Haus bleiben, deshalb kam er auf die Idee, herumzuwandern und zu zeichnen.«

»Er ist nicht weit von deinem Rockzipfel weggewandert. Tut mir leid, Kit, aber du siehst, ich verstehe nichts von Seelen. Mir liegt der Körper und seine Ernährung mehr. Aber wenn du es von Anfang an gewußt hättest... Wußtest du es vielleicht sogar?«

»Natürlich. Er hat es mir in der ersten Woche erzählt. Ken ist eine grundehrliche Seele.«

»Ist er das? Dann weiß seine Frau bestimmt, wo er die ganze Zeit gewesen ist?«

»O ja, und sie findet es gut für ihn, daß er am Meer ist. Er zeigt mir ihre Briefe«, sagte Katherine selbstgefällig, und Jane gab schließlich auf. »Na ja«, sagte sie an diesem Abend streng zu Kenneth, »du bist mir ja ein Schöner. Lebst ein Doppelleben – eine Frau in England, die du völlig verschwiegen hast.«

Er sah gequält aus. »Sprich nicht so abwertend, Jane. Kit wußte alles über Vera, und Vera wußte...«, er stockte.

»Alles über Kit, nehme ich an?«

»Alles über euch beide«, gab er zurück und bekam wieder Oberwasser. »Ich weiß, du meinst, ich hätte es dir sagen sollen, aber du hättest eine herrliche Freundschaft, wie die zwischen Kit und mir, vielleicht nicht gutgeheißen. Du bist sehr nett und tüchtig, Jane, aber deine Seele ist ziemlich erdverbunden.«

Sie zuckte gleichgültig die Achseln. »Es gibt viele Dinge, die ich nicht verstehe. Und wann kehrst du zu deiner Frau zurück?«

»Wie kannst du so etwas sagen! Natürlich werde ich Vera auf dem Flughafen abholen, wenn sie Ende des Monats ankommt. Ich hätte mich dann sowieso losreißen müssen, aber ich werde zurückkommen«, schloß er hoffnungsvoll.

»Wenn Vera ihre nächste Reise unternimmt? Vielleicht sind wir dann nicht hier?«

Er sah sie vorwurfsvoll an. Offensichtlich fand er ihre erdverbundene Seele unangenehm. »Wir werden vorher kommen, gemeinsam. Ich möchte, daß Vera Kit kennenlernt. Sie werden sich mögen. Gegensätze ziehen sich an, weißt du. Und dann wird Vera selbst sehen, wie harmlos... Ich meine, sie wird verstehen.«

»Sie muß eine sehr verständnisvolle Frau sein«, bemerkte Jane zynisch. Bei sich fügte sie hinzu: »Wahrscheinlich versteht sie, daß du immer weißt, wo dein Vorteil liegt. Du hast gut über verwandte Seelen reden, aber du wirst deiner reichen Frau immer treu sein.«

Sie merkte, daß sie ihn ungewollt deshalb verachtete.

George Enderby war äußerst besorgt, als er erfuhr, daß sich der ›Weiße Elefant‹ wirklich als ein Klotz am Bein erwies und die Mädchen Arbeit suchen mußten.

»Sehr unglücklich, wo ihr so einen guten Start hattet. Vielleicht ein bißchen mehr Geduld... ein bißchen mehr Kapital.« Jane stellte mit Erschrecken fest, daß er mit dem Gedanken spielte, ihnen finanziell unter die Arme zu greifen.

Sie sagte sehr bestimmt: »Wir sind fest entschlossen; ich habe mir nur überlegt, ob Sie mich bei der Stellensuche beraten können. Ich hatte an eine Annonce gedacht.«

»Eine Annonce? Wenig empfehlenswert. Dazu völlig unnütz. Sie könnten eine völlig unpassende Zuschrift bekommen. Der Schein kann trügen, wissen Sie, ich würde sagen, Eile mit Weile.« Er merkte, daß er sich heute morgen selbst übertraf, und sogar Jane war beeindruckt. »Wie fällt ihm das nur immer ein?« fragte sie Nora.

Am nächsten Abend rief er sie an. »Es geht um diese Stellung. Sind Sie wirklich entschlossen?«

»Fest entschlossen, Mr. Enderby, vielen Dank, je früher, um so besser.«

»Nun, nun, immer langsam. Aber, um zum Thema zu kommen; ich habe heute mit meinem Rechtsanwalt gesprochen; er war völlig verzweifelt, weil ihn seine Sekretärin verlassen hat. Entsetzlich, wie sich diese jungen Dinger benehmen.«

»Ganz entsetzlich«, sagte Jane und unterdrückte mit Mühe einen Lachanfall.

Ich habe ihm von Ihnen erzählt – nein, ich will nicht sagen, was ich ihm erzählt habe, Sie könnten eingebildet werden. Um es kurz zu machen, er möchte Sie sehen.«

»Tausend Dank, aber ich hätte Ihnen sagen sollen – vielleicht besser keine Rechtsanwaltspraxis. Diese juristischen Wörter sind so eigenartig, und ich bin schwach in Rechtschreibung. Ehrlich gesagt, ich mußte in der Stadt eine Rechtsanwaltspraxis verlassen, weil der Chef es nicht mehr ertragen konnte.«

»Wie bitte? Wie bitte? So ein armseliger Kerl, wenn er Ihnen keine Zeit gelassen hat. Gibt noch anderes auf der Welt als Rechtschreibung. Gesunder Menschenverstand, Geschäftssinn und Integrität.« Er wurde immer bombastischer, und Jane unterbrach ihn: »Aber, wissen Sie, dort gibt es immer eine solche Hetze, und ich glaube, das ist aufreibend.«

»Diese moderne Sucht nach Geschwindigkeit. Duncan ist da ganz anders. Ein herrlicher Bursche. Nicht mehr ganz jung, wissen Sie, ein alter Trottel wie ich.« An dieser Stelle tat Jane ihren Widerspruch kund, und er fuhr vergnügt fort: »Nett von Ihnen, das zu sagen, meine Liebe, aber die Zeit bleibt nicht stehen. Ja, die Zeit bleibt nicht stehen. Aber gehen Sie hin und stellen Sie sich Duncan vor, legen Sie Ihre Karten auf den Tisch, und erzählen Sie ihm alles.«

Gegen ihren Willen antwortete Jane: »Ja, das werde ich tun. Ehrlichkeit ist die beste Politik, nicht wahr?« Sie kam vom Telefon und erklärte, daß sie die Gelegenheit beim Schopf ergriffen habe und ihr nichts anderes übrigbleibe.

Am nächsten Tag besuchte sie Alexander Duncan, und sie waren sich auf den ersten Blick sympathisch. Einen größeren Unterschied als zwischen der Praxis von Park, Fairbrother and Park und diesem schäbigen, altmodischen Gebäude mit seinem Bürovorsteher und seinem Laufjungen, zwischen Philip Park und diesem netten alten Mann, der Janes trauriger Geschichte ernsthaft zuhörte, konnte man sich kaum vorstellen.

»Schade, Miss Lee, sehr schade. Aber ich meine, wir werden diese Schwierigkeiten überwinden können. Nach dem, was mein

Freund George Enderby mir von Ihnen erzählt hat, möchte ich das, was er als ideale Sekretärin beschrieb, nicht gerne verlieren.«

»Aber ist eine Sekretärin ohne gute Rechtschreibung ideal? Und Mr. Duncan, hat er Ihnen von dem ›Weißen Elefanten‹ erzählt und gesagt, daß ich nur bis November bleiben kann?«

»Ja, das habe ich schon verstanden. Offen gesagt, junge Mädchen bleiben nicht lange in dieser kleinen Stadt, und ich würde mich glücklich schätzen, eine gute Sekretärin so lange zu haben. Was die Rechtschreibung anbetrifft, so wird Mr. Matthews, mein Bürovorsteher, alle Briefe durchsehen und Ihnen in dieser Angelegenheit helfen.«

Sie war dankbar für seine warme Freundlichkeit und für das gute Gehalt, das er bot, und erklärte sich damit einverstanden, sofort zu beginnen, wenn sie eine Stelle für Katherine finden konnte. Hier kam ihr Nora zu Hilfe, denn Kit verhielt sich in liebenswerter Weise passiv und bemühte sich nicht, selbst für sich zu sorgen. Nora jedoch schlug das größte Konfektionsgeschäft der Stadt vor; sie hatten nie genug Personal, und Kit würde eine Bereicherung sein. Ihre Rechenkunst? Sie war sicher, daß man diese Schwierigkeit überwinden konnte. Mrs. Neal, die Inhaberin, würde die Kasse wahrscheinlich selbst übernehmen, wenn Katherine andere Qualitäten hatte. »Und sie würde bestimmt so dekorativ aussehen, daß die Leute denken, die Kleider und Hüte, die sie ihnen verkaufte, würden ihnen ebensogut stehen.«

Jane begab sich sofort zu Mrs. Neal; noch einmal erklärte sie die Fehler der Bewerberin, und noch einmal wurde sie belohnt. »Gut, wir können es ja einmal versuchen. Ich bin sicher, wenn sie ein nettes freundliches Mädchen ist, dann ist das die Hauptsache.«

»Sie ist immer zu allen Leuten freundlich – ein Mädchen, das dreißig Kartons öffnen und dann lächeln würde, wenn sie nichts verkaufte«, sagte sie, und Mrs. Neal lachte und meinte, das wäre gerade das richtige für sie. Jane kam triumphierend nach Hause. »Die Leute in Condon sind unheimlich nett«, sagte sie zu Katherine. »Es ist gar nicht wie in einer Großstadt, wo man perfekt sein muß oder abgeschossen wird«, und sie dachte verbittert an Philip Park, der sie nicht nur einmal abgeschossen, sondern hinterher auch noch gedemütigt hatte.

Jetzt dachte Katherine auch plötzlich wieder an ihn. »Weißt du, Philip war eigentlich eine Enttäuschung. Ich meinte, es gefiele ihm wirklich gut hier, und er würde oft übers Wochenende kommen. Das hätte uns geholfen, Jane.«

»Hätte es, aber wahrscheinlich hält er im Winter nicht viel vom Meer.« Sie brachte es einfach nicht fertig zu sagen, daß er es woanders genoß. Mrs. Carr fand eine gute Unterkunft für sie. »Haben zwei Waisenkinder wie wir jemals so gute Freunde besessen?« fragte Jane, als sie von Mrs. Cook kam und alles vereinbart hatte.

Mrs. Cook war die Witwe des Lebensmittelhändlers, der den Laden an der Ecke besessen hatte. Nach dem Tode ihres Mannes hatte sie dort unter dem neuen Inhaber weitergearbeitet und sagte ganz offen, daß sie sich freuen würde, die Mädchen für einen ganz geringen Betrag von montags bis freitags aufzunehmen. »Ich bin glücklich, abends Gesellschaft zu haben, aber ich werde Ihnen kein Festessen bieten können, wie man sich's von dem ›Weißen Elefanten‹ erzählt. Ich kann nur in aller Eile etwas zubereiten, wenn ich nach Hause komme.«

»Machen Sie sich um uns keine Sorgen. Sie würden über das Essen staunen, das wir für uns alleine kochen, und wir können ja schon was zubereiten, wenn wir zuerst zu Hause sind.«

Sie war eine hübsche, freundliche Frau, und Jane fand, daß sie Glück gehabt hatten. Sie mußten zwar ein Zimmer teilen, aber das war nicht das erste Mal. In ihrer Kindheit waren sie zum Beispiel nie getrennt gewesen. »Es wird wie in alten Zeiten sein, und Kit wird wieder Kit sein«, dachte Jane fröhlich.

Anfang Juli holte Tony sie mit ihren Koffern ab und brachte sie zum Abschied zu Hugh und Nora. Katherine, die sie nur selten gesehen hatte, seit Kenneth und dann später das Baby angekommen war, lamentierte laut: »Es ist so traurig, wenn ich an unsere großen Erwartungen denke«, jammerte sie. »Laß das, Kit«, protestierte Hugh. »Stell dich doch nicht an, als wäret ihr gescheitert. Ihr müßt damit rechnen, daß ihr im Winter etwas Geld verdienen müßt, bis der Laden richtig läuft. Es ist erstaunlich, welchen Erfolg ihr gehabt habt.«

»Wir hätten noch mehr Erfolg gehabt, wenn uns einige Leute nicht verlassen hätten. Dieser Philip Park hat immer gesagt, er würde wiederkommen und hat es nie getan.«

Nora sah Jane an und sagte dann schnell: »Er wird es bestimmt noch tun. Rechtsanwälte sind vielbeschäftigte Leute und können nicht immer ihrem Vergnügen nachgehen«, aber als sie gegangen waren, sagte sie zu Hugh: »Hast du nicht gesagt, daß Philip Park in den Laden gekommen ist, als ich weg war, und sich ziemlich unfreundlich benommen hat? Erzähl mir mal, was passiert ist.«

Hugh stöhnte und meinte, man könne nicht von ihm erwarten, daß er sich an jede Kleinigkeit erinnere, die sich ereignet habe, während sie es sich im Krankenhaus habe gutgehen lassen, und dann gab er einen genauen Bericht dieser Episode. Noras Augen weiteten sich beim Zuhören.

»Aber, mein dummer Liebling, verstehst du denn nicht? Er dachte, Jane wäre ich.«

»Sprich vernünftig. Wie sollte er, wo er dich noch nie gesehen hat?«

»Du bist nicht gerade sehr scharfsinnig. Das ist es ja eben. Er hatte weder dich noch mich je gesehen, und du sagst, Jane habe gesagt, sie habe ihm immer von uns erzählen wollen und es nie getan. Natürlich dachte der arme Esel, du wärst die ganze Zeit im Hintergrund gewesen.«

»Daraus kann ich nicht klug werden – außerdem glaube ich, daß John schreit, oder?«

»Laß ihn schreien«, sagte seine Mutter hart. »Ist sowieso seine Zeit. Jetzt überleg mal Hugh, was würdest du denken, wenn ein Mädchen, das du gerne magst, plötzlich mit zwei Tassen Kaffee in der Hand aus dem Haus eines anderen Mannes käme?« Und dann sagte sie: »Vielleicht nicht gerade eine Stelle« – so hätte man geschickt sagen können, daß es eine ständige Verbindung war. Das hat er bestimmt gedacht. Und was das gute Hotel etwas weiter betrifft, so weißt du doch ganz genau, daß es da nur diesen gräßlichen Saufschuppen gibt, den jemand wie Philip Park keines Blickes würdigen würde. Hast du denn nicht gemerkt, daß er sich in Jane verliebte? Ich habe es gleich vermutet, weil er ständig auftauchte. Aber wie eigenartig, daß wir uns nie gesehen haben, und wie unglücklich, daß Jane nicht alles über uns erzählt hatte. Wenn man da nur etwas tun könnte.«

»Ich glaube, du hast Hirngespinste. Der Kerl sah schrecklich mürrisch aus. Nicht der Typ, der sich verliebt. Und was kann man da tun? Ihm vielleicht schreiben und erklären, daß alles ein Mißverständnis war? Und dann läßt er uns durch seine Sekretärin antworten, daß er nicht weiß, wovon wir sprechen? Das wäre das Richtige für Jane.«

»Stimmt. Wir können eben nichts tun. Schrecklich, wenn man denkt, daß es nur passiert ist, weil Jane so gut zu uns war. Na ja, John scheint etwas ärgerlich zu werden. Ich gehe besser mal zu ihm – und Liebling, versuche, einen Weg zu finden.«

Inzwischen richteten sich Jane und Katherine in ihrer neuen Behausung ein und versuchten, mit allem zufrieden zu sein. Kenneth war am Abend zuvor abgereist, das Herz war ihm offensichtlich nicht gebrochen, und er begnügte sich damit, ein ausgesprochen grauenhaftes Porträt, das er von Katherine verfertigt hatte, und einen sehr viel wahrheitsgetreueren Schnappschuß, den ein Verehrer unter den Gästen aufgenommen hatte, mitzunehmen.

»Ich werde immer glücklich sein, wenn ich sie mir ansehe«, murmelte er, und Jane sagte barsch, daß es ganz davon abhinge, welches er ansehe. Katherine seufzte traurig, als er weg war, aber Jane sagte kurz: »Weißt du, irgendwie war er doch ein Schuft. Schließlich habe ich ihm vorgeschlagen zu bleiben. Also hätte er mir von Vera erzählen müssen.«

»Ich weiß, was du meinst, wenn du es so siehst«, stimmte ihr

Katherine mit ihrer üblichen Freundlichkeit zu. »Aber solange er da war, war es trotzdem schön«, und Jane lächelte bei dem Gedanken, daß dies wahrscheinlich Kenneth' letzter Nachruf war.

Hua hatte sich ihre Winterpläne zustimmend, aber mit leichtem Bedauern angehört. »Mr. Duncan ist ein guter Mann. Sie werden glücklich sein mit ihm. Er werden glücklich sein mit Ihnen. Dann Sie kommen zu ›Weißen Elefant‹ und machen nächstes Jahr viel Geld und alles wieder o. k.«

Aber Miriam, die eine sehr starke Neigung zum Dramatischen hatte, wollte zunächst eine Tragödie daraus machen. »Sie gehen weg«, klagte sie. »Miriam alt. Ganz alt. Sie nicht kommen zurück. Eines Tages Sie hören viel *tangi* in *pa*. Alte Maori-Frau, endlich tot. Sie sagen: ›Doch nicht alte Miriam? Tut uns leid.‹«

Aber Jane weigerte sich, etwas anderes zu tun, als über diese Voraussage zu lachen.

»Wage nur nicht, vom Sterben oder von *tangis* zu sprechen, bevor ich mein Vermögen gemacht und diesen Teil der Welt verlassen habe. Ist doch nur für ein paar Monate, Miriam. Du weißt ganz genau, daß ihr oft nach Condon kommt, und Hua kennt Mr. Duncan. Ihr müßt mich im Büro oder da, wo ich wohnen werde, besuchen kommen. Ich kann mich von meinen Freunden nicht trennen. Auch nicht für einen Winter.«

Miriam war äußerst dankbar, tat aber so, als habe sie Zweifel.

»Sie wollen Miriam Sie besuchen in Stadt. Ihnen nichts machen, wenn elegante Freunde sagen: ›Wer ist diese alte Maori *wahine*? Warum das Mädchen sprechen zu diese Leute?‹«

»Jetzt hör auf mit diesem Unsinn. Du möchtest nur, daß ich mich über dich aufrege. Meine Freunde, elegante habe ich nicht, wissen, daß du auch meine Freundin bist, und wenn es ihnen nicht paßt, soll sie der Teufel holen.« Das war ein erfreuliches Versprechen. Miriam kicherte über den »Teufel« und sagte Jane schließlich ziemlich vergnügt »Auf Wiedersehen«.

»Die andere, sie sehr hübsch, aber nicht wie Sie. Sie aufpassen, daß nicht ausreißt«, setzte sie als Schlußwarnung hinzu.

Aber das nahm Jane nicht einmal von Miriam hin.

»Du bist eine böse alte Frau, und du weißt, daß das nicht stimmt. Katherine würde mich nie sitzenlassen«, sagte sie, dann tat es ihr leid, und sie versuchte, mit ihrem kleinen Arm die mächtige Taille zu umspannen, um Miriam zum Abschied zu umarmen.

Tony hatte sie beide zum Abschied begeistert geküßt, aber Jane leidenschaftlicher als Katherine, und das stimmte sie grundlos fröhlich. Trotzdem lehnte sie es ab, daß er sie Freitag abend abholte; sie würden mit dem Spätbus kommen, und Mrs. Neal hatte sich einverstanden erklärt, Katherine so früh gehen zu lassen, daß sie ihn bekam. »Und wir fahren am Montagmorgen mit Hugh im Lieferwagen zurück; er fährt so früh, daß wir pünktlich sind.«

»Selbständigkeit und Stolz wird eines Tages dein Untergang sein, mein Kind«, sagte er rachsüchtig, als er sie verließ.

Katherine war an diesem ersten Abend sehr melancholisch. »Der Autolärm ist gräßlich. Es war so still im ›Weißen Elefanten‹.«

»Viel zu still, weil niemand kam und kein Geld hereinfloß.«

»Darüber habe ich mir nie Sorgen gemacht. Ich war immer sicher, daß schon irgend etwas kommen würde.«

»Tja, nichts und niemand ist gekommen. Aber Kopf hoch, Kit, paßt gar nicht zu dir, zu klagen. Der Laden gefällt dir bestimmt, und du wirst gerne mit hübschen Sachen arbeiten und ein großer Erfolg werden.«

Katherine ging traurig zu Bett und schlief sofort ein. Jane lag lange wach, hörte die Geräusche draußen auf der Straße, im Haus nebenan, die Leute um sie herum, die vorbeifahrenden Autos, und das Gefühl, einen Fehlschlag erlitten zu haben, quälte sie. Was hatte Kit über ihre hohen Erwartungen gesagt? Ihre waren auf der ganzen Linie zu hoch gewesen. Aber am nächsten Morgen ging sie tapfer zu Mr. Duncans Büro und arbeitete den ganzen Tag lang hart und gut. Der alte Rechtsanwalt war mit seiner Sekretärin zufrieden. Das war ein herrliches Mädchen; sie hatte ein gesundes Einfühlungsvermögen. Gewiß war ihre Rechtschreibung zuweilen etwas eigenartig, aber er hatte schon von gelehrten und gebildeten Menschen gehört, denen dieser Fehler anhaftete. Was sie sonst leistete, glich das wieder aus, und Jim Matthews war gerne gewillt, ihre Briefe nachzusehen. In diesem Büro gab es keine wilde Hetze, es war keine Rede davon, daß durch ihre Fehler Zeit vergeudet wurde.

Er fuhr nicht einmal merklich zusammen, als er eines Tages vom Mittagessen zurückkam und seine Sekretärin in einem fröhlichen Gespräch mit einer alten Maori-Frau fand, die mit einem Stoffbündel im Arm auf dem Boden ihres Zimmers saß. Jane sprang sofort auf, und ohne eine entschuldigende Miene oder Geste stellte sie Miriam vor. »Mr. Duncan, das ist Huas Mutter. Sie ist so gut zu mir gewesen. Sie und Hua sind eigentlich meine besten Freunde, abgesehen von den Stevensons natürlich.«

Mit einer höflichen, altmodischen Verbeugung gab ihr Mr. Duncan die Hand. »Hua ist auch ein Freund von mir, aber ich hatte bis jetzt nicht das Vergnügen, seine Mutter kennenzulernen. Mr. Enderby hat jedoch oft von Ihnen beiden gesprochen. Nein, bleiben Sie, Miss Lee hat schon mehr Arbeit erledigt, als ich habe. Ich finde, sie ist eine strenge Chefin«, und er und Miriam lachten fröhlich über dieses Lob.

Jane zeigte mit ihrer kleinen Hand auf das Bündel. »Miriam hat mir ein paar Muscheln mitgebracht. Ist das nicht lieb von ihr? Ich mag Muscheln so gerne.«

Etwas erzwungen erwiderte der Rechtsanwalt: »Ah, sehr schmackhaft, sehr schmackhaft, glaube ich. Voll mit geheimnisvollen Vitaminen. Tja, ich will Sie jetzt nicht weiter in Ihrer Unterhaltung stören.«

Als Miriam gegangen war, streckte Jane entschuldigend den Kopf in sein Zimmer. »Macht Ihnen der Muschelgeruch wirklich nichts aus? Ich kann Sie nach Hause bringen, wenn Sie es wollen.«

»Ganz im Gegenteil, ich habe heute nachmittag einen Termin mit Maori-Klienten, und das Büro wird dann genau den richtigen – hm, Geruch haben.«

Sie lachte und sagte dann ernst: »Wissen Sie, ich habe nie gewußt, was für herrliche Menschen die Maoris sind, bevor ich Hua und Miriam traf.«

Er seufzte leicht. »Es ist viel besser, eine Rasse nach ihren besten als nach ihren schlechtesten Exemplaren zu beurteilen. Diese alte Frau ist noch eines der wenigen Überbleibsel – eine echte Maori-Frau, die von unserer sogenannten Zivilisation noch unberührt ist.«

»Nicht wahr? Und wissen Sie, sie ist unheimlich klug – und dabei kann sie weder lesen noch schreiben.«

»Das ist gar nicht so verwunderlich, wie Sie glauben. Ich kenne eine sehr kluge Sekretärin, auf deren Rechtschreibung man sich nicht immer verlassen kann«, lachte er.

Jane machte es gar nichts aus, wenn er sie mit ihrer Rechtschreibung aufzog. Er war ein viel netterer Chef als Philip Park.

Sie wünschte, ihre Gedanken würden nicht immer wieder um diesen abtrünnigen Freund kreisen. Sie hatte ihn in seinem Büro geradezu verabscheut, aber sie hatte ihn im ›Weißen Elefanten‹ schätzen gelernt, und an diesen Philip dachte sie. Sie sprach jedoch mit niemandem über ihn, und als Katherine sie am Ende des ersten Tages fragte, wie Mr. Duncan im Vergleich zu ihrem früheren Chef sei, sagte sie fröhlich: »Tausendmal besser. Er ist so lieb und scheint zu begreifen, daß ich nicht absichtlich Fehler mache. Außerdem habe ich genug Zeit, die Wörter nachzusehen oder einen Brief noch einmal abzuschreiben, und trotzdem geht er noch mit der Post weg. Kleine Landstädtchen haben viel nettere Rechtsanwälte als Großstädte.«

Katherine selbst mußte auch zugeben, daß ihre eigene Arbeit nicht unangenehm war. »Obwohl ich manchmal einfach denken muß, daß ich die Kleider und Hüte gerne selbst hätte. Du kennst dieses Gefühl – jemand setzt sich einen Hut völlig falsch auf, sieht grauenhaft aus, und man kann kaum widerstehen, ihn ihr vom Kopf zu reißen und sich selbst aufzusetzen.«

Jane lachte. »Dieser Versuchung wirst du besser widerstehen, oder du wirst 'rausgeschmissen, und wir können uns in einer so kleinen Stadt keinen Stellenwechsel leisten. Du sagst also, ›vielleicht ist dieser Winkel besser, meine Dame‹, und lächelst, wie du es immer tust.«

Katherine gab ihr sofort recht. Ihre Unzufriedenheit war nur vorübergehender Natur, und nach drei Tagen gefiel es ihr schon wieder. Mrs. Cook mochte sie beide gerne und war von Katherines Schönheit hingerissen. »Aber ich kann überhaupt nicht verstehen, daß sie nicht schon irgendein Mann weggeschnappt hat.«

»Oh, das haben schon viele versucht, aber Kit ist nicht der Typ dazu. Sie sieht so aus, als würde es ihr Spaß machen, aber in Wirklichkeit haßt sie die Vorstellung, zu heiraten, oder angebunden zu sein; sie will mit einem Mann nur befreundet sein, wenn er sie bewundert, ihr aber nicht zu nahe kommt.«

»Also, ich bin da anders. Ich muß sagen, das ist äußerst ungewöhnlich, vor allem heutzutage.«

»Nicht wahr? Es ist seltsam, aber ich glaube, Katherine hat im Innersten etwas von der viktorianischen Zeit abbekommen.«

Das überstieg Mrs. Cooks Fassungsvermögen; einen größeren Gegensatz zu der alten Königin, einer feinen Dame zwar, aber doch vielleicht etwas unmodern, sagte sie, könne sie sich nicht vorstellen, und Jane stimmte ihr geflissentlich zu.

Die Woche schleppte sich etwas langsam dahin. Jane schlief schlecht und beneidete wie üblich ihre Kusine, wie sie ihr liebliches Köpfchen auf das Kopfkissen legte, gefühlvoll seufzte und sagte: »Ich bilde mir einfach ein, ich höre die Wellen am Strand plätschern«, und dann einschlief, bevor auch nur zwei Wellen den Sand erreicht haben konnten. An einem Abend unterbrach Tony diese Eintönigkeit durch seinen Besuch und nahm sie mit ins Kino. Er saß zwischen ihnen, aber sein Geflüster richtete sich meistens an Jane, und sie fand es angenehm, zum erstenmal in einem Kreis von drei Menschen die Hauptperson zu sein.

Katherine war völlig glücklich darüber. »Jetzt mag er dich, mein Schatz. Er nimmt mich nur mit, weil ich hier bin. Es ist so lieb von euch beiden, aber ich muß jemanden suchen, damit ich euch nicht zur Last falle.«

»Tu das bloß nicht«, sagte Jane in höchster Erregung. »Kit, wir dürfen uns keine Komplikationen schaffen, und du weißt, wie die Männer bei dir immer gleich den Kopf verlieren, und du haßt es, und alles wird so schwierig.«

Katherine stimmte ihr zu und sagte traurig, es sei schade, daß es nicht mehr Männer wie Kenneth gäbe, die nie den Kopf verlören, die es nur ein bißchen erwischte, was so schön sei – und ob Jane eigentlich wisse, daß es schon Donnerstag abend sei und sie bald nach Hause gehen würden? Jane sagte nicht, daß sie den ganzen Tag lang in Mr. Duncans kleinem stickigen Büro an Freitag gedacht hatte. Freitag, wenn sie ihr eigenes weißes Haus am Meer wiedersehen und Pläne für das nächste Jahr machen würde, und Träume, Träume, die nicht zu ehrgeizig waren – aber die nicht von Straßenlärm und Autohupen unterbrochen werden durften.

Trotz Katherines düsterer Voraussagen war ihr dieser Winter nicht verhaßt. Ganz im Gegenteil, sie amüsierte sich herrlich, denn sie konnte in dieser kleinen Stadt die Hauptstraße nicht entlanggehen, ohne Aufsehen zu erregen, um so mehr, als sie sich dessen absolut nicht bewußt zu sein schien. Das war wohl ihre größte Anziehungskraft, meinte Jane; sie war so an die bewundernden Blicke gewöhnt, daß sie ihr sehr wenig bedeuteten, und sie nahm die ihr entgegengebrachte Aufmerksamkeit weder stolz noch verlegen hin. Genau wie eine Blume, dachte Jane gefühlvoll, die von den Leuten in einem Garten betrachtet wird.

Jetzt, da sie wieder alleine waren, ohne harte Arbeit oder eine Menge Leute, die sie trennten, ohne Kenneth und ohne den ›Weißen Elefanten‹, war alles wieder wie früher, sagte sich Jane. Sie selbst war glücklich, jedenfalls soweit es für sie vom ›Weißen Elefanten‹ entfernt möglich war. Der Tag im Büro ging fröhlich vorüber, mit einem Maß an Arbeit, das sie gerade befriedigte. Sie mochte sowohl Jim Matthews als auch Mr. Duncan, und sie schätzten ihre Arbeit und waren mit ihrer Rechtschreibung sehr tolerant.

Es machte auch Spaß, um fünf Uhr nach Hause zu laufen und sich anzuhören, was Kit und Mrs. Cook den Tag über getan hatten, dann sich gemeinsam an die Arbeit zu machen, um eine Mahlzeit hervorzuzaubern. Abends saßen sie gemütlich mit Radio am Kamin oder gingen ins Kino und ein- oder zweimal ins Konzert oder in ein Theaterstück.

Sehr oft nahmen sie Thelma Cook mit, aber manchmal hatte sie abends »Gesellschaft«. Das war sehr häufig Herbert Ross, der Lebensmittelhändler, für den sie arbeitete, und der, wie die Mädchen vermuteten, seiner tüchtigen Arbeitskraft den Hof machte. »Er sieht so gewöhnlich aus«, meinte Katherine. »Wie kann die nette Thelma ihn nur ansehen?«

»Thelma hat eine gute Menschenkenntnis, und du kennst einen Mann, wenn du mit ihm gearbeitet hast«, sagte Jane und dachte traurig, daß ihr das vorher eine Lehre hätte sein sollen. »Sie sagte mir neulich, daß sie im Einzelhandel zu Hause ist, und ich glaube, ihr gefällt ihre Arbeit und ihr Chef.«

Wie in vielen Kleinstädten war auch in Condon der Sinn für das Theaterspielen sehr stark ausgeprägt, und es besaß eine begeisterte Schauspieltruppe, der sich die Mädchen gerne anschlossen. Zwangsläufig führte Katherines Aussehen dazu, daß ihr der Produzent den Vorschlag machte, eine Rolle in seiner nächsten Aufführung zu übernehmen, für die zwei Einakter vorgesehen waren. Katherine war außer sich.

»Das kann ich unmöglich machen. Ich habe noch nie einen Text behalten können und kann überhaupt nicht spielen. In der Schule haben sie es oft mit mir probiert, aber ich war immer eine Niete, und zum Schluß haben sie mich einfach in der Menge laufen lassen, wenn eine da war. Komisch, denn Jane ist so gut. Ich habe versucht, sie zu überreden, daß sie zum Theater geht. Ich würde Ihr Spiel verderben, und das wäre mir schrecklich. Vielleicht«, fuhr sie freundlich fort, als sie seine Enttäuschung bemerkte, »spielen Sie später einmal Shakespeare oder so was und brauchen eine Menschenmenge, dann könnte es Spaß machen.«

Er versicherte ihr, daß das zweite kurze Stück ihr in dieser Beziehung entgegenkäme, aber meinte noch immer, daß sie doch besimmt mit einer kleinen Rolle fertigwerden sollte. Dann lud er sie ins Kino ein und mußte ihr danach traurig recht geben.

»Herrlich anzusehen«, erzählte Martin Wild seiner Schwester, »nur ein bißchen dumm. Sie fragte mich immer wieder, was sie eigentlich in ›Dem Belastungszeugen‹ herauskriegen wollten, und der Schluß überstieg völlig ihr Fassungsvermögen. Das Schlimmste war, daß sie ständig sagte, es sei schade, wie häßlich Charles Laughton sei. Sie möge nur gutaussehende Rechtsanwälte.«

Monica lachte. »Wenn man so hübsch ist, braucht man keinen Verstand.«

»Aber beim Theaterspielen wohl, zumindest bei unseren Stükken. Was ich mit Kate, der ersten Frau in ›Der teure Blick‹

mache, ist mir ein völliges Rätsel. Alle, die ich ausprobiert habe, waren ziemlich hoffnungslos. Katherine hat erwähnt, daß die andere – ich glaube eine Schwester von ihr – in der Schule gut war. Was meinst du, sollte man es mit ihr mal versuchen?«

»Kann auf keinen Fall schaden. Ich habe sie eben kennengelernt, sie scheint sehr nüchtern zu sein und mit beiden Beinen auf dem Boden zu stehen, und Jim Matthews sagt, daß sie nicht auf den Kopf gefallen ist. Ich glaube kaum, daß sie Geschwister sind – einfach zu verschieden. Vielleicht Kusinen.«

Martin befolgte ihren Rat und suchte Janes Gesellschaft. Er hielt sie für hoffnungsvoll. Ihr Aussehen paßte zu der Rolle, sie mußten sie nur etwas älter machen. Wie alt war sie? Jedenfalls unheimlich jung, um eine Pension zu führen, aber da sprang Katherine wahrscheinlich ein. Ja, er würde sie bitten, die Rolle mit ihm zu lesen.

Sie war sofort ein Erfolg. »Wahrscheinlich sehe ich wie eine Sekretärin aus, weil ich eine bin«, sagte sie zu Monica Wild, die die niedergeschlagene Lady Sims fantastisch spielte. »Das wird Spaß machen. Ich spiele eigentlich unheimlich gerne Theater, und ich habe es seit Ewigkeiten nicht mehr getan. Herrlich, daß Sie für Kit auch eine Statistenrolle gefunden haben.«

Die zweite Programmhälfte bestand aus »Reiter am Meer«, und darin schlenderte Katherine vergnügt mit den Dorfmädchen umher und bemerkte die feindseligen Blicke der Mädchen, die sie völlig in den Schatten stellte, überhaupt nicht. Aber das blieb nicht so; niemand konnte Katherine lange unsympathisch finden. Sie nahmen sie erleichtert auf. »Komisch, aber sie macht sich wirklich gar nichts daraus, wieviele junge Männer verrückt nach ihr sind. Alles, was sie will, ist ein nettes ruhiges Leben voll harmlosen Vergnügens. Sie lächelt einfach alle an und sagt irgend etwas ziemlich Dummes, und jeder ist glücklich.« Offensichtlich hatten sie nichts Ernstes zu befürchten.

Jane genoß jede Minute der Proben. Eine Rolle zu lernen, fiel ihr leicht, und diese lag ihr. »Den teuren Blick« hatte sie immer gerne gemocht und besonders Kate, die erste Ehefrau. Die unbeschwerte freundliche Atmosphäre einer kleinen Theatertruppe war ganz nach ihrem Geschmack, und die Proben füllten zwei leere Abende aus und vertrieben die Zeit.

Aber Tony war weniger begeistert darüber. »Das bedeutet, daß du immer beschäftigt bist. Du wirst kaum einen Abend in der Woche Zeit haben, um ins Kino zu gehen, obwohl dieser Wild darauf brennt, auch zu gehen, und Katherine mitzunehmen. Ziemlich schwer für jemand, der dich gerne sehen will!«

Martin Wild war bereit, ein Quartett zu bilden. Er war ein sehr intelligenter junger Mann, ein Buchhalter mit großer Erfahrung, und er verliebte sich nicht in Katherine. Aber er fühlte sich wohl mit ihr. Nichts hätte ihn dazu gebracht, wie Kenneth von seiner Künstlerseele zu sprechen, aber in Wahrheit zog beide Männer dasselbe bei ihr an. »Und man weiß nie, was sie im nächsten Moment sagen wird«, erzählte er seiner Schwester, die seine Hauptvertraute war.

»Aber du kannst im allgemeinen voraussagen, daß es ziemlich geistlos sein wird, nehme ich an.«

»Normalerweise ja, aber gelegentlich kommt etwas ganz Kluges und Vernünftiges heraus. Es ist ganz spannend zu raten, was kommt, wenn sie anfängt. Sie sieht bei beidem gleich eingebungsvoll aus.«

Mehr auf Katherines Linie als das Theaterspielen lag die Mannequinvorführung, die Mrs. Neal aufziehen wollte, um ihre Frühjahrsmodelle anzupreisen. Das war eine einmalige Neuheit, und die Stadt war ungeheuer gespannt darauf. Katherine war natürlich der Star und führte exquisite Abendkleider, Schneiderkostüme und Cocktailkleider mit Anmut und Freude vor. Die weniger attraktiven Hauskleider und Sportanzüge wurden dem übrigen Personal überlassen, aber die ganze Angelegenheit hatte einen glänzenden Erfolg, und Katherine kam freudestrahlend nach Hause.

»Dieser Winter hat richtig Spaß gemacht. Vielleicht wäre es an diesen kalten grauen Tagen doch etwas langweilig geworden, wenn wir ganz allein in dem Haus am Meer geblieben wären.«

In ihrem Innersten stimmte Jane ihr nicht zu. Obwohl ihr das Theaterspielen Freude machte, wäre sie mit dem ›Weißen Elefanten‹, mit Nora und Hugh und dem Baby, mit Reiten und Besuchen von den Carrs und George Enderby, mit Lesen und Ruhe zufrieden gewesen. Und jetzt, da sie das Haus von Montag bis Freitag schließen mußte, befürchtete sie, vielleicht Gäste zu verpassen. Trotz eines Anschlags an der Tür, der die Leute bat, sich mit den Stevensons im Laden in Verbindung zu setzen, war es möglich, daß sich jemand nicht die Mühe machte. Zum Beispiel Philip Park. Er würde mit Sicherheit vermuten, daß das Unternehmen gescheitert war, die Achseln zucken und sehr wahrscheinlich keine Auskünfte bei Hugh einholen, der ihm offensichtlich unverständlicherweise auf den ersten Blick unsympathisch gewesen war.

Obwohl sie sich das ständig wiederholte, überkam sie eines Abends eine plötzliche Unruhe, als sie aus dem Bus ausstiegen, wie immer bei Nora hereinschauten, um Neuigkeiten auszutauschen, und sie plötzlich sagte: »Übrigens war ein Mann hier, der nach dir gefragt hat, oder, besser gesagt, nach einer Unterkunft. Hugh war nicht da, aber ich habe ihm gesagt, er könne dich am Wochenende antreffen.«

»Wie sah er aus, Nora? Machte er den Eindruck, als suche er die Einsamkeit am Meer? Nützt natürlich auch nichts, denn vor Ende November können wir doch nicht aufmachen. Ein Pensionsgast würde uns sowieso nicht aus der Patsche helfen, und jetzt sparen wir Geld. War es jemand, den du schon mal gesehen hast?«

»Nein, aber vielleicht hätte Hugh ihn gekannt. Er war groß und dunkel und hatte eine sehr angenehme Stimme und sah freundlich aus, als er lächelte.«

Sah freundlich aus, als er lächelte. Jane kannte diesen Blick; Philip war ziemlich verschlossen, bis dieses Lächeln kam. Wenn sie ihn doch nur nicht verpaßt hätte. Dann riß sie sich zusammen. Er hatte sie ohne Grund sitzengelassen. Sollte er sie finden, wenn er konnte. Sie sagte fröhlich: »Na ja, wird schon an einem

Wochenende auftauchen. Ich bin froh, daß du ihm nicht Mr. Duncans Adresse gegeben hast. Ich möchte nicht, daß die Leute dorthin kommen, um nach einem Zimmer zu fragen. Das könnte so aussehen, als ob ich nicht dort bleiben wollte, und das will ich.«

Aber wollte sie das wirklich? Sie fragte sich an diesem Abend, als Tony sie nach Hause brachte, ihnen die Tür aufschloß und noch zu einer Tasse Kaffee blieb, ob dieser Winter in Condon wirklich schön war. Ihre Arbeit gefiel ihr, und mit ihrer Unterkunft war sie auch zufrieden. Das Theaterspielen machte ihr Spaß, und sie genoß die uneingeschränkte Vertrautheit, die wieder zwischen Katherine und ihr bestand. Diese Vertrautheit hatte einmal ihr Leben ausgefüllt; war das heute auch noch so?

Aber Jane lag die Selbstanalyse nicht. Sie drehte die Heizung an, um ihr Schlafzimmer warm zu bekommen, lehnte sich aus dem Fenster, um dem stillen Geplätscher der Wellen zuzuhören und sagte sich, daß sie sehr glücklich sei. Sie führte ein äußerst befriedigendes, wenn auch provisorisches Leben, und außerdem konnte man sich immer auf die Rückkehr im Sommer freuen.

Es war albern von ihr gewesen, den Fremden für Philip Park zu halten. Sie würde ihn wieder aus ihren Gedanken verbannen; sie wünschte nur, er hätte sehen können, welchen Erfolg sie in dieser freundlichen Praxis hatte, hören können, wieviel sie dort von ihr hielten. Die Tage des Mißerfolgs waren vorbei. Im nächsten Sommer würden sie auch mit dem ›Weißen Elefanten‹ weiterkommen, und wenn sie im Winter eine Stelle brauchte, würde sie ohne Schwierigkeiten eine finden. Schade, daß Philip Park das alles nicht wußte.

Trotzdem war sie enttäuscht, als am Samstag kein großer dunkler Mann auftauchte. Sonntag war ein grauer, stürmischer Tag, und die Mädchen zündeten den Kamin im Wohnzimmer an und saßen gemütlich lesend davor. Am frühen Nachmittag klopfte es an der Tür, und Katherine sagte schläfrig: »Geh du, es ist bestimmt Tony, der mit dir reiten will. Laß ihn nicht rein. Ich möchte am Kamin schlafen.« Katherine machte diese Ritte nie mit; sie sagte ganz offen, daß sie Pferde schrecklich groß und wild fand, und daß sie durch Mona für immer bedient sei.

Aber es war nicht Tony. Es war ein großer dunkler Mann, und einen Augenblick lang hüpfte Janes Herz vor Freude. Als sie jedoch die Tür öffnete, drehte er sich um, und sie sah, daß dieser Mann ein Fremder war, älter als Philip Park, aber viel besser aussehend.

»Guten Tag. Sind Sie Miss Lee?«

Sie begriff, warum Nora seine Stimme besonders erwähnt hatte. Sie war natürlich, aber wohlklingend.

»Ich bin Jane Lee. Es gibt zwei Miss Lee, wissen Sie.«

»Das habe ich gehört. Und Sie betreiben dieses herrliche Gasthaus?«

»Ja und nein. Wir betreiben es im Sommer, aber im Winter sind wir in Condon. Sehen Sie, im Winter kommen nicht genügend Leute, damit es sich lohnt. Das tut mir sehr leid.«

»Mir auch, aber vielleicht kann ich kommen, wenn Sie öffnen.«

»Das ist Anfang Dezember.«

»Schön. Der Strand muß im Sommer herrlich sein.«

»Das ist er auch.« Er zeigte so viel Verständnis, daß sie ihn gerne hereingebeten hätte, aber sie wußte, daß Katherine jetzt bestimmt eingeschlafen war. Er zögerte einen Moment, und dann sagte er: »Die andere Miss Lee ist Ihre Kusine, nicht wahr? Ich bin nicht ganz sicher, aber ich glaube, ich habe sie schon einmal kennengelernt.«

Jane war enttäuscht. Wahrscheinlich war das ein Mann, der Katherine in Condon gesehen hatte und nun hierherkam, um mit ihr anzubändeln. Ein Lebemann, und einer, der alt genug war, um es eigentlich besser zu wissen. Kit ging Verehrern mittleren Alters immer aus dem Weg, und sie würde ärgerlich sein, wenn man sie weckte und vom Kamin holte, nur damit sie diesem Mann versicherte, daß sie ihn noch nie gesehen hatte. »Meine Kusine ist nicht zu Hause«, sagte sie bestimmt, »und ich fürchte, es hat auch keinen Zweck zu warten, aber wenn Sie im Dezember kommen sollten, werden Sie sie dann antreffen.«

Er lächelte seltsam. »Drei Monate? Fast so schwierig wie eine Audienz bei der Königin. Gut, Miss Lee. Ich möchte das jetzt festmachen. Ich habe nämlich noch viele Geschäfte in Neuseeland zu erledigen, und das werde ich jetzt tun und dann die ersten vierzehn Tage im Dezember hier verbringen.«

Das war ja ganz aufregend. Jetzt begannen die Bestellungen schon. Sie sagte in geschäftsmäßigem Ton: »Sehr wohl. Das geht in Ordnung. Dann bis zum 1. Dezember. Ich hoffe, Ihre Geschäfte werden positiv verlaufen.«

Später erzählte sie Katherine davon. »Das war nicht Tony. Es war Noras großer dunkler Mann.«

»Was wollte er, und wie sah er aus?«

»Sah gut aus, war aber alt. Schien zu glauben, er kenne dich.«

»Ich bin sicher, daß er mich nicht kennt. Ich kenne keine gutaussehenden älteren Herren. Die, die zu mir ins Geschäft kommen und behaupten, sie wollten Hüte für ihre Frauen oder Töchter, sind alle ziemlich dick und gewöhnlich. Kann ich nicht ausstehen.«

»Vielleicht hat dieser dich gesehen, hatte aber keine Frau oder Tochter, für die er ein Kleid kaufen konnte. Jedenfalls habe ich keinen Zweifel daran gelassen, daß ich dich nicht holen würde, und er hat gelacht, als ich sagte, er würde dich im Sommer sehen.«

»Im Sommer? Wieso denn?«

»Weil er für die ersten zwei Dezemberwochen schon gebucht hat.«

»Hoffentlich ist es keiner, der einem ständig nachläuft. Sie wollen zwar nichts Böses, die armen alten Trottel, aber sie sind lästig. Wie schön es am Feuer ist. Schrecklich, daß wir Montag wieder gehen müssen. Es ist immer so kalt und dunkel und bedrückend, wenn Hugh kommt.«

Später kam Tony; sie unternahmen einen langen Ritt und besuchten seine Mutter auf dem Rückweg. Mrs. Carr war erfreut, aber nicht sehr optimistisch über die Freundschaft, die zwischen Jane und ihrem Sohn zu wachsen schien. »Ich wage nicht zu hoffen, daß dieser verflixte Bengel es diesmal ernst meint, und wenn es so wäre, glaube ich nicht, daß Jane ihn wollte. Aber wenn man nur denkt, wie herrlich es wäre, wenn er eine nette vernünftige kleine Frau hätte, und nicht mehr diese gräßlichen Blondinen aus den Condoner Milchbars.«

»Ja, in der Tat. Ich stimme zu, daß sie die ideale Frau für einen jungen Farmer wäre, nur, wenn das Wörtchen wenn nicht wär«, verkündete der ›Fürst‹ gewichtig.

Zu ihrem Mann sagte Mollie später: »George findet jetzt etwas an der kleinen Unauffälligen. Ich glaube, er hat seine Begeisterung von der bezaubernden Katherine auf Jane verlegt.«

»George ist doch nicht dumm«, sagte ihr Mann, um zu seinem Schwager zu halten, wie Männer es immer tun. »Er hat hinter die Schönheit gesehen, obwohl er sie noch immer gerne mag.«

»Natürlich würde Jane Tony nicht heiraten. Damit habe ich mich abgefunden. Aber zunächst hält sie ihn davon ab, anderes Unglück anzurichten«, sagte Tonys Mutter dankbar.

Aber auch Tony tat etwas für Jane; er gab ihr das Selbstvertrauen wieder, das durch Philip Parks Verschwinden gelitten hatte. Wie spurlos er doch verschwunden ist, dachte Jane, erleichtert darüber, daß sie jetzt nach vier Monaten ganz ruhig an ihn denken konnte. Die letzte Heilung war erfolgt, als sich der große dunkle Fremde nicht als Philip erwiesen hatte. Da hatte sie gespürt, daß er ihren Weg wahrscheinlich nie mehr kreuzen würde. Und noch mehr, sie gestand sich mit ihrer üblichen Ehrlichkeit ein, daß sie sich für kurze Zeit unsinnige Hoffnungen gemacht hatte. Aber das war vorbeigegangen; es hatte sie nur ganz leicht erwischt, wie Kit sagen würde, oder, um es in der romantischeren Ausdrucksweise von Angela Thirkell, die Jane verehrte, zu sagen: »Ein Hauch hatte sie gestreift.« Die einzige Möglichkeit war, ihn völlig abzuschreiben.

Inzwischen beanspruchte das Theater einen großen Teil ihrer Zeit und ihrer Gedanken. Sie liebte Theaterspielen, und das war ihre Rolle. Sie wußte, daß sie die stille, gerade, unbarmherzige erste Frau gut darstellte, und daß auch die beiden anderen

Hauptdarsteller nicht enttäuschen würden. Ihr Programmteil sollte eigentlich gutgehen.

Sie liebte die ganze Atmosphäre des Amateurtheaters: zwanglose Freundschaften, fröhliche Vertraulichkeit, das kurze Zusammensitzen in Cafés, wenn die Proben vorbei waren, die endlosen wichtigen Gespräche über die »Karriere«, von jungen Leuten geführt, die in Wirklichkeit das berauschende Gefühl der fetten Schminke zum erstenmal spürten. Jane war in dieser freien und unkomplizierten Gesellschaft ganz in ihrem Element und wünschte manchmal, daß die Aufführung verschoben würde und die Proben immer weitergingen.

Als der große Abend gekommen war, ging sie ohne besonderes Lampenfieber auf die Bühne. Der Text hatte ihr nie Schwierigkeiten gemacht, und sie war in ihrer Rolle und ihrer Darstellung sehr sicher. Vom Augenblick ihres Auftritts an hatte sie das Publikum für sich gewonnen und bekam großen Applaus, als das Spiel vorüber war. Wilde Hurrarufe aus dem Hintergrund zeigten, daß Miriam und Hua eine ganze Maorigesellschaft mitgebracht hatten, um ihren Erfolg zu feiern. Als sich die Schauspieler vor dem Publikum verbeugten und die üblichen Blumensträuße erhielten, war sie ganz überwältigt, daß ihr noch drei weitere hochgereicht wurden; einer natürlich von Tony, ein großer und teurer von seinem Onkel und dann einer mit einem Kärtchen »Von Deinem Dich liebenden Patenkind«, den sie allen anderen vorzog.

Ihre Freunde von Tui waren alle gekommen, und als das zweite Stück vorbei war und Katherine äußerst lieblich und als irisches Fischermädchen wenig glaubwürdig ausgesehen hatte und Jane in aller Öffentlichkeit von Miriam umarmt und von ihrem Gefolge gegrüßt worden war, fuhren sie mit Tony nach Hause bis zu dem Laden, wo ein Babysitter aufgepaßt hatte. Dort hatten sie noch eine kleine Feier, und Jane glühte vor Aufregung und Stolz. Als sie gegangen waren, sagte Nora zu ihrem Mann: »Jane kann auch hübsch sein. Richtig hübsch. Und auf der Bühne war sie nicht zu überbieten. Ich wünschte, dieser dumme Philip Park hätte sie sehen können. Aber, denk an meine Worte, Tony wird ihr einen Antrag machen.«

»Wie gerne ihr Frauen Romanzen erfindet«, sagte Hugh gelangweilt gähnend. »Vielleicht gibt ihr Tony auf der Veranda einen Gutenachtkuß, aber einen Antrag wird er ihr nicht machen. Er ist nicht der Typ dazu.«

»Aber Theateraufführungen bringen so was fertig. Erst als ich dich so gut aussehend und so schlecht spielend in ›Der Mikado‹ sah, merkte ich, daß du der Mann für mich warst.«

Nora hatte recht. Als Katherine gähnend und etwas blaß ins Bett gegangen war, blieb Tony noch, bis Jane schließlich sagte: »Bettzeit, Tony. Danke für die schönen Blumen. Ich war so stolz, als sie mir überreicht wurden – wie ein Starlet oder so ähnlich.«

»Du sahst auch aus wie ein Star«, sagte er mit einem leichten Zittern in der Stimme, wie sie erschreckt feststellte. »Deine Augen waren groß und glühten, und du sahst unheimlich hübsch aus. Ich fühlte mich, als hätte ich dich vorher nie richtig gekannt.«

»Unsinn. Du kennst mich seit Ewigkeiten, die einfache Jane in ihrer Küche. Was du heute abend gesehen hast, war eine Jane, die angab und der das Spaß machte. Wenn wir Glück haben und nächsten Sommer wieder hier sind, dann wirst du deine Illusionen kläglich zerstört sehen; sag also ›gute Nacht‹ und gehe nach Hause wie ein guter Junge.«

Aber er nahm ihre Hände, und unzusammenhängend sprudelten die Worte aus ihm. Sie war das Mädchen, das er begehrte. Nicht nur für einen Flirt, sondern fürs Leben. Sie alleine hatte alle Vorzüge, Kühnheit und Mut und . . .

Hier brach Jane den Zauber durch das ihr eigene laute überraschende Lachen und zog ihre Hände weg. »Mut! Welch ein großes Wort! Stell dir vor, eine feine romantische Rede mutig unterbrochen. Aber sag jetzt nichts mehr, Tony. Der ganze Theaterrummel hat dich eingefangen. Mancher wird sentimental, wenn er ein einfaches Mädchen, das er schon so lange kennt, mit ganz gutem Erfolg auf der Bühne sieht. Das steigt ihm zu Kopf.«

»Dir scheint auch gar nichts zu Kopf zu steigen«, sagte er etwas betrübt, »und es war keine romantische Rede, es war ein ehrlicher Antrag – und du lachst einfach darüber.«

»Das wirst du morgen früh auch tun – oder vielleicht wird dir eher der Angstschweiß ausbrechen, wenn du daran denkst, daß du dich um ein Haar lächerlich gemacht hättest, und du wirst der simplen Jane dankbar sein, daß du so gut davongekommen bist.«

»Nein, werde ich nicht. Ich bin nicht der oberflächliche Kerl, für den du mich hältst. Ich habe noch nie einem Mädchen einen Antrag gemacht. Ich habe eine ganze Menge Zeit mit vielen verbracht, und natürlich habe ich Kit unheimlich bewundert, aber ich hätte sie nie gebeten, mich zu heiraten.«

»Das zeigt, daß du doch einigen Verstand hast«, antwortete sie lebhaft, »denn Kit haßt es, die Gefühle anderer zu verletzen, aber sie haßt es noch mehr, wenn man ihr Anträge macht, und sie hätte vielleicht einfach ja gesagt, um deine Ehre zu retten – und dann hätten wir uns den Kopf zerbrechen müssen, wie wir sie am besten aus der Affäre ziehen könnten. Aber ich bin anders. Ich würde heute abend nicht ja sagen, auch wenn ich es wollte, und ich fürchte, mein guter alter Tony, ich will es nicht.«

Er wandte sich ab, sein junges Gesicht war gequält. »Du nimmst mich nicht ernst. Und nur, weil ich mit Marilyn und solchen Mädchen rumgezogen bin.«

»Mir machen die Marilyns überhaupt nichts aus, aber das hätten sie vielleicht, wenn ich dich liebte. Ich möchte nur nicht, daß du eine Dummheit machst und dir einbildest, du wärst verliebt, wenn es gar nicht stimmt. Stellen wir uns vor, es gehöre mit zum Theaterstück.«

»Und jetzt wirst du mir anbieten, daß wir wie Bruder und Schwester sein wollen. So ist das immer in den Büchern.«

»Nein, das werde ich nicht, aber ich werde dich bestimmt vermissen, wenn wir nicht mehr reiten und unseren Spaß zusammen haben können. Aber das überlasse ich dir. Ich möchte nicht nehmen, wenn ich nicht geben kann, deshalb glaube ich, daß ich dich in Zukunft nicht mehr oft sehen werde.«

Ihr kleines Gesicht sah müde und ziemlich traurig aus, und in Tony vollzog sich plötzlich ein Wandel. Er vergaß seine gekränkte Ehre und sagte ganz natürlich: »Sei doch nicht albern. Aber sicher wirst du mich genauso oft sehen wie früher – und mir vermutlich einen Tritt geben. Ich glaube, ich war ein Esel, daß ich so damit herausgeplatzt bin, aber du bist so gut und vernünftig, Jane, und hast heute abend erstklassig ausgesehen.«

Sie lächelte ihn freundlich an. »Siehst du. Ich habe ja gesagt, das Rampenlicht hat dich verführt. Lieber alter Tony, ich danke dir so für die Blumen und für alles, und ich werde morgen hier sein, wenn du reiten gehen möchtest.«

Das taten sie, aber es dauerte ungefähr eine Woche, bis auch Tony das Gefühl hatte »Ende gut, alles gut« – so hätte es wohl sein Onkel gesagt.

13

Im Oktober wurde Condon von einer Grippewelle erfaßt, die seine Bewohner niederwarf und innerhalb weniger Stunden ans Bett fesselte. Katherine fiel ihr zum Opfer und wurde von dem Geschäft, dem sie zum Aufschwung verholfen hatte, verständnisvoll befreit, aber Jane, die ihr Bett ins Wohnzimmer befördert hatte, blieb immun.

Das war ein Glück, denn Mr. Duncan erlitt einen schweren Grippeanfall, und zwei Tage später folgte ihm sein Bürovorsteher; so hielten nur Jane und der Laufjunge den Betrieb in der Praxis aufrecht.

Sie schlugen sich auf ihre eigene Weise durch. Jane machte ausführliche Notizen über die Anliegen jedes Besuchers und über jeden Telefonanruf und schickte sie dann dem alten Rechtsanwalt mit der Tagespost. Wenn er auch manchmal über die Rechtschreibung lächelte, war er voller Bewunderung für ihre Gewissenhaftigkeit und ihre ausgeprägte Geschäftstüchtigkeit.

»Dieses kleine Mädchen hat unheimlich viel gesunden Menschenverstand und ein sehr gutes Gedächtnis. Schade, daß es mit der Rechtschreibung nicht klappt. Sonst wäre sie schon viel weiter gekommen«, sagte er zu seiner Frau.

»Du bist so geduldig, Liebling. Sie hat mir erzählt, wie gerne sie für dich arbeitet. Ich fand, daß sie in dem Stück ausgezeichnet und geschickt war, und wenn sie auch nicht richtig schreiben kann, ist sie doch eine gute Sekretärin, und so ausgeglichen.«

Jane mußte ihr ganzes Können einsetzen, denn sie und Rupert mußten vierzehn Tage lang die Fahne hochhalten. An diesen Wochenenden kehrte sie nicht zu dem ›Weißen Elefanten‹ zurück. Katherine war in der ersten Woche noch immer sehr mitgenommen, und Jane meinte, sie müsse auf jeden Fall zur Stelle sein, falls Mr. Duncan sie brauchte. Er lag noch immer zu Bett, es ging ihm aber besser, und er konnte jetzt vom Bett aus mit ihr telefonieren, wenn es dringende Geschäfte gab, die keinen Aufschub duldeten.

Jim Matthews, ein viel kräftigerer und jüngerer Mann, war viel schwerer erkrankt. Sein Fall war einer der schlimmsten in Condon, und der Arzt hatte wenig Hoffnung, daß er in absehbarer Zeit wieder arbeiten könnte. Das, sagte Mr. Duncan betrübt, war ein schwerer Schlag.

»Wir kommen schon zurecht«, sagte die fröhliche junge Stimme am Telefon. »Ich kann Sie bei jedem Brief, der beantwortet werden muß, anrufen, und Rupert kann Ihnen meine Schreiben bringen und abwarten, bis Sie gesehen haben, ob sie richtig sind. Wenn die Leute Sie sprechen wollen, können sie das auch per Telefon tun, ist sogar noch besser, weil Sie einhängen können, wenn Sie genug von ihnen haben.«

»Sie waren eine große Hilfe, Miss Lee«; (in diesem Büro nannte man sich nicht leichtfertig beim Vornamen; Jane war ›Miss Lee‹ geblieben, und auch wenn Jim Matthews sie manchmal alleine ›Jane‹ nannte, paßte er doch auf, daß sein Chef es nicht hörte.) »ich weiß wirklich nicht, was ich ohne Sie getan hätte. Sehr gut. Wenn Sie mir die Briefe vorlesen, kann ich die Antworten diktieren, und Rupert kann sie mir zur Unterschrift bringen.« Auf diese geschickte Art vermied er, zu erwähnen, daß es notwendig sein könnte, einen gelegentlichen Fehler zu verbessern, obwohl Jane eifrig ihr Wörterbuch benutzte.

Man muß zugeben, daß Jane sehr zufrieden mit sich selbst war. Hier führte sie jetzt eine Anwaltspraxis, nachdem sie zwei Jahre zuvor schmählich aus einer anderen entlassen worden war. Sie kam sehr gut zurecht, und der Ruf ihrer verantwortungsvollen Stellung ging durch die Stadt. Die Leute, die sie auf der Bühne bewundert hatten, priesen sie nun als ein fähiges Mädchen in einer schwierigen Lage, und Jane stieg immer mehr im Kurs. »Alle reden von Ihnen«, sagte Mrs. Cook stolz. »Erst führen Sie eine große Pension so gut und jetzt eine Praxis, ganz zu schweigen von Ihren Fähigkeiten als Schauspielerin. Zuerst sprach alles von Katherine, aber jetzt ist Jane das Wunder. Natürlich sagen sie nicht, daß Sie so phantastisch aussehen«, fügte sie mit grausamer Offenheit hinzu.

»Da bin ich ganz sicher«, antwortete Jane ruhig und sah sich in Mrs. Cooks Spiegel an. Diese Anstrengungen ließen sie blaß und dünn werden; nicht einmal Tony hätte sie jetzt irgendwie hübsch nennen können. Es wäre schon gut, wenn die alten Verhältnisse wieder zurückkehrten und Kit und sie an den Wochenenden wegfahren, in der Sonne liegen, die Bakterien und die muffige Büroluft verbannen könnten.

Am zweiten Wochenende war Katherine so weit, daß sie fahren konnte, aber Jim Matthews war noch immer krank, und Mr. Duncan war zu seinem Ärger auf ärztliche Anordnung an sein Haus gefesselt. »Ich kann die Praxis einfach nicht zwei Tage lang ihrem Schicksal überlassen«, sagte sie. »Aber fahr du ohne mich, Kit. Die Abwechslung wird dir guttun.«

»Aber ohne dich macht es mir da keinen Spaß. Kannst du dieses dumme alte Büro nicht vergessen? In Neuseeland passiert an den Wochenenden sowieso nie was.«

»Das weiß ich, aber ich bin mit meiner Arbeit ziemlich im Rückstand. Am Samstag werde ich mit Sortieren und Ablegen fertig, dann kann ich am Sonntag schlafen. Ich wäre gerne mitgekommen, aber Mr. Duncan ist so gut zu mir gewesen, daß ich auch was für ihn tun muß, und das ist die Gelegenheit.«

Später war sie froh, daß sie nicht gefahren war, denn sie entdeckte, daß sie einen Brief übersehen hatte, der mit der Freitagspost gekommen war. An diesem Tag war außergewöhnlich viel angekommen, und sie hatte ihre Stenografienotizen verlegt. Sie rief Mr. Duncan an, um sich zu entschuldigen; was sollte sie nun machen? Am Samstag wurde die Post in Condon nur einmal abgeholt, und wenn sie sich beeilte, würde sie noch rechtzeitig fertig. Wäre es ihm recht, wenn er ihr jetzt die Post diktierte, aber sie nicht mehr durchsah? Es würde ja kein langer Brief werden, und sie würde ihr Wörterbuch benutzen.

»Völlig einverstanden. Schreiben Sie als Erklärung dazu, daß ich krank bin, und daß die Geschäfte von meiner Sekretärin erledigt werden. Tippfehler haben keine Konsequenzen. Aber Sie haben nur noch eine halbe Stunde, um die Post zu erwischen.«

Der Brief war länger, als sie gedacht hatte und wies einige unerwartete Schwierigkeiten auf. Der erste Abschnitt war damit gespickt, und sie schlug alles gewissenhaft nach und war wieder einmal erstaunt über die Eigenarten der juristischen Sprache. Dann sah sie auf ihre Uhr. Es blieb einfach keine Zeit mehr, um viele Umstände zu machen. Sie hatte eine Anmerkung gemacht, daß der Brief telefonisch diktiert worden sei, so daß Mr. Duncan für die Schreibweise nicht verantwortlich gemacht werden konnte. Man würde sie für ein dummes, nachlässiges Mädchen halten und nicht für eine sehr fähige und gewissenhafte Sekretärin, die alle möglichen schwierigen Geschäfte erledigte. Sie schrieb den letzten Abschnitt hastig herunter und hatte gerade noch Zeit, mit dem Brief zum Postamt zu laufen, bevor geschlossen wurde.

Katherine kam am Montagmorgen sehr viel erholter aussehend zurück. Es war ein sonniges Frühlingswochenende gewesen, und die letzten Spuren ihrer Krankheit waren verschwunden. Sie hatte eine ziemlich eigenartige Geschichte zu erzählen.

»Ich habe nie gedacht, daß ich irgendwo Angst haben würde, aber ich hatte das Gefühl, daß irgend jemand herumlungerte. Nicht abends, so schlimm war es nicht. Aber ich schlief am Strand in der Sonne ein, wachte plötzlich auf und fühlte, daß mich jemand beobachtete. Ich brauchte eine Minute, bis ich zu mir kam, und als ich mich aufsetzte, sah ich gerade noch, wie ein Mann hinter dem Felsen verschwand. Ich bin sicher, er hat mich angestarrt, während ich schlief.«

»Kann man ihm nicht verübeln. Auch ich starre dich manchmal an. So wenige Leute sehen hübsch aus, wenn sie schlafen. Sie schlafen mit offenem Mund, und einige sabbern sogar, aber du siehst immer gleich aus.«

»Trotzdem finde ich es nicht sehr nett, daß jemand sich einfach anschleicht und einen anstarrt. Ich bin die Straße entlangspaziert, weil es ohne dich so schrecklich langweilig war, mein Schatz, und da parkte ein Wagen um die Ecke, und ich sah ganz genau einen Mann zwischen den Bäumen in Mr. Carrs Koppel.«

»Ich glaube kaum, daß es derselbe war. Wahrscheinlich war der Späher jemand, der den Tag am Meer verbringen wollte und begeistert war, eine schlafende Schönheit im Sand zu entdecken. Ich bin so froh, daß du im Haus warst. Ich lasse es gar nicht gerne so lange alleine.«

»Es war so langweilig, aber ich habe mich herrlich ausgeruht. Ich bin erst um zehn Uhr aufgestanden. Aber was hast du getan, Jane? Du siehst müde aus.«

»Ach ja, es war eine Hetze, aber Mr. Duncan kommt am Montag zurück, und dann nimmt alles wieder seinen gewohnten Lauf. Es wird himmlisch sein, am Freitagabend ans Meer zu fahren.«

Das gelang ihnen, obwohl Jane Gewissensbisse hatte.

»Unsinn«, sagte Alexander Duncan bestimmt. »Sie haben Wunder gewirkt. Das sinkende Schiff gerettet. Aber dafür sehen Sie auch schlecht aus, und wir können es uns nicht leisten, daß Sie sich auch noch anstecken. Fahren Sie zu Ihrem alten Haus, schlafen Sie und sonnen Sie sich.«

Sie fuhr dankbar weg, aber nicht mit dem Bus. George Enderby kam an, angeblich, um Mr. Duncan zu sprechen, aber in Wirklichkeit, um Jane zu sagen, daß er sie beide am Abend mitnehmen würde.

»Sie scheinen eine kleine Heldin gewesen zu sein. Der alte Alex singt ein Loblied auf Sie, aber er sagt, Sie seien erschöpft, und dann hat es keinen Zweck, sich in einem schweren Bus durchschütteln zu lassen. Man darf niemandem zuviel zumuten, wissen Sie. Nur keine Widerworte, meine Liebe.«

Der ›Fürst‹ war stolz und erfreut, daß sein Schützling so gut eingeschlagen hatte; er hatte schon immer gesagt, daß das Mädchen tüchtig war. Es war ein herrlicher Oktoberabend, und Jane war mit sich und der Welt zufrieden. Sie hatte das gute Gefühl, etwas geleistet zu haben, und vor ihr lagen noch weitere fünf Wochen in Condon und dann die freudige Erregung, den ›Weißen Elefanten‹ wieder zu öffnen und bessere Erfolge denn je zu erzielen. Dieses Jahr wurden sie nicht mehr durch die Abzahlung des Kühlschranks behindert. Das hatte sie alles in Ordnung gebracht und genug für einen guten Start gespart. Es waren schon Schreiben eingegangen, um Zimmer für Dezember vorzubestellen, und sie wußte, daß sie in der Ferienzeit ausgebucht sein würde.

»Und ihr müßtet auch mehr machen können, wenn die Saison vorbei ist«, sagte Thelma Cook zu ihr. »Farmer und solche Leute, die in den stillen Monaten ans Meer fahren wollen. Ich habe schon mehrere davon sprechen hören. Sie meinen, wenn Sie eine Pension genausogut betreiben können wie eine Anwaltspraxis, ganz zu schweigen von Ihrem Theaterspielen, dann wollen sie es auch selbst ausprobieren.«

»Ich wette, Sie haben für uns Reklame gemacht«, sagte Jane. »Sie waren so gut zu uns. Unser Aufenthalt hier hat uns so sehr geholfen.«

»Ich habe es gerne getan. Ich werde euch beide vermissen. Ich glaube, es ist nicht gut für eine Frau, alleine zu leben.«

»Wird sie auch gar nicht«, sagte Jane hinterher zu Katherine. »Der kleine Mr. Ross hat ein Auge auf sie geworfen. Als ich neulich in dem Laden war, sagte er zu mir, das Junggesellendasein wäre auf die Dauer kein Vergnügen. Wenn wir nächsten Winter nach Condon zurückkommen, müssen wir wohl woanders wohnen.«

Inzwischen konnten sie sich auf ein anderes Leben freuen. Vor dreizehn Monaten hatten sie den ›Weißen Elefanten‹ zum ersten Mal gesehen. Diese Gedanken teilte sie George Enderby auf der Fahrt mit.

»Ich werde diesen ersten Tag und Monat nie vergessen«, sagte Katherine. »Es war so schrecklich, als Mr. Enderby wegfuhr und uns einfach sitzenließ.«

»Aber, aber, meine Liebe, wir wollen doch keine alten Geschichten aufwärmen. Man hat gut reden, wenn alles vorbei ist, aber wie sollte ich denn wissen, was für zwei herrliche junge Damen ihr wart?«

»Bei mir hätten Sie es eigentlich merken müssen«, erwiderte

Jane barsch. »Ich war völlig sichtbar. Natürlich konnten Sie bei Kit nur nach den Beinen gehen, und danach kann man immer nur schwer urteilen.«

Etwas schmerzlich berührt von dieser Darstellungsweise bemerkte der ›Fürst‹, daß Sehen letzten Endes Glauben hieß, und dann guckte er etwas verlegen.

»Ich bin gespannt, wie dieser Sommer wird«, fuhr Katherine fort. »Natürlich werden einige von den alten Gästen wiederkommen, aber Gott sei Dank nicht die Noles' oder Miss Olds.«

»Dafür wird es andere geben«, sagte Jane geduldig, und George bemerkte mit gewagter Originalität, daß auf Gottes lieber Erde alles vertreten sei. Sie hielten bei dem Laden, aber nur kurz, denn obwohl der ›Fürst‹ bei den Stevensons eine Ausnahme machte (»Der Junge hat für sein Land gekämpft und das Fliegerkreuz bekommen, alle Achtung«), fühlte er sich in dem kleinen Haus hinter dem Laden doch nicht so recht wohl. Nora fand das immer herrlich.

»Es ist nicht leicht für ihn«, flüsterte sie, als sie im Gehen waren, »daß ihr darauf besteht, mit einfachen Händlern befreundet zu sein. Ein vornehmer Mann weiß nicht, wie er sich bei solchen Leuten verhalten soll.«

Er setzte sie vor dem ›Weißen Elefanten‹ ab und ging zu seiner Schwester. »Am besten schlaft ihr euch richtig aus«, sagte er voller Mitgefühl. »Das beste Heilmittel für die Unbill dieser Welt. Und dann legt Euch morgen in die Sonne.«

Als er gegangen war, sagte Jane, er sei einmalig und könnte leicht Material für hundert kluge Bücher liefern.

Sie befolgten seinen Rat. Jane schlief zehn Stunden und erwachte mit dem herrlichen Plätschern der herankommenden Flut und einem Tuiruf von einem Baum neben dem Haus. Sie stand widerwillig auf, machte für sie beide eine Tasse Tee und stimmte Katherines Vorschlag zu, sie solle wieder ins Bett gehen. »Mein Schatz, du siehst so schlecht aus. Ich gehe an den Strand, aber du solltest noch ein bißchen schlafen. Das Mittagessen lassen wir ausfallen, oder?«

Jane döste, las und döste wieder, dann wachte sie plötzlich auf, sah, daß es halb elf war und jemand an der Haustür klopfte. »Wer ist da?« fragte sie müde von ihrem Bett aus. »Bist du es, Hugh? Wenn ja, dann komm rein.«

Dann stieg sie aus dem Bett und steckte ihren Kopf aus dem Fenster, um zu sehen, wer unten auf der Treppe stand. Sie sah Beine, die sie wiederzuerkennen glaubte. »Ach, du bist's, Tony. Bringst du was Neues? Dann sag es mir so. Ich bin im Bett, und Kit ist am Strand.«

Eine Stimme, die weder Hugh noch Tony gehörte, sagte deutlich: »Ich bin weder Tony noch der bevorzugte Hugh. Könnten Sie vielleicht runterkommen? Da ich nicht Hugh bin, will ich nicht gerne reinkommen.«

Jane schwieg. Er war also wieder aufgetaucht. Mit einer unglaublichen Frechheit war er vor ihrer Türe erschienen, wollte reingelassen werden und machte sich gleichzeitig noch über Hugh lustig. Sie würde natürlich nicht runtergehen. Warum sollte sie? Sie wollte noch einmal einschlafen. Außerdem wußte sie, daß sie schrecklich aussah, verschlafen und ohne Make-up. Jane war mit ihrem Aussehen in letzter Zeit ziemlich zufrieden und hatte nicht die Absicht, sich ungünstig zu zeigen. Sie wandte sich in kühlem Ton an die Beine: »Es tut mir leid, aber ich bin im Bett.«

»Für immer?«

»Seien Sie nicht albern. Ich mache mir einen gemütlichen Tag und sehe keinen Grund, runterzukommen.«

»Auch nicht, um einen Wochenendgast zu empfangen?«

»Zu dieser Jahreszeit nehmen wir keine Wochenendgäste.«

Unglücklicherweise war sie so damit beschäftigt, diesen unerträglichen Menschen in seine Schranken zu weisen, daß sie am offenen Fenster geblieben war. Die Beine drehten sich nun plötzlich um, und bevor sie sich zurückziehen konnte, sah sie Philip Park mit unverhohlener Belustigung an.

»Sie waren also wirklich im Bett und haben sich nicht nur versteckt. Sie sehen noch ganz verschlafen aus.«

»Natürlich habe ich mich nicht versteckt. Warum sollte ich?

Aber ich bin der Meinung, daß ich ein Recht auf meine Wochenenden habe.«

»Sie haben mir einmal gesagt, daß die Wochenenden einträglich seien.«

»Wir haben bis Anfang Dezember geschlossen. Ich kann unmöglich die ganze Woche in Condon arbeiten – eine sehr verantwortungsvolle Arbeit – und dann für rücksichtslose Menschen kochen, die am Wochenende auftauchen.«

»War ich rücksichtslos? Dann will ich es weiter sein und hierbleiben, bis Sie sich entschließen, aufzustehen. Lassen Sie sich nur Zeit. Im Wohnzimmer ist es sehr gemütlich, und ich kann mir immer noch etwas zu essen holen, wenn ich Hunger habe.«

Janes Laune verschlechterte sich bedrohlich. Wer glaubte er eigentlich zu sein, fragte sie sich wütend? Zum Glück stellte sie diese Frage Philip nicht, sondern versuchte sich krampfhaft zu beherrschen und sagte kühl: »Ich werde herunterkommen, wenn ich angezogen bin. Wie Sie schon sagten, können Sie im Wohnzimmer warten.«

Sie ließ sich Zeit. Es war ärgerlich, Aufregung und eine leichte Verwirrung zu spüren. Das kam natürlich nur durch ihre Übermüdung, und weil sie so rücksichtslos geweckt worden war. Aber Jane konnte sich nicht gut selbst täuschen, und als sie sich schließlich frisiert hatte, war sie gewillt, zuzugeben, daß sie das plötzliche Erscheinen dieses Mannes, den sie einmal gehaßt und dann gerne gemocht hatte, so aus der Fassung brachte.

Sie zog ein Baumwollkleidchen an, ein besseres, als das sonst für den Wochenendgebrauch bestimmte, machte ihr Gesicht zurecht und betrachtete traurig die tiefen Ränder der Müdigkeit unter ihren Augen und ihre vorstehenden Backenknochen. Das war wieder die einfache Jane. Kein Wunder, daß Tony sein Schicksal langsam fröhlich resignierend akzeptierte. Hätte Philip sie doch nur an dem Abend der Aufführung gesehen ...

Er saß gemütlich in einem Sessel, rauchte und las eine Zeitung, als Jane frisch hereinkam, ihrer Meinung nach völlig Herr der Lage.

»Nun, was hat Sie hierher zurückgeführt? Ist die ›Pension etwas weiter‹ doch nicht so gut?«

»Sie wissen ganz genau, daß es ein gräßlicher alter Schuppen ist und ich dort nicht hingegangen bin.«

»Ich bin über Ihre Unternehmen nicht informiert und sie sind mir auch egal.«

»Möchten Sie wissen, warum ich gekommen bin?«

»Eigentlich nicht, aber wenn Sie es mir unbedingt sagen wollen . . .«

»Das will ich.« Er zog einen Brief aus seiner Tasche und reichte ihn ihr.

»Das war es.« Erstaunt sah sie, daß es der Brief war, den sie am Wochenende zuvor so eilig geschrieben hatte, um die Samstagspost noch zu erwischen.

»Aber das ist nicht Ihr Brief.«

»Sie haben ihn geschrieben, nicht wahr?«

»Sicher. Warum nicht? Aber woher wissen Sie das? Ich habe den Bürostempel benutzt und nur die Anfangsbuchstaben meines Namens daruntergesetzt.«

»Die haben meinen Verdacht natürlich bestätigt.«

»Verdacht? Was meinen Sie?«

Er verzog seinen Mund und sagte: »Ihre alten Feinde haben Sie verraten. Diese unangenehmen juristischen Ausdrücke, die Sie so hassen. Annullierung und justiziabel und Kapitaleinkünfte. Ein komischer Zufall, aber nicht so außergewöhnlich, wie Sie denken. Sie kommen in vielen Rechtsanwaltsbriefen vor.«

»Aber dieser Brief war nicht an Sie gerichtet«, brüllte sie; ihr Gesicht glühte verärgert und gedemütigt. »Er ging an einen Mann, der mit unserem Klienten im Streit lag.«

»Und der mein Klient wurde, als er Ihren Brief bekam. Er gab ihn mir, und die Intuition besorgte den Rest.«

Das konnte nur ihr passieren, dachte sie verbittert. Sie hatte für dieses Büro dutzendweise Briefe geschrieben, und das war das einzige Mal, daß sie nicht jedes schwierige Wort im Wörterbuch nachgesehen oder die Briefe jemand anders gezeigt hatte. Aber sie sagte nur ganz ruhig: »Warum diese Geheimnistuerei? Warum sollte ich während des Winters nicht in einer Rechtsanwaltspraxis in Condon arbeiten? Genauer gesagt, sie leiten.«

Diesmal konnte er sein Lächeln nicht zurückhalten. »Gut«, sagte er, aber machte alles zunichte, indem er hinzufügte: »Ihre Briefe haben bestimmt die Langeweile in vielen Großstadtfirmen aufgelockert.«

Sie flüchtete sich in Erklärungen und Selbstverteidigung. »Ich kann Ihnen versichern, das war das einzige Mal, daß ich irgendetwas falsch geschrieben habe. Ich habe immer alles nachgeschlagen, dort gab es keine gräßliche Hetze wie in Ihrem Büro. Und wenn irgend etwas schief ging, haben Mr. Duncan oder Mr. Matthews es mir gesagt. Freundlich und rücksichtsvoll. Aber an dem Tag waren sie krank, und ich mußte mich beeilen, um die Post nicht zu verpassen.«

Schon im nächsten Augenblick war sie wütend über sich selbst; warum machte sie sich die Mühe, diesem unangenehmen Menschen Erklärungen abzugeben?

»Und Sie haben entschlossen durchgehalten, wie man es von Ihnen erwarten darf. Mr. Duncan kann sich glücklich schätzen, trotz der Rechtschreibung.« In seinem Ton lag die alte Freundlichkeit.

»Ich kann mich glücklich schätzen. Er war so nett – so geduldig und verständnisvoll«, sagte sie spitz. Er lachte.

»Sie haben gewonnen, Jane. Wie viele Stellen haben Sie in letzter Zeit angenommen? Und was haben Sie an dem einen Tag in dem Laden gemeint?«

»Gemeint? Was ich gesagt habe natürlich. Es war keine Stelle, weil ich nur Hugh ausgeholfen habe, bis Nora zurückkam. Jetzt ist sie wieder da.«

»Das weiß ich. Ich habe dort hereingeschaut, um Ihr neuestes Abenteuer zu erfahren, den Grund für diese neue Stelle, und was Sie mit einem perfekten Ehemann gemacht hatten.«

»Ein perfekter was? Wovon sprechen Sie eigentlich?«

»Von Ihnen und dem gutaussehenden Hugh und den zwei Tassen Kaffee und den Hunden. Ganz zu schweigen von dem Hochzeitskuchen.«

Sie starrte ihn an; langsam dämmerte es ihr, und plötzlich hob sich ein Gewicht von ihr. Von ihr? Nicht von ihrem Herzen, sondern von ihrem Verstand. Jetzt begriff sie das Problem, das sie monatelang beschäftigt hatte. »Sie meinen – Sie dachten, ich wäre Nora gewesen? Was für eine verrückte Idee!«

»Warum? Die äußeren Anzeichen waren irreführend. Und jedesmal, wenn ich Sie nach Hugh fragte, sind Sie immer ausgewichen. Da war meine falsche Reaktion gar nicht so abwegig. Wie Nora sagte – die übrigens ein sehr nettes Mädchen ist und viel freundlicher zu Leuten, die plötzlich auftauchen, als manch andere – ›Ganz klar, natürlich mußte es scheinen, als wäre Jane ich, aber sie war es nicht.‹« Er fügte nicht hinzu, daß Nora fortgefahren war: »Ich hatte mir gedacht, daß Sie das meinen. Aber was konnte ich tun? Sie kennen doch Jane«, und dem hatte er vollauf zugestimmt.

Plötzlich brach sie in schallendes Gelächter aus. Es war ein herrlicher Frühlingstag, und alles war in Sonnenschein getaucht. Sie sagte: »So was Dummes. Als ob ich das tun würde. Als ob ich das tun würde, und Hugh auch nicht – guter alter Hugh. Machen wir Kaffee. Ich sterbe vor Hunger.«

Aber trotz seiner Einwände ließ sie ihn nicht über Nacht bleiben.

»Pensionen sind entweder geöffnet oder geschlossen. Sie machen keine Ausnahmen. Vor kurzem habe ich einem Herrn gesagt, wir würden bis Anfang Dezember niemanden aufnehmen.«

»Ich sehe, Sie sind die übliche Gasthausinhaberin geworden, nichts als Vorschriften und Bestimmungen. Ich vermute, das kommt daher, weil Sie jetzt eine angesehene Persönlichkeit sind.«

Sie verbrachten einen glücklichen, unbeschwerten Tag, obwohl er harmonischer hätte sein können, wenn Tony nicht am späten Nachmittag mit dem Pony erschienen wäre, das Jane normalerweise ritt. Er war böse, als er Philip sah. Da war er also wieder aufgetaucht, dieser Rüpel, der so vornehm tat und Jane aus seinem Büro rausgeworfen hatte. Tony konnte nicht verstehen, warum Jane ihm das offensichtlich verziehen hatte.

»Sie wollen doch nicht sagen, daß Sie jetzt reiten gehen, wo ich nur einen Tag bleiben darf? Das finde ich einem Gast gegenüber unhöflich.«

»Wenn sich ein Gast monatelang nicht blicken läßt und dann unaufgefordert zurückkommt, kann er keine Rücksicht erwarten.«

Jane sah strahlend von einem Mann zum anderen, und Katherine betrachtete sie voller Bewunderung. Die liebe Jane glänzte offensichtlich; es war herrlich, sie so fröhlich und verführerisch zu sehen. Sie legte den Arm um ihre Taille und sagte: »Du hast dich verändert, meine Gute. Das kommt natürlich durch das lustige Leben in Condon, und weil du auf der Bühne so viel Erfolg gehabt hast und dann auch in der Praxis. Und auch durch deinen netten Chef. Ein so himmelweiter Unterschied zu unserem Leben in der Großstadt.«

Jane lachte. »Das hätte man auch anders ausdrücken können.«

»Ich meine nur«, sagte Katherine ernst und getroffen, daß sie vielleicht die Gefühle eines Menschen verletzt hatte, auch wenn sie ihn nicht mochte, »daß es so schrecklich war, als wir unsere Stellen verloren und zehn oder zwanzig Pfennig zu zweit hatten.«

Philip sah Jane kurz an. War das wirklich so gewesen? War sie erhobenen Hauptes aus seiner Praxis marschiert und wußte, daß sie kaum leben konnte? Aber das würde ihr ähnlich sehen.

Tony machte die Sache durch seinen Kommentar auch nicht besser: »Scheußlich für euch beide. Kann ich verstehen. Der alte Duncan meint, du bist ein Geschenk des Himmels für einen Rechtsanwalt.«

»Für einen in der Kleinstadt«, lachte Jane, dann sagte sie ernst zu Katherine: »Kit, mach keine rührselige Geschichte daraus. Als wären wir Waisenkinder im Schnee. Du weißt, daß wir auf der Bank massenhaft Geld hatten. Wir haben nie am Hungertuch nagen müssen.«

»Ja, aber du hast deiner Mutter versprochen, es nur in Krisenzeiten anzubrechen. Sehen Sie«, sagte sie unnötigerweise zu Philip, »sie hatte eine Versicherung von sechstausend Mark, aber es sollte nur in einer schrecklichen Notlage verwendet werden. Wenn das keine wirkliche Notlage war, was war es dann?«

Aber Jane schüttelte gutmütig, keineswegs tadelnd den Kopf: »Es hat überhaupt keinen Zweck, dem kleinen Dummerchen zu erklären, daß es einen Unterschied zwischen Kapital und Einkommen gibt – aber daß das Kapital da war. Außerdem Tony, wenn wir noch reiten wollen, müssen wir jetzt gehen. Ihr zwei könnt für das Abendessen sorgen«, rief sie über die Schulter, als sie sich anmutig auf ihr Pony schwang. »Die Pension ist geschlossen, und die Köchin geht ihrem Vergnügen nach.«

Das Abendessen war bereit, als sie zurückkamen, weil Philip, wie er sagte, sehr gut Büchsen öffnen konnte. Als sie gegessen hatten, bummelten sie alle im Sternenschein an den Strand. Tony fühlte sich wohl, denn Jane ließ sich in keine Zweisamkeit hineinziehen; sie ging neben ihm, Philip an ihrer Seite, und auch als Tonys Hand die ihre fand und sie demonstrativ festhielt, ließ sie sie ruhig in der seinen und schwenkte sie hin und her wie ein Kind.

»Ich nehme an, Condon hat ein paar anständige Hotels«, sagte Philip, als Jane erklärte, es sei Bettzeit.

»Ganz gute. Viel besser als das ›gute Hotel etwas weiter‹.«

»Dann verbringe ich die Nacht dort, und morgen können wir alle zusammen mit meinem Wagen zum Picknick die Küste hinunterfahren.«

»Oh, können wir das?« Jane war über den selbstverständlichen Ton verärgert.

»Rechnen Sie nicht mit mir. Ich bin morgen für kein Picknick zu haben.«

»Auch nicht, wenn Sie keinen Finger für die Vorbereitung zu rühren brauchen? Ich habe einen Picknickkorb in meinem Wagen, und ich will sehen, daß das Hotel uns ein Mittagessen zusammenstellt.«

»Auch dann nicht. Ich möchte einen Tag für uns alleine, nur Kit und ich, und ich möchte in der Sonne schlafen und nicht einmal reiten gehen, mein lieber Tony. Am Montag erwartet mich eine Menge Arbeit.«

»Harte und verantwortungsvolle Arbeit«, zog er sie auf, aber sie ließ sich nicht überreden und sagte ohne weitere Erklärungen ›Gute Nacht‹.

Jane ging mit einem stolzen Gefühl ins Bett. Sie, um die sich nie jemand gekümmert hatte, kommandierte nun zwei stattliche Männer herum, ließ sich nicht aus der Ruhe bringen, war etwas schwierig und wählerisch. Wie schön, Philip zu zeigen, daß er sie nicht zurückpfeifen konnte, wenn er wollte, und außerdem würde er am nächsten oder übernächsten Wochenende ohnehin wiederkommen.

Aber das tat er nicht, und Jane mußte sich mit langen Ritten mit Tony und einigen fröhlichen Besuchen von Miriam und Hua begnügen. Katherine verbrachte jeden Sonntag in der angenehmen ungezwungenen Gesellschaft von Martin Wild. »Bitten Sie Monica, auch zu kommen«, sagte sie, aber dafür war Monica viel zu vernünftig. Diese Zuneigung ihres Bruders freute und amüsierte sie. Sie wußte, daß seine ästhetische Liebe zur Schönheit bei Katherine aufblühte, und daß sich sein ziemlich ausgefallener Sinn für Humor an ihren Gesprächen labte. Weiter würde es nicht gehen. Er war viel zu vernünftig, als daß er sich an so ein nichtssagendes Mädchen gebunden hätte. »Und außerdem«, sagte sie ihm, »will sich Katherine nicht mit einem kleinstädtischen Buchhalter einlassen. Es wird noch jahrelang dauern, bis sie heiratet, erst, wenn sie sich genügend vergnügt hat und ein winziges Fältchen neben ihren lieblichen Augen entdeckt. Und dann wird sie sehr, sehr sorgfältig wählen – viel Geld und nicht zu viel Verstand. Aber natürlich wird sie sich einreden, daß sie die wahre Liebe gefunden habe.«

Er lachte. »Eine kluge Diagnose, wenn auch etwas bösartig. Sie ist sehr schön und sehr bequem. Sie winkt einem bei der Begrüßung genauso liebenswürdig zu wie beim Abschied. Keine tiefen Gefühle bei beidem.«

Trotz ihrer Selbständigkeit und ihrer gerühmten Gleichgültigkeit wanderten Janes Gedanken häufig zu Philip. Eigenartig, daß er nicht wiedergekommen war. Sie hatte geglaubt, ihm habe dieser Samstag wirklich gefallen. Er war wohl sehr unberechenbar und launisch. Nun gut, jetzt war sie an der Reihe, ihn spüren zu lassen, daß er kommen und gehen konnte, ohne die ruhige Oberfläche ihrer Seele aufzuwühlen. (Eine feine Metapher, die sich Jane in schlaflosen Nachtstunden ausgedacht hatte und anzubringen hoffte, wenn Philipp kam.)

Er jedoch kam zu dem Schluß, daß Jane etwas zu überheblich war. Und er hatte nicht die Absicht, sich von ihr gegen ihre jungen Bewunderer vom Land ausspielen zu lassen. Sie wurde offensichtlich hochmütig. Das kam wohl daher, daß sie in dem Büro eines kleinstädtischen Rechtsanwalts ganz guten Erfolg gehabt hatte und sich für den Star einer ländlichen Schauspieltruppe hielt. Es war höchste Zeit, daß sie wieder zur Vernunft kam und sie selbst wurde.

Wenn sich zwei Menschen mit dem bedauerlichen Gedanken

aufmachen, dem anderen eine Lektion zu erteilen, geraten sie mit der größten Wahrscheinlichkeit in eine Sackgasse, und die nächste Nachricht, die Jane von Philip erhielt, war ein kurzes Schreiben, mit dem er anfragte, ob während der offiziellen Urlaubszeit noch eine Unterkunft zu haben sei. Es bereitete ihr das größte Vergnügen, zumindest redete sie es sich ein, mit einem freundlich gehaltenen Schreiben (auf einem Geschäftsbogen getippt und jedes Wort sorgfältig geprüft) zu antworten, daß das bedauerlicherweise nicht der Fall sei.

Die letzten Wochen des Lebens in Condon gingen schnell vorüber, und zu ihrem Erstaunen stellte Jane fest, daß sie nur ungerne Abschied nahm. Eine Woche bevor sie abreisten, verkündete Thelma Cook errötend ihre Verlobung mit dem Lebensmittelhändler an der Ecke.

»Herrlich. Jetzt müssen wir eine Party auf die Beine bringen, um das zu feiern«, sagte Jane.

»Aber doch keine Party für eine Witwe, meine Lieben, und Mr. Ross ist doch nicht mehr so jung wie einst.«

»Sie werden ihn jeden Tag jünger machen, und zur Verlobung gehört immer eine Party. Wir bleiben an diesem letzten Samstag hier, feiern an diesem Abend die Party und gehen am Sonntag nach Hause.«

So kam es, daß Philip Park, als er am Samstagmorgen mit seinem Wagen vor dem ›Weißen Elefanten‹ hielt, vor verschlossenen Türen stand. Das ärgerte ihn erheblich. Er hatte sich vier Wochenenden ferngehalten und meinte nun, Jane sei genug gestraft. Und jetzt schien sie sich woanders zu vergnügen. Langsam fuhr er nach Condon zurück und machte sich Gedanken über seine Gemütsverfassung; konnte er sich wirklich in dieses Mädchen verlieben, das er in seinem eigenen Büro verspottet hatte? Was reizte ihn an ihr? Er kannte viele hübschere Mädchen, viele klügere und sogar noch mehr, die richtig schreiben konnten. Warum wollte ihm jetzt Jane nicht mehr aus dem Kopf gehen, selbst, wenn er sich auf irgendeiner Party mit viel eleganteren und temperamentvolleren Mädchen vergnügte?

Diskrete Nachforschungen in Condon führten ihn schließlich zu Mrs. Cooks Haus, aber es war jetzt schon früher Nachmittag, und die Türe wurde von einer erregten und verschmierten Jane geöffnet, die einen schwarzen Streifen auf ihrer kleinen Nase und etwas Mehl auf der Stirn hatte. Offensichtlich kochte dieses seltsame Mädchen schon wieder.

»Oh, Guten Tag«, sagte sie ohne merkliches Erstaunen. »Wie haben Sie uns gefunden?«

»Ich bin zu dem ›Weißen Elefanten‹ gefahren, und er war geschlossen.« Verärgert stellte er fest, daß seine Stimme gekränkt klang.

»Warum nicht? Ich habe Ihnen gesagt, wir öffnen erst im Dezember.«

»Wir haben jetzt beinahe Ende des Monats.«

»Tja, wir reisen morgen ab, aber bleiben noch zu einer Party, einmal, um uns von den Leuten zu verabschieden, und dann, um Mrs. Cook zu feiern – sie ist unsere Wirtin, und sie hat sich soeben mit Mr. Ross, dem Lebensmittelhändler an der Ecke, verlobt.«

»Klingt ja spannend. Ich wußte gar nicht, daß Sie so viel für Parties übrig haben.«

»Nein? Aber es gibt viele Dinge, die Sie nicht von mir wissen. Jetzt kann ich mich aber nicht weiter unterhalten und Sie auch nicht hereinbitten, weil es im Wohnzimmer – wir nennen es nur den Salon – schrecklich unordentlich ist und ich mitten in den Essensvorbereitungen stecke. Miriam hat für mich ein paar Austern von den Felsen geklaut, und ich mache herrliche Pastetchen. Aber Sie können zu der Party kommen, wenn Sie Lust haben. Auf einen mehr oder weniger kommt es nicht an.«

Er hätte es lieber abgelehnt. Er war über den Empfang und über diese beiläufige Einladung verärgert. Aber er wollte sie sehen, und es würde amüsant sein, sie als Gastgeberin zu erleben. Höhnisch dachte er, daß die Party nicht sehr verlockend klang und er sich bestimmt nicht wohl fühlen würde. Aber Jane und Katherine beachteten die gesellschaftlichen Unterschiede nicht, eigentlich existierten sie gar nicht für sie. Sie sahen keinen Grund, warum sie ihre Freunde nicht mit denen von Mrs. Cook und dem Lebensmittelhändler hätten zusammenbringen sollen. Das Ergebnis war eine Party, die wohl geübtere Gastgeberinnen entmutigt hätte, aber ihren Gleichmut nicht im geringsten trübte.

Als Philip ankam, wimmelte das Haus vor Leuten. Der Salon, fünfmal fünf Meter, war gerammelt voll, und die Gäste waren in die Küche, die vordere Veranda und in die kleine einfache Halle eingedrungen. Es waren alle gekommen, mit denen sich die Mädchen angefreundet hatten, dann noch eine stattliche Anzahl von Nachbarn, die Percy Ross zu seiner Wahl gratulieren wollten.

Philip war erstaunt, den alten Mr. Duncan gemütlich in einem Sessel sitzend zu entdecken und seinen sehr fähigen Bürovorsteher Bier für die Gäste ausschenken zu sehen. Ein junger Mann in einer Ecke, dem Philip instinktiv mißtraute, bis er seine Augen auf Katherine ruhen sah, sprach davon, Jane im nächsten Winter in seinen Theaterstücken einzusetzen, und ein lustiger Junge in einem sehr auffallenden Anzug, der, wie er später erfuhr, der Gehilfe des Lebensmittelhändlers und ein großer Bewunderer von Thelma Cook war, reichte Leckerbissen herum.

Philip, der an die Großstadtkreise gewöhnt war, kam sich in dieser sehr gemischten Gesellschaft ziemlich verloren vor, und Jane war mit ihren Gästen so beschäftigt, daß sie ihm nur zulächeln und ein Glas Bier reichen konnte.

»Tut mir leid, daß nichts Besseres da ist, aber es ist ganz gutes Bier«, sagte die strahlend, und Philip, der das Zeug nie trank, versuchte so auszusehen, als schmecke es ihm.

Er war von seinen Gastgeberinnen überrascht und beeindruckt. Jane und Katherine kamen mit jedem zurecht und verstanden es, ihre Gäste zu mischen. Sie waren mit allen lustig und freundlich, hielten sie in Bewegung, stellten jeden ohne Ausnahme mit dem Vornamen vor und beließen es dabei. So war Mr. Park etwas überrascht, als er von dem Gehilfen des Lebensmittelhändlers mit Phil angeredet wurde, und fühlte sich doch erleichtert, plötzlich in die Nähe von Mr. Duncans Sessel gelangt zu sein. Katherine gab sich offensichtlich Mühe, sie formvollendet bekannt zu machen, und der alte Mann sagte freundlich: »Ich habe schon von Ihnen gehört, Park, und natürlich haben wir schon miteinander korrespondiert, aber ich wußte nicht, daß juristische Kapazitäten wie Sie bis in unsere kleinen Städtchen kommen.«

»Ich habe zufällig den ›Weißen Elefanten‹ entdeckt und bin seitdem ein paar Mal dagewesen. Ich rechnete damit, Miss Lee dieses Wochenende dort anzutreffen und habe sie schließlich hier aufgespürt.«

»Das ist leider ihr letzter Auftritt. Man wird die Mädchen in Condon vermissen. Ein nettes freundliches Gespann, wie Sie sehen können.«

»Ich glaube, die jüngere hat in Ihrer Praxis gearbeitet?«

»In ihr gearbeitet? Glauben Sie mir, sie hat sie ganze vierzehn Tage lang geleitet, als mein Bürovorsteher und ich beide zu Bett lagen. Ein großartiges Mädchen, klug, belesen, nur komischerweise schwach in Rechtschreibung. Ein interessanter Fall.«

»Die Rechtschreibung muß die Dinge für Sie doch erschwert haben?«

»Manchmal hatte mein Bürovorsteher etwas mehr Arbeit, weil er ihre Briefe durchsehen mußte, aber das hat sie uns beiden in hundertfacher Weise wieder wettgemacht. Ein Jammer, diese eine Schwäche, aber sie war sehr ehrlich, bevor sie die Stelle hier annahm. Trotzdem, ich habe gemerkt, daß es ein sehr wunder Punkt war, insbesondere, da sie, wie sie mir erzählte, eine Großstadtpraxis wegen drei Fehlern in einem Schreiben verlassen mußte. Außerordentlich kurzsichtig von diesen Leuten. Es hätte sich gelohnt, sie zu halten. Aber Sie wissen ja, wie es ist – manche von diesen großen Rechtsanwälten meinen, sie seien allwissend, dabei sind sie völlig beschränkt.«

Philip Park sah verlegen in sein Glas mit dem gräßlichen Bier und sagte langsam: »Ich vermute, es war eine sehr lebhafte

Praxis. Wissen Sie, es ist schon ärgerlich, einen Brief zur Unterschrift zu bekommen und dann Rechtschreibfehler darin zu finden.«

»Das kann schon sein. Trotzdem hätte jemand mit ein bißchen Urteilskraft gesehen, daß in Miss Lee viel mehr steckte. Ich werde sie vermissen. Ich habe schon eine neue Sekretärin, die garantiert richtig schreibt, aber sie wird nicht zwölf Stunden am Tag im Büro verbringen und das ganze Wochenende arbeiten, weil mein Bürovorsteher und ich zufällig die Grippe bekommen. Nein, nein. Ich nehme Miss Lee jederzeit wieder, und dieser Mensch in der Stadt war ein Narr, sie gehen zu lassen.«

Diese Worte klangen in Philip nach, als er an diesem Abend in einem muffigen Condoner Hotel zu Bett ging. Ein Narr, sie gehen zu lassen. Ein Narr, sie zu unterschätzen. Vielleicht konnte er von diesem älteren Rechtsanwalt in einer Kleinstadt auf dem Land noch einiges lernen.

Die Mädchen hatten drei Tage lang alle Hände voll zu tun, um den ›Weißen Elefanten‹ für die Sommersaison herzurichten und sich auf die Ankunft von Geoffrey Wilson oder dem »Weiberhelden«, wie sie ihn unter sich nannten, vorzubereiten. »Obwohl ich nicht erstaunt wäre, wenn er nicht auftauchen würde. Irgendwie benahm er sich seltsam, und als ich ihn nach seinem Namen fragte, zögerte er. Ich glaube überhaupt nicht, daß er Wilson heißt.«

»Ich dachte, die Leute würden sich immer Brown oder Smith nennen, wenn sie ihren richtigen Namen nicht angeben wollen«, sagte Katherine friedlich. »Sei nicht gegen ihn voreingenommen, mein Schatz, bevor er ankommt. Vielleicht ist er nachher ein ganz liebenswerter Mensch.«

Bei sich dachte Jane, daß sie nie jemanden gesehen hatte, der ihr weniger liebenswert erschienen war, als dieser große dunkle Fremde, aber sie sagte nichts mehr. Letzten Endes war es ja Kit, die mit ihm fertigwerden mußte, und sollte er sich als Weiberheld erweisen, dann würde sie kurzen Prozeß machen. Jane mußte nur kochen.

»Und er ist doch wirklich ein Segen, nicht wahr, denn bis zur Hochsaison haben wir nur die Sekretärinnen.«

Miss Martin und Miss Menzies, die im letzten Jahr so angenehme Gäste gewesen waren, kamen wieder und würden dazu beitragen, das Schiff bis zum Beginn der Saison über Wasser zu halten. Dann kam ein Ferngespräch von Mrs. Simpson, die ziemlich zaghaft nach einer Unterkunft für sich und für ihre Mutter fragte. Jane zögerte einen Augenblick und wollte ablehnen, aber sie wußte, daß das dumm war. Fünf Gäste würden ihnen eine Gewinnspanne garantieren.

Am Abend des 1. Dezember kam Geoffrey Wilson in einem großartigen Wagen an und wurde, wie es bei ihnen üblich war, von Katherine empfangen. Zu Janes Bestürzung kam sie sehr beeindruckt zurück. »Er sieht sehr gut aus. Noch dazu so groß und eine so angenehme Stimme. Jane, meine Gute, ich glaube, du hast ihm wirklich unrecht getan.«

»Hat er schon versucht, mit dir anzubändeln?«

»Ich finde, anbändeln ist kein sehr schönes Wort. Er fragte mich, ob er mich nicht schon irgendwo gesehen habe, aber als ich sagte, ich sei sicher, daß das nicht der Fall ist, lächelte er nur und sagte, er müsse mich mit jemand anders verwechseln, was kaum möglich sei. Eigentlich nett gesagt, oder?«

»Sehr nett. Aber sieh mal, Kit, sei vernünftig. Ja, ich weiß, letzten Endes bist du es ja auch immer, aber manchmal beginnst du recht spät damit. Laß den Mann nicht versuchen, mit dir zu flirten. Er ist zu alt, und jeder sieht ihm an, daß er sich mit Mädchen auskennt – mit jeder Art von Mädchen. Gib ihm also sofort eine Abfuhr.«

»Wirklich, mein Schatz, hast du mich jemals mit jemandem flirten sehen?«

»Nein, aber du bringst sie dazu, daß sie mit dir flirten wollen, und das gibt solche Schwierigkeiten. Und wir haben einfach keine Zeit. Die schreckliche Mrs. Simpson kommt morgen an, und die Sekretärinnen auch.«

Weder Miss Martin noch Miss Menzies hatten sich verändert;

sie waren ebenso angenehme Gäste wie zuvor. Unglücklicherweise war auch Mrs. Simpson genau dieselbe geblieben; sie tyrannisierte die beiden Sekretärinnen ebenso sehr wie sie Katherine und Jane verächtlich behandelte, schien jedoch von Geoffrey Wilson beeindruckt zu sein.

»Eine Wohltat, mit einem Mann von Welt sprechen zu können«, sagte sie laut und vernehmlich zu ihrer Tochter. »Einmal etwas anderes als dieses ewige Weibergeschwätz.«

Und als Geoffrey Wilson einmal Zeuge einer Szene geworden war, bei der die Dame Katherine öffentlich zurechtgewiesen hatte, sprang er ihr bei und brachte sie geschickt zur Höflichkeit.

»Ich bin ihm dankbar«, sagte Katherine etwas weniger gelassen als sonst. »Ich hätte Lust gehabt, etwas nach ihr zu werfen. Aber weißt du, Jane, du hast dich in Mr. Wilson völlig getäuscht. Er ist ein unheimlich netter Mensch.«

Jane nickte geistesabwesend, denn sie hatte keine Zeit, über Geoffrey zu reden. Er schien ein angenehmer Gast zu sein, und obwohl seine Blicke Katherine ständig folgten, unternahm er keinen Versuch, mit ihr alleine zu sein. Gar nicht wie ein Weiberheld, dachte sie erleichtert. Eines Nachmittags sah Mrs. Simpson von ihrer Zeitung auf, die sie regelmäßig mit Beschlag belegte. »Unglaublich, diese unfähigen Polizisten. Erschreckend. Schon wieder ein Verbrecher entkommen. Diesmal ist es dieser grausame Hinterlandmörder. Es sollte jemand an den Justizminister schreiben.«

Ihre Tochter sah nervös aus, und Jane, die gerade die Teetassen einsammelte, dachte belustigt, daß Mrs. Simpson wahrscheinlich zu diesen seltsamen Menschen gehörte, die erregte anonyme Briefe an Minister und Redakteure schrieben.

»Ausgebrochen ist er? Aber ich wußte gar nicht, daß sie ihn erwischt hatten«, sagte Geoffrey.

»Doch, gestern abend – und sie haben ihn in irgendeinem elenden kleinen Landgefängnis eingesperrt, während sie die Stadtpolizei anriefen, und natürlich ist er ausgebrochen. Unsere Polizei ist eine Katastrophe.«

»Ich finde immer, daß sie ganz gute Arbeit leistet. Natürlich greift sie manchmal daneben, und wenn ich an die paar Landgefängnisse denke, die ich gesehen habe, ist das wohl wirklich ein Problem.«

»Dann müssen sie neue bauen. Stellen Sie sich vor, dieser Mann läuft frei herum. Sie erinnern sich doch, daß er in das Haus einer alten Frau eingebrochen ist, sie über den Kopf geschlagen und ihr Geld genommen hat. Wir werden wahrscheinlich alle in unseren Betten ermordet werden.«

»Da würde ich mir keine Sorgen machen, Mrs. Simpson. Verbrecher halten sich entweder im Busch oder in belebten Städten auf. An einem Ort wie diesem würden sie sich nicht sehen lassen.«

»Das mag vielleicht in England so sein, aber bei uns ziehen sie das Hinterland vor«, versicherte Mrs. Simpson wenig glaubwürdig. Inzwischen hatte sie herausgefunden, daß Geoffrey Wilson aus England gekommen war, obwohl er nicht preisgegeben hatte, wann.

In einer kleinen und etwas gelangweilten Gesellschaft wird ein einmal aufgebrachtes Thema bis zum bittern Ende ausgeschöpft, und beim Abendessen drehte sich die Unterhaltung ausschließlich um »den Hinterlandmörder«, wie die Zeitungen ihn genannt hatten. Wo war er? Wie war es ihm gelungen, seine Spur so gut zu verwischen? Wen würde er als nächsten ermorden? Sogar Katherine wurde etwas nervös. Jane versuchte, sie zu beruhigen. »Unsinn. Wahrscheinlich lesen sie Krimis und denken dementsprechend. Du hast doch gesagt, du hättest einen unter Mrs. Simpsons Kopfkissen versteckt gefunden. Kit, du nimmst sie doch nicht richtig ernst?«

»Nicht richtig, aber in einem Zelt ist man ziemlich ungeschützt. Ich meine, wenn jemand will, kann er überall durchkommen.«

»Aber auf die Idee wird er nicht kommen. Warum sollte er? Das paßt gar nicht zu dir.«

»Ich weiß, daß es albern ist, aber was würden wir tun, Jane, wenn er auftauchte und nach einem Zimmer fragte?«

»Er würde nicht öffentlich hierherkommen. Er könnte erkannt werden.«

»Von diesen unscharfen Fotos in den Zeitungen her ist es schwer zu sagen, wie er aussieht. Trotzdem, ich fühle, daß ich es instinktiv merken werde.«

In diesem Augenblick klopfte es leise an der Hintertür, und Katherine fuhr schrecklich zusammen. »Laß das doch. Es wird nur Hugh oder Tony sein«, sagte Jane und rief fröhlich: »Herein.« Einen Augenblick später öffnete sich die Türe zögernd, und eine zweifelhafte Gestalt erschien auf der Schwelle. Katherine, die gerade das Silber wegräumte, hielt inne und staunte ihn an. Der Mann sprach mit einer angenehmen Stimme, die gar nicht zu seinem groben Aussehen paßte.

»Verzeihen Sie, daß ich Sie zu dieser Stunde überfalle, aber könnten Sie mir für heute nacht ein Zimmer geben?«

Jane fühlte sich unbehaglich. Er war zwar sehr schmutzig, aber er hatte ein freundliches offenes Gesicht, und er trug wahrscheinlich alte Kleider, weil das für ihn zum Urlaub gehörte. Aber warum kamen ihr plötzlich die Worte aus einem Kriminalroman, den sie einmal gelesen hatte, in den Sinn: »Viele Mörder sind sehr freundliche Menschen.«

Sie wies diesen Gedanken sofort von sich, aber sie zögerte einen Moment, und der Fremde merkte es. Er sagte ruhig: »Ich hätte Sie nicht belästigt, aber ich habe drei Meilen von hier eine Panne mit meinem Wagen gehabt, und ein Maori hat mir gesagt, Sie hätten viele Zimmer. Glauben Sie, ich könnte eines davon bekommen?«

Jane sagte forsch: »Ja, wir können Ihnen ein Zimmer geben. Aber wie heißen Sie?«

»Robert Brown«, antwortete er, ohne zu überlegen, und Katherine versuchte, Janes Blick zu treffen.

»Ihr Gepäck?« fuhr Jane in geschäftsmäßigem Ton fort.

»Ich habe leider nur diesen Rucksack. Um ehrlich zu sein, ich habe eine Blase an der Ferse, und ich wollte keinen Koffer tragen. Deshalb habe ich den Wagen abgeschlossen und die wenigen

Dinge, die ich brauche, in diesen Sack gesteckt. Ich muß morgen früh eine Werkstatt anrufen.«

»Aber morgen ist Samstag«, wandte Jane ein; langsam wurde ihr etwas unbehaglich zumute. »Sie müssen wahrscheinlich bis nach dem Wochenende warten.«

»Dann muß ich Sie bitten, mich etwas länger zu behalten«, sagte er und lächelte zum ersten Mal. (»Viele Mörder haben ein freundliches Lächeln« – dieser verdammte Krimi!)

Katherine stand offensichtlich verdattert neben der Silberschublade, aber Jane beachtete sie nicht und sagte: »Normalerweise nehmen wir niemand ohne eine Empfehlung oder Gepäck oder...«

Er unterbrach sie, um schnell zu sagen: »Natürlich nicht. Das habe ich auch nicht erwartet. Lassen Sie mich etwas vorausbezahlen«, und aus seiner Brieftasche zog er einen Fünfzigmarkschein, der, wie Katherine bestürzt merkte, verdächtig gefärbt zu sein schien. »Entschuldigen Sie, daß ich Ihnen einen schmutzigen gebe. Ich habe mich ziemlich schlimm an der Hand verletzt, als ich den Wagen zu reparieren versuchte, und das Blut ist über meine Brieftasche gelaufen«, dabei zeigte er eine ekelhafte Wunde, die mit einem Taschentuch notdürftig verbunden war. Jane dachte an Mrs. Simpsons Worte: »Dieser gräßliche Mensch scheint sich beim Ausbrechen verletzt zu haben. Man sollte wirklich meinen, die Polizei würde ihn daran erkennen können.« Aber natürlich konnte sich ein Mann auch auf andere Weise verletzen. Sie sah Katherine bewußt nicht an und sagte frisch: »Danke schön. Ich werde Ihnen einen Verband und Jod geben, und Ihnen dann Ihr Zimmer zeigen.«

Er folgte ihr, wie Katherine meinte, ziemlich auffällig humpelnd. Nein, er mochte nichts mehr essen. Er wollte nur ein Bad und lange schlafen. Jane zeigte ihm das Badezimmer und kehrte in die Küche zurück.

»Wie konntest du nur, Jane?« fragte Katerine flüsternd. »Hast du ihn nicht erkannt?«

»Wenn du glaubst, er wäre der Mörder, Kit, dann bist du

einfach albern. Ich konnte an deinen erschreckten Blicken sehen, daß du gedacht hast, du hättest richtig getippt. Du weißt genau, daß es bestimmt hundert Männer gibt, die so aussehen wie diese verschwommenen Fotos. Was hätte ich tun können? Er wußte, daß wir noch Platz hatten, und er konnte nicht mehr laufen.«

»Du hättest ihm ein Taxi bestellen sollen, um ihn nach Condon zu bringen. Und dieser Fünfzigmarkschein. Jane, er war ganz schmutzig mit Blut.«

»Nicht so schmutzig wie ich gewesen wäre, wenn ich ihn ohne Grund um diese späte Stunde weggeschickt hätte. Er hatte eine ganz echte Schramme an der Hand – und außerdem hat diese Frau eins über den Kopf bekommen. Dabei fließt kein Blut.«

Unglücklicherweise hatte sie nicht bemerkt, daß sich die Türe leise geöffnet hatte und Mrs. Simpson auf der Schwelle stand. »Blutverschmutzt?« wiederholte sie verwirrt. »Schmutziges Geld?«

Das war mehr als Jane ertragen konnte. »Wenn Sie es so bezeichnen wollen. Ich finde Geld erfreulich, aber meine Mutter hat es verachtet. Wünschen Sie etwas, Mrs. Simpson, denn an dieser Türe ist ein Schild ›Bitte klopfen‹.« »Und wenn sie morgen früh geht, der Teufel soll sie holen«, fügte sie hinzu, aber nur zu sich selbst.

»Unverschämtheiten sind keine Antwort, Miss Lee. Ich möchte wissen, wer dieser Mann ist, den ich an der Badezimmertüre getroffen habe. Auch wenn Sie entschlossen sind, aus Ihrer Pension den letzten armseligen Pfennig herauszuholen, müssen Sie doch irgendwo eine Grenze machen. Bestenfalls ein Landstreicher. Aber nicht nur das. Haben Sie die Fotos des Mörders gesehen (hier senkte sie ihre Stimme zu einem Zischen, wie Jane später sagte »wie eine ausgewachsene Gans, und das ist sie ja auch«)? Woher wissen Sie, daß Sie nicht aus seiner blutverklebten Hand Geld bekommen haben? Woher wissen Sie, daß Sie nicht einen Verbrecher in unsere Mitte aufgenommen haben?«

»Es wäre mir lieber, Sie würden mir nicht mehr als eine Frage auf einmal stellen«, fuhr Jane sie an; ihre schlechte Laune hatte ihren Höhepunkt erreicht. »Natürlich habe ich die Fotos gesehen, und danach könnte ich wahrscheinlich Mr. Wilson oder Tony Carr oder Hugh Stevenson für den Mörder halten. Alle diese Fotos sehen gleich aus. Zweitens ist dieser Mann meines Wissens kein Verbrecher, aber ich werde die Polizei nicht kommen lassen, um jeden neuen Gast zu untersuchen. Drittens, und ich hoffe letztens, Mrs. Simpson, denn ich möchte zu Bett gehen, war das Geld von einer Verletzung an der Hand mit Blut befleckt. Aber lassen Sie mich darauf hinweisen, daß am Schauplatz des Verbrechens – wie es in Ihren Kriminalromanen heißen würde – kein Blut geflossen ist; und wenn es so gewesen wäre, hätte der Mörder seine Brieftasche jetzt nicht. In der Zeitung steht, daß er von der Polizeiwache geflohen ist, und ich kenne mich im Gerichtswesen genau genug aus, um zu wissen, daß die Polizei einem Gefangenen normalerweise seine schöne dicke Brieftasche nicht läßt.«

Das war die längste Rede, die sie je in ihrem Leben gehalten hatte. Katherine starrte sie erstaunt an, aber sie hatte Mrs. Simpson nicht überzeugt. Wie die meisten langen Reden hatte sie überhaupt nichts genützt.

»Ich werde morgen früh sofort abreisen«, sagte die wutentbrannte Frau.

Jane erwiderte freundlich: »Warum nicht heute nacht? Dann laufen Sie nicht Gefahr, in Ihrem Bett ermordet zu werden.«

Jetzt hatte sie gewonnen, denn sie wußte, daß Mrs. Simpson schrecklich nervös war und daß ihre unglückliche Tochter so sehr an Nachtblindheit litt, daß sie die Mutter schon oft hatte sagen hören, es wäre Selbstmord, mit ihr zu fahren. Außerdem war die Küstenstraße sehr kurvenreich und eng. Natürlich würde sie ihr Geld verlieren, aber Jane wünschte wütend, sie würden abreisen und Hals über Kopf ins Meer stürzen. Ihr war es ganz egal.

Zum Glück sagte sie das nicht, sondern ließ Mrs. Simpson das letzte Wort: »Sofort morgen früh, und ich erwarte, daß das Frühstück pünktlich fertig ist.«

»Alte Hexe«, sagte Jane, die normalerweise solche Wörter nicht gebrauchte, als die Tür sich geschlossen hatte.

»Sie ist das abscheulichste Weib, das ich je gekannt habe«, sagte Katherine, die nach diesem Angriff wieder ganz zu Jane hielt, so daß ihre Furcht fast vergessen war. »Aber Jane, mein Schatz, bist du sicher?«

»Natürlich bin ich nicht sicher. Wie sollte ich? Aber dieser ganze Unsinn mit dem blutverschmutzten Geld. Und der Arme mit seinen Blasen an der Ferse. Eine blödsinnige Geschichte. Wir benehmen uns wie Menschen in einem Gruselstück – *Die Mausefalle*, oder so ähnlich. Denk nicht mehr daran, Kit, und komm ins Bett.«

Die Nacht verging völlig ungestört, aber beim Frühstück am nächsten Morgen herrschte eine ungute Atmosphäre. Mrs. Simpson hatte schon gepackt und war unten, als der Gong ertönte, guckte scharf auf ihre Uhr und überhörte Katherines »Guten Morgen«. Ein paar Minuten später betrat der neue Pensionsgast das Zimmer und sagte entschuldigend zu Katherine, er sehe leider sehr abgerissen aus und müsse sich wohl im Laufe des Tages neue Kleider besorgen. Mrs. Simpson brummte laut, und Katherine guckte verlegen. »Wir werden eine Werkstatt anrufen und versuchen, daß Sie Ihren Wagen heute morgen noch abschleppen. Die Leute in Condon sind sehr zuvorkommend«, murmelte sie nervös.

Aber er erwiderte nur ganz ruhig: »Um das Auto kümmere ich mich nicht vor Montag. Ich habe eine Weile Zeit, und hier gefällt es mir sehr gut.«

Ganz deutlich hörte Katherine, wie Mrs. Simpson zu ihrer Tochter sagte: »Auto? Ist natürlich gar nicht vorhanden.«

Miss Menzies und Miss Martin kamen in diesem Augenblick herein. Ihr verstohlener Blick auf den Neuankömmling zeigte, daß das Gerücht schon bis zu ihnen gedrungen war. Sie setzten sich hastig hin und begannen, über das Wetter zu sprechen. Kurz darauf folgte Geoffrey Wilson, der den Zuwachs erst bemerkte, als er sich hinsetzte. Er sah interessiert und überrascht hinüber.

»Guten Morgen. Sind Sie in aller Herrgottsfrühe angekommen?«

»Das nicht, aber spät genug, nachdem ich drei Meilen gelaufen war.«

»Das ist Pech. Eine Panne?«

»Ja. Natürlich mußte es meilenweit von jeder Ortschaft passieren.«

»Wo denn ungefähr?«

»Ich fürchte, das kann ich Ihnen nicht sagen. Das ist meine erste Reise, und es war ziemlich dunkel.«

Sogar Katherine mußte zugeben, daß das ziemlich verdächtig klang. Bei Geoffrey schienen diese Worte irgend etwas auszulösen. Er betrachtete den Mann, dessen Blick jetzt auf seinen Teller gerichtet war, noch einmal, sah Katherine mit hochgezogenen Augenbrauen an, dann wieder den Fremden. Danach, sagte Jane, spürte man selbst in der Küche, daß man eine Stecknadel im Eßzimmer hätte fallen hören oder die Luft hätte schneiden können, was immer man vorzog.

Ihre allgemeine Anspannung ließ etwas nach, als sie einen Wagen in die Einfahrt einbiegen hörten.

»Polizei, Gott sei Dank«, sagte Mrs. Simpson nicht gerade leise.

»Nicht die Polizei«, sagte Geoffrey viel weniger hörbar, als er zum Fenster hinausschaute, »aber ein ernsthaft aussehender Mann, der sich hier auszukennen scheint.«

Das schloß er, weil Philip Park nicht erst angeklopft hatte, sondern direkt in die Küche gegangen war, wo ihn Jane zu seiner wie zu ihrer eigenen Verwunderung freudig begrüßte.

»O Philip!« (So hatte sie sich endlich dazu durchgerungen, überlegte der junge Mann; dann mußte etwas geschehen sein) »Kommen Sie bitte mit hinaus, wo uns niemand belauschen kann. Wir sitzen so in der Klemme. Alle spielen verrückt, weil gestern abend hier ein Mann ohne Gepäck aufgetaucht ist, der wie ein Landstreicher aussieht. Sie scheinen alle zu denken, es sei der ausgebrochene Mörder. Man könnte natürlich jeden dafür halten, wenn man sich nach den Fotos in der Zeitung richtet. Mrs. Simpson, die alte Hexe, hat damit angefangen, und jetzt haben die Sekretärinnen Angst, und sogar Mr. Wilson sah erstaunt aus, und ich vermute, sie werden alle abreisen. Ich bin mit meinem Latein am Ende. Was sollte ich tun? Ich mußte ihm ein Zimmer geben. Er hat eine schreckliche Blase an der Ferse.«

Zu ihrem Erstaunen lachte Philip. Er nahm sie leicht bei den Schultern und schüttelte sie etwas, was sie kaum bemerkte und nicht übelnahm.

»O Jane, Jane«, sagte er, »natürlich mußten Sie ihm ein Zimmer geben. Auch wenn ein Mörder mit einer Blase an der Ferse aufkreuzte, würden Sie es trotzdem tun, Sie seltsames kleines Mädchen.«

Dann war er plötzlich wieder ganz ernst und verantwortungsbewußt. »Ich glaube keinen Augenblick daran, daß er der gesuchte Mann ist. Die Polizei im ganzen Land erhält Berichte über seinen Aufenthaltsort. Das ist immer so. Jeder arme Kerl, der hager und dunkel ist, wird für ihn gehalten. Aber ich werde in mir ansehen. Ich habe noch andere Fotos gesehen, nicht nur die in den Zeitungen, und ich sollte mir ein Bild machen können. Wissen Sie was ... Ich gehe zum Frühstück wie ein richtiger Pensionsgast – der ich an diesem Wochenende ja auch bin, und es hilft gar nichts, mich abzuweisen, auch wenn ich keine Blase an der Ferse habe, und dann kann ich ihn mir richtig ansehen.«

»Oh, bin ich erleichtert, Philip. Sie sind wirklich eine Beruhigung. Sogar Mr. Wilson machte ein bedenkliches Gesicht und fing an zu glauben, ich hätte auf diese gräßliche Mrs. Simpson hören sollen; aber wie konnte ich, denn er war da ja schon in seinem Bad?«

»Natürlich konnten Sie das nicht. Wäre ausgesprochen ungehörig gewesen. Die Sache wird bald aus der Welt sein, denn wenn Grund zu echten Bedenken besteht, werde ich die Polizei anrufen. Es ist am besten, wenn ich mich an seinen Tisch setze.«

Als er dann wieder ins Haus ging, drehte er sich schnell um, nahm ihre Hände und sagte: »Haben Sie sich also einmal gefreut, mich zu sehen? Das verdanke ich zumindest dem Hinterlandmörder«, dann ging er schnell durch das Eßzimmer.

Einen Augenblick später hörte Jane zu ihrem Erstaunen schallendes Gelächter.

»Ja Bob, alter Junge, was machst du denn hier? Und warum in aller Himmels Namen ist dein Kragen nicht auf links?«

Der Vikar Robert Brown stand hastig auf und schüttelte Philip sehr herzlich die Hand. »Philip, nicht möglich. Um ehrlich zu sein, ich habe mich verkleidet. Ich wollte einmal sehen, wie es ist, Urlaub zu machen, ohne Pfarrer zu sein und habe mir ein paar alte Sachen angezogen. Und der verdammte Wagen hat eine Panne gehabt. Aber in Miss Lee habe ich eine barmherzige Samariterin gefunden, und sie hat mich trotz meiner Verkleidung aufgenommen.«

»Na, das ist wirklich eine. Ich mußte selbst zweimal hinsehen.«

Robert Brown errötete. »Ich weiß, ich sehe aus wie ein Schreckgespenst; mancher hätte wohl glauben können, ich sei ein geflohener Verbrecher oder so ein ...«

In diesem Augenblick zerschmetterte Katherine eine Platte des besten Geschirrs, indem sie einen Teller mit Schinken und Eiern fallen ließ, und Mrs. Simpson verschluckte sich an einem Stück Niere und würgte krampfhaft. Nach dem Frühstück klopfte sie ziemlich verlegen an der Küchentür. »Unter diesen Umständen, Miss Lee, bin ich bereit, Ihre Grobheit von gestern abend zu vergessen und zu bleiben«, sagte sie.

Mit großem Vergnügen, das sie auch nicht zu verbergen suchte, sagte Jane von oben herab: »Ich fürchte, Ihr Zimmer ist schon an Mr. Park weitervermietet, Mrs. Simpson. Sie haben gestern abend Ihre Abreise angekündigt.«

Am späten Vormittag erschienen Hua und Miriam, und als Jane herrlichen frischen Fisch als »Geschenk« entgegengenommen und nebenbei Hua ein entsprechendes »Geschenk« in die Hand geschoben hatte, erzählte sie ihnen die ganze Geschichte. Hua lächelte und sagte zu Philip Park: »Sie kommen sehr gut.

Sparen viel Schwierigkeit«, aber Miriam drückte es plastischer aus. »Sie immer auftauchen, dann wegtauchen. Wie Schachtelteufel, hm? Viel gut. Sie gekommen, kleine Fräulein helfen.«

Alle lachten, aber Miriams Worte machten Jane bewußt, daß Philip wirklich einige Eigenschaften eines Schachtelmännchens entwickelt hatte. Irgendwie erschien er immer im kritischen Augenblick. »Entweder kommen Sie und werden von einer Matratze umgeworfen, oder Sie tauchen auf, wenn ich mich mit einem gutaussehenden Unbekannten einzulassen oder von einem Mörder bedroht zu werden scheine. Es ist alles wie in einem schlechten Theaterstück, in dem die Personen auf die unwahrscheinlichste Weise auftauchen und verschwinden.«

Aber Philip ließ sich nicht in Verlegenheit bringen. »Ich scheine Sie immer in abwegen Situationen erwischt zu haben«, sagte er gelassen, »aber es erhebt sich natürlich die Frage, ob es bei Ihnen auch Situationen gibt, die völlig normal und nicht ein bißchen abwegig sind? Wenn ja, dann rufen Sie mich, damit ich sie genießen kann.«

»Sie sind eine schreckliche Pensionsinhaberin, wenn Sie nicht einmal ein Eckchen für einen armen Rechtsanwalt auf Urlaub freimachen wollen«, klagte Philip, bevor er am Sonntagabend abreiste. »Aber ich nehme an, Sie haben keinen wesentlichen Einwand dagegen zu machen, daß jemand zu den Mahlzeiten hereinschaut? Ich meine, wenn ich für ein paar Tage herkommen und ein bescheidenes Zelt aufschlagen würde, dürfte ich dann hier baden und essen?«

»Sie sind endlich einmal so ergreifend bescheiden, daß ich ja sagen muß. In der Regel nehmen wir keine unbefugten Ansiedler. Aber dieses Mal waren Sie wirklich die letzte Rettung und haben verhindert, daß sich das Haus leerte oder wir uns mit der Polizei lächerlich machten. Danke, Philip.«

»Schon gut. Ich glaube, ich gehe jetzt besser, solange dieser Stimmungswechsel andauert.«

Als Jane sich verabschiedet hatte, kehrte sie in ihre Küche zurück und fühlte, daß er trotz all ihrer Zweifel ein verläßlicher Freund war. Auch Tony war treu, wenn auch nicht sentimental geblieben. Sie hatte wirklich Glück.

Ihre einzige Sorge war ein leichtes Gefühl des Unbehagens über die Freundschaft, die zwischen Geoffrey Wilson und Katherine zu entstehen schien. Sie waren so beschäftigt, daß ihr nur wenig freie Zeit blieb, aber die verbrachte sie oft mit ihm. Das paßte gar nicht zu Katherine, dachte Jane; sie hatte immer einen Bogen um Männer gemacht, die viel älter waren als sie selbst. Geoffrey war jedoch ein attraktiver Mann; sein gutes Aussehen und seine fröhliche Stimme waren nicht alles. Er hatte einen Sinn für Humor, der Kits gelegentlicher Einfältigkeit genau gerecht wurde, und eine Überlegenheit, die wohl anziehend wirkte. Außerdem war es nur zu offensichtlich, wie sehr er für die Schönheit, besonders für die weibliche, empfänglich war.

Jane war froh, als seine vierzehn Tage vorüber waren, und erleichtert, daß er zwar den Wunsch äußerte, noch zu bleiben, aber nicht so weit ging, ein Zelt vorzuschlagen. Als Katherine ihn darauf hinwies, lachte er nur: »Nicht für mich. Zelte können nützlich sein, aber ich bin nicht scharf auf das einfache Leben. Ich habe mich immer gewundert, daß es die Liebenden in Liebeslauben fremder Gärten zieht.«

»Keine Laube, ein Zelt«, verbesserte Katherine ernsthaft, und Geoffrey sah Jane an und lachte.

Am 15. reiste er ab, und sofort danach setzte der Ansturm ein. In dieser Weihnachtssaison ereignete sich nicht viel Besonderes; viele der alten Gäste hatten wieder vorbestellt. Jane hatte jedoch die Noles und das unternehmungslustige Paar, das ohne zu zahlen ausreißen wollte, ersetzt, und ihre Wahl war nicht glücklich gewesen. Die vier jungen Leute, die kamen, waren eine laute Bande, tranken nachts zuviel am Strand, kamen immer spät zurück und verhielten sich in keiner Hinsicht rücksichtsvoll. Alles in allem war sie sehr froh, als Philip Park an Heiligabend erschien, nicht um ein Zelt aufzuschlagen, sondern um in einem sehr luxuriösen Wohnwagen zu schlafen, den er hierher gebracht hatte. Wieder einmal war er im richtigen Augenblick »aufgetaucht.«

»Er ist herrlich«, sagte Katherine, als er die Einrichtung gezeigt hatte. »Viel schöner als ein Zelt oder eine Liebeslaube.«

»Eine Liebeslaube?« Katherine hatte doch nicht Shakespeare studiert?

»Ja. Ich fand es etwas albern, als Mr. Wilson davon sprach. Ich meine, ein *punga whare* vielleicht, denn es gibt unzählige Riesenfarne auf den Hügeln, aber Lauben habe ich kaum gesehen. Außerdem wäre es bestimmt zu zugig.«

Als Philip Jane anlächelte, sah er, daß sie mit ihren Gedanken woanders war. Sie fand es eigenartig, daß Kit, die wie jedes moderne Mädchen mit Vornamen immer so schnell bei der Hand war, von diesem Mann noch als »Mr. Wilson« sprach. War das ein gutes Zeichen oder nicht? Sie war nicht sicher, riß sich aber von diesem Problem los, um freundlich zu Philip zu sagen: »Ich freue mich, daß Sie gekommen sind. Das ist eine ziemlich laute

Bande, und es ist gut, einen starken Mann hierzuhaben. Tony sagte, er würde kommen, und natürlich ist er sehr hilfreich, aber er ist auch sehr jung.«

»Vielen Dank für das Kompliment. Zumindest habe ich meine guten Seiten.«

An Heiligabend gab es Schwierigkeiten, und Jane blieb viel zu lange auf. Als Philip um halb zwölf in die Küche kam, fand er sie, halb eingeschlafen, den Kopf in den Armen auf dem Küchentisch.

»Gehen Sie zu Bett. Ich tue den ganzen Tag nichts, und ich werde Wache halten und aufpassen, daß sie das Haus nicht anzünden.«

»Nein. Das ist meine Aufgabe. Ich muß warten, bis sie alle in ihren Betten sind.«

Dann gieße ich uns beiden Tee auf. Nein, setzen Sie sich. Ich weiß nicht, wohin mit meiner Kraft.«

Als sie ihn tranken, beobachtete er ihr müdes Gesicht und sagte plötzlich: »Sie sagen, daß ist Ihre Aufgabe, Jane. Haben Sie nicht gemerkt, daß das nicht stimmt? Es ist absolut keine Aufgabe für ein Mädchen in Ihrem Alter. Vielleicht für eine ältere Person mit einem Mann oder einem Bruder. Katherine trägt ihren Teil ja auch nicht bei.«

Sie war plötzlich hellwach und sehr verärgert. »Natürlich tut sie das. Sprechen Sie nicht so von Kit. Sie tut alles, was ich will – ist alles, was ich will.«

»Ich weiß das, arme kleine Jane. Diese völlige Blindheit paßt gar nicht zu Ihnen, aber wahrscheinlich ist es die Gewohnheit eines ganzen Lebens.«

»Was meinen Sie? Wenn irgend jemand Kit kennt, dann bin ich es, und ich dulde es nicht, daß ein Fremder sie kritisiert.«

Er zuckte die Achseln und ließ unklugerweise nicht locker: »Sonst sind Sie so ehrlich, Jane. Warum sehen Sie den Tatsachen nicht ins Gesicht? Katherine ist ein wundervolles Mädchen, aber sie ist auf eine charmante, sagen wir passive Art egoistisch. Immer der Weg des geringsten Widerstandes. Sie sieht den Tatsachen überhaupt nicht ins Gesicht. Eine Undine, der Wassergeist ohne Seele. Vielleicht findet sie die ihre, aber nicht, wenn Sie sie so sorgfältig hüten, so zärtlich verwöhnen.«

Jetzt war sie aufgesprungen, ihre Augen blitzten: »Was fällt Ihnen ein? Sind Sie wahnsinnig, mit mir so über Kit zu sprechen, die für mich mehr als eine Schwester ist? Ich höre Ihnen nicht zu. Wer sind Sie eigentlich, daß Sie sich als Richter aufspielen?«

Bei diesen Worten lächelte er. »Wer wohl? Ein Rechtsanwalt, langweilig, aber vernünftig. Gut, meine Liebe, wir wollen Kit aus dem Spiel lassen. Aber denken Sie an meine Worte; sobald Kit etwas Besseres findet, wird sie sich aus dem Staub machen. Und was dann? Wenn es schon für zwei Mädchen schwer ist, eine Pension zu betreiben, wie dann erst für eine? Jane, ich setze ja nicht herab, was Sie geleistet haben. Sie haben großartigen Erfolg gehabt, und ich bin bereit, klein beizugeben und zu sagen, daß ich im Büro einen schweren Fehler gemacht habe, aber ...«

Es war unmöglich, sich durch diese Worte nicht etwas besänftigen zu lassen. Jane setzte sich wieder und schob ihm ihre leere Tasse hin. Nach einer Minute sagte sie ruhig: »Philip, Sie waren ein guter Freund, aber niemand auf der Welt darf bei mir Kritik an Kit üben. Ich kenne sie durch und durch. Sie würde mich nie verlassen. Sie ist bis ins letzte treu. Deshalb ist es völlig unnötig, davon zu sprechen, daß ich dieses Haus alleine betreibe – und zu zweit werden wir schon damit fertig.«

Er sagte nur: »O Jane, was ist mit Ihrem gesunden Menschenverstand geschehen, den Ihr Mr. Duncan so gepriesen hat? Lassen wir das. Es ist Heiligabend – schon fast der erste Weihnachtstag, und wir wollen uns nicht streiten. Da kommen die Nachtvögel.«

»Und machen einen Höllenlärm. Ich gehe raus und erzähle ihnen was anderes.«

Sie sah klein und bemitleidenswert aus, als sie müde von ihrem Stuhl aufstand, aber im nächsten Augenblick hörte er, wie sie sehr bestimmt sagte: »Bitte machen Sie weniger Lärm. Die meisten Gäste schlafen und dürfen nicht gestört werden.« In ihrer Stimme lag eine erstaunliche Autorität, und Philip dachte wieder einmal, daß sie sich sehr verändert hatte, seit sie aus seinem Büro stolziert war.

Als sie in das Zimmer zurückkam, schlug es gerade zwölf, und einen Stock höher hörten sie eine fröhliche Seele leise singen »Stille Nacht, Heilige Nacht«. Er nahm ihre Hände und sagte: »Frohe Weihnachten, Jane«, und gab ihr einen leichten Kuß. Sie sah ihn mit erstaunten Augen an, erinnerte sich, daß jeder jeden am Weihnachtstag küßt und sagte: »Fröhliche Weihnachten, Philip – und Gute Nacht«.

Als die festliche Stimmung zwei Tage nach Weihnachten etwas nachgelassen hatte, machten sich Philip und sein Wohnwagen zum Fischfang auf die Reise. Als er sich verabschiedete, verkündete er seine Absicht, über Neujahr wieder hereinzusehen. »Wie es Ihre Miriam von einem Schachtelteufel erwarten würde«, sagte er obenhin.

»Weil Sie glauben, daß zwei Mädchen alleine nicht zurechtkommen?« fragte sie gereizt, denn sie war sehr müde.

»Ich habe mir nie eingebildet, eine Monopolstellung zu besitzen«, gab er zurück und verabschiedete sich. Am nächsten Tag mußte eine von der lauten Bande abreisen, und ihr Platz wurde von einem Pensionsgast eingenommen, der sich ziemlich spät angemeldet hatte. Sie kam in einem eigenen Wagen an, und Katherine begann, Bericht zu erstatten. »Jane, sie ist hinreißend. Oh, warum habe ich keine roten Haare? Einfach phantastisch, und so herrliche Kleider. Ich würde gerne wissen, was sie hier alleine macht.«

Ruth Paterson war wohl ungefähr siebenundzwanzig und erblühte in voller Schönheit. Sie war ein exotischer Typ mit rotem Haar und grünen Augen, die, wie man sagt, nicht ungefährlich sein sollen. Sie tat sofort ihre Wirkung bei den Männern der lärmenden Bande, schenkte ihnen jedoch nicht die geringste Aufmerksamkeit, und sogar Jane begann sich zu fragen, warum sie an diesen stillen, verhältnismäßig bescheidenen Ort gekommen war. Eine Luxusjacht oder ein Fünf-Sterne-Hotel schienen besser zu ihr zu passen.

Sie glaubte eine Antwort auf die Frage zu haben, als sie ungewollt Zeuge einer Szene am Neujahrsabend wurde. Philip war zurückgekehrt und hatte seinen Wohnwagen auf der Koppel neben dem Haus abgestellt. Er wollte gerade zum Mittagessen hineingehen, als er auf seinem Weg plötzlich Miss Paterson unmittelbar gegenüberstand.

»Philip Park! Was hat dich hierher gebracht? Welch ein Zufall.« Aber die Stimme klang nicht ganz aufrichtig. Miss Paterson mochte zwar sehr schön sein, aber eine Schauspielerin war sie nicht, dachte Jane. Möglicherweise teilte Philip ihre Bedenken, denn seine Stimme war kühl. »Ich komme ziemlich häufig hierher. Die beiden Mädchen, die die Pension betreiben, sind Freunde von mir. Aber ich könnte erwidern, daß dies der unwahrscheinlichste Ort ist, um deinen extravaganten Geschmack zufriedenzustellen.«

»Weißt du so viel über meinen Geschmack?« Die Stimme klang sehr herausfordernd, aber Philip Park sagte kurz: »Nur, daß er normalerweise zu erfreulicheren Szenen als dieser führt. Ich habe mich zum Mittagessen etwas verspätet. Entschuldige mich bitte.«

»Ich komme mit. An meinem Tisch ist noch ein freier Platz, Philip.«

Jane, die ein paar Minuten untätig war und auf die restlichen Gäste wartete, hörte das alles, und irgendein sonderbarer Instinkt veranlaßte sie, zu Katherine zu sagen: »Setz Philip an den Tisch der Neuen. Ich glaube, sie kennen sich schon.« Das war natürlich die einzig richtige Möglichkeit; nur noch ein anderer Platz war frei neben einem lauten und wenig reizvollen Mädchen, das unappetitlich aß. Man mußte auf die Annehmlichkeiten und Freuden seiner Gäste bedacht sein. Philip und Ruth Paterson erregten Aufsehen, als sie gemeinsam den Raum betraten, und Katherine sagte: »Mr. Park, hier ist Ihr neuer Platz.« Jane, die heimlich durch die Durchreiche guckte, sah, wie er zögerte, und lächelte hämisch. Unglücklicherweise ließ ihn irgendein sechster Sinn seinen Blick auch auf die Durchreiche richten, und er sah ihr Lächeln, bevor sie sich ducken konnte. Warum auch nicht? Am späten Nachmittag gelang es ihm, sie alleine in der Küche anzutreffen. »Sie sollten immer daran denken, daß Sie von der einen Seite des Eßzimmers ständig ganz zu sehen sind.«

»Das ist äußerst geschickt, wenn Kit sehr gehetzt ist.«

»Oder wenn Sie sich amüsieren wollen. Ein ganz breites Grinsen, das gar nicht aufhören wollte.«

»Wie unhöflich Sie sind, wo ich mich doch gerade gefreut hatte, weil ich glaubte, Sie hätten eine alte Freundin getroffen.«

»Sie haben scharfe Ohren.«

»Sie sollten solche Zusammenkünfte nicht vor dem Fenster abhalten.«

»Miss Paterson und ich, wir kennen uns seit Jahren.«

»Das ist schön. Sie ist unheimlich attraktiv.«

»Wie Sie sagen – unheimlich. Jane, was für ein böser kleiner Teufel Sie doch sind. Ich dachte, Sie hätten mir meine Kritik an Heiligabend vergeben?«

»Welche Kritik? Ach, das dumme Gerede über Kit. Habe ich völlig vergessen.« Aber er lachte nur unangenehm berührt und ging.

»Weißt du was«, sagte Kit an diesem Abend aufgeregt, »ich glaube, ich habe herausgekriegt, warum Miss Paterson hierhergekommen ist. Sie hat bestimmt herausgefunden, daß Philip hier ist. Sie ist schrecklich hinter ihm her, und sie macht sich auch nicht die Mühe, es zu verbergen.«

»Sehr schmeichelhaft für Philip. Sie ist eine wahre Schönheit.«

»Ja, aber irgendwie glaube ich, daß sie nicht nett ist. Und ich glaube nicht, daß Philip sich freut, sie zu sehen.«

Jane lachte nicht sehr überzeugend.

»Die meisten Männer würden sich geschmeichelt fühlen. Ich glaube nicht, daß Philip eine Ausnahme macht.«

An Silvester drohten sich die Erfahrungen von Heiligabend zu wiederholen. Katherine ging früh zu Bett, erklärte, sie sei zu müde, um den Beginn des neuen Jahres abzuwarten, Jane saß alleine in ihrer Küche und fragte sich, ob die schöne Miss Paterson im Mondschein mit Philip am Strand saß. Und warum auch nicht, fragte sie sich wieder ungehalten.

Alle waren spät, und wieder kam Philip um halb zwölf herein und schlug vor, Tee zu machen. »Das wird schon zur Gewohnheit«, sagte Jane, »aber lassen Sie sich nicht abhalten, wenn Sie welchen möchten.«

»Ich möchte auch ernsthaft mit Ihnen sprechen.«

»Noch eine Gewohnheit bei diesen festlichen Anlässen. Ist das nötig?«

»Jane, seien Sie vernünftig. Dieses Leben ist unmöglich. Seien Sie zufrieden, mit dem, was Sie geleistet haben und verkaufen Sie, solange es günstig ist.«

»Und dann soll ich eine andere Stelle annehmen, aus der man mich jeden Moment hinauswerfen kann?«

»Das wollte ich nicht vorschlagen. Ich . . .«

In diesem Augenblick wurde leicht an die Tür geklopft. Miss Paterson stand auf der Schwelle, das Licht schimmerte auf ihrem schönen Haar, ihr Gesichtsausdruck war sanft und entschuldigend. »Meinen Sie, ich könnte eine Tasse Tee bekommen? Ich ging gerade am Fenster vorbei, als davon gesprochen wurde. Die letzte Nacht des alten Jahres – und ich kann nicht schlafen. Das ist albern und altmodisch von mir, aber ich kann nichts dagegen tun.«

»Aber natürlich, kommen Sie herein. Mr. Park geht es genauso.«

Mr. Park schenkte ihr einen Blick, aus dem man seine Meinung hätte erraten können, aber Jane blieb vergnügt und herzlich und zog ihn gewaltsam in eine unbedeutende Unterhaltung über das Abendessen. Als sie beendet war, sagte sie: »Bitte fühlen Sie sich nicht verpflichtet, wegen mir aufzubleiben. Es macht mir nichts aus, zu warten, bis das Haus still ist.«

»Ich habe nicht die Absicht, vorher ins Bett zu gehen«, sagte Philip mürrisch, und Ruth Paterson sagte freundlich: »Scheint wirklich nicht sehr ratsam zu sein, oder? Ich habe einen so leichten Schlaf, und jedes Geräusch weckt mich. Wenn ich hierbleiben dürfte...?«

»Aber gewiß doch«, willigte Jane lebhaft ein. »Es ist ja so nett für Mr. Park, etwas Gesellschaft zu haben, aber eigentlich ist es unnötig, daß wir zu dritt aufbleiben, nicht wahr? Ich weiß, es ist sehr egoistisch von mir, aber ich muß so früh aufstehen, und wenn Sie wirklich sicher sind... Ich werde es wieder gutmachen, Miss Paterson, indem ich Ihnen das Frühstück ans Bett bringe.« Sie lächelte beide einnehmend an und sagte Gute Nacht.

Aber als sie gebadet hatte, mußte sie an dem Küchenfenster vorbeigehen, um zum Zelt zu kommen, und Miss Paterson hatte eine klare Stimme: »Ehrlich, Philip. Du kannst doch nicht über diesem kleinen Geschöpf den Kopf verlieren und dich lächerlich machen. Ja, ich sagte Geschöpf. Ich leugne nicht, daß sie so etwas wie eine Pensionsinhaberin ist, aber sie ist nicht Besonderes...«

Jane flüchtete in die Dunkelheit, aber als sie in ihrem Bett wach lag, sagte sie laut: »Völlig richtig. Sie ist nichts Besonderes. Und wenn seine Freunde zu glauben wagen, ich sei hinter Philip Park her, werde ich es ihnen zeigen...«

Das stellte sie ihrer Meinung nach sehr geschickt an. Als sie am nächsten Morgen einen mürrisch aussehenden Philip traf, wünschte sie ihm mit fast beleidigender Fröhlichkeit ein gutes Neues Jahr und ging später mit einem Ausdruck gütiger Besorgtheit an ihm vorüber, ein Tablett für Ruth in der Hand. Als sie es am Bett abstellte, dachte sie: »Sie ist wirklich hübsch, sogar um diese Zeit. Unheimlich ansprechend. Die richtige Frau für einen erfolgreichen Rechtsanwalt.«

Ruth schlug ihre grünen Augen auf und lächelte. »Wie nett von Ihnen. Ein gutes Neues Jahr!«

»Das wünsche ich Ihnen auch. Ich hoffe, Sie mußten nicht zu lange aufbleiben?«

»O nein. Ich bin daran gewöhnt; Miss Lee, gestern sagte jemand, hier gäbe es Pferde. Meinen Sie, ich könnte eins bekommen? Ich reite für mein Leben gern.«

»Ja, ich werde zusehen, daß eins für Sie bereitsteht. Mr. Park reitet auch, wissen Sie.«

»Ja, ich habe mit ihm gejagt. Vielleicht ist auch noch ein Pferd für ihn da?«

»Bestimmt. Ich werde dafür sorgen. Sagen wir zehn Uhr. Möchten Sie ein Picknick als Mittagessen mitnehmen? Es gibt so herrliche Reitwege an der Küste.«

»Eine fantastische Idee. Herzlichen Dank.«

Entschlossen ging sie zu dem Wohnwagen und klopfte. Philip kam an die Türe und blickte finster zu ihr herab. »Was ist jetzt los?«

»Seien Sie nicht so unfreundlich. Ein herrlicher Ritt und ein Picknick. Miss Paterson hat Pferde für Sie beide bestellt.«

»Verdammt noch mal! Das haben Sie wieder geschickt eingefädelt, vermute ich?«

»O nein. Die Pferde sind dazu da, an die Gäste vermietet zu werden. Wußten Sie das nicht?«

»Meines können Sie streichen.«

»Das kann ich nicht. Kit macht das Picknick fertig, und Miss Paterson zieht sich gerade die herrlichsten Reithosen an. Seien Sie kein Spielverderber, Philip. Helfen Sie, die Gäste zu unterhalten.«

»Sie sind...« Er schluckte und setzte neu an: »Sie sind...« Und ein teuflischer Drang ließ sie fortfahren: »... nur ein kleines Geschöpf. Vielleicht eine Pensionsinhaberin, aber nichts Besonderes.«

Er starrte sie an. »Horchen Sie an der Tür?«

Sie war jetzt genauso ärgerlich wie er. »Diese Frage mußte kommen. Wenn Sie sich mit Ihren Freundinnen am offenen Fenster streiten, habe ich wohl trotzdem das Recht, daran vorbei ins Bett zu gehen. Die Fenster gehören zufällig mir«, stolzierte sie davon und rief über ihre Schulter: »Ihre Pferde werden um zehn Uhr bereitstehen. Ich werde sie selbst holen.«

Wie Ruth Paterson Philip überredete, aus seinem Wohnwagen zu kommen und sein Pferd zu besteigen, wußte Jane nicht, und es war ihr auch gleichgültig. Ihre Verärgerung richtete sich unsinnigerweise mehr gegen den unschuldigen Teil als gegen die Frau, die so verächtlich von ihr gesprochen hatte. Philip hatte sie in diese lächerliche Lage gebracht. Philip hatte sie noch einmal gedemütigt. Sie ließ die Pferde im Garten und wünschte heimlich, sie würden die beiden abwerfen.

Aber Ruth ritt natürlich genauso elegant, wie sie alles andere tat, und als das Paar am Nachmittag zurückkehrte, war von ihren Mienen nichts abzulesen. Am nächsten Morgen jedoch, als Jane das Frühstücksgeschirr spülte, kam Katherine herein, sah erstaunt und ziemlich verlegen aus.

»Mein Schatz, Philip ist weg. Er sagte, er wollte dich nicht stören und hoffte, wir würden eine gute Saison haben. Komisch, daß er es so eilig hatte, nicht wahr?«

»Oh, ich weiß nicht. Er ist doch immer ziemlich unberechenbar, findest du nicht?«

So war er also in einem Wutanfall weggefahren, nachdem er sie schrecklich grob behandelt und des Lauschens beschuldigt hatte. Er hatte nicht einmal um Verzeihung gebeten. Na ja, sie kannte ihn jetzt gut genug, um ziemlich sicher zu sein, daß er wieder auftauchen würde, und immer zu einem unglücklichen Zeitpunkt, als wolle er sie ständig in Mißkredit bringen. Inzwischen hatte sie viel zuviel zu tun, um weiter über ihn nachzudenken.

Ruth Paterson blieb noch eine Woche. Sie war ein angenehmer Gast und machte keine Schwierigkeiten, denn sie unternahm lange einsame Ritte, und ein- oder zweimal schaute sie abends in die Küche herein und fragte Jane in ihrer freundlichen Art, ob es sehr ungehörig sei, wenn sie eine Tasse Tee mit ihr trinken wolle. Jane empfing sie höflich, haßte ihr Erscheinen und war dankbar, wenn sie wieder ging.

Der Januar war ein Monat unbarmherziger Hitze und ununterbrochener Arbeit. Gegen ihren Willen fragte sich Jane manchmal, ob sie sich auf ein Unternehmen eingelassen hatte, das ihre Kräfte überstieg. Katherine war offensichtlich müde und wurde unruhig. Wenn Jane Hua und Miriam hätte überreden können, für ein paar Tage zu kommen, so hätte das vielleicht manche Schwierigkeiten gelöst, aber George Enderby war auf Reisen, und Hua mußte ihn vertreten. Miriam stattete dem *pa* einen ihrer gelegentlichen Besuche ab, um den *tangi* der dritten Kusine ihres Schwiegersohns abzuwarten. »Ja, sogar über sie wäre ich froh gewesen«, sagte Katherine sehnsüchtig. »Ich habe das Bettenmachen und Putzen so satt.« Jane seufzte. Kits alte Begeisterung für den ›Weißen Elefanten‹ war verschwunden. Würde sie ihn am Ende doch verkaufen müssen? Sie wies den Gedanken sofort von sich. Das sah Philip mit seiner kalten, gefühllosen Art ähnlich, so etwas vorzuschlagen. Sobald das Leben leichter würde, wäre auch Kit wieder zufrieden.

Als die Hitze und die lärmende Bande verschwunden waren, fühlten sich die beiden Mädchen erschöpft. Jane bedauerte sogar, daß Geoffrey Wilson versprochen hatte, Ende Februar wiederzukommen. Sie wollte niemanden mehr sehen und hoffte, daß die alte Freundschaft zwischen Geoffrey und Kit nicht wieder aufleben würde.

Aus dieser Abneigung heraus war sie um so mehr gewillt, per Telegramm zuzusagen, als eine überraschende Anfrage von Kenneth Rosman kam, um Zimmer für sich und seine Frau für Februar zu bestellen. Das würde die Gesellschaft zumindest etwas auflockern, und sie war ehrlich neugierig, Vera kennenzulernen und zu sehen, wie Kenneth sich mit Ehefrau in einem Künstlerurlaub verhalten würde.

Aber sie hätte sich keine Gedanken zu machen brauchen, denn Vera Rosman war eine sehr vernünftige Frau und hatte volles Verständnis für Künstlerseelen. Sie warf einen forschenden Blick auf Katherine, die keine Begeisterung zeigte, die Vergangenheit wieder aufleben zu lassen, und beschloß, daß sie keinen Grund zur Sorge hatte. Dieses Mädchen würde ebensowenig eine verbotene Leidenschaft entfachen, wie sie dies zulassen würde. Aber sie war sehr schön, und natürlich war Ken gerne mit ihr zusammen.

»Ken hat mir erzählt, wie Sie damals freundlicherweise Ausflüge mit ihm gemacht und ihn bei seiner Arbeit ermutigt haben. Ich hoffe, Sie werden es wieder tun, wenn Sie Zeit haben. Ich möchte hier Ferien machen, und ich hasse es, auf hartem Boden zu sitzen und Brötchen zu essen.«

Katherine sah etwas unschlüssig aus. Sie hatte ihren schöpferischen Drang völlig vergessen und hätte viel lieber einen friedlichen kleinen Spaziergang mit Geoffrey Wilson gemacht oder sogar ihre Pflichten in dem ›Weißen Elefanten‹ erfüllt. Aber davon wollte Mrs. Rosman nichts hören. »Lassen Sie mich Ihrer Kusine helfen. So etwas liegt mir viel besser, als den Pinsel eines Künstlers zu inspirieren. In der Hausarbeit kenne ich mich aus, aber beim Malen zuzusehen langweilt mich.«

Katherine langweilte es auch, aber sie sah keine Möglichkeit, es zu vermeiden. Die Vereinigung künstlerischer Seelen schien ebenfalls albern, wenn eine Ehefrau freundlich, aber etwas höhnisch zusah. Und dann mußte man auch noch auf Geoffrey Wilson Rücksicht nehmen. Es war nur allzu offensichtlich, daß Mr. Wilson nicht dasselbe Verständnis für platonische Freundschaften hatte wie Mrs. Rosman. Er zeigte eine ausgesprochen irdische Abneigung gegen diese Angelegenheit und war fest entschlossen, bei den gelegentlichen Ausflügen als Dritter mit von der Partie zu sein, und, was in Janes Augen noch schlimmer war, Katherine gab klar zu verstehen, daß sie seine Begleitung begrüßte.

Was wußten sie wirklich von diesem Wilson, fragte sich Jane. Er war aus dem Nichts aufgetaucht und schenkte Katherine so viel Aufmerksamkeit, wenn auch immer auf eine ruhige und diskrete Art, daß sie sich für ihn jetzt mehr interessierte, als sie es je für irgendeinen Mann getan hatte. Er war mindestens zwanzig Jahre älter und könnte leicht irgendwo eine Frau haben, die er verheimlichte. Außerdem war er genau der Typ des Mannes mittleren Alters, dem Jane mißtraute, der väterliche Typ.

Das alles führte dazu, daß Kenneth sich nicht wohl fühlte, und Vera Rosman beobachtete das Ganze nicht ohne Anteilnahme, aber mit einer gewissen stillen Belustigung. Eines Tages, als sie mit Jane in der Küche Bohnen schnitt, fragte sie plötzlich: »Ist dieser Mr. Wilson ein alter Freund der Familie?«

»Wir haben ihn zum erstenmal gesehen, als er in diesem Frühjahr kam und nach einem Zimmer fragte.«

»Er hat schnelle Arbeit geleistet. Gucken Sie nicht so besorgt, Jane. Katherine ist trotz ihrer Schönheit ein sehr vernünftiges Mädchen. Es tut mir etwas leid für Ken. Für ihn war dieser Urlaub sehr wichtig, und jetzt glaube ich, daß er schlechter malt als sonst.«

Sie lachten beide, und dann sagte Jane: »Erstaunlich, wie Sie über den Dingen stehen. Ich habe nie zuvor jemanden wie Sie kennengelernt.«

»Vielleicht haben Sie nie zuvor eine einfache Frau kennengelernt, die mit einem jüngeren Mann verheiratet ist, der die Schönheit anbetet, aber letzten Endes seine Frau vorzieht. Zuerst war das ziemlich schwer für mich, aber dann bin ich immun geworden. Dieses Mal ist es etwas demütigend für Ken ausgegangen, aber das kann ich vertragen«; sie lachte, als sie aufstand und Jane die Schüssel mit Bohnen reichte.

Wie geplant, blieben sie einen Monat, und Jane ließ Vera nur ungern gehen. Kenneth hingegen fühlte, daß er die Schönheiten auf Tui erschöpft hatte. Bestimmt hatte er Katherine erschöpft, die seines endlosen Kunstgeredes müde war und ein dankbares Lebewohl winkte, bis Veras sehr teurer Wagen um die Ecke bog.

»Und jetzt wird sie dieser alte Geoffrey ganz für sich alleine haben, zum Teufel mit ihm«, dachte Jane.

»Hat Mr. Wilson vor, für immer hierzubleiben?« fragte Jane Katherine eines Tages gereizt. Ihre schlechte Laune war verständlich, denn sie war jetzt seit zwei Tagen mit der ganzen Arbeit alleine, während Katherine in Geoffrey Wilsons herrlichem Auto kreuz und quer durch die Landschaft fuhr und sich großartig amüsierte.

»Bis er nach England zurückgeht, mein Schatz. Freust du dich nicht? Hast du dir das nicht immer gewünscht – Gäste, die nicht nur in der Ferienzeit bleiben, sondern länger?«

»Ja, wahrscheinlich. Und wann geht er nach England zurück?«

»Ich glaube, das weiß er noch nicht genau«, sagte Katherine ausweichend und machte sich auf, um vom Strand aus den Sonnenuntergang mit ihrem ständigen Begleiter zu beobachten.

Jane war ernsthaft besorgt. Dieser Mann, dachte Jane, die wie gewöhnlich jeden, nur nicht den wirklichen Schuldigen tadelte, ließ Kit nie in Ruhe. Die Arbeit, die sich nicht vermeiden ließ, brachte sie schluderig hinter sich, und mehrmals verschwand sie dann für den Rest des Tages mit ihm. Ein- oder zweimal hatten sie ein Picknick eingepackt, aber in der Regel sagte Wilson: »Damit wollen wir uns nicht abgeben. Bestimmt finden wir irgendwo ein anständiges Restaurant«, und Katherine glühte vor Freude und antwortete: »Herrlich ... Ich esse so gerne ausgefallene Gerichte in unbekannten Hotels«, dann wandte sie sich mit ihrer üblichen Liebenswürdigkeit zu Jane und fügte hinzu: »Nicht, daß irgend jemand besser kochen würde als du, mein Schatz, aber es ist eine Abwechslung.«

Jane hatte das Gefühl, ihr könnte eine Abwechslung auch nicht schaden. Sie war abgearbeitet, gelangweilt und einsam. Wie immer zu dieser Zeit mußte Tony arbeiten, und Philip hatte sie seit dem unglücklichen Neujahrstag nicht wiedergesehen. Ihre eigene Schuld, sagte sie sich jetzt, nachdem ihr Ärger verschwunden war und sie wieder klarsehen konnte. Sie hatte sich albern, billig und kindisch benommen und schämte sich nun vor sich selbst. In

Wirklichkeit war sie von Klagen und Selbstmitleid erfüllt. Innerlich wuchs jetzt eine Befürchtung, die sie nicht zugeben und mit der sie sich nicht abfinden wollte. War es möglich, daß Kit sie im Stich ließ? Hatte Philip Park schließlich doch recht gehabt? Diesen Gedanken wies sie sofort von sich. Kit würde immer zu ihr zurückkehren, wie sie es getan hatte, als sie Kenneth Rosman leid war. Kein Mann würde jemals ständig zwischen ihnen stehen, natürlich nur so lange, bis Kit sich zum Heiraten entschloß. Und sie würde bestimmt nicht diesen ältlichen Geoffrey Wilson heiraten.

Aber ein Trost blieb ihr. Sie hatte jetzt Zeit, das Pony zu holen, das in den letzten Wochen ständig in ihrer Koppel gegrast hatte, und die Straße hinaufzureiten, um Nora und ihr Patenkind zu besuchen. Während der arbeitsreichen Zeit hatten sie ihr sehr gefehlt.

»Und du hast mir auch gefehlt, Jane. Aber ich weiß ja, wie es ist, und wenn alles vorbei ist, braucht man einfach eine Verschnaufpause.«

Es war erholsam und beruhigend, wieder mit Nora zusammen zu sein. Sie war nicht wie Philip; sie würde einem ihren Rat oder ihre Meinung nicht einfach ins Gesicht schleudern. Sie war die beste Freundin, die man sich vorstellen konnte, aber sie respektierte das Band der Verwandtschaft. Trotz ihrer Fröhlichkeit und ihrer scheinbaren Hilflosigkeit war sie ein kluger Mensch.

Jane blieb zum Mittagessen, und bei dieser Gelegenheit brachte Hugh das Thema ins Gespräch, das Nora den ganzen Morgen so sorgfältig gemieden hatte. »Schön, dich wiederzusehen, Jane. Katherine hat in den letzten Tagen das sinkende Schiff verlassen, oder? Ich habe sie heute morgen wieder in dem feudalen Wagen von Wilson vorbeifahren sehen. Wie findest du ihre letzte Errungenschaft?«

Nora zielte mit ihrem Fuß bösartig nach dem Bein ihres Mannes, erwischte aber nur Malcolm, der vor Wut fauchend aus dem Zimmer raste. Sie sagte schnell: »Sei nicht albern, Hugh. Du kennst Kits Errungenschaften. Heute hier, morgen dort. Jane nimmt sie doch nicht ernst.«

»Sieht mir ganz so aus, als wäre es mehr«, fuhr Hugh gelassen fort; sein Blick war auf seinen Teller geheftet, und er bemerkte Noras bedenklich gerunzelte Stirn nicht. »Er ist offensichtlich sehr gut gestellt, und dann ist er älter, und das zieht ein Mädchen manchmal an.«

»Älter?« wiederholte Nora mit einem leichtfertigen, wenig überzeugenden Lachen. »Mein Guter, er ist günstigstenfalls fünfzig. Natürlich ist es nichts Ernstes. Er geht sowieso nach England zurück.«

»Tja, das ist kein Hindernis. Vielleicht will Kit mitgehen.«

Diese Worte trafen Jane wie eine Ohrfeige. Kit könnte weggehen und sie alleine lassen, das Band all dieser Jahre wegen eines mittelalterlichen Mannes zerreißen? Das war unvorstellbar.

Aber sie merkte, daß sie an nichts anderes denken konnte, als sie langsam zu dem leeren Haus ritt. Es war ein glücklicher Tag gewesen, sie hatte sich mit Nora unterhalten, mit ihrem Patenkind gespielt, das jetzt schon eine kleine Persönlichkeit war, die immer Streiche im Sinn hatte, sie hatte die Hunde gefüttert und sogar im Laden geholfen, als Hugh wegfahren mußte. Aber jetzt stand sie einem einsamen Mahl und ihren einsamen bangen Gedanken gegenüber.

Es war unerklärlich. Warum nannte Kit diesen offensichtlich verliebten Mann noch immer »Mr. Wilson«? Warum gab es kein Zeichen für einen liebenswerten harmlosen Flirt wie bei allen ihren anderen Bekanntschaften? Statt dessen war diese Freundschaft von einer seltsamen Förmlichkeit umgeben, beinahe, als ob Geoffrey Wilson, auch wenn er sie gerne mochte und bewunderte, nicht zu kleinen Vertraulichkeiten ermunterte.

Sie las bis spät in die Nacht hinein und schaltete dann ihr Licht aus. Es war sinnlos, auf Kit zu warten. Früher war sie immer auf Zehenspitzen in Janes Zimmer geschlichen, wenn sie spät nach Hause kam, hatte sich auf das Fußende gesetzt und fröhlichen Herzens von ihren Erlebnissen berichtet. Aber seit vielleicht einer Woche war sie leise in ihr eigenes Zimmer gegangen, wenn sie nach Hause kam.

Aber heute abend hielten die Schritte zum erstenmal wieder vor Janes Tür inne. Jane richtete sich auf und horchte. Sie hörte ein leises: »Bist du wach?« und rief gespannt: »Natürlich. Komm rein«, dann überkam sie ein Schauer in der kühlen Nachtluft. Was hatte Kit ihr um diese Zeit zu sagen?

Sie drehte das Licht an, als ihre Kusine hereinkam, und ihr eigenes Lächeln erstarb, als sie Katherines Gesichtsausdruck sah. Irgend etwas war geschehen; Kit hatte noch nie so ausgesehen – so lebhaft, fast als glühe ein Licht hinter ihrer blassen Haut. Das war es also, Hugh hatte doch recht gehabt. Katherine war im Begriff, die einzige unabänderliche Dummheit ihres dummen Lebens zu machen, und Jane war machtlos, es zu verhindern.

»Was ist?« Ihre Stimme kam in einem leisen heiseren Krächzen, und Katherine lachte vergnügt.

»Mein Schatz, du klingst so beängstigt. Und du bist so ein liebes lustiges kleines Ding, wenn du mit diesem schrecklichen Schlafanzug im Bett sitzt. Du solltest Nachthemden tragen.«

»Ich kann sie nicht ausstehen, und ich glaube nicht, daß du um diese Zeit zu mir kommst, um über Unterwäsche zu reden. Du siehst aus, als wäre etwas Aufregendes passiert.«

»O Jane, das ist es auch. Das Herrlichste von der Welt. Wovon ich mein Leben lang geträumt habe«, und es hatte den Anschein, als geriete sie in eine freudige Ekstase.

Jane schluckte und sagte mit trauriger Stimme: »Erzähl es mir, du siehst sehr glücklich aus.«

»Oh, das bin ich auch, glücklicher, als ich es mir je habe träumen lassen. Als ich klein war, habe ich mir immer vorgestellt, das würde geschehen, aber jetzt hatte ich schon lange die Hoffnung aufgegeben.«

»Was für eine Hoffnung?« Kit, die sich nie etwas vormachte, würde doch jetzt nicht Theater spielen und sich einbilden, daß dieser angeknackste ältliche Mann ihr Jugendideal war?

Katherine überhörte ihre scharfe Frage und fuhr mit verträumter Stimme fort: »Und er ist so wundervoll. So ein Mann von Welt. So klug.«

Unfähig, sich zu beherrschen, sagte Jane: »Das stimmt wohl. Ich würde auch sagen, daß dein Mr. Wilson sich auskennt.«

»Nicht wahr? Und er hat so einen herrlichen Sinn für Humor. Und es macht ihm nichts aus, daß ich nicht klug bin. Er sagt, er mag die Frauen gerne so, wenn sie nur einen Spaß verstehen können und attraktiv aussehen. O wie dankbar ich bin, daß ich nicht gewöhnlich aussehe.«

Das war zuviel des Guten. »So ein Blödsinn. Selbst wenn du gewöhnlich aussähst, hat er in seinem Alter noch immer Glück gehabt, ein junges Mädchen zu heiraten – denn ich nehme an, du willst ihn heiraten, Kit?«

Katherine starrte sie einen Augenblick verwirrt an, starrte sie an und schien sprachlos. Dann warf sie ihren Kopf zurück und lachte, lachte hemmungslos, bis ihr die Tränen in die Augen kamen. Jane beobachtete sie völlig bestürzt. War dieses Mädchen verrückt geworden?

Katherine tat nichts, um sie zu beruhigen. Statt dessen sprang sie auf und sagte so etwas wie: »Warte, das muß ich ihm einfach erzählen«, und verschwand. Jane hörte, wie sie die Treppe hinunterrannte, dann ein Gemurmel von unten, noch mehr Gelächter, und dann kamen Schritte zurück – Kits und schwerfälligere. Sie zog das Bettzeug krampfhaft bis an ihr Kinn hoch. Sie wollte nicht, daß Geoffrey Wilson in ihr Zimmer kam und sich hämisch über seine Eroberung freute. Ärgerlich sah sie um sich, als ihre Kusine hereinkam und einen etwas widerspenstigen Geoffrey hinter sich herzog.

»Nein, aber du mußt kommen. Jane hat nichts dagegen. Schließlich seid ihr jetzt verwandt.«

»Ich habe etwas dagegen«, begann Jane kühl, dann hielt sie inne und starrte die beiden an. Denn Katherine hatte sich bei dem Mann eingehängt und guckte mit fröhlicher Frechheit auf sie runter. »Jetzt sieh uns an. Sieh doch selbst, mein kleiner blinder Schatz. Siehst du denn nichts, Jane? Auch wenn wir uns nicht wirklich ähnlich sehen, mußt du es doch erraten.«

Geoffrey Wilson unterbrach sie ernsthaft, und er war Jane noch nie so sympathisch gewesen wie jetzt.

»Katherine versucht Ihnen zu sagen, Jane, daß sie endlich ihren Vater gefunden hat. Oh, keinen unrechtmäßigen. Einen sehr guten und legitimen Vater. Morgen früh werde ich Ihnen die Papiere zeigen, die beweisen, daß sie meine Tochter ist.«

»Ihre – Ihre Tochter?«

»Ja. Es tut mir leid, daß ich mich verstellt habe. Es war nicht ganz fair Ihnen gegenüber. Sehen Sie, mein Name ist nicht Wilson, sondern Wilfrid Cunningham.«

Wilfrid Cunningham. Jane brauchte eine Weile, um zu begreifen. Seit Ewigkeiten hatte sie nicht mehr an ihn gedacht. Sie faßte sich an den Kopf und sagte langsam: »Aber das können Sie nicht sein. Sie sind tot.«

»Jane, aber Liebling, wie kannst du das sagen? Das ist grausam von dir. Ich habe schon eine Gänsehaut. Natürlich ist er nicht tot.«

Wilfrid Cunningham lachte und streichelte Katherines Hand. Dieses zur Schau getragene Eigentumsrecht überzeugte Jane mehr als seine Worte. Das war es, was sie in letzter Zeit an diesem Verhältnis so erstaunt hatte. Schnell kam ihr der Gedanke – wie lange hatte Kit davon gewußt? War sie wieder absichtlich im Dunkeln gehalten worden?

Diese Frage wurde nicht sofort beantwortet, denn Cunningham sagte: »Ich glaube, wir schulden Jane eine Erklärung. Können Sie um Mitternacht noch eine lange Geschichte vertragen, Jane?«

»Ich kann alles vertragen, wenn es nur einen Sinn ergibt.«

»Das kann ich Ihnen versprechen. Darf ich mich auf diesen Stuhl setzen? Kit kann das Fußende von Ihrem Bett nehmen.«

Seine völlige Selbstsicherheit machte Jane plötzlich ärgerlich. Wie konnte es dieser Fremde wagen, plötzlich in ihr Leben einzubrechen? Er hatte jahrelang seine Pflicht vernachlässigt, aber jetzt hatte er sich daran erinnert, daß er eine Tochter hatte und war gekommen, um seinen Anspruch geltend zu machen, nur weil Kit schön und präsentierbar war. Vielleicht, um sie Jane wegzunehmen. Aber das konnte nicht passieren. Das Band der jahrelangen Zuneigung würde doch bestimmt stärker sein?

»Sehen Sie«, begann Cunningham selbstverständlich, »ich wurde als ›vermißt und totgeglaubt‹ erklärt. Ich war verletzt worden, hatte das Gedächtnis verloren und befand mich in einem Gefangenenlager, wahrscheinlich wäre ich wirklich besser tot gewesen. Aber das ist eine alte Geschichte. Als ich schließlich nach England zurückkam, stellte ich Nachforschungen an und fand heraus, daß die Frau, die sich von mir hatte scheiden lassen, umgekommen war, aber von einer Tochter erfuhr ich nichts. Wie Sie wissen, wurde das Kind nach der Scheidung geboren, und meine frühere Frau hatte sich gehütet, mir zu erzählen, daß ich Vater wurde. Das mache ich ihr nicht zum Vorwurf. Ich war ein unliebsamer Ehemann gewesen, und sie hatte nicht die geringste Absicht, ihr Baby mit mir zu teilen. Und dann kam kurz nach Kits Geburt die Nachricht von meinem wahrscheinlichen Tod, sie nahm wieder ihren Mädchennamen an und hat die ganze Episode zweifellos aus ihrem Leben gestrichen. Aber die arme Seele hat ihre Freiheit nicht lange genossen. Sie war eine schwierige Frau, aber sie hätte trotzdem ein besseres Schicksal verdient. Ich hatte jedoch mit der ganzen Sache nichts mehr zu tun. So ging ich meiner Wege, verdiente mehr Geld und war viel zu vorsichtig, um in eine zweite Ehe zu schlittern.

»Oh, welch ein Segen«, rief Katherine. »Ich hätte es gehaßt, eine Stiefmutter zu haben.«

»Und sie hätte dich wahrscheinlich auch nicht gemocht, es sei denn, sie wäre eine einmalige Frau gewesen, aber dann, denkt Jane, hätte sie mich nicht geheiratet. Um dieser nächtlichen Geschichte ein Ende zu machen, vor einem Jahr habe ich zufällig erfahren, daß Truda ein Kind gehabt hatte. Wie? Weil ich eine Frau traf, die in London mit ihr gearbeitet hatte und ihre Geschichte kannte. Sobald ich es mit meinen Geschäften vereinbaren konnte, flog ich in dieses Land und begann mit meiner Suche, die, wie ihr wißt, beim ›Weißen Elefanten‹ endete.«

»Aber das ist schon ewig her. Warum haben Sie es uns nicht gleich gesagt?«

»Das ist der beschämende Teil meiner Geschichte«, sagte Geoffrey und sah kein bißchen beschämt aus. »Ehrlich gesagt, ich wollte mich erst selbst überzeugen, herausfinden, wie meine Tochter war, was sie tat, ob wir glücklich zusammenleben könnten, und, wenn die Antwort positiv ausfiel, wollte ich versuchen, mich mit ihr anzufreunden, mich bei ihr beliebt zu machen und schließlich meinen Anspruch geltend zu machen.«

»Und wenn sie anders gewesen wäre? Nehmen Sie an, sie wäre häßlich oder verkrüppelt oder in irgendeiner Weise eine Schande für Sie gewesen? Dann hätten Sie sich vermutlich einfach aus dem Staub gemacht?«

Er sah sie ernst an, und als er sprach, klang seine Stimme völlig aufrichtig. »Nein, das nicht. Sie mögen mich nicht, Jane, und ich nehme es Ihnen nicht übel. Sie haben sich immer gefragt, worauf ich hinauswollte, nicht wahr? Trauen Sie mir trotzdem etwas Anstand zu. Wenn Kit so gewesen wäre, hätte ich für sie gesorgt, aber ich hätte sie nicht immer bei mir haben wollen.«

»Aber jetzt willst du es, oder nicht«, sagte Katherine und sah ihn bewundernd an.

»Eine sinnlose Frage. Natürlich will ich das jetzt, mein Liebling. Ich werde alt; vor wenigen Wochen habe ich nämlich die schreckliche Grenze der Fünfzig überschritten, und ich nehme nicht an, daß ich meine schöne Tochter für immer behalten kann. Aber bis dahin möchte ich meine Freude an ihr haben.«

»Aber das hätten Sie uns vor Weihnachten sagen können. Sie waren schrecklich verschwiegen.«

»Nennen wir es vorsichtig. Ich war einmal voreilig. Ich habe die arme Truda geheiratet, als wir uns vierzehn Tage kannten, weil ich von ihrem guten Aussehen und ihrem unbestreitbar glänzenden Verstand betört war. Ich wollte sicher sein, daß . . . daß . . .«

»Daß ich gut aussah, aber keinen glänzenden Verstand hatte«, schloß Kit vergnügt.

Plötzlich kam Jane ein Gedanke. »Haben Sie sich eigentlich hier eingeschlichen und sich umgesehen, nachdem ich Sie hier getroffen hatte? Waren Sie der geheimnisvolle Mann, der Kit angestarrt hat, als sie schlief?«

Er lachte. »Wie froh ich bin, daß meine Tochter nicht ganz so klug ist wie ihre Kusine; ja, ich bekenne mich schuldig.«

»Oh, das hast du mir nie erzählt«, rief Katherine. »Wie gräßlich von dir.«

»Melodramatisch, fürchte ich. Aber ich dachte, wenn es ... wenn es hoffnungslos wäre, würde ich es am besten sofort wissen und meine Vorkehrungen treffen.«

»Kaltblütig und berechnend sind Sie. Sie haben uns wochenlang getäuscht.«

»Das ist hart ausgedrückt. Sie kennen Kit, und Sie wissen ganz genau, wenn ich in der ersten Woche, bevor sie mich kennen und schätzen lernte, zu ihr gegangen wäre und gesagt hätte:›Sieh deinen Vater an‹, dann hätte sie süß gelächelt und gesagt ›Guten Tag. Wie schön. Wie lange kannst du bleiben?‹ Sie mußte das Gefühl haben, daß sie mich brauchte«, und etwas leiser fügte er hinzu: »Ich mußte sie etwas von Ihnen lösen.«

»Ich verstehe. Das war sehr klug. Sehr gut durchdacht. Und ich vermute, alle Ihre Zukunftspläne sind genauso gut ausgearbeitet?« Ihre Stimme war ruhig und fest, aber Geoffrey sah sie freundlich an und sagte: »Sie hängen noch in der Luft. Es ist noch nichts bestimmt. Ich habe keine Eile.«

»Aber – aber letzten Endes werden Sie Kit mit nach England nehmen?«

Er stand auf und zog seine Tochter hoch. »Letzten Endes ja, aber daran brauchen wir jetzt noch nicht zu denken. Sie haben jetzt erst einmal die Schlagzeile, morgen können wir die Einzelheiten einsetzen. So, ich finde, das muß gefeiert werden. Ich weiß, Jane, daß Sie in Ihrem Haus nicht gerne Alkohol sehen, aber heute abend müssen Sie eine Ausnahme machen. Ich möchte, daß Sie auf die Zukunft von Kit und ihrem Vater trinken«, und er verschwand, um mit einer teuer aussehenden Flasche und einigen Gläsern zurückzukehren.

»Erzählen Sie mir nicht, daß Sie das in Condon gekauft haben«, sagte Jane. »Ich glaube, Sie kamen schon damit bewaffnet zurück und haben den heutigen Abend genau geplant. Wie sicher Sie waren.«

»Hoffnungsvoll, optimistisch, Jane, nie völlig sicher.«

Ihre Blicke trafen sich, und dann sagte Katherine schnell: »Mein Schatz, du verstehst doch, daß ich sagte ›Ich muß zu Jane fliegen‹, sobald er es mir erzählt hatte. Und ich konnte nicht schnell genug nach Hause kommen, um dir die herrliche Neuigkeit zu erzählen, denn ich wußte, wie sehr du dich freuen würdest.«

»Freuen?« Sie lachte traurig, dann nahm sie sich schnell zusammen und sagte: »Natürlich ist es unheimlich aufregend, Kit. Wie im Märchen, und du bist die Prinzessin. Wissen Sie, Mr. Wilson – o du lieber Himmel, ich glaube, du bist Onkel Wilfrid, aber es klingt so albern. Jedenfalls dürfen wir heute abend nicht mehr weiterreden, denn ich bin nicht an Sekt gewöhnt, und ich glaube, ich bin wirklich ein bißchen beschwipst.«

Aber es war nicht der Sekt, der Jane bis in die frühen Morgenstunden wach hielt.

17

»Das hätten wir eigentlich raten können«, sagte Nora zu Hugh einige Tage später. »Aber ich habe diesen Mann überhaupt kaum gesehen. Natürlich ist keine wirkliche Ähnlichkeit festzustellen. Katherine kommt wohl auf ihre Mutter, aber die Art, den Kopf zu drehen und das ganze Auftreten.«

»Und der Charakter«, erwiderte Hugh gereizt. »Ein verdammt egoistisches Paar. Sie denken überhaupt nicht an Jane. Aber zu Katherines Gunsten will ich sagen, sie ist nicht berechnend. Dazu hat sie nicht genug Verstand. Aber dieser Kerl scheint ein sehr kluges Spiel gespielt zu haben.«

»Und er hat es gewonnen. Arme kleine Jane. Aber du bist zu hart, Hugh. Wenn sie irgend jemanden gerne hat – denn bis jetzt ist sie nur von ihrem Vater fasziniert –, dann hat sie Jane gerne. Aber sie ist nicht fähig, zu begreifen, was das für sie bedeutet. Ich meine, der Vater – Cunningham oder wie er heißt – kann sich viel besser in Janes Lage versetzen als Katherine.«

»Sie hat sich nie in die Lage eines anderen versetzen können, egal, was passierte. Sie ist wie ein dummes kleines Mädchen mit einem neuen Spielzeug. Das ganze Gerede, sie habe sich immer nach einem Vater gesehnt. Völliger Blödsinn. Sie hat ihm bestimmt noch keinen Gedanken geschenkt.«

»Nein, ich bin sicher, daß sie das nicht getan hat, aber ich bin jetzt sicher, daß sie glaubt, sie hätte es getan. Sogar Jane hat darüber gelächelt.«

»Das einzige Mal, daß sie gelächelt hat. Für sie ist es ein niederschmetternder Schlag.«

Aber als Hugh unklugerweise Mitleid mit Jane zeigte, sagte sie schnell: »Aber er ist doch ihr Vater. Natürlich kommt er zuerst. Ich – ich freue mich für Kit. Sie braucht wirklich jemanden, der sich um sie kümmert.«

»Das hat dich die ganzen Jahre lang nicht wenig Mühe gekostet.«

»So war es nicht, Hugh. Es hat – es hat Spaß gemacht«, und

Nora unterbrach das Gespräch schnell mit der Bitte, Jane solle kommen und sehen, wie gut ihr Patenkind stehen und sogar schon einen Schritt gehen könne, wobei er sich verzweifelt an Dios Rücken klammerte.

Wie Hugh gesagt hatte, war Katherine wie ein Kind mit einem neuen Spielzeug. Sie brannte darauf, mit ihrem Vater bei allen ihren Freunden anzugeben. Es war herrlich, diesen großen, gutaussehenden Mann mitzunehmen und zu sagen: »Das ist mein Vater«, und sich sicher und geborgen zu fühlen. Unnötig, endlos Betten zu machen und Zimmer zu putzen. Unnötig, in einem Geschäft zu arbeiten und jeden Pfennig zu sparen. Die Welt stand ihr plötzlich offen, und es war wie im Märchen, genau wie Jane gesagt hatte.

Als sie George Enderby etwas davon anvertraute, sah er bestürzt aus. Daß sie so in ihrem eigenen Glück aufging und Janes Lage überhaupt nicht begriff, erschreckte ihn ein bißchen. Er sagte: »Und was wird aus dem ›Weißen Elefanten‹? Was wird aus Jane? Wie wird sie damit fertig?«

Für einen Augenblick sah Katherine etwas niedergeschlagen aus. Aber dann wurde sie wieder fröhlich, denn sie glaubte immer an das, was sie sich wünschte. »Oh, Jane ist begeistert. Natürlich wird sie das alte Haus verkaufen, dann wird sie in ihre Heimat zurückkommen und bei uns leben, nicht wahr, mein Guter?«

Wilfrid Cunningham sagte: »Ich hoffe, daß sie uns zumindest besuchen wird.« Aber es klang nicht überzeugt. Er kannte Jane schon jetzt besser, als Kit sie je kennen würde.

Als sie gegangen waren, blieb George Enderby sitzen und ließ sich alles durch den Kopf gehen. Dann stand er auf und rief seine Schwester an. »Großartige Neuigkeiten, hm? Die Wirklichkeit ist seltsamer als ein Roman, wie ich immer sage. Wovon ich rede? Natürlich von diesem Mr. Cunningham, der sich als Katherines Vater herausgestellt hat.«

»Das ist wirklich eine großartige Neuigkeit. Großartig zumindest für Katherine. Aber ich denke an Jane – obwohl ich kaum glaube, daß sich dieses egoistische kleine Ding Sorgen um sie macht.«

»Na, na, du bist immer so streng mit Katherine. Ein bißchen dumm, aber nie unfreundlich. Sie ist ein sehr liebes Mädchen.«

»Was bedeutet, daß sie dich um den Finger gewickelt hat wie jeden anderen auch. Nannte dich Onkel George und sagte, du wärst wie ein Vater für sie, ist es nicht so?«

»Tja, ehrlich gesagt... Worüber lachst du, Molly? Ihr Frauen verfahrt immer so streng miteinander. Aber, wie ich sagte, es ist eine großartige Neuigkeit, außer für Jane...«

Außer für Jane. Jeder sagte oder dachte es, sagte sich Jane verdrießlich. Warum konnte man sie nicht in Ruhe lassen? Sie wollten natürlich alle helfen, aber sie brauchte kein Mitleid. Kit tat nur, was jedes Mädchen tun würde; ein Vater hatte das erste Recht. Außerdem hatten sie ihr gesagt, sie würden noch keine Pläne machen. Wilfrid würde gerne noch ein halbes Jahr in Neuseeland bleiben. Er hatte Geschäftsinteressen nachzugehen, und Kit würde bleiben, wo sie war. Gerade an diesem Morgen hatte sie noch gesagt: »Jane, mein Schatz, sind wir für Ostern ganz ausgebucht?« und Janes Gesicht hatte bei diesem »wir« aufgeleuchtet.

Sie war sicher, daß sie noch immer alle Interessen teilten, außer natürlich das plötzliche Erscheinen eines gutaussehenden Vaters. Hier hielt Jane inne. Aber war das nicht das einzige Interesse, auf das es Kit jetzt ankam? Sie ließ den Gedanken fallen, denn ihre gewohnte Ehrlichkeit, ihr klares Denken, ihr Mut gegenüber der Zukunft hatten sie nun verlassen. Tony faßte das in einem mitteilsamen Augenblick bei seiner Mutter zusammen.

»Jane lebt wie im Traum. Sie ist wie betäubt. Sie kann den Dingen nicht ins Auge sehen.«

Mrs. Carr sagte nicht ohne Hintergedanken: »Jetzt ist es Zeit für ihre Freunde, ihr beizustehen, meinst du nicht? Bring sie heute abend mit zum Essen, Tony.«

Jane kam und redete und lachte wie gewöhnlich, aber niemand wagte, sie zu fragen, was mit dem ›Weißen Elefanten‹ geschehen oder was aus ihr werden sollte.

Sie verbrachte drei glückliche Tage bei Nora. Hugh mußte in die Stadt fahren, um seine Großhändler aufzusuchen, und Jane zog völlig glücklich in das kleine Haus hinter dem Laden und ließ Katherine und ihren Vater in dem ›Weißen Elefanten‹. »Aber Wilfrid – ich kann ihn nicht Onkel nennen, und er sagt, es mache ihm nichts aus – sagt, er wolle sich nicht auf Kits Kochkunst verlassen, deshalb essen sie jeden Abend in Condon.«

»Eigentlich eine gute Idee. Ich kann mir nicht vorstellen, daß Katherine ein wirklich gutes Abendessen zustande bringt«, sagte Nora geringschätzig.

Jane war sehr glücklich mit Nora und dem Baby und den Hunden. Sie brauchte nicht zu denken oder zu planen; vor allem brauchte sie nicht ständig über Katherine und ihren Vater zu sprechen. Sie hatten viel zuviel Arbeit mit John, dem Laden, den Tieren und dem Postamt, als daß Zeit für tiefsinnige Betrachtungen geblieben wäre, und abends waren sie zu müde, um wachzuliegen und nachzudenken und sich Sorgen zu machen. Tony kam, um das gemeinsame Patenkind zu sehen und nahm Jane mit ins Kino, und später sagte Nora zu ihr: »Tony ist wirklich ein Engel... Er scheint seine Marylins aufgegeben zu haben und jetzt nur noch dir treu zu sein.«

»Oh, er ist ein guter Freund, aber das wird nicht lange halten. Männer kommen und gehen, weißt du.«

In ihrer Stimme schwang etwas Verbitterung mit, denn ihre Gedanken waren in diesen letzten zwei Wochen sehr häufig zu dem Freund gewandert, der mit Sicherheit aus ihrem Leben getreten war. Seit Neujahr hatte sie Philip Park weder gesehen noch von ihm gehört. Das war Nora, einer sehr feinfühlenden Freundin, nicht entgangen, und eines Abends sagte sie zu Hugh, als er zurückkam: »Komisch mit diesem Park. Er scheint völlig verschwunden zu sein, und trotzdem bin ich ganz sicher, daß er sich um Jane bemühte.«

Hugh sah von seinem Buch auf und sagte geistesabwesend:

»Park? O ja, Park. Habe ich dir nicht erzählt, daß ich ihn in der Stadt getroffen habe?«

»Ganz bestimmt nicht. Ich hasse verschwiegene Ehemänner.«

»Nichts Aufregendes. Ich habe nur fünf Minuten mit ihm gesprochen. Er war unterwegs, weißt du – eine eilige Reise für seine Firma nach England. Ist hin und zurück geflogen, war aber fast den ganzen Februar nicht im Land. Kein schlechter Kerl. Sagte, er würde bald hier vorbeikommen!«

Nora sah ihn mit erzwungener Geduld an: »Und warum hast du das Jane nicht erzählt, als du sie hier gesehen hast? Ihr kann es weiß Gott nicht schaden, wenn sie aufgeheitert wird.«

»Ich hatte es völlig vergessen. Was ihr Frauen aus so einer kleinen Plauderei machen könnt.«

»Ich hoffe, du hast ihm von Kits Vater erzählt?«

»Warum sollte ich? Er war in Eile.«

Danach war es ganz natürlich, daß Nora darauf bestand, am nächsten Tag zu dem ›Weißen Elefanten‹ gefahren zu werden, und dann im Laufe einer langen Unterhaltung beiläufig erwähnte, daß Philip Park eine Geschäftsreise nach England gemacht hatte. Jane nahm das mit der entsprechenden Gleichgültigkeit auf, aber Nora merkte, daß sie an diesem Abend etwas weniger niedergeschlagen war.

Ihrer ganzen kleinen Welt gegenüber hielt sie den Kopf hoch, nur Miriam durchbrach unbeabsichtigt doch die Zurückhaltung.

Mutter und Sohn waren wie gewöhnlich zu einem ihrer unangemeldeten morgendlichen Besuche gekommen, und Jane erzählte ihnen die Geschichte mit der stoischen Ruhe, die sie sich zu eigen gemacht hatte. Sie war überhaupt nicht auf die Wirkung vorbereitet, die sie bei Miriam auslöste. Die alte Frau saß eine Minute lang gebeugt und still da, dann brach sie in Klagen aus, so ähnlich wie das Stöhnen, das Jane bei einem *tangi* kennengelernt hatte. »Weggehen«, jammerte sie, »alle weggehen. Über das Meer. Alle weg«, und zwei dicke Tränen rollten über ihre runzligen Backen.

Jane war bestürzt. Sie hatte nicht gewußt, daß Miriam etwas

an Katherine lag. Sie waren freundlich zueinander gewesen, aber es hatte nie den Beweis einer herzlichen Freundschaft gegeben, den die Maoris Jane zuteil werden ließen. Jetzt schien Miriam über Katherines Abreise verzweifelt zu sein. Im nächsten Augenblick begann die klagende Stimme wieder, und Jane wurde alles klar. »Die Kleine. Die Kleine. Verlassen. Ganz alleine. In dem großen Haus. Ganz allei-eine«, das letzte Wort wurde in einem ausgesprochenen Schmerzensschrei hervorgestoßen, und das war mehr, als Jane ertragen konnte. Plötzlich überkam sie ihr ganzes Elend, und die Tränen standen ihr in den Augen. Miriam sah es, ging zu ihr hinüber und wiegte sie in ihren starken Armen wie ein kleines Baby.

»Miriam hier . . . Miriam sorgen . . .«

Jane begann schrecklich zu schluchzen, und man kann nicht sagen, wo die Szene geendet hätte, wenn sich Hua nicht eingeschaltet hätte. Er nahm seine Mutter sanft, aber bestimmt bei der Schulter und wandte sich an Jane. Dieses Mal war sein Englisch wirklich gebrochen.

»Die alte *wahine* sie reden zuviel. Immer sie reden und reden. Kleine Miss nicht alleine. Viel Freunde. Viel Freude. Viel Hilfe. Ich selbst werde – wie Sie sagen? – beistehen.«

Diese Worte waren großartig gesprochen und endeten mit einer weit ausladenden Geste. Jane wurde wieder fröhlich und begann zu lachen. Plötzlich fiel auch Miriam ein und faßte die Situation zusammen: »Kein Grund. Schöne weggehen. Kleine bleiben. Sehr gut. Alles o. k. Sehr o. k.«

Ein paar Tage später fuhr Wilfrid Cunningham weg, um seinen Geschäften nachzugehen. Bevor er abfuhr, kam er in die Küche, wo Jane wie gewöhnlich arbeitete. Er war immer nett und freundlich zu ihr, aber jetzt sprach er mit einer ungewöhnlichen Güte.

»Meine Liebe, du arbeitest zu schwer. Warum willst du das weitermachen?«

»Warum? Weil es mein Haus und meine Aufgabe ist.«

»Aber alleine kannst du nicht weitermachen, und du weißt

doch, daß Kit letzten Endes mit mir nach England gehen wird?«

»Natürlich. Ich wußte, daß ihr nicht ewig in Neuseeland bleiben würdet.«

»Lieber Himmel, nein – und ich möchte, daß Kit Reisen macht und die Welt sieht.«

»Das wird herrlich für sie sein.«

»Noch besser, wenn du mitkommst.«

Sie guckte ihn erstaunt an. »Aber das kann ich nicht. Ich habe kein Geld, und ich habe meine Aufgabe hier.«

»Ich habe Geld genug für uns drei. Jetzt steig nicht aufs hohe Roß, Jane. Denk daran, daß deine Eltern Katherine viele Jahre lang ein Zuhause geschenkt haben. Jetzt möchte ich dir eines geben. Natürlich weiß ich, daß du später zu deiner Mutter zurückkehren willst, aber bis dahin können wir gemeinsam das Leben genießen.«

Sie sagte verlegen: »Das ist sehr lieb von dir. Unheimlich großzügig.«

»Absolut nicht. Ich stehe bei deiner Mutter hoch in Schuld. Bei ihrer Tochter auch. Das kann ich gar nicht wiedergutmachen.«

»Ich danke dir, daß du es angeboten hast, aber ich kann es unmöglich annehmen. Siehst du, der ›Weiße Elefant‹ ist immer noch meine Aufgabe.«

»Das ist unmöglich, wenn Kit weggeht. Niemand in diesem Wohlfahrtsstaat kann mit Sicherheit für dieses Haus Hilfe beschaffen. Du würdest von Alpträumen geplagt werden und keine Freude mehr haben.«

Sie schaute traurig zum Fenster hinaus und sah das Ende aller Freuden, die so viele Jahre gedauert hatten. Dann riß sie sich zusammen und sagte tapfer: »Ich kann es aber versuchen. Vielleicht gelingt es mir, ein paar nette Maoris zu bekommen.«

»Das ist möglich, aber das Problem wird immer wieder auftauchen. Verkauf ihn jetzt, Jane, als gutgehendes Geschäft, solange er bekannt ist. Die Leute sind unbeständig, und die Sitten ändern sich. Vielleicht sind sie den ›Weißen Elefanten‹ morgen leid oder eine andere Pension macht auf und sticht dich aus. Verkauf ihn, leg dein Geld auf die Bank, und laß es dir mit uns gutgehen.«

Es war doch immer dasselbe; diese praktischen Geschäftsleute wollten alle, daß sie aufgab, was sie geschaffen hatte. Ihr schöpferisches Bemühen, dachte sie lächelnd, als sie sich an Kenneth erinnerte. Aber in Wilfrids Worten lag eine Aufrichtigkeit, die Jane berührte, und einen Augenblick lang sah sie fremde faszinierende Länder vor sich, sah, wie Kit und sie selbst orientalische Basare erforschten, in französischen Kaffees saßen und Berge erkletterten. (Aber nein, Kit würde sich nie so verausgaben.) Nach all diesen Dingen hatte sie sich heimlich gesehnt. Aber sie waren nicht für sie gemacht. Sie wollte dieses Verhältnis nicht als Dritte stören; das würde natürlich irgendwann geschehen, aber sie wollte es nicht sein.

In einer ihrer spontanen seltenen Beweise der Zuneigung legte sie ihre Hand auf die seine. »Wilfrid, du bist ein Engel. Wirklich unheimlich lieb. Darf ich dich übrigens weiter so nennen? Onkel und Tanten sind so altmodisch.«

»Aber sicher. Kit scheint dasselbe von Vätern zu halten und schlug auch Wilfrid vor, aber dagegen habe ich mich gewehrt.«

»Daran hast du gut getan. Die Leute würden auf komische Gedanken kommen, bis du es fertigbringst, dir ein paar graue Haare mehr zuzulegen, viele mehr, wenn du mit Kit um die Welt reist.«

»Du wirst unsere Anstandsdame sein. Du kommst doch mit, Jane?«

Sie schüttelte traurig, aber entschlossen ihren Kopf. »Nein. Führe mich nicht in Versuchung. Ihr müßt eure Zeit für euch haben. Außerdem ist diese Pension da, und Kit wird dir sagen können, wie ungern ich etwas annehme. Wir würden uns streiten, wenn ich das erste Mal zu dir kommen müßte, um zu sagen: ›Kann ich bitte etwas Geld haben?‹«

»Du würdest es nie zu sagen brauchen. Wir würden das alles vorher regeln. Ich bin nicht arm, weißt du, und ich bin nicht geizig. Jane, zum letzten Mal, sag, daß du kommst. Sag ja, mein liebes kleines Mädchen«, und er legte seinen Arm um sie. Wilfrid hatte eine lebhafte englische Stimme, die gut trug, so daß Philip Park, der in diesem Augenblick die Küche betrat, stehenblieb und trocken sagte: »Ich muß mich entschuldigen. Mein neuer Wagen ist sehr leise, aber ich hatte nicht die Absicht, an der Tür zu lauschen.«

Diese Anspielung machte Jane wütend. Sie sah auf, ohne den Versuch zu machen, sich aus Wilfrids Arm zu befreien, und sagte explosiv: »Machen Sie sich doch nicht lächerlich. Warum müssen Sie auch immer im falschen Moment auftauchen wie Miriams Schachtelteufel? Sie machen gerne eine Szene, nicht wahr? Außerdem müssen Sie ein schrecklich schlechter Rechtsanwalt sein, wenn Sie immer voreilige Schlüsse ziehen und dazu noch die falschen. Das ist Onkel Wilfrid, und er ist kein vorgetäuschter Onkel, der mir eine Liebeserklärung macht. Er würde lieber tot umfallen, nicht wahr, Wilfrid?« und dann lachten sie beide.

Philip starrte sie an. Er haßte es, ausgelacht zu werden, und er nahm Janes Ton übel. Kein Zeichen von Freude über seine Rückkehr. Und was für einen Unsinn erzählte sie da? Das war doch Geoffrey Wilson, und der hatte es offensichtlich faustdick hinter den Ohren. Er sagte kühl: »Sie vergessen, daß ich Mr. Wilson schon vorher kennengelernt habe.«

»Aber Sie kennen Wilfrid Cunningham nicht – ich werde Sie miteinander bekannt machen.«

Philip fühlte, daß man sich über ihn lustig machte. Jane war ein schrecklicher kleiner Teufel. Plötzlich ging Wilfrid auf seine Seite über, wie Männer es zu tun pflegen. Die Frauen waren am Ende, wenn sie glaubten, einen Mann in eine mißliche Lage gebracht zu haben. Er sagte: »Jane ist unerträglich und macht ein Geheimnis aus ganz einfachen Tatsachen. Ich bin Katherines Vater. Ich muß zugeben, daß ich unter einem falschen Namen hierher gekommen bin, um das Gelände auszukundschaften. Ich habe entdeckt, daß es voll und ganz meinen Wünschen entspricht, und so habe ich mich zu erkennen gegeben.«

Philip sagte kühl: »Soweit ich informiert bin, wurden Sie im Krieg getötet?«

Als Wilfrid die Geschichte kurz dargestellt hatte, endete er mit den Worten: »Und ich versuchte, Jane zu überreden, diese Pension zu verkaufen und mit uns nach England zu kommen. Ohne Kit kann sie nicht weitermachen.«

Hierin stimmten sie schließlich überein. Philip sagte unklugerweise: »Ich habe ihr schon immer gesagt, daß es unmöglich ist, auch mit ihrer Kusine. Aber Jane hört nie auf vernünftige Erwägungen.«

»Das ist es. Sie will auch nichts von meinem vernünftigen Vorschlag wissen, daß sie mit uns kommen soll, wenn wir abreisen.«

»Sie lehnt es ab?«

»Ja. Wie Sie wahrscheinlich wissen, ist sie eine sehr widerspenstige Person. Ich versuchte gerade, sie zu überreden, als Sie hereinkamen und mich der Verführung von Minderjährigen verdächtigten.«

Jane, die sich trotzig, aber bequem in seinen Arm geschmiegt hatte, riß sich jetzt heftig los. »Verführung von Minderjährigen – und ich bin dreiundzwanzig.«

Sie lachten beide aufreizend, und dann sagte Philip: »Warum wollen Sie nicht gehen, Jane?«

Diese gleichgültige Frage verletzte sie, und sie antwortete ziemlich grob: »Das ist meine Sache. Ich gehöre hierhin. Der ›Weiße Elefant‹ gehört mir, und ich werde ihn zum Erfolg führen – oder der Teufel soll mich holen.«

Wilfrid war ein Mann mit Takt. Er sagte sanft: »Ich hoffe, das ist nicht endgültig. Die Arbeit ist unmöglich, und ich habe dir gesagt, daß die Zeit zum Verkaufen jetzt günstig ist. Aber ich bin heute in der Stadt, deshalb muß ich jetzt gehen. Auf Wiedersehen, kleine Jane. Du hast zu viel Geist für deine Größe. Ich bewundere es – aber ich bin eigentlich dankbar, daß du meine Nichte und nicht meine Tochter bist.«

Er war gegangen, und Jane war wütend, daß ihr die Tränen

in den Augen standen. Philip durfte sie nicht sehen. Sie drehte sich um und begann bösartig, sich auf einige Kartoffeln zu stürzen. Es entstand eine kleine Pause, dann kam eine Hand über ihre Schulter und nahm ihr das Messer weg.

»Es tut mir leid, ich scheine dazu verurteilt zu sein, immer in diesen dramatischen Augenblicken zu erscheinen; außerdem geht man so nicht mit Kartoffeln um. Ich bin erstaunt über die sparsame Jane. Sie sind zu der Gemüsewelt fast ebenso unbarmherzig wie zu Ihren Freunden.«

Eine dicke Träne fiel in den Spülstein. Sie nahm keine Notiz davon, schluckte krampfhaft und sagte ziemlich weinerlich: »Ich finde, daß jemand kein Freund ist, wenn er einen monatelang alleine läßt und dann hereinstolziert und einen beschuldigt, mit einem alten Mann ein Verhältnis zu haben.«

»Kann man jemanden als Freund bezeichnen, der einen lächerlich macht, einen vor den Kopf stößt, einen mit einer Frau zusammenbringt, der man aus dem Weg gehen möchte?«

»Das hat mir hinterher leid getan. Es war albern. Aber als ich hörte, wie sie Ihnen sagte – wie sie Ihnen sagte, was sie gesagt hat – wurde ich so ärgerlich, daß ich Sie verletzen wollte.«

»Nicht sehr nett, Jane.«

»Nein. Ich fürchte, ich bin kein sehr netter Mensch, wenn ich ärgerlich bin. Aber trotzdem, Sie haben sich in ein langes Schweigen gehüllt – wie schon einmal.«

»Ich war in England. Hat Hugh Ihnen das nicht erzählt?«

»Doch, vor zwei Tagen. Aber Sie hätten mich anrufen können. Ein Ferngespräch hätte Sie nicht ruiniert.«

»Nein, das hätte es nicht, aber ich war noch verärgert, und ich hatte es satt, lächerlich gemacht zu werden.« Er hielt inne, zögerte, und sagte dann: »Ich hatte die dumme Idee, Sie würden sich vielleicht Gedanken machen, mich vermissen. Diese gute alte Vorstellung von der Trennung.«

Sie begann lebhaft: »Ich habe nie an dies alberne Märchen geglaubt. Freunde hören gerne, wissen gerne, daß jemand – jemand an einen denkt. Es war eine seltsame Zeit«, und noch eine Träne kullerte hinunter, diesmal auf Philips Hand.

»Ich weiß. Ich kann es mir vorstellen. Jane, ich wäre nach meiner Rückkehr nicht einmal eine Woche weggeblieben, wenn ich das alles gewußt hätte. Arme kleine Jane.«

Sie zog ihre Hand weg und fuhr sich damit heftig über die Augen.

»Es hat mir nichts gefehlt. Die Leute waren nett zu mir, und Tony war einfach unheimlich lieb. Er ist jeden Tag gekommen.«

»Der gute Tony.« Er lachte, und sie sagte böse: »Er ist ein Engel. Er ist treu.«

»Diesen Vorzug hatte ich noch nicht bemerkt. Seien Sie nicht albern, Jane. Hören Sie auf, Theater zu spielen. Sie machen mich nicht eifersüchtig auf Tony.«

»Wie eingebildet Sie sind, zu glauben, das würde mir etwas ausmachen.«

»Ja, das würde es, weil Sie nicht wirklich glauben, daß ich Sie liebe, und Sie haben eigenartige Vorstellungen von der Eifersucht. Ebenso veraltet wie meine über die Trennung.«

Was sollte sie dazu sagen? Jane nahm noch eine Kartoffel und schnitt rücksichtslos hinein. Aber ihre Hand wurde wieder festgehalten, und seine Stimme sagte: »Jane, lassen Sie diesen ganzen Unsinn mit der Pension. Am Ende werden Sie doch scheitern, Sie dummes kleines Mädchen.«

Selbst nach eingehender Überlegung hätte er nichts Schlimmeres sagen können. Sie riß sich gewaltsam los und sagte wütend: »Scheitern? Oh, Sie wollen mich daran erinnern, daß ich einmal gescheitert bin. Aber das wird nicht noch mal passieren. Sie werden es sehen.«

Er blickte sie ernst an. »Jane, warum werden Sie immer so böse mit mir? Andere Leute – zum Beispiel Ihr Onkel – können Ihnen das alles sagen, aber ich werde immer angefahren. Können Sie mir sagen, was ich so falsch mache?«

Seine sanften Worte beschämten sie. Ihre schlechte Laune ließ nach, und sie schaute ihn ernst und nachdenklich an. »Ich weiß nicht genau, warum. Ich habe versucht, darüber nachzudenken. Ich habe in der Nacht, als Sie mich so mit Miss Paterson geärgert haben, lange wach gelegen, und ich habe herausgefunden, daß es daher kommt, daß ich es nicht ausstehen kann, angebrüllt zu werden – und ich habe nie vergessen, wie Sie mich in Ihrem Büro tyrannisiert haben.«

Sie war ganz ernst und er auch. Das mußte zwischen ihnen in Ordnung gebracht werden.

»Daran denken Sie noch?«

»Ja, obwohl ich weiß, daß es schrecklich albern ist. Es ist genau wie bei dem Lehrer, den ich hatte, als ich klein war. Ungefähr zu der Zeit, als ich schreiben lernte und mich dumm dabei anstellte. Er war schrecklich launisch und brüllte und schrie, wenn ich Fehler machte. Das hat mich entmutigt.«

Philip sah sie scharf an. Wie alle klugen jungen Männer hielt er sich für einen Psychologen, und Janes Schwierigkeiten mit der Rechtschreibung hatten ihn immer erstaunt. Wie konnte ein so intelligentes Mädchen in dieser Hinsicht versagen? Es war möglich, daß er jetzt auf den wahren Grund gestoßen war. Er sagte: »Und da beschlossen Sie zum ersten Mal, daß Sie nicht richtig schreiben konnten?«

Jane interessierte sich überhaupt nicht für Psychologie, sondern nur für ihre Reaktionen Philip gegenüber, und sie sagte ungeduldig: »Ich habe es nicht beschlossen. Er hat es beschlossen. Er hat es mir immer wieder gesagt – immer lauter und lauter. Seitdem werde ich wütend, wenn mich jemand anschreit – und Sie haben mich an dem Tag angeschrien, wissen Sie.«

Er war äußerst interessiert. Natürlich ein Komplex. In ihrer Kindheit verursacht, und das war das Ergebnis. Er mußte mit seinem Freund Evans, einem hervorragenden Psychiater, darüber sprechen. Dann dachte er plötzlich, daß er, selbst wenn eine Heilung möglich wäre, Jane nicht verändert haben wollte. Ihre seltsame Rechtschreibung gehörte zu ihr. Trotzdem war es ein interessanter Fall, der mit Evans besprochen werden mußte. Zum Glück war er klug genug, Jane nichts davon zu erzählen.

Statt dessen sagte er: »Ich werde es nicht mehr tun. Ich werde mich bemühen, zärtlich zu flöten, wenn ich verärgert bin, und alles wird gut sein. Aber jetzt wollen wir zur Sache kommen, Jane. Ich möchte, daß Sie diese Pension verkaufen oder aufgeben – daß Sie sich irgendwie davon frei machen und mich heiraten. Ich kann nicht gut romantische Worte machen, aber ich liebe dich sehr.«

»Das glaube ich nicht«, sagte sie zornig. »Was für eine verrückte Idee. Der große Philip Park heiratet seine frühere Schreibkraft – und dazu eine, die er entlassen hat. Ein kleines Geschöpf, das nichts Besonderes ist, wie dieses gräßliche Weib sagte. Sie sind wie alle anderen – Sie versuchen, nett zu sein. Alle sagen ›Die arme Jane, was wird sie jetzt machen‹ – alle, außer Miriam und Hua. Sie stehen mir einfach bei. Aber ich will verflucht sein, wenn ich irgend jemanden heirate, der glaubt, ich sei gescheitert, und der Mitleid mit mir hat.«

Sie arbeitete sich schon wieder in eine schrecklich schlechte Laune hinein, aber er schrie sie nicht an. Er versuchte auch nicht, sie zu überzeugen. Er lächelte nur etwas bitter und sagte dann mit sanfter Stimme: »Gut, solange du dieses Hirngespinst in deinem kleinen Kopf hast, ist nichts zu machen. Aber frage dich einmal selbst – welcher Mann würde jemals ein Mädchen heiraten wollen, weil er Mitleid mit ihr hat? Und jetzt schälst du besser deine Kartoffeln weiter, wenn wir heute noch ein Mittagessen bekommen wollen.«

18

Jane weinte weiter, als sie alleine war. Warum hatte sie so reagiert? Ihr gesunder Menschenverstand sagte ihr, daß er recht hatte; ein Mann heiratete selten ein Mädchen aus Mitleid, bestimmt nicht ein Mann seiner Art. Es kam nur daher, weil er mit all diesen abfälligen Bemerkungen über den ›Weißen Elefanten‹ begonnen hatte. Erschreckt dachte sie: »Ich werde engstirnig. Dieses Haus wird zu einer fixen Idee. Nur weil ich so eingebildet bin, daß ich keinen Mißerfolg ertragen kann, springe ich jedem ins Gesicht, der sagt, daß das noch einmal einer wird. Ich will eine Selbstbestätigung, das ist es. Aber wird es Philip noch einmal sagen?«

Denn plötzlich gestand sie sich beschämt ein, daß sie seit Monaten diese Worte von ihm ersehnt hatte und sich dessen bewußt geworden war, als Philip sagte: »Ich liebe dich.« »Inzwischen wird es erst einmal ein unerfreuliches Wochenende geben«, dachte sie niedergeschlagen.

Aber sie täuschte sich noch immer in ihm. Philip schien ganz zuversichtlich. Kein Anzeichen für einen abgewiesenen Liebhaber, ganz im Gegenteil, er schien ein ruhiges Wochenende am Meer zu genießen und sprach insbesondere mit Katherine über die Vorzüge ihres Vaters und ihre eigene aufregende Zukunft.

Er war liebenswürdiger und besser gelaunt, als Jane ihn je gekannt hatte, und sie hätte ihm etwas an den Kopf werfen können. Statt dessen gab sie sich den ganzen Tag über sehr fröhlich und weinte sich abends in den Schlaf, was, wie sie am nächsten Morgen, als sie in den Spiegel guckte, feststellte, ihr Aussehen nicht gerade verbesserte.

»Ihr habt mich schon einmal abgewiesen, als ich einen Tag an der Küste entlangfahren und ein Picknick machen wollte«, sagte er, »aber ich schlage es noch einmal vor. Ein fauler Tag, an dem niemand kochen oder Rücksichten zu nehmen braucht.«

Jane wollte Schwierigkeiten machen, aber Katherine sagte geschickt: »Laß uns doch gehen, mein Schatz. Du siehst wie ein kleines Gespenst aus, und du hast seit Ewigkeiten keinen Tag mehr an der frischen Luft verbracht. Denk an diesen schrecklichen Osterrummel, der im Handumdrehen da sein wird. Das ist unsere letzte Gelegenheit.«

Es war ein herrlicher Tag, typisch für den Spätsommer im Norden: heiß, aber ein leichter Nebel über dem Meer, der sich später hob. Sie fuhren dreißig Meilen die Hauptstraße hinunter, deren Staub erfreulicherweise von einem heftigen Schauer in der letzten Nacht weggewaschen war. Jane kannte die Nordspitze der Halbinsel kaum; ihr waren Picknicks und lange Autofahrten nicht so über den Weg gelaufen wie Katherine. Sie war entzückt über die Schönheit der vielen winzigen Buchten, wo das Gebüsch manchmal bis an den Rand des Sandes wuchs. Manch kleiner stiller Strand, abgelegene in einem Eckchen versteckte Farmen, die in ihrer Abgeschiedenheit geschützt und sicher aussahen. Jane war plötzlich von dieser ganzen Schönheit überwältigt und blickte durch einen Tränenschleier.

Die Angst vor der Einsamkeit packte sie. Nächstes Jahr um diese Zeit, vielleicht schon in einem halben Jahr um diese Zeit, würde sie alleine sein. Der Mensch, der ihr Leben geteilt und ihr Denken und Fühlen ausgefüllt hatte, würde nicht mehr da sein. Plötzlich setzte sie sich auf und ging mit sich selbst zu Gericht. Ihre Liebe war egoistisch, immer hatte sie sich gesagt, sie würde Katherine an die erste Stelle setzen, aber das stimmte nicht. Es war Jane, immer Jane, und nach Jane seltsamerweise der ›Weiße Elefant‹. Sie, die Komplexe verachtet hatte, hatte mit Sicherheit einen ganz beträchtlichen entwickelt.

Sie verbrachten den Tag mit Nichtstun, schwammen, lagen in der Sonne und unterhielten sich ein wenig. In dieser Nacht schlief sie besser und verabschiedete sich am nächsten Morgen fröhlich von Philip. Sie waren nicht allein, und er gab nichts preis, sondern sagte nur: »Vielleicht sehe ich vor Ostern noch einmal herein, aber es ist schwer zu sagen. Ich war zu lange von meiner Praxis abwesend.«

»Sie könnten uns vielleicht wissen lassen, wenn Sie ein Zimmer möchten«, sagte Jane gekränkt, und dann war sie wütend mit sich selbst, als er nur die Achseln zuckte und sagte: »Ihr scheint nicht überbelegt zu sein«, dann winkte er lässig und war verschwunden.

»Und jetzt nehme ich an, müssen wir uns an die Arbeit machen und an Ostern denken«, sagte Katherine mit einem ungeheuren Gähnen. »Ein Segen, daß es kurz ist, und du hast dieses Jahr ja auch keine Leute, die ewig dableiben, oder?«

Jane seufzte, als sie zustimmte. Sie hätte ständige Gäste gut gebrauchen können, denn die Reserven waren zusammengeschmolzen, und sie mußte sich auf einige unbezahlte Rechnungen gefaßt machen. Aber davon erzählte sie Katherine nichts, denn sie merkte traurig, daß ihre Kusine mit einer bisher unbekannten Gleichgültigkeit von dem ›Weißen Elefanten‹ sprach, daß ihr der Osterrummel lästig war. Früher hatte Kit so viel Interesse gezeigt; früher hatte sie jede Vorbestellung jubelnd verkündet. Schon wieder klagte sie über Kits glänzende Zukunft und dachte an sich selbst und an dieses verflixte Haus. Das Wichtige war doch, daß sie wieder für sich waren, daß Katherine so liebenswert wie immer war, und daß sie, seit ihr Vater abgereist war, ihre alte Gewohnheit wieder aufgenommen hatte, jeden Abend zu langen belanglosen Gesprächen in Janes Zimmer zu kommen.

Sie versuchte immer wieder, ihre Kusine umzustimmen. »Ich verstehe nicht, warum du nicht mitkommen willst. Denk doch, wieviel Spaß wir haben würden. Kannst du dieses alte Haus nicht aufgeben und deine Sachen zusammenpacken, bevor der gräßliche Winter beginnt? Vater sagt, wir werden nach Südfrankreich gehen, wenn seine Geschäfte abgeschlossen sind. Stell dir das vor. In der Rivierasonne zu schmoren wie im Film.«

Und dann schließlich: »Ich weiß gar nicht, warum du so dickköpfig bist, mein Schatz. Vater kann es sich leisten, und überleg dir doch, was ich deiner Familie gekostet habe.«

»Sei nicht albern. Du warst eine von uns« – aber jetzt brichst du aus, dachte sie plötzlich ganz unglücklich.

»Ach, es ist noch genug Zeit, deine Meinung zu ändern. Vater sagt, du könntest das Haus jetzt leicht verkaufen, und dann wärst du frei. Es war alles so schwer, Jane. Philip hatte recht, als er sagte, es sei viel zuviel für zwei Mädchen.«

»Er hatte nicht recht«, sagte Jane wütend. »Er glaubt immer, alles zu wissen, und er ist sicher, daß ich nichts zustande bringe. Nein, Kit, ich kann nicht kommen. Aber Gott sei Dank fährst du noch lange nicht weg. Wir wollen jetzt nicht darüber nachdenken.«

Aber an diesem Abend kam ein Telegramm von Wilfrid, das Jane mit bösen Ahnungen erfüllte. »Morgen abend zurück. Unerwartete Ereignisse.« Er kam ziemlich spät am Mittwoch vor der Osterwoche und ging nicht wie die Katze um den heißen Brei herum.

»Ich habe ziemlich aufregende Neuigkeiten. Oh, nichts Schlimmes, aber wie schnell kannst du packen, Kit? Mein Geschäftspartner in England möchte, daß ich so schnell wie möglich komme. Es bahnen sich neue Entwicklungen in Verbindung mit einer unserer Gesellschaften an. Ganz vorteilhafte, aber ich sollte da sein. Ich wollte eigentlich nach Ostern reisen, aber das geht nicht. Schon alles ausgebucht. Die einzige Möglichkeit sind zwei zurückgenommene Buchungen in dem Flugzeug, das Samstagmorgen abgeht. Das heißt, wir müssen morgen früh abfahren, so daß Kit ihren Paß holen und vor der Abreise in der Stadt die notwendigen Einkäufe machen kann. Bringst du das fertig?«

Jane saß ganz still da und sah Kit an. Das war unmöglich. Kit würde nie einwilligen, so von ihr weggerissen zu werden. Sie hatte immer gesagt, daß sie noch Monate zusammen verbringen würden. Plötzlich dachte sie an Ostern, aber sie wies den Gedanken von sich. Natürlich würde Kit nicht gehen. Sie würde später in aller Ruhe nachreisen.

Aber Katherine war aufgesprungen, ihre Augen leuchteten. »Oh, wie herrlich. Ich finde es wunderbar, wenn etwas so plötzlich passiert. Jane, du hilfst mir doch packen, oder? Außerdem muß ich einfach alle Leute anrufen, um mich zu verabschieden. Natürlich kann ich morgen früh fertig sein, mein lieber Vati. Komm mit Jane und hilf mir, einen anständigen Koffer zu finden.«

Dann hielt sie plötzlich inne und sagte: »Und was ist mit Ostern? Wie schrecklich für dich, mein Liebling. Aber du wirst schon jemanden finden, nicht wahr? Oder vielleicht wäre es besser, den Leuten abzusagen. Vater würde die Briefe für dich schreiben, nicht wahr mein Guter? Sie kommen gerade rechtzeitig an, wenn wir die Post morgen erwischen.«

Jane sagte ruhig« »Nein, das werde ich nicht tun. Es ist zu spät. Die Leute können jetzt nichts anderes mehr finden, und außerdem brauche ich ... Schon gut. Mach dir keine Sorgen um mich, Kit. Ich werde jemanden finden. Ich komme schon zurecht.«

Sie zögerte noch. »Ich meine, vielleicht könnte ich warten und nachkommen. Aber ...«

Wilfrid Cunningham sagte: »Nein, du bist noch nie geflogen, und ich ziehe es vor, daß du mit mir kommst. Für Jane ist es das Beste, diesen Gästen einfach abzuschreiben. Gib mir eine Liste mit den Namen und Anschriften, und ich mache mich an die Arbeit.«

Aber sie schüttelte den Kopf. Nichts würde sie dazu bringen, diese Leute zu versetzen, von denen sie viele gut kannte. Und selbst wenn sie sich durchringen könnte, etwas so Gemeines zu tun, dann blieben noch immer diese Rechnungen. Sie lächelte tapfer und sagte: »Natürlich muß Kit mit dir fahren. Sonst würde sie wahrscheinlich verlorengehen. Ostern? Das ist schon in Ordnung. Ich finde leicht jemanden, der mir hilft.«

»Das ist herrlich, mein Schatz, komm, jetzt müssen wir uns beeilen und packen.«

»Nur das Notwendigste. In der Stadt kannst du kaufen, was du willst, und dann bekommst du eine Menge Kleider in London.«

Katherine hielt in freudiger Erregung ihren Atem an und

küßte ihren Vater leicht auf die Stirn. »Wunderbar, wie ich dich liebe. Wenn nur Jane mitkommen könnte. Macht nichts, Liebling; du wirst das alte Haus verkaufen und ganz bald nachkommen, und dann machen wir uns eine herrliche Zeit.«

Am nächsten Morgen nach dem Frühstück fuhren sie ab. Katherine war ganz früh auf, rief ihre Freunde an, um sich freundlich, aber bedauernd zu verabschieden.

George Enderby sagte: »Na ja. Es geschehen immer noch Wunder. Heute hier, morgen dort. Ich werde Sie auf meiner nächsten Englandreise besuchen, vergessen Sie einen alten Mann nicht.«

»Wie sollte ich. Und Sie werden sich für mich um Jane kümmern, nicht wahr?«

»Natürlich, natürlich. Ich mag Jane gerne. Sie kennen das alte Sprichwort: ›Klein, aber fein.‹ Ja, ja, ich werde nach ihr sehen.«

Mrs. Carr sagte: »Ist das nicht etwas plötzlich? Müssen Sie denn wirklich so eilig abreisen?«

»Vater besteht einfach darauf. Er möchte nicht, daß ich ganz alleine reise.«

Zu sich selbst sagte Mrs. Carr: »Würde auch nicht lange so bleiben, wenn viele Männer mitreisten«, Katherine antwortete sie: »Ich verstehe. Und Jane hat ihre Meinung nicht geändert?«

»Nein. Wir haben alles versucht. Kümmern Sie sich für mich um sie, nicht wahr, Mrs. Carr?«

»Aber sicher, und für sie selbst. Auf Wiedersehen, Katherine, alles Gute.«

»Aber das hätte ich ihr gar nicht zu wünschen brauchen«, sagte sie gereizt zu ihrem Bruder, als sie aufgelegt hatte. »Katherine wird es immer gutgehen. Aber Jane . . .«

Nora war ganz offen. »Mußt du so einfach abhauen, Kit? Was wird mit Jane? Es gibt noch so viele Gelegenheiten, später zu fahren, weißt du.«

»Oh, Jane sagt, daß sie herrlich zurechtkommt, und sie will einfach nicht mitgehen.«

»Aber Ostern? Es steht ja vor der Tür.«

»Darüber macht sie sich gar keine Sorgen. Sie sagt, sie könne leicht jemanden finden.«

»Und wie«, murmelte Nora, dann änderte sie ihren Ton. »Tja, es scheint ziemlich schwierig zu sein. Aber ich denke, du bist ungeheuer aufgeregt?«

»Ungeheuer. Auf Wiedersehen, Nora. Grüß Hugh von mir, und du kümmerst dich doch für mich um Jane?«

Was Nora zu Hugh sagte, als sie aufgehängt hatte, wird hier wohl besser nicht wiedergegeben.

Tony sagte: »Na, ich komme wohl mal rüber und verabschiede mich von euch und halte Janes Hand. Du bist ein kleiner herzloser Teufel, Kit.«

»Aber warum? Ich bin natürlich untröstlich, daß ich Jane verlassen muß, aber ich weiß, du wirst dich doch für mich um sie kümmern, nicht wahr, Tony?«

Jane war blaß, aber sie zauberte eines ihrer leichtesten Omeletts zum Frühstück und unterhielt sich vergnügt, als sie es aßen. Der Abschied wurde so kurz wie möglich gemacht, denn Wilfrid Cunningham hatte eine viel bessere Menschenkenntnis als seine Tochter, wenn er auch nicht weniger egoistisch war. Er sah die angestrengten Züge in Janes Gesicht und küßte sie sehr herzlich, als er sagte: »Vergiß nicht, daß man seine Meinung ändern kann.«

»Meine nicht«, sagte Jane mit gespielter Tapferkeit, und er lächelte, schüttelte den Kopf und rief Katherine zu, sie solle sich beeilen.

Kit vergoß Tränen, als der Augenblick gekommen war, ein paar Tränen, die ihr gut standen. Sie machten ihre Augen nur größer und zerstörten ihr perfektes Make-up nicht. »Mein Schatz, du wirst mir so fehlen. Jeden Tag, Jane. Aber ich werde schreiben, und ich weiß ja, daß du bald kommen wirst.«

»Auf Wiedersehen, Kit. Viel Spaß und komm einmal wieder her«, und dann drängte Wilfrid seine Tochter in den Wagen. In diesem Moment erschien Tony, gerade rechtzeitig, um Katherine einen herzlichen Kuß zu geben, ihr zu erzählen, daß sie ihm das Herz gebrochen habe, Wilfrid die Hand zu schütteln und schützend den Arm um Jane zu legen. Das war Katherines letzter Eindruck von ihrer Kusine, eine kleine verlassene, auf der staubigen Straße stehende Gestalt, die in Tonys festem Arm unerschütterlich winkte.

»Ich fürchte, Jane wird es schwernehmen«, sagte sie betrübt, als sie sich auf ihrem Sitz zurechtsetzte. »Aber Tony wird sich um sie kümmern. Weißt du, es würde mich gar nicht wundern, wenn sie ihn am Ende heiraten würde«, lächelte sie ihren Vater glücklich und zufrieden an.

»Diesen jungen Kerl? Wo denkst du hin! Jane wird jemand ganz anderen heiraten«, erwiderte er, aber Katherine fragte nicht, was er meinte, denn gerade in diesem Augenblick fuhren sie an dem Laden vorbei, und sie lehnte sich aus dem Fenster, um Hugh und Nora liebevoll zuzuwinken. »Und jetzt sind wir wirklich weg«, sagte sie, als der kleine Laden aus dem Blickfeld verschwand und sie in die Hauptstraße einbogen. Einen Moment lang legte sie ihre Hand an den Arm ihres Vaters, und er schaute auf sie herunter, wodurch er beinahe mit einem Auto aus der entgegengesetzten Richtung zusammengestoßen wäre.

»Verdammt noch mal«, fluchte Philip Park ins Leere und dann: »Lieber Himmel, ich glaube, das waren Katherine und ihr Vater. Was ist denn nun wohl los?«

Er fuhr schnell weiter, mit einem unbestimmten Gefühl des Unbehagens.

Als der Wagen um die Kurve verschwunden war, dort, wo sie erst vor achtzehn Monaten den ›Weißen Elefanten‹ zum ersten Mal gesehen hatten, stieß Jane Tonys Arm weg und rannte ins Haus. Sie biß fest auf das Taschentuch, das sie so elegant geschwenkt hatte, aber trotz ihrer verzweifelten Versuche, sich zu beherrschen, brach sie in Schluchzen aus. Sie rannte in die Küche, schloß die Türe und betete, daß Tony so vernünftig sein würde, ihr nicht zu folgen.

Aber er war sehr besorgt und fest entschlossen, zu helfen.

Wenn die arme kleine Jane je einen Freund gebraucht hatte, dann brauchte sie ihn jetzt. Diese herzlose Hexe! Aber wie schön sie war, dachte er und seufzte, ohne es zu wollen, dann lachte er über sich selbst. Schönheit, würde sein Onkel sagen, ging nicht unter die Haut, und sie hatte Jane ganz scheußlich im Stich gelassen. Außerdem, was sollte mit Ostern werden?

Er rannte Jane nach, öffnete die Tür und sagte: »Komm her, meine Gute, es tut mir ja so leid. Kann ich irgend etwas tun?«

Die Antwort war beunruhigend. Mit einem lauten Schluchzen, das wie ein häßlicher Schluckauf klang, warf sich Jane in seine Arme.

Tony war zu gutmütig, als daß er nicht seine Arme fester um Jane geschlossen und liebe, tröstende Worte in ihren Nacken geflüstert hätte. Aber in seinem Innersten war er erschüttert. Hastig sagte er sich, daß im Sturm das Schicksal jeden Hafens so aussah, dann dachte er verärgert, daß er sich auch schon die Klischees von seinem Onkel George angewöhnte. Aber er war sicher, daß Jane genausowenig in ihn verliebt war, wie er jetzt in sie. Natürlich sprach man viel davon, daß eine abgewiesene Liebe eine schicksalhafte Gegenwirkung auslöste, und Jane hatte ihre Kusine sehr geliebt; vielleicht war es bis jetzt die stärkste Gefühlsbindung ihres Lebens gewesen. Und jetzt wandte sie sich mit aller Gewalt ihm zu.

Sie sagte nichts, denn sie weinte zu sehr, um zu sprechen. Tony streichelte und tröstete sie, ohne eine richtige Wirkung zu erzielen. Erschreckt merkte er, daß er diesmal in der Patsche saß, nervös wartete er darauf, daß Jane jeden Moment ihr kleines tränenüberströmtes Gesicht zu dem seinen hochhob. Dann mußte er es natürlich küssen. Kein anständiger Kerl könnte sich anders verhalten. Und hinterher? Das war eine schöne Bescherung. Mit ungeheurer Erleichterung hörte er, wie eine Stimme sagte:

»Hallo, was ist los? Jane, was ist denn bloß passiert?«

Jane wußte, wer es war und klammerte sich fester an Tony. Wieder der Schachtelteufel und im unpassendsten Augenblick. Tony erkannte die Stimme mit tiefer Dankbarkeit gegenüber der Vorsehung und löste seine Umarmung. Zwei andere Arme ersetzten die seinen, und eine Stimme sagte ruhig: »Geh nur, Tony. Das weitere übernehme ich.«

Tony sagte nicht »Danke«, aber er empfand es. Von seiner weinenden Last befreit, stand er einen Moment verlegen da, dann antwortete er auf Philips fragenden Blick murmelnd: »Kit ist weggegangen. Mit ihrem Vater nach England. Irgendeine verdammte geschäftliche Angelegenheit. Jane scheint etwas beunruhigt darüber zu sein.«

Philip lächelte über diese Untertreibung, nahm Jane fester in seine Arme und zeigte mit seinem Kopf zur Tür. Später dachte Tony, daß man normalerweise mit dieser Bewegung irgendeinen kleinen dummen Jungen wegschickte, aber im Moment verspürte er nur den Drang, so schnell und so weit wie möglich wegzulaufen. Philip sagte: »Bis später, Tony, und danke«, und Tony rannte zur Tür hinaus. Eine Minute später hörten sie galoppierende Hufe, und Philip lächelte noch einmal.

Dann sagte er aufmunternd: »Komm, mein Kleines. Jetzt hast du dich ausgeweint, und meine Schulter wird feucht. Sei tapfer. Die Welt ist nicht zusammengebrochen, weißt du.«

Aber in dem Augenblick fühlte sie, daß gerade das passiert war. Trotzdem, die Nüchternheit seiner Worte, ihr gesunder Menschenverstand und das offensichtlich nicht vorhandene Mitleid brachten sie zu sich selbst. Sie kramte nach ihrem Taschentuch und fand es.

»Ein Glück«, bemerkte Philip. »Im Roman muß der Held immer sein eigenes hervorholen, und ich habe nur ein Ersatztaschentuch bei mir.«

Sie gab ein leises ersticktes Lachen von sich, als sie mit abgewandtem Gesicht dastand und sich traurig die Tränen abwischte.

»Du bist doch ein unmöglicher Mensch. Ich glaube, du hast keine feineren Gefühle.«

»Sehr wenige. Das wird dir das Leben sehr erleichtern, wenn wir verheiratet sind. Es schwirren viel zuviele feine Gefühle herum, und sie scheinen nie sehr nützlich zu sein. Um die Wahrheit zu sagen, Jane, ich habe sehr großes Mitleid, aber es hat keinen Zweck, es auszusprechen. Ich glaube, davon hast du genug gehabt. Laß uns vernünftig reden. Ich dachte, Katherine würde noch monatelang hierbleiben. Warum ist sie so plötzlich abgereist?«

»Weil ihr Vater nach Hause fliegen mußte, um irgendwelchen Geschäften nachzugehen.«

»Sie hätte ihm nachreisen können. Schließlich ist sie dreiundzwanzig und doch wohl in der Lage, auf sich selbst aufzupassen.«

»Aber sie wollte bei ihm sein. Sie wollte fliegen, und alleine wäre es schrecklich gewesen. O Philip, fang nicht wieder an, ihr Vorwürfe zu machen. Daß sie gegangen ist, hat mich nicht so fertiggemacht. Das mußte ja kommen, und vielleicht war es besser, es schnell hinter sich zu bringen. Aber daß es ihr überhaupt nichts ausgemacht hat. Es war ihr völlig gleichgültig«, und schon kamen die ersten Anzeichen für einen Rückfall.

Philip widerstand der Versuchung zu sagen: »Natürlich nicht. Man muß ein Herz haben, damit es einem etwas ausmacht.« Statt dessen gab er sich heldenhaft Mühe, denn er war ein ehrlicher Mensch, und er sprach bedächtig: »Natürlich war es ihr nicht gleichgültig. Sie war nur aufgeregt, weil alles so schnell ging. Das würde vielen Mädchen zu Kopf steigen. Aber es macht ihr etwas aus. Sie wird dich schrecklich vermissen.« (»Möge mir diese Lüge verziehen werden«, fügte er fromm zu sich selbst hinzu.)

Aber er hatte seinen Zweck erreicht. Jane zwang sich zu einem feuchten Lächeln und sagte leise: »Meinst du wirklich? Oh, ich bin so froh, denn du hast sie nie sehr gerne gemocht, du bist also nicht voreingenommen. O Philip, es ist schrecklich, aber ich kann mir ein Leben ohne Kit einfach nicht vorstellen.«

»Dann mußt du das vernünftige Mädchen sein, das du normalerweise bist. Realistisch ist das moderne Wort. Es gab keinen Zweifel, daß das früher oder später kommen mußte. Du hättest dich dagegen wappnen sollen.«

»Jetzt predigst du schon wieder. Und all diese langen Wörter. Ja, ich weiß, ich hätte mich darauf vorbereiten sollen, aber ich war so feige. Ich weiß nicht, was mit mir geschehen ist.«

»Du bist eine ganz müde Jane, und du hast nicht geschlafen. Wenn du dich richtig erholst, ist alles wieder in Ordnung, und du wirst merken, daß es sehr geruhsam ist, mit mir verheiratet zu sein. Ab und zu ein gesunder Streit, um die Eintönigkeit zu unterbrechen.«

»Mit dir verheiratet? Ich habe befürchtet, du würdest mich nicht noch einmal fragen.«

Ein oder zwei Minuten lang sagte er nichts, aber Jane fand diese Stille beruhigend. Dann ließ er sie los und sagte: »Dich noch einmal fragen? Und ob ich das getan hätte, mit der Ausdauer eines gut trainierten Papageis. Und vielleicht wirst du jetzt verstehen, daß nicht Mitleid zur Beharrlichkeit führt. So, meine Liebe, ich werde dich nicht mehr auslachen. Ich habe dich sehr gerne. Ich kann Gefühle nicht gut analysieren, aber ich glaube, ich habe dich schon immer geliebt.«

Sie lachte leise auf, und das alte Leuchten kam wieder in ihre Augen. »So ein Schwindel! Du hast mich nicht sehr geliebt, als du mich aus deinem Büro rausgeschmissen hast.«

»Wie nachtragend Frauen doch sind. Nein, damals bestimmt nicht, denn du warst alles andere als liebenswert. Aber ich habe dich nicht völlig vergessen, wie ich all die anderen Schreibmädchen vergessen habe. Ich hatte das ungute Gefühl, mich nicht allzugut benommen zu haben. Und als ich dich dann an dem einen Morgen hier wiedersah, und du mich beinahe mit den Matratzen umgeworfen und mir die Schuld daran gegeben hast, und später... Oh, laß uns nicht weiter darüber reden. Jedenfalls habe ich sehr bald gemerkt, daß mir das Leben ohne dich nicht viel Spaß machen würde, Jane. Manchmal ist es vielleicht die Hölle mit dir, aber das müssen wir eben in Kauf nehmen.«

»Wirklich? Spaß? Ich dachte, so würde niemand von mir denken, außer Kit. Bist du wirklich sicher?«

»Natürlich, warum, zum Teufel, muß ich es noch mal sagen.

Entschuldige, mein Liebling. Ich weiß, du haßt es, angebrüllt zu werden, aber ich hasse sinnlose Wiederholungen. Also, wann heiraten wir?«

»Oh, noch lange nicht. Erst kommt Ostern, und alles wird sehr schwierig werden. Vielleicht danach. Es hängt davon ab, wie die Dinge laufen. Und dann muß ich irgend etwas mit dem ›Weißen Elefanten‹ machen. Oh, ich hasse es, ihn zu verkaufen – das einzige, was mir wirklich gehört.«

»Ein lästiger Liebling, aber warum sollen wir ihn verkaufen? Behalten wir ihn. Wird immer gelegen kommen, wenn du dich zu sehr mit mir streitest. Hier hast du viele Freunde, die sagen: ›Arme kleine Jane; was für ein gräßlicher Mann‹, ganz zu schweigen von Tony, der ständig um dich sein wird.«

Das letzte überhörte sie und sagte mit leuchtenden Augen: »Oh, könnten wir ihn wirklich behalten? Sollte ich nicht vernünftig sein und ihn zu Geld machen?«

»Mein Liebling, du lebst hinter dem Mond. Heutzutage besteht kein Bräutigam mehr auf einer Mitgift. Nein, wir werden den ›Weißen Elefanten‹ behalten und an den Wochenenden oft runterfahren. Aber mit Ostern, das ist Unsinn. Das ist nun wirklich vorbei. Wir werden den Leuten telegrafieren. Ungefähr so: ›Weißer Elefant endgültig geschlossen. Zimmermädchen gegangen, Köchin auf Hochzeitsreise.‹ Damit ist das erledigt.«

»Nein, ist es nicht. Ich kann die Leute nicht versetzen, und außerdem ... Also um ehrlich zu sein, ich möchte alles bezahlen, jede einzelne kleine winzige Schuld, bevor ich schließe.«

»Mein liebes Kind, ich nage doch nicht am Hungertuch. Deine Schulden machen mir nichts aus.«

»Meinst du, ich würde sie dich bezahlen lassen, nachdem du immer gesagt hast, es würde ein Mißerfolg? Nein, ich mache weiter, bis sie bezahlt sind, selbst wenn Kit – wenn Kit mich verlassen hat.« Hier wollten ihr wieder die Tränen kommen, und Philip sagte schnell: »Viel zu dramatisch, mein Liebling. Nimm dich zusammen. Ich weiß, du bist eine gute Schauspielerin, und du darfst Theater spielen gehen, wenn wir verheiratet sind, aber bis dahin mußt du theatralische Anwandlungen unterdrücken.«

»Ich glaube, du bist der gräßlichste Mensch, den es je gegeben hat. Wirklich. Aber Philip, das darfst du mir nicht auszureden versuchen. Ich meine es ernst. Irgendwie werde ich Ostern hinter mich bringen, und dann, wenn alle Schulden bezahlt sind, wenn alles geklärt ist, dann ...«

»Dann wirst du dich dazu herablassen, mich zu heiraten, vermute ich? Du bist sehr eingebildet, Jane. Was passiert, wenn ich diese Bedingungen nicht annehme?«

»Das bedeutet, daß du nicht verstehst, was in mir vorgeht, und dann ist es besser, daß du mich nicht heiratest. Laß uns nicht mehr darüber sprechen. Ich möchte an die Arbeit gehen und mich nach einer Hilfe umsehen.«

»Möchtest du, daß ich herkomme, mir eine weiße Schürze umbinde und bei Tisch serviere?«

»Würdest du das tun, wenn ich es möchte?«

»Nein.«

Sie lachten beide, und dann sagte er: »Du bist ein sehr halsstarriges und querköpfiges kleines Mädchen. Frech noch dazu. Wie wirst du erst sein, wenn ich dich geheiratet habe?«

»Noch frecher. Willst du es dir nicht noch mal überlegen?«

»Das habe ich bis zum Überdruß getan. Aber ernsthaft, mein Liebling. Zum letzten Mal melde ich feierlich meinen Protest an. Dieses Ostergeschäft ist reiner Wahnsinn. Es ist viel wahrscheinlicher, daß du im Grab statt vor dem Altar endest.«

»Nein, das werde ich nicht. Ich werde nicht untergehen. Irgend jemand wird mir helfen.«

»Dann werde ich, sobald alles vorbei ist, herkommen und dich heiraten, und dann keine Dummheiten mehr.«

»Ich werde dir schreiben. Komm nicht, bevor ich schreibe, Philip. Dann werde ich bereit sein.«

19

Wenn Jane später an die darauffolgende Woche dachte, kam ihr alles wie ein Traum vor. Sie verbrachte sie in einer eigenartigen Verfassung zwischen Glück und Sorge. Zuweilen erinnerte sie sich an Philips sanft und zart gesprochene Worte, an diesen Ton, den Jane noch nie bei ihm gehört hatte: »Ich liebe dich sehr. Ohne dich würde das Leben keinen Spaß machen.« Das Schicksal, das Philips Liebeserklärungen an Jane nicht immer hold gewesen war, hatte durch die Eingebung dieser Worte vieles wiedergutgemacht. Das war genau, was sie hören wollte. Sie brauchte diese Bestätigung unbedingt.

Dann kamen dunkle Stunden, besonders nachts, wenn sie an Katherines gleichgültige Worte dachte: »Bist du sicher, daß du zurechtkommst, mein Schatz?« Die wenigen Tränen, die sie anmutig vergossen hatte, waren Jane kein starker Trost. Katherine waren immer leicht die Tränen gekommen, genau in der richtigen Menge und genau im richtigen Augenblick.

Freitagabend hatte Wilfrid Cunningham von seinem Hotel in der Stadt aus angerufen, und Katherine hatte den Hörer genommen und ein langes teures Gespräch über aufregende Einkäufe, die Reise am nächsten Morgen und alle Zukunftspläne geführt. Sie hatte einen liebenswerten Schluß gefunden. »Mein Schatz, ich werde dich so vermissen, und ich mache mir Sorgen um dich. Dieser schreckliche ›Weiße Elefant‹ und diese gräßlichen Ostern. Bist du sicher, daß du damit fertig wirst? Ich werde jede Sekunde an dich denken, mein Liebling – und paß auf dich auf, meine Beste.«

Als Jane den Hörer auflegte, weinte sie. Das war eben Kit, warum hatte sie jemals mehr erwartet? Ihr blieb nur, sagte sie sich selbst fest, alle Zuneigung und alle Freude dieser Jahre in guter Erinnerung zu behalten und nie wieder zuviel vom Leben zu verlangen.

Zum Glück blieb wenig Zeit zum Nachdenken, wenig Zeit, um überhaupt an sich selbst zu denken. Unmittelbar bevor stand die

Ankunft von zehn Gästen zu Ostern, und es waren nur zwei Hände da, um sie zu versorgen. Irgend etwas mußte schnell geschehen.

Jane hatte aus ihrer Verlobung mit Philip kein Geheimnis gemacht. Zuerst hatte sie es Nora erzählt, und dann die Carrs besucht. Zuletzt rief sie den ›Fürsten‹ an, und bat ihn hereinzuschauen, wenn er das nächste Mal vorbeikäme. Er gab seiner Freude Ausdruck. »Ende gut, alles gut, wie ich immer gesagt habe. Jane, ich freue mich. Alle haben eine gute Meinung von Ihrem jungen Mann, und ich bin froh, daß Sie Ihr Haus nicht verkaufen. Das bedeutet, daß wir Sie oft sehen werden. Alte Freunde darf man nicht vergessen, wissen Sie. Aber was soll das mit Ostern?«

Jane ereiferte sich noch einmal und erhielt ein lautes Brummen der Mißbilligung zur Antwort. »Alles Unsinn. Reiner Stolz, mein Kind – und Stolz kommt vor dem Fall, wissen Sie. Sie würden besser tun, was Ihr junger Mann sagt. Nützt nichts, sich totzuarbeiten, hinter einer Menge Leute herzurennen, die es nicht wert sind.«

»Aber Mr. Enderby, mein Entschluß ist gefaßt. Ich werde es tun, ganz gleich, was geschieht.«

Er verarbeitete das langsam und sagte dann: »Also, ich habe eine Idee. Lassen Sie mir Zeit. Es hat keinen Zweck, die Dinge zu überstürzen. Aber ich habe eine Idee. Ja, versuchen Sie es bei anderen Leuten, wenn Sie wollen, aber ich glaube, daß sich meine Idee als gut erweist.«

Das war erfreulich, aber sie nahm ihn beim Wort und rief Nora an, die der Zukunft mit gemischten Gefühlen entgegensah; da war die Freude über Janes Verlobung, die Aussicht, sie nicht ganz zu verlieren, und die Sorge über das Osterproblem.

»Wenn ich nur kommen könnte, aber sind Babys und Ehemänner nicht eine lästige Angelegenheit, ganz zu schweigen von Geschäften? Jane, ich werde mir den Kopf zerbrechen. Wenn nur die nette Meri, die mir geholfen hat, als du gehen mußtest, nicht geheiratet und die Gegend verlassen hätte. Aber es muß doch jemand zu finden sein. Schade, daß der ›Fürst‹ verreist. Hua wäre bestimmt gekommen.«

Als sie aufgelegt hatte, sagte sie zu Hugh: »Ich könnte Katherine umbringen. Ich könnte sie vorsätzlich und kaltblütig umbringen. Sie haben hier zusammen angefangen, und sie haut einfach ab. Sie war schon immer egoistisch, aber dafür kann man keine Worte mehr finden.«

»Eben, warum sprichst du also immer wieder davon?« fragte Hugh nüchtern, wodurch ihm beinahe das Schicksal zuteil wurde, das Nora Katherine angedroht hatte.

Mrs. Carr begab sich persönlich in mehrere Maorihäuser, aber ohne Erfolg. »Sie sind alle bei diesen gräßlichen Rennen. Ich finde das schändlich«, sagte sie zu ihrem Mann, denn Mollie hatte ein unbegründetes Vorurteil gegen alle Rennen. »Ich möchte nur wissen, warum George gerade jetzt weggehen muß. Er scheint immer an Weihnachten und Ostern irgendwelche Geschäfte zu haben, und er tut so geheimnisvoll.« Sie sah Mr. Carr scharf an, der ihrem Blick auswich und das Thema wechselte. Mittlerweile erzählte Tony Jane, daß er fast bereit sei, eine Schürze anzuziehen, Essen zu servieren, und Betten zu machen, wenn er ihr damit wirklich helfen würde.

»Ganz bestimmt nicht. Ich kann mir genau vorstellen, wie du liebevoll die hübschen Damennachthemden zusammenfaltest und dann fröhlich unter das Kopfkissen steckst«, sagte sie.

»Sei nicht so gemein, Jane«, protestierte er, auf seine Würde bedacht. »Ich möchte dir ja nur helfen. Außerdem bin ich bestimmt besser als nichts – was trotzdem nicht heißt, daß ich die Absicht habe, es zu tun.«

»Das weiß ich«, sagte sie lachend. »Es ist ja nur, weil du Philip so dankbar bist«, und Tony errötete und wechselte das Thema.

Erst zwei Tage, bevor die ersten Gäste eintreffen sollten, kam die Rettung. Sie kam in Form eines klapprigen Autos mit einem ungepolsterten Sitz, das wie schon so oft am Tor hielt. Jane rannte hinaus, um Hua und Miriam zu begrüßen, dann hielt sie erstaunt inne, als sie den Berg Sachen sah, der hinten aufgeladen, an dem rostigen Trittbrett befestigt und sogar unter der Kühlerhaube versteckt war. Warum hatten sie ein Zelt und Decken mitgebracht? Miriam strahlte sie glücklich an. »Wir kommen. Wir bleiben. Wir helfen«, sagte sie, wie der römische Feldherr es gesagt haben könnte, hätte er eine hilfsbereite Natur gehabt.

Jane packte sie bei den Armen, und es gelang ihr in ihrer Aufregung fast, sie zu schütteln. »Aber das könnt ihr nicht. Mr. Enderby braucht euch. Er verreist, und er läßt das Haus ohne Hua nie nachts alleine. Das weiß ich, weil Mrs. Carr es mir erzählt hat. Ihr könnt einfach nicht kommen, obwohl ich euch so gerne hätte.«

Miriam brachte nichts weiter fertig als zu strahlen und zu nicken, aber Hua sagte: »Das o. k. Sehr o. k. Boß zu Hause bleiben. Er sagen – Geschäft kann warten, aber meine kleine Freundin nicht kann warten. Hua muß gehen. Hua muß ihr helfen. Ich gesagt, Sie wissen, daß ich beistehen werde. Also hier wir sind – um beizustehen. Das o. k.?«

Automatisch antwortete Jane: »Sehr o. k. Oh, du liebe Güte, was sage ich? Ich kann doch dieses Opfer von Mr. Enderby nicht annehmen. Wartet, ich rufe ihn an.«

Sie rannte zum Telefon, und ein nachsichtiges Gelächter war die Antwort auf ihren Protest. »Aber, aber, meine Liebe. Lassen Sie die Pferde nicht mit sich durchgehen. Ha-ha. Das paßt ganz gut. Ich weihe Sie in ein Geheimnis ein. Meine gute Schwester – eine sehr ehrenwerte Frau – hat ein seltsames Vorurteil gegen Pferderennen. Ich weiß auch nicht warum. Sonst ist sie für alles zu haben. Wenn sie mich also fragt, warum ich wegfahre, sage ich nur geschäftliche Angelegenheiten, und so ist es *meine* Angelegenheit.«

»Sie wollten also wirklich zum Osterrennen gehen?«

»Ja und nein. Ich wollte sicherlich einmal einen Blick hineinwerfen und dann nach Süden weiterfahren, um einige Geschäfte zu erledigen. Aber die Geschäfte können warten. Ich habe dem Menschen heute ein Telegramm geschickt und ihm mitgeteilt, daß ich in den nächsten vierzehn Tagen nicht kommen kann. Und die Rennen – ach, es wird noch so viele geben.«

»Aber das kann ich doch nicht annehmen. Ich fände es schrecklich, wenn Ihnen das ganze Vergnügen entginge.«

»Unsinn, Unsinn. Rennen gibt es jede Woche, mal hier, mal da. Vielleicht tut es meinem Geldbeutel ganz gut, wenn ich sie verpasse. Also richten Sie sich mit Hua und Miriam ein. Sie haben ihre ganze Campingausrüstung dabei – nein, ihnen ist es so lieber. Sie möchten keine normalen Bediensteten sein, fürchte ich, aber etwas ist besser als gar nichts. Ha-ha. Ist es nicht so, meine Liebe?«

Es war noch viel besser. Sie kannte Miriam, und sie wußte, daß sie bestimmt wertvoller sein würde, als zwei erfahrene Dienstmädchen, die eine geregelte Arbeitszeit und viele andere Vorzüge erwartet hätten. Miriam würde sich freuen, zu jeder Stunde zu arbeiten, für eine kurze Unterhaltung mit Jane oder Hua eine Pause einzulegen und die Gäste lustig, aber bestimmt in der Hand zu haben. Sie beurteilte die Menschen immer tolerant, aber klug. »Der Schwierigkeiten machen, ganzen Tag, ganzen Tag. Dies wollen, das wollen. Hat bestimmt nicht viel in seine eigene *kainga*. Miriam zuhören und nichts sagen. Das ihn macht müde.« Und über eine andere fröhliche, aber etwas liederliche Seele: »Er sehr glücklich. Viel lachen. Hat Flasche versteckt. Miriam finden und Hua sagen. Hua sagen – kein Trinken in Haus, bitte. Kleine Miss befohlen.«

Hua war unbezahlbar, nicht nur weil er mit sanfter Gewalt Ordnung erzwang, sondern weil er unaufhörlich alle erdenklichen Arbeiten verrichtete. Er kam in die Küche und schälte Kartoffeln, half anzurichten und zu servieren. Als Jane gegen die Vielfalt seiner Aufgaben und gegen seine lange Arbeitszeit protestierte, lächelte er nur und sagte: »Ich beistehen. Ich Boß gesagt – ich beistehen.« Jane wurde zur »kleinen Miss« gemacht, während ihr Personal ihre Interessen schützte und das Haus leitete. Miriam achtete jedoch darauf, daß keine Zweifel über Janes Wichtigkeit aufkamen.

»Kleine Miss, Boß hier. Gehören großes Haus. Gehören alles. Bald weggehen. Haben Freund, sehr großen Mann, viel reich, viel klug. Kleine Miss ihn heiraten. Werden große Dame.« So hörte Jane zu ihrer Verwirrung, wie Miriam angab.

Während der fünf Ostertage vermißte Jane Katherine sehr. Nicht wegen der Hilfe, die sie geleistet hatte; ihr gegenwärtiges Personal arbeitete viel härter und zuverlässiger. Sie brauchte ganz einfach Kit selbst – Kit, die über die Gäste und ihre Schwächen lachte, Kit, die die ganze lächerliche Situation begriff, Kit, die zärtlich sagte: »Liebling, du bist müde«, auch wenn sie nichts tat, um dieser Müdigkeit abzuhelfen.

»Wenn zwei Menschen immer dasselbe gemeinsam getan haben«, schrieb sie an Philip, »fühlt sich der eine, der zurückbleibt, als wäre er halbiert worden.«

»Eine andere Hälfte wartet darauf, die fehlende zu ersetzen«, schrieb er zurück. »Wann kommt dieser Brief, Jane? Bis ich Dir ein konventionelleres Geschenk geben darf, schicke ich Dir den kleinen goldenen Schlüssel. Als meine Mutter ihn mir gab, sagte sie: ›Behalte ihn immer, bis Du die Frau findest, die Dein Herz öffnen kann.‹ Ich habe Dir erzählt, daß sie sentimental war. In letzter Zeit fürchte ich, daß ich diesen Zug geerbt habe.«

»Du sentimentaler Mensch«, antwortete Jane, »Du weißt ganz genau, daß Du damit angegeben hast, keine feinen Gefühle zu haben. Aber ich liebe den kleinen Schlüssel.«

Wenn immer das Haus für wenige Minuten leer war, eilte sie zum Telefon, um Nora alles zu berichten. »Hua ist herrlich als Serviererin. Er zieht sich eine weiße Rüschchenschürze von Kit an, die er liebt – natürlich über sein Kattunzeug. Er plaudert mit jedem, wenn er bei Tisch serviert und schaltet sich in ihr Gespräch ein – und die meisten finden es wunderbar. Und wenn es ihnen nicht gefällt – wem tut es was?«

»Und wie macht sich Miriam?«

»Oh, fantastisch. Du kannst dir nicht vorstellen, wieviel Arbeit sie schafft. Natürlich, wenn sie es eilig hat, fliegt der Staub einfach zum Fenster hinaus oder unter das Bett. Aber du solltest sie einmal mit den Gästen hören – sie redet sie in gute Laune oder schüchtert sie schrecklich ein; sie sind beide fantastisch, und ich werde dem guten alten ›Fürsten‹ immer dankbar sein, daß er sie geschickt hat. Nora, womit habe ich nur solche Freunde verdient?«

»Ich weigere mich, nähere Auskunft zu geben, aber vielleicht kann dich Philip aufklären.«

»Philip? Aber es ist doch völlig hoffnungslos. Er weiß nicht, wie man schöne Worte macht.«

Hinterher sagte Nora zu Hugh, Jane habe jetzt vielleicht gelernt, daß Menschen, die immer zärtlich sind, und ›Liebling‹ sagen, einen letzten Endes sitzenlassen.

»Das ist genau das, was ich dir immer zu erklären versuchte, wenn du ein Kompliment hören wolltest«, erwiderte er lieblos.

Die stürmische Zeit ging mit Ostern zu Ende, aber ein paar Leute blieben. Trotz Philips Protest war Jane froh darüber. »Verstehst Du denn nicht, mein dummer Liebling«, schrieb sie, »dieses Mädchen will nicht nur ihre Rechnungen bezahlen. Sie möchte eine kleine bescheidene Aussteuer.« Er las diese Stelle immer wieder, verärgert und belustigt zugleich, und wußte, daß sie ihren Kopf durchsetzen würde.

Nach einer fröhlichen Woche mit Miriam und Hua sagte sie ihnen dankbar und liebevoll ›Auf Wiedersehen‹. Sie wußte, daß George Enderby mit seiner Abreise nur auf ihre Rückkehr wartete, und sagte ihnen, daß sie jetzt alleine zurechtkäme.

»Sie kommen wieder? Sie immer kommen wieder?« flehte Miriam.

»Ja, Miriam, immer. Dann kommt ihr und besucht mich, und wir werden wieder erzählen und lachen, nicht wahr?«

Die alte Frau vergoß ein oder zwei Tränen, aber nickte bedächtig und stieg in das klapprige Auto. Hua schüttelte Jane lange die Hand.

»Sie Boß anrufen, wenn Sie zurückkommen, und ich bringen Fisch, viel Fisch. Nächstes Mal kein Geld. Fisch Geschenk. Ich die alte *wahine* auch bringen.«

Jane dankte ihm und schob einen Scheck in seine Hand, den er, wie gewöhnlich, nicht zu sehen schien. »Hua, ihr wart beide so lieb zu mir.«

»Das o. k. Sehr o. k. Ich sagen beistehen – und ich beistehen«, sagte er triumphierend und lehnte sich über den Kurbelhebel, bis der Motor kreischend ansprang. Jane winkte, bis der Wagen außer Sicht war, Tränen der Rührung in den Augen; dann eilte sie zum Haus zurück, um den Endspurt in harter Arbeit zu vollbringen. Es dauerte noch eine Woche, und als das Haus dann leer war, tat Jane drei Tage lang nichts, aß und schlief nur und brachte ihre Angelegenheiten in Ordnung. Dann holte sie die Rechnungen und ihr Scheckheft hervor. Sie kannte ihren Stand, denn sie hatte die Beträge in diesen vierzehn Tagen so oft im Kopf ausgerechnet, aber es war beruhigend, sie schwarz auf weiß festzuhalten. Jetzt ließ sie die Feder sinken und lächelte. Sie dachte daran, wie oft sie und Kit aufgeregt über Geld gesprochen und versucht hatten, hinzukommen. Kit hatte immer dabeigesessen, gelächelt und herrlich ausgesehen, oder versucht, den Kopf hängen zu lassen und beunruhigt zu erscheinen. Aber es hatte immer mit ihrem unverbesserlichen Optimismus geendet: »Mach dir keine Sorgen, mein Schatz. Es wird sich alles wunderbar regeln, da bin ich ganz sicher.«

Jane erinnerte sich heute ohne schmerzliche Gefühle daran. Bald würde sie sagen können: »Die Freuden, die ich *hatte*, sind trotz des Schicksals mein.« Diese Jahre würde ihr niemand nehmen können, und vor ihr lag eine glückliche Zukunft.

Sie hatte erreicht, was sie sich vorgenommen hatte. Der ›Weiße Elefant‹ hatte sich in der kurzen Zeit seines Bestehens gut behauptet. Jeder Pfennig war bezahlt, und Jane konnte sich zwar nicht eine Aussteuer kaufen, wie Kit sie gewünscht hätte, aber genug für die einfache Jane, die endlich aus ihrer Küche herauskam, sagte sie sich.

Als jede Rechnung gestempelt und jeder Scheck unterzeichnet war, griff sie zu Feder und Papier und schrieb an Philip. Sie hatte es eilig, die Post noch zu erreichen und schob das Lexikon von sich. Sie würde keine langen Wörter verwenden – und außerdem würde es Philip nichts ausmachen.

Zwei Tage später öffnete Philip einen Brief von seiner Post und legte die anderen beiseite. Er las: »Es ist überstanden. Ich habe alle Rechnungen bezahlt, und es reicht noch für eine kleine Aussteuer. Ich habe bewiesen, daß es mir gelingen würde, nicht wahr? Ich weiß, es muß Dir albern erschienen sein, aber ich glaube, Du hast mich verstanden. Vielleicht werde ich mich nach unserer Heirat an die Arbeit machen und alles aufschreiben – die Geschichte des ›Weißen Elefanten‹. Das könnte anderen Mädchen helfen, die eine Pension aufmachen wollen. Du wirst darüber lachen, aber ich würde sehr vorsichtig sein und immer ein Leksikon benutzen.«

Philip lächelte und steckte den Brief in seine Tasche. Dann sagte er seiner perfekten Sekretärin, daß Mr. Fairbrother an diesem Morgen seine Post bearbeiten werde, da er das Büro für einige Tage verlasse und ging die Treppe zu seinem Wagen hinunter.

ENDE

Bitte beachten Sie die folgenden Seiten. Die dort angegebenen Preise entsprechen dem Stand vom Frühjahr 1974 und können sich nach wirtschaftlichen Notwendigkeiten ändern.

Goldmann GELBE

COMPTON MACKENZIE

In Deutschland ist der schottische Autor durch seine heiteren Romane bekanntgeworden, in denen er mit köstlicher Ironie seine Landsleute schildert.

Herrlich und in Freuden. In ein aufregendes Abenteuer begibt sich der Schotte Donald Macdonald, als er eine Reise nach Indien unternimmt, um seinem dort stationierten Sohn eine keineswegs »standesgemäße« Heirat auszureden. Roman. Band 1456. DM 3.–

Das Whiskyschiff. Auf den schottischen Inseln ist der Whisky ausgegangen. Ausgerechnet jetzt strandet dort ein Schiff mit 50 000 Kisten Whisky. Daraus entstehen heillose Verwirrungen. Roman. Band 1716. DM 4.–

Der Herr im Hochmoor. Ein heiterer Roman über den heroischen Kampf eines querköpfigen Hochländers mit dünnblütigen Städtern, die mit Zelten und Kofferradios in sein Revier eindringen. Eine Geschichte voll komischer Situationen. Band 1848. DM 3.–

Ein Häuschen auf dem Lande. Was einem Stadtbewohner, wenn er Besitzer eines Landhauses wird, alles passieren kann, erzählt dieser heitere Roman aus Schottland mit hintergründigem Humor. Band 1863. DM 3.–

WILHELM GOLDMANN VERLAG MÜNCHEN

Goldmann GELBE

EUGEN SKASA-WEISS

Als Meister des Feuilletons erwarb sich der Autor viele begeisterte Leser, die seine überschäumende Phantasie und seine freche Fabulierkunst auch in seinen hintergründig-heiteren Büchern immer wieder bewundern.

Die skurrilen Abenteuer des Grafen Erlenbar. Heiter-amouröse Erzählungen (1486) DM 3.–

Wo versteckt man Liebesbriefe? Die Unmöglichkeit, Verstecke für Liebesbriefe zu finden, ist nur eine der vielen alltäglichen Tücken, die der Autor unter die Lupe nimmt. Erzählungen (1739) DM 3.–

Das sind Lausbuben. Die vier Buben des Autors, eine fröhliche Lausebande, halten ihn und die Leser in Atem – dabei ist der Vater oft genug selbst an den Streichen beteiligt. Erzählungen (1910) DM 3.–

Selbst in den besten Tierkreisen. In dieser heiteren astrologischen Plauderei belächelt der Autor die kleinen menschlichen Schwächen und Tugenden, für die man die Sterne verantwortlich macht, und prüft sie an Berühmtheiten nach (2355) DM 3.–

Zimmerherr mit schwarzer Katze. Heitere und nachdenkliche Skizzen und Plaudereien über Katzen (2600) DM 3.–

Amors fliegender Mantelknopf. Amor stellt mit ungewöhnlichen Hilfsmitteln sein Raffinement in Sachen Liebe unter Beweis (2856) DM 3.–

WILHELM GOLDMANN VERLAG MÜNCHEN

Goldmann GELBE

ROBERT TIBBER

Unter dem Pseudonym Robert Tibber verbirgt sich die temperamentvolle Engländerin Rosemary Friedman. Als Frau eines Arztes hat sie selbst all die Nöte und Freuden eines Arzthaushalts kennengelernt, die sie in ihren Romanen so lebensnah schildert.

Heirate keinen Arzt. Auf keinen Fall will das Mannequin Sylvia, das sich in einen Arzt verliebt hat, eine Arztfrau werden. Wie sie nach langem Widerstreben dann aber doch »Frau Doktor« wird, erzählt dieser amüsante Roman. Band 1912. DM 3.–

Kleiner Kummer, großer Kummer. Eine erfrischende Plauderei aus der Praxis eines vielbeschäftigten Vorstadtarztes, in der nicht nur die Patienten, sondern auch seine junge, tüchtige Frau eine Rolle spielen. Der Roman ist eine in sich abgeschlossene Fortsetzung von ›Heirate keinen Arzt‹. Band 1950. DM 3.–

Die lieben Patienten. Als der vielgeplagte Familiendoktor einen Assistenzarzt und ein Dienstmädchen zu seiner Entlastung anstellt, wird sein Leben dadurch keineswegs ruhiger. Dieser vergnügliche Roman setzt die turbulenten Ereignisse der beiden vorhergehenden Bände fort, ist aber trotzdem in sich abgeschlossen. Band 1996. DM 3.–

WILHELM GOLDMANN VERLAG MÜNCHEN

Goldmann GELBE

MARCEL VALMY

Der gebürtige Berliner machte sich als Drehbuchautor einen Namen. Seine heiter-ironischen oder grotesken Romane sind flott und spannend erzählt und voll hintergründiger Phantasie.

Himmel ohne Geigen. Erst erlebt ein junger Musiker seine eigene Beerdigung mit, dann stürzt er sich in Paris von einem Abenteuer ins andere. Ein phantastischer Roman mit viel Charme. Band 1383. DM 3.–

Nur noch Engel sind so rein. Eine turbulente Detektivgeschichte voll komischer Situationen und aufregender Erlebnisse für Leute, die mit Vorliebe temperamentvolle Romane lesen. Band 1722. DM 3.–

Der Mann, dem das Geld nachlief. Ein kleiner Angestellter wird plötzlich wider seinen Willen reich. Bei seinen vergeblichen Versuchen, das Geld wieder loszuwerden, wird sein Vermögen nur noch größer. Ein liebenswürdiger Roman. Band 1980. DM 3.–

Die wundersamen Nächte des Monsieur Lacombe. Aus einem verträumten, armen Klavierlehrer wird für einige Tage ein erfolgreicher, berühmter Schlagerkomponist. Aber nicht alles geht in diesem modernen Märchen mit rechten Dingen zu. Roman. Band 1998. DM 3.–

WILHELM GOLDMANN VERLAG MÜNCHEN

Goldmann GELBE

George Mikes

Liebe verrückte Welt

*Reiseerlebnisse
aus vier Kontinenten
Amerika - Asien -
Australien - Afrika*

Band 2567   DM 3.–

Nur wer mit Mikes reist, kennt die Welt

George Mikes versteht es wie kein anderer, das Komische und auch das Wahre dieser vertrackten Welt zu entdecken und mit feinster Ironie und klugem Witz deutlich zu machen. Er sieht Länder und Menschen aus einem faszinierenden Blickwinkel. Der Leser begibt sich mit ihm auf eine ungewöhnliche Fahrt. Das Buch ist die beste Quelle, sich auf amüsante, unterhaltsame Weise belehren zu lassen.

WILHELM GOLDMANN VERLAG MÜNCHEN

Goldmann GELBE

George Mikes

Komisches Europa

*Gesammelte
Reiseerfahrungen*

Band 2429   DM 3.–

Feuerwerk der Ironie

Englische Liebhaber, französische Leidenschaft, italienische Manieren oder Schweizer Reinlichkeit, gleich worüber Mikes schreibt, immer zeigt sein humoristischer, pointierter Stil, daß er seinen Landsleuten und europäischen Nachbarn scharf auf die Finger geschaut hat. Seine gesammelten Reiseerfahrungen sind eine blendend skizzierte, liebenswert-spöttische Karikatur, ein herrlicher Spiegel, in dem sich jeder mit Schmunzeln wiedererkennen wird.

WILHELM GOLDMANN VERLAG MÜNCHEN

Goldmann GELBE

Die Hochzeitsreise. Von Heinrich Spoerl. Heiterer Roman um eine turbulente Ehe (2754) DM 3.–

Schon in der Hochzeitsnacht kommt es zwischen Dr. Delius und seiner Frau zu einem Ehekrach. Getrennt wollen sie verreisen, doch sie geraten in dieselbe Reisegesellschaft. Nach tragikomischen Zwischenspielen findet das junge Paar wieder zueinander. Ein mit leichter Feder geschriebener, spritziger Unterhaltungsroman –: ein ›echter Spoerl‹.

Schöne Mädchen haben's schwer. Von Elisabeth Malcolm. Heiterer Roman um eine begehrte junge Dame (2955) DM 3.–

Im Mittelpunkt des Romans steht die hübsche Irene Marquardt. Die vier Herren, für die sie als Sekretärin arbeitet, bilden ein eigenartiges Quartett: ein weltfremder Privatdozent, ein von den Frauen enttäuschter Zahnarzt, ein narzißtischer Porträtmaler und ein der Frauen überdrüssig gewordener Modefotograf. Das Karussell der Liebe beginnt sich zu drehen ...

Tilly Hütter: Die vollautomatische Ehe. Der heitere Roman einer jungen Ehe und einer merkwürdigen Erfindung. Band 1956. DM 3.–

Die Autorin dieser amüsanten Geschichte nimmt mit Witz und viel Sinn für Situationskomik unsere moderne Gesellschaft aufs Korn – die perfektionierte Komfortwohnung und den Manager, der sich nach dem einfachen Leben sehnt. Sie erzählt die Geschichte einer jungen Ehe, in der alles vollautomatisch ist, nur eben die Gefühle nicht.

WILHELM GOLDMANN VERLAG MÜNCHEN

Goldmann GELBE

England – vorwiegend heiter. Humoristische und satirische Geschichten. Herausgegeben von Eric G. Linfield und Egon Larsen. Vorwort von Erich Kästner. Mit 30 Zeichnungen und Karikaturen. Band 1373. DM 3.–

Dieser Band vereinigt literarische Zeugnisse des britischen Humors aus sechs Jahrhunderten. Shakespeare, Swift, Thackeray, Dickens, Wilde, Shaw, Chesterton, »The Times«, »Punch« und viele andere kommen mit heiteren Erzählungen, Glossen, Limericks und Sketches zu Wort.

Sheperd Mead: Lebe wie ein Lord. Englische Ticks, Spleens und sonstige Marotten. Karikiert von ›Anton‹, dem bekannten Punch-Zeichner. Band 2401. DM 3.–

Dieses Buch ist ein amüsanter Leitfaden für den Umgang mit Engländern, ein Erste-Hilfe-Kursus für ratlose Ausländer, die sich ungläubig staunend den Unbilden der englischen Lebensweise ausgesetzt sehen. Sie erhalten viele nützliche Tips.

Villiers David: Liebe in London. Roman um Englands dolce vita. Band 2375. DM 3.–

Es kann nicht gutgehen, wenn die temperamentvolle Tochter eines südamerikanischen Botschafters sich in einen Londoner Bobby verliebt. Und vollends verwickelt wird die Lage, als dieser sich von ihrer schönen Mutter verführen läßt . . .

WILHELM GOLDMANN VERLAG MÜNCHEN

Goldmann GELBE

Salto Mortale. Von Heinz Oskar Wuttig. Roman nach der beliebten Fernsehserie. Mit 24 Aufnahmen (2756) DM 4.–

Durch die gleichnamige Fernsehserie ist die Artistenfamilie Doria in weiten Kreisen bekanntgeworden. Abend für Abend führen die Dorias im Rampenlicht den Todessalto vor, doch hinter der beifallumrauschten, abenteuerlichen Zirkuskulisse müssen auch sie ihre großen und kleinen Alltagssorgen meistern.

Die Augen am Fenster. Von Michael Allwright. Roman einer Verfolgung (2995) DM 3.–

Der junge Büroangestellte Matthew fühlt sich verfolgt – durch die Augen am Fenster gegenüber. Die Geschichte wird aus der Perspektive der beiden Hauptpersonen erzählt. Mit großer Einfühlungsgabe schildert Allwright die Charaktere seiner Romanhelden, die gleichermaßen zum Verfolger und Verfolgten, zum Täter wider Willen und zum Opfer werden.

Das Bild des Täters. Von Michael Donrath. Roman um den Doppelgänger eines Sexualverbrechers (2934) DM 5.–

Ein Geisteskranker flieht aus einer Heilanstalt und begeht einen Sexualmord an einem jungen Mädchen. Gegen einen Unschuldigen, der dem Mörder zum Verwechseln ähnlich sieht, wird eine Treibjagd veranstaltet. Das Buch ist eine ätzende Kritik an der verlogenen Moral unserer Gesellschaft.

WILHELM GOLDMANN VERLAG MÜNCHEN

Goldmann GELBE

Abenteuer eines Londoner Privatdetektivs I.
Von Oscar Hannibal Pippering. Gestatten, gehört die Leiche Ihnen? (2996) DM 3.–

Wo Detektiv Oscar Hannibal Pippering auftaucht, liegt ein Verbrechen in der Luft. In zwanzig oft skurrilen Kurzgeschichten führt er den Leser in den Londoner Untergrund. Krimistorys, die man getrost auch ›empfindsamen Damen‹ empfehlen kann.

Abenteuer eines Londoner Privatdetektivs II.
Von Oscar Hannibal Pippering. Schloß im Vollmond (3307) DM 3.–

Auch mit seinen neuen Abenteuern wird sich der durchaus nicht tollkühne Held, dessen Sinn nach schönen Frauen und Whisky steht, viele Sympathien erwerben.

Bekenntnisse eines Junggesellen. Von Roger St. Martin O'Toole. Eine Liebesreise durch Europa und Asien (3303) DM 5.–

Ein Junggeselle aus Leidenschaft erlebt auf einer Weltreise zahlreiche amouröse Abenteuer mit den schönen Frauen Asiens und Europas – bis er sich schließlich willig einfangen läßt. Neben amüsanter, leicht frivoler Unterhaltung wird dem Leser eine Art Reiseführer durch die interessantesten Städte der Welt geboten.

WILHELM GOLDMANN VERLAG MÜNCHEN

Goldmann GELBE

Tage wie Honig. Von Wallace Stegner. Roman über das Generationsproblem (2795) DM 6.–

Ein älteres Ehepaar verbringt seinen Lebensabend auf einem Landhaus bei San Francisco, in der Nachbarschaft von Künstlern und Hippies. In der Beziehung zu den andersdenkenden jungen Menschen findet der Mann zu sich selbst. Ein spannungsreicher Roman, der die Konfrontation der Generationen zwar ironisch, aber zutreffend wiedergibt.

Ein Tag im unsichtbaren Haus. Von Alexander Lenard. Einsichten eines Arztes und Lebenskünstlers. Roman (2807) DM 4.–

Der Erzähler Alexander Lenard hat nach manchen Irrfahrten irgendwo in Südamerika ein neues Heim gefunden. Er schildert einen Tag in seinem selbstgebauten Blockhaus. Alle Erlebnisse und Erfahrungen eines Menschenlebens sind in diesem Tag enthalten. Die Lektüre des Buches ist eine Flucht aus der Hektik des Alltags in ein paar besinnliche und kurzweilige Stunden.

Die Heilige und die Sünder. Von Ramón J. Sender. Ein dramatischer Roman um die große spanische Heilige Teresa von Avila (2793) DM 3.–

In drei Bildern – jedes eine Entwicklungsstufe – stellt der Autor das Leben der heiligen Teresa von Avila der Welt der Sünder gegenüber. Die Personen in diesem Roman symbolisieren Tugenden und Laster des Menschen. Spaniens »goldenes Zeitalter« mit seinem Glanz und seinem Elend wird noch einmal lebendig.

WILHELM GOLDMANN VERLAG MÜNCHEN

Goldmann GELBE

Geh nicht hinaus bei Nacht. Von Geoffrey Household. Das Geheimnis des Urwaldes. Roman (2806) DM 5.–

Dr. Quen Dawny, ein englischer Agronom, errichtet am Rande des kolumbianischen Urwaldes eine landwirtschaftliche Versuchsstation. Da bedrohen ihn die »Duendes«, blutrünstige und unheilbringende Riesenmarder. Diese »tanzenden Zwerge«, wie sie die Eingeborenen nennen, sind wieder einmal stärker als die Menschen.

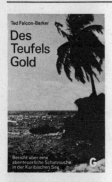

Des Teufels Gold. Von Ted Falcon-Barker. Bericht über eine abenteuerliche Schatzsuche in der Karibischen See. Mit 24 Fotos und 3 Kartenskizzen (2977) DM 4.–

Der spannende Bericht über den abenteuerlichen Versuch, den sagenhaften Goldschatz des 1641 gesunkenen Armada-Flaggschiffes ›Nuestra Senora de la Conception‹ aus der Karibischen See zu heben. Drei Menschen erleben zwischen den gefährlichen Riffen des launischen Meeres ein zermürbendes Abenteuer.

Das Zimmer im ersten Stock. Von Monica Dickens. Roman um die Bewährungsprobe einer jungen Ehe (3323) DM 5.–

Der Roman einer Flucht aus kleinbürgerlicher Enge in das Land der Unabhängigkeit und Selbständigkeit, Amerika. Doch auch hier findet sich die Heldin Jessica in beklemmenden Verhältnissen wieder. Ein meisterhafter psychologischer Roman der bekannten englischen Autorin.

WILHELM GOLDMANN VERLAG MÜNCHEN

Goldmann GELBE

Mit dem Herzen einer Wölfin. Von Ruth Freeman-Solomon. Das Schicksal der schönsten Frau Rußlands (2946) DM 7.–

Der ungekrönte ›König der Ukraine‹ und seine schöne Frau Ronja geraten in die Vorwehen der russischen Oktoberrevolution. Wie eine Wölfin kämpft Ronja, um mit ihrer Familie nach Amerika fliehen zu können. Liebe, Haß, Leidenschaft und Lebenslust durchdringen jede Seite dieses außergewöhnlichen Romans.

Der Mann in der Mondsichel. Von Juliana von Stockhausen. Roman eines deutschen Arztes und der Geisha Sonoogi (2896) DM 5.–

Die Lebensgeschichte eines Mannes, der im Auftrag der holländischen Regierung das abenteuerliche Japan bereist. Sein unersättlicher Forscherdrang bringt den Arzt in Konflikt mit den starren Traditionen des Landes und wird ihm und seiner geliebten Frau, der Geisha Sonoogi, schließlich zum Verhängnis.

Gesang zur Regenzeit. Von David Rubin. Roman aus dem modernen Indien (2935) DM 5.–

Nach elfjährigem Englandaufenthalt kehrt die junge Anglo-Inderin Kay in das weltoffene Haus ihrer indischen Großeltern zurück. Die hier verkehrenden Europäer, Amerikaner und emanzipierten Inder spiegeln durch ihr Verhalten die vielschichtigen Probleme des Landes wider. Indien wird für den Leser sichtbar – in all seiner Widersprüchlichkeit und Größe.

WILHELM GOLDMANN VERLAG MÜNCHEN